“大写新时代”原创长篇精品丛书

澄碧千顷

谢梅李 著

海峡出版发行集团 | 海峡文艺出版社

图书在版编目(CIP)数据

澄碧千顷/谢梅李著. 一福州:海峡文艺出版社,2023.8
ISBN 978-7-5550-3344-8

Ⅰ.①澄… Ⅱ.①谢… Ⅲ.①长篇小说一中国一当代 Ⅳ.①I247.5

中国国家版本馆CIP数据核字(2023)第089373号

澄碧千顷

谢梅李 著
出 版 人 林 滨
责任编辑 莫 茜
出版发行 海峡文艺出版社
经　　销 福建新华发行(集团)有限责任公司
社　　址 福州市东水路76号14层
发 行 部 0591—87536797
印　　刷 福建东南彩色印刷有限公司
厂　　址 福州市金山浦上工业区冠浦路144号
开　　本 720毫米×1010毫米 1/16
字　　数 290千字
印　　张 24.75
版　　次 2023年8月第1版
印　　次 2023年8月第1次印刷
书　　号 ISBN 978-7-5550-3344-8
定　　价 68.00元

1

九月的阳光像儿童手中的水晶泥，被拉成一张硕大无朋的网，撒向东南海域的一座岛。整座岛因此洋溢着辉煌。这座岛名叫银山岛，若是第一次登岛的人，定会惊讶于海蚀地貌里竟能生长出如此丰美茂盛的草场，千里草浪，万亩绿波，赞叹身在南国就能领略“天苍苍，野茫茫，风吹草低见牛羊”的壮丽天山风光。还会惊奇于名为日月星的三个天湖，日湖的千亩之躯像母亲的胸怀一样广博深邃，为月湖和星湖提供偎依的肩膀，并引来成千上万的鸥鸟翔集；这三个深藏于大海中的淡水湖，无论干旱酷暑，都不会枯竭，犹如三颗生生不息的心脏。大海中的天然牧场、大海中的淡水天湖，共同构筑起一座岛的生命之源，令它屹立在澄碧千顷的东海之上，美轮美奂，宛若一颗璀璨的明珠。辛茹已经坐上快艇，向着这颗“东海明珠”进发。

还有半个小时，她将和快艇上的一百来号游客一起，登上长福码头，正式踏足这座岛的领地，只不过游客们将开启的是短期的银山环岛游，领略过新时代动人的海岛风情后，又要挥一挥衣袖不带走一片云彩，但带走无限遐思；而她，却要留在岛上唯一的学校——银山中心小学里做一名支教老师。

关于辛茹去海岛支教这件事，好闺蜜江新男简直猝不及防。辛茹是她从小到大的好同学、好朋友、好姐妹，几乎形影不离，辛茹去读大学那几年是她最不能忍受的日子。她学习成绩不好，中考后就去读了中职，虽然辛茹在重点高中就读，学业繁忙，但两人好歹在同一座城市，她可以借口去辛家别墅探望自己的小学老师许凡女士，再趁机和辛茹腻歪腻歪，但辛茹去读了大学，她没能再追到大学校园去，只能让友情也经受一下两地分居的考验。大学毕业，辛茹考入编，成了市实验小学的老师，她的好日子又回来了。“有情饮水饱”对有的人来说，是爱情，但对于江新男来说，是友情。

“你就像我妈。”这是江新男常常和辛茹开玩笑的话，却也是内心真实写照。她从小没有母亲，老爸江耀华倒是一名合格的单亲爸爸。江耀华身为一名实业家，资产上千万，身边少不了莺莺燕燕，逢场作戏如果说绝对没有也不现实，但没有哪个女人能登堂入室，成为江新男的继母。从小到大，江新男生命里最重要的女性就是辛茹，亦师亦友，像她的精神领袖，支撑她的世界观不垮塌，引领她的价值观不走歪。如果没有辛茹，江新男甚至觉得在老爸江耀华的溺爱里，她会长成一个小太妹。

“你这么漂亮一个小美人，怎么会长成小太妹？”辛茹表示不解。

富二代、学渣，再加上单亲爸爸的溺爱导致的家教问题……江新男细数自己可能长成问题少女的一千个理由，辛茹送她一记白眼，反矫达人上身：“你要相信你江小姐的善良的种子能在一切万恶的土壤里开出最纯真最善良的花朵。”于是，江新男只好托腮赞叹：“辛茹，你这谆谆教导的样子真的好适合当老师。”

“所以，我当了老师啊。”辛茹笑。

“在城里也能当老师，为什么一定要去支教？海岛欸，山高皇帝远。”江新男哀号。

“主要是距离你远，”辛茹了解地拍拍江新男的脑袋，“支教协议都已经签了，哪来那么多为什么？银山岛再远，能有北京城远吗？我去北京读大学的时候，你都没有这么丧的。”

“那是因为去北京不用坐船啊。”晕船的江新男小姐愁眉莫展。

辛茹只好安抚她：“那不用你坐船去岛上看我，我坐船回市里看你好不好？”

“好！”江新男点了头，心情这才愉快起来。于是辛茹就把一串簇新耀眼的钥匙郑重交到她手上：“我在岛上的日子，你就是‘音乐花园’7栋7楼7号房的女主人。”“辛老师，为什么你的房有这么多‘7’呢？”江新男看着钥匙上的房号一脸困惑。“因为‘7’是我的幸运数字呀。”辛茹笑吟吟地说。

“音乐花园”是市区新开盘的小区，辛茹贷款买了个两室一厅。首付的钱自她大学毕业考入编成为市实验小学老师领到第一个月工资那一天就开始攒了，攒了好几年，省吃俭用的架势让江新男常常怀疑她这抠门的样子怎么能是市里白茶行业龙头企业董事长辛廷伟的独生女。

“勤俭持家，是中华民族传统美德。”辛茹骄傲地解释。

江新男顿时就惭愧了，如此说来，她真的好“缺德”，但子不教父之过，锅不在她。

“在应付爹地这件事上，江小姐你真的有一套，所以请江小姐也帮忙应付一下我爹地吧。”辛茹对着江新男虔诚地拜了拜，江新男顿时信心满满，觉得自己和庙里的观音一样可以度人了。但是菩萨普度众生，她江新男这辈子只度一个有缘人，那就是亲爱的闺蜜——辛茹老师。

门铃响了约莫一分钟，门终于开了。门外的两人看着门内的女孩子皱起了眉头。“新男，怎么是你？”问话的是江新男的小学语文老师许凡女士。

“辛茹呢？”许凡女士的丈夫——年过半年，但依旧风采迷人的辛廷伟董事长已经径直走了进去。

“叔叔，您还没换拖鞋。”江新男提着一双拖鞋屁颠屁颠跟在辛廷伟身后，辛廷伟已经横穿客厅站到了主卧门口，在确定主卧内没有女儿辛茹的身影后一下黑了脸，但他转过头来看见江新男手里的拖鞋时，脸更黑了。江新男手里拿着的是辛茹穿的一双少女风可爱小拖鞋，鞋面绣满婉转的小花，镶嵌了闪亮的小水钻。

尽管江新男平日里跟辛茹念叨过无数次，叔叔长得太帅了，如果叔叔年轻二十岁，她一定会爱上他的，但此时此刻，看着辛廷伟的黑脸，江新男还是惊掉手里的拖鞋。好看的人生起气来，更为恐怖。好在一物降一物，美丽心善的许凡老师已经走过来主持大局，问辛廷伟脸这么臭干吗，都吓着人家孩子了。

辛廷伟就讪讪然问江新男：“辛茹呢？”

辛茹正坐在快艇靠窗的位置上，目光始终看着窗外的大海。海与天原来可以这么近，并在视线的尽头粘连在一起，具象地告诉人们，地球真的是圆的。许多海鸥在海天之间逼仄的空间里扇动翅膀，仿佛是要凭一己之力，将天和海使劲撑开。不可否认，在自然面前，生物的力量往往是渺小的，但至少可以带来感观的愉悦。这海与天的壮观，飞鸟的灵动与有力，构成了一幅震撼人心的画，辛茹终究是被窗外的风景感染了心情，就连船舱里的喧嚣嘈杂也不显得聒噪了。

她拿出手机靠近舷窗，刚拍下窗外的风景，江新男的私信就发了过来：“搞定！”

“怎么搞定的？”辛茹问。

“就是骗叔叔说你外出培训了，得好几个月。”江新男回。

辛茹咳了咳，回复：“培训好几个月，那学校的课怎么办？

辛董事长不怀疑吗？”

“反正许老师信了，叔叔就跟着信了。”

江新男发了一连串哭笑不得的表情过来，辛茹回了她一连串的“一头黑线”。还记得她初到实验小学教书的时候，因为是实验小学退休教师许凡的女儿，不少许凡过去的同事都对她照拂有加。有一次听一年长的女老师向她调侃，她爸妈年轻的时候太恩爱，以至于一家三口出行的时候，辛董事长常常沉浸在二人世界里而忘记还有个女儿。所谓一物降一物了。

辛董事长的信是基于许凡老师的信，至于许凡老师，她是实小的退休教师，和许多同事都有来往，江新男替辛茹编的蹩脚的理由实在有太多穿帮的可能，但辛茹眼下顾不了那么多，毕竟银山岛已经近在眼前。

随着一声汽笛鸣响，快艇靠岸，辛茹拖着行李箱随人流登上了长福码头。新时代的海岛风情扑入眼帘，辛茹只觉眼前一亮。虽然这几年，银山岛的名气越来越大，不但被评为全国最美十大海岛之一，银山镇党委政府还按照“抓好党建促旅游”的工作思路，创新“党建＋旅游＋生态”发展模式，大力发展乡村旅游，争创“宜居海岛”品牌，构建了海岛全域旅游新格局，但辛茹却是第一次与这座闽东第一大岛亲密接触。

岛上的一切对于辛茹来说都显得新奇，和城市的高楼大厦、钢筋水泥有很大区别，视线企及之处，海岸连绵，礁石林立，欲断欲连，参差错落。除了海，还有山。山峰高耸，山崖嶙峋峻峭。山与海浑然天成，似乎赋予九月的阳光一份生生不息的力量。

辛茹停下脚步，放下拉杆箱，从背包里取出遮阳伞打开。伞下，一串脚步快速跑过，是属于海岛人特有的大脚丫子，风里海水的咸味更浓了。“燕子，又是燕子，肯定是燕子！”辛茹听见他们气愤的声音。燕子，这应该是一个女孩子的名字吧。这是辛茹的第一反应。这个女孩子大抵是让大人头疼的孩子，因为辛茹听见刚刚跑过去的人们正在讨论燕子偷玉米的事。对于小偷，人们总是深恶痛绝的。

辛茹没有料到她这么快就和燕子见面了，就在她打着遮阳伞，拉着行李箱站在一个分岔路口的时候，燕子从一旁的草丛里钻了出来，手里捧着几个玉米棒子。亭亭玉立的女孩，怀里是金黄的玉米棒子，身后是高耸入云的墨绿的山，构成巨幅的色彩绚丽的画。

“你是来岛上旅游的吗？”燕子主动打招呼。

辛茹看看自己的行头，的确像是游客，但她不太明白这个手捧玉米棒的女孩想在她身上打什么主意。

“你是迷路了吧？如果你付我带路费，我可以带你去住客栈。”燕子腾出一只手，伸到辛茹跟前来。标准的乞讨的姿势。她看起来十一二岁光景，瘦瘦黑黑的，短头发，像个假小子，笑容热情，可是眼神却带着一股子不怀好意，有着不属于这个年龄段的算计。

“你叫燕子？”辛茹反客为主问道。

女孩子惊讶了一下：“你怎么知道我的名字？”

“我还知道你手里的玉米怎么来的。”

辛茹话音甫落，燕子脸上那热情的笑容瞬间就没有了，多了一份警惕，辛茹能感觉到她像一只斗鸡竖起了羽毛，又像是一只刺猬，支棱起了所有的刺。

不远处有脚步声传来，还有人们义愤填膺的声音：“这个燕子，抓住了非打一顿不可，这个孩子太让人生气了！”

脚步声越来越近，人们的声音也越来越近，辛茹看见燕子的脚已经摆好了箭在弦上的姿势。

2

银山镇政府办公楼里，宣传委员魏如青的办公室门口，有人敲了敲门。

魏如青从办公桌前抬起头来，看到门口站了一个年轻帅气的大高个，立即笑脸相迎，示意他进来。小伙子叫林斌，是银山镇政府综合办工作人员。

“魏宣委，连书记说，半个小时以后，一起去银山中心小学开展教师节慰问活动。”

“好的，我手头的工作也处理得差不多了，随时都可以出发。”魏如青说。

林斌传达完工作却没有急着走，而是对魏如青说道：“嫂子是不是今天抵达海岛啊？咱们银山可从来没有来过支教老师，嫂子这是头一份儿，要感谢魏宣委思想工作做得好。我晚上在海上人家农家乐订个包间，为嫂子接风洗尘，庆祝一下你们夫妻终于可以每天团圆，再也不用过两地分居的日子。”

这些年党和政府在提升海岛学校硬件实力方面投入了大量物力财力，着力缩小城乡之间教育资源差距，但学校软实力方面，教师队伍不稳定、流动性大，结构性缺编，专业教师不足等问题，严重影响了学校的教学质量。学校这么多年好不容易培养了一个教学骨干肖梦云，这学期又通过进城考试考进城了。如果能有一个市里的教学名师下沉到海岛支教，引领学校的教学工作，那对海岛教育事业发展将大有裨益。所以，听说市教育局要委派一名市里实验小学的老师到银山中心小学支教，魏如青立即去做妻子张莹的思想工作，张莹原本答应了，但临门一脚却又变卦了。只是魏如青还没来得及将这个消息告诉同事们。

听了林斌的话，魏如青忙站起身，让林斌别忙乎，有些难为情地说："林斌，你嫂子没有来支教。"

林斌"啊"的一声，见魏如青一脸苦笑，便也不好追问什么，只是喃喃道："我还想等嫂子来到岛上，你们俩小别胜新婚……"

魏如青再次苦笑："我和你嫂子，我们都是老夫老妻了，哪比得上你和刘老师年轻人之间谈恋爱来得浪漫？"

银山中心小学二年级教室里，刘星辰打了个响亮的喷嚏。

这个喷嚏打断了刘星辰正在书写的板书，鼻子也痒了起来。她从包里找了餐巾纸出来擦鼻子，一抬头就发现全班学生正齐刷刷盯着自己，她只能用自言自语掩饰自己的尴尬："瞧瞧你们这大惊小怪的模样，都没打过喷嚏吗？"顿时，教室里此起彼伏就是一片打喷嚏的声音。孩子们的调皮捣蛋让刘星辰忍不住笑了，只听第二组最前排的女生小声提醒她："刘老师，您的手机。"

女生叫小象，穿着漂亮的紫色花裙子，梳着两条羊角辫，圆圆的苹果脸上，一双大眼睛水汪汪盯着刘星辰。见刘星辰看向她，她立即咧嘴笑起来，那笑容灿烂得仿佛全世界都要被融化，眼睛里全是一闪一闪的小星星。但刘星辰只觉得她平日里像小跟屁虫一样跟在她身后喊着"刘老师，刘老师"，太过黏人，有些招人烦。

在小象提醒下，刘星辰这才注意到放在讲台桌上的手机一直在振动。扫了一眼手机屏幕，是母亲李砚秋女士，刘星辰不耐烦挂断了。

“都坐好了，继续上课。”刘星辰向着全班学生拿出了师者的威严，小象不由悻悻然的，她把目光投向右手边的窗外，透过窗子可以看到宽阔的操场和大理石砌成的旗台，鲜艳的五星红旗正在操场上空迎风飘扬。旗台下，体育女老师鲁洁正在上体育课，拿着两个消防栓一瘸一拐从她旁边经过的是跛脚保安喜伯。

喜伯费了好大劲终于回到保安室。就在刚刚，教导处主任江胜还调侃他走路费脚，像撑船。因为是个跛子，学校里老师们没少调侃他，不过喜伯一点儿也不生气，大家都是一起工作多年的老同事，自嘲和互相调侃已经是一种乐趣，他平常也调侃江胜教导身形太瘦像竹竿。喜伯刚将两个消防栓放下，就听见校门口有争执声，他急忙跑出保安室，隔着电动门看到了一个二十多岁的姑娘一手拉着拉杆箱，一手拽着一个女学生。女学生不是别人，正是岛上大名鼎鼎的人物——燕子。

年轻姑娘正拉着燕子朝校门口的方向走来，燕子显然不乐意，身子向后仰，一只脚抵在地上，以至于年轻姑娘拖着她每前进一步都遭遇很大的阻力。眼看燕子要挣脱，喜伯忙打开电动门追了出去。一个跛脚老保安，外加一个年轻姑娘，二人费了九牛二虎之力才将燕子拉进了校门。

真是初生牛犊，一身蛮力！见燕子的身子已经在电动门内，喜伯慌忙按下电动门的按钮，又擦了把额头的汗，气喘吁吁跑回保安室，从窗户里递出一本访客登记表来，嘴里则数落燕子太不懂事，因为她逃课，陈昭校长这会儿正去她家里找她呢！燕子一惊，那她奶奶不就知道她逃课的事了吗？

“你奶奶还知道你又偷拿别人东西了。”校门外传来一个中年男人的声音，语气里透着恨铁不成钢的无奈。喜伯抬头笑眯眯喊了声：“陈校长！”来人正是银山中心小学校长陈昭。陈昭进了校门，指着辛茹对喜伯介绍道："这是市教育局派来咱们银山支教的辛茹老师，原来在市实验小学教书的。"

听说是市里来支教的老师，不单喜伯，就连燕子也把目光聚焦到了辛茹身上。年轻的女老师穿着一条拼接的深蓝牛仔裤，上衣是黑白相间的短T恤，简简单单，却架不住皮肤白皙，模样出众，漂亮得都可以去当女明星了，但可爱的娃娃脸让她身上没有一种距离感，笑容也显得平易近人。只是这份亲和落在先前的燕子眼中，竟然是单纯好骗。而实际上，受骗的那个人却是自己，不但没有忽悠到带路费，还直接被女老师带回了学校。

燕子心里窝火，看着对辛茹大献殷勤的喜伯，使坏道："喜伯，你说，是辛茹老师好看，还是刘星辰老师好看啊？"

喜伯自然不会落入燕子的圈套，指着她鼻子笑骂："燕子，小小年纪不学好，就会挑拨离间。"

"燕子，你知道挑拨离间是什么意思吗"？陈昭校长拉起燕子就朝教学楼走去，"我看你不懂吧？不好好读书，成天逃课，我看你真要当一辈子文盲。"

"我知道是什么意思！"燕子倔强表示。

"那你说说看，挑拨离间是什么意思？"

跟在两人身后，看着无言以对的燕子，辛茹忍不住笑了。陈昭校长却是回过头来，给了辛茹一个无比同情的眼神。下一刻，当陈昭校长把燕子送到五年级的班级门口，交给一个中年女老师，再告诉辛茹，这个班就是她接下来要带的班级时，辛茹突然理解了陈昭校长眼神里的那抹同情是什么意思。以后，这个问题孩子就是她的烫手山芋了。

辛茹透过窗户看向教室内，教室里大概有二十来个学生，分成四组，这和城里一个班五十来个学生把教室挤得满满当当比起来，显得教室的空间十分富余。上课的女老师和陈昭校长差不多年纪，四五十岁光景，梳了一条麻花辫，绕过肩头垂到胸前，头发先前应该烫过，发梢卷卷的，略带微黄的毛躁。圆圆的脸蛋，不施粉黛，衣着也很朴素，浑身上下都散发出一股朴实的气息。这股朴实，辛茹过去在许多农村教师身上都见过。见辛茹打量女老师，陈昭校长向她介绍说："这是我爱人，叫黄竹，今年带毕业班，这几天因为支教老师还没到，所以安排她代课。"

大概是听到陈昭校长的介绍，黄竹在教室内朝辛茹报以一笑，辛茹立即冲她挥了挥手，继而便听陈昭校长说，上午镇党委书记连俊生会到学校来开展教师节慰问，让辛茹跟他去看看会议室布置得怎么样了。陈昭校长要帮辛茹提行李箱，辛茹婉拒了，但拉杆箱的轮子在水泥地的走廊上发出"哐当哐当"的噪音，每经过一个班级，都引得教室内的师生侧目，令辛茹很难为情。陈昭校长笑着说："给我吧。"说着伸手过来压下拉杆，将箱子提了起来。他方头圆脸，皮肤黝黑，中等个头，身材敦实，似乎颇有力气，提着箱子的手臂上，一条条滚圆的青筋自黝黑的皮肤下显现出来，能感觉到里头奔涌着沸腾的热血。

会议室里，一切都已布置就绪，电子大屏上显示着庆祝教师节的红色字，天花板上拉着五色、闪亮的彩条，节日的氛围浓厚。正在打扫地板上多余彩条的，是一个和陈昭校长差不多年纪的中年男老师，比陈昭校长个头略高些，脸庞也更大些，皮肤是一样的黝黑色，眼睛很大，笑起来显得牙齿特白。"侨英老师布置了一上午，"他同陈昭校长说，"我刚刚让他回宿舍休息去了。"说着，目光落在陈昭身旁的辛茹身上。

"辛茹老师吧？终于等到你了！"他放下手头的扫把和畚斗，热情走过来和辛茹握手。

从陈昭口里，辛茹得知眼前这位男老师是学校的教务处主任江胜。

“辛茹老师来得早不如来得巧，刚好赶上教师节，今天咱们一起过节，连书记还要亲自来学校慰问。”江胜教导热情地从会议桌的果盘里抓了一把糖果塞到辛茹手中。正打算带辛茹把行李搬到宿舍去，陈昭校长的手机就响了，是连俊生一行到了。陈昭嘱咐辛茹先开完教师节慰问大会，再去宿舍。说着，便和江胜教导一起，招呼了学校其他班子成员，去校门口迎接连俊生等人。

老师们已经接到学校微信工作群里的通知，齐聚到了大会议室，辛茹低调坐在最角落的位置，以至于谁也没发现她。她倒是在心里默默数了人数，偌大的银山小学教师总共不超过二十人，和实验小学开例会时将近两百号人的阵仗相比，少得可怜。

很快，陈昭校长就引着几个干部从门外进来走到主席台坐下，都是三十多岁的年纪，风华正茂。这几个人中，辛茹只认识魏如青。他是她同事张莹的丈夫，曾经见过。而最中间的一位，身形高挑，样貌最出众，国字脸，剑眉星目，戴着一副金边眼镜，身上透着一股子文质彬彬的书卷气。他前面的桌牌上写着“连俊生”三个字。对于这位连书记，辛茹此前虽没见过，但听过他的名字，了解过一些他的事迹，是听她老爸辛廷伟董事长提过的，说这位连书记曾是清华学霸，十年前因为人才引进机制来到F市，一直在乡镇基层工作，几年前提拔到了银山，没想到如今已经是这座海岛的一把手。辛廷伟之所以要在辛茹跟前提起连俊生，是想安排辛茹和连俊生相亲。有个“恨嫁”的老爸，辛茹也是无奈得很，只能和母亲许凡女士一起吐槽父亲大人要是活在古代，大抵就是榜下捉婿的土财主。

辛茹正思绪纷飞着，身边就坐下来一位年轻小伙子。辛茹差点被自己的口水呛到，连俊生是辛廷伟想要安排相亲但最终没有安排成的，而身边这位可是辛董事长实打实在他旗下的“白茶山庄”里大摆过相亲宴的。“辛茹，你怎么在这里？”林斌发现了辛茹，也是惊讶得眼珠子要掉下来。辛茹小声说了“支教”两个字，林斌更惊讶了，但会议已经开始，台上连俊生已经开始讲话，他只好把满腹疑惑暂时压下去。

当教师节慰问进行到表彰环节，魏如青代表镇政府宣布了本届教师节镇政府表彰的“教育先进个人”时，辛茹听到了一个名字：刘星辰，继而便看见一位年轻女老师从位置上站起来走向主席台，连俊生为她颁发了奖状和奖金。女老师穿了一条明黄色的棉质短款连衣裙，像是一株夺目的向日葵。无论上台还是下台，她的高马尾都在脑后一甩一甩的，朝气蓬勃。只是她看向林斌的方向，脸色并不好。林斌倒是没有发觉她的不愉快，在辛茹耳边小声说：“这是我女朋友。”

辛茹竖起大拇指，礼貌性地夸了句：“有眼光。”

辛茹的肯定让林斌很开心，又追着问了句：“真的？”两人于是颇说了几句悄悄话。慰问活动结束，陈昭校长特意向连俊生介绍了辛茹。

市里来支教的老师原本不是魏宣委的妻子张莹老师吗？怎么换人了？连俊生把目光投向魏如青，魏如青忙解释说：“还没来得及向书记您汇报。”见魏如青一脸失落，连俊生了解地点点头。

市里实验小学的教师下沉海岛支教，这对于海岛来说，是头一件的好事，连俊生于是和辛茹多攀谈了几句。而此刻，刘星辰已经将林斌拉到操场上，行使女朋友特权，使了一通小性子。刘星辰比较敏感，尤其喜欢吃点小醋，这对于林斌来说是习以为常的事。林斌向刘星辰解释了自己和辛茹为什么会认识的前因后果：辛茹父亲辛廷伟和林斌母亲陈堃女士都是做白茶企业的，有些交集，他们曾安排林斌和辛茹相过亲，不过辛茹并没有相中他。刘星辰知道陈堃女士一直不满意自己和林斌的这段恋情，觉得门不当户不对，为了棒打鸳鸯总为林斌安排各种相亲。过去只从林斌口中听闻这些事，对陈堃女士安排的那些相亲对象都是印象模糊的，这还是头一次见到一个活的情敌，如果这还不吃醋，她就不是刘星辰了。

“相亲对象而已？可是我看你起先跟她咬耳朵的样子，活像一对情侣。”刘星辰每个字都飘着醋意。

“怎么可能？”林斌哭笑不得，“刘老师，我和你才是情侣好吗？你是不是要逼着我众目睽睽之下证明这一点啊？”

见操场上来来往往蹦蹦跳跳都是学生，刘星辰看着林斌觍着笑脸的样子，立即后退与他保持了距离，但还是没好气问道：“那她要是相中你了呢？你是不是就要和我分手？”

“怎么可能？”林斌再次哭笑不得，“星辰，你一直知道我去相亲是逼不得已的，被我妈缠得太烦人了，只好敷衍她一下。每次去相亲，我都跟对方摆明立场，我是名草有主，我女朋友是银山中心小学的老师，叫刘星辰，她们自然就识趣地对我退避三舍了。”

那边厢，连俊生和魏如青已经在陈昭校长陪同下走出了会议室，林斌立即长话短说约刘星辰晚上去老地方约会，说她今天拿了先进，要好好帮她庆祝，继而便跟着连俊生一行回镇政府去。

刘星辰看着手里的先进奖状，忍不住眉开眼笑。林斌对她如何，她清楚得很，至于陈堃女士的小动作，她也从来没有危机感，总觉得只要林斌坚持住，陈堃女士那份棒打鸳鸯的热情久而久之也就减了。只要陈堃女士拆不动，那就没有人能拆散她和林斌，总有一天她可以嫁给林斌，成为F市副市长林长明的儿媳妇。

上课铃响起，操场上适才还是一片热闹，一转眼就清了场，学生们纷纷跑回教室上上午最后一节课。教师节虽然没有放假，但她拿到了先进和奖金啊。这样想着，刘星辰唇角不自觉就上扬起来。

“傻笑什么呢？”肩头被人拍了一下，刘星辰扭头一看，是江胜教导。

“师傅。”刘星辰显摆着手里的奖状，像一个向长辈炫耀自己考了一百分卷子的幼稚孩子。

不过，江胜教导更感兴趣的是刘星辰手里的信封，里头是镇政府奖励给先进教师的奖金。“有多少？”江胜教导问。刘星辰这才拉开信封口子瞄了瞄，心情美妙地说：“老惯例，五百。”“那你这个月伙食费有人帮衬了。”江胜教导也很替刘星辰高兴。银山中心小学有食堂，除了陈昭和黄竹夫妻两个在宿舍自己煮饭以外，大部分老师都在食堂搭伙吃饭。有一部分学生中午回家不方便，也寄在学校吃午饭，学校便请了专门煮饭的厨师，负责老师和学生们的伙食，每个人每个月则向学校交几百块伙食费即可。

替刘星辰高兴之余，江胜教导不由又提醒刘星辰，这次评先进，民意投票时票数最高的是黄竹，但黄竹认为自己是老教师了，先进证书对年轻人更有用，就把荣誉让给了刘星辰，江胜教导让刘星辰要好好感谢黄竹才对。

“知道的，师傅。”江胜教导事事都把她当小孩，摆出一副大人教小孩的架子来，让刘星辰挺不耐烦的。她之所以喊江胜教导一声“师傅”，不过是因为教育局开展了一个叫作“青蓝工程”的活动，每个学校采用“一带一”的形式，聘请本校经验丰富的老师担任青年教师的指导老师，在备课、上课、作业、命题、课题研究等方面给予指导，通过“传帮带”，在两到三年的周期内务必使青年教师的业务水平、教学水平得到提高，能够尽快成长为教学骨干、能手，从而全面提高学校教学质量。而银山中心小学把刘星辰作为重点培养对象，给她安排了学校里教学最权威的江胜教导与她师徒结对，她平日里便尊称江胜教导一声“师傅”。

因为这层师徒关系，江胜教导平日里对刘星辰事事关心，从工作到生活，都要指点几句，算是操碎了老母亲的心，但刘星辰内心并不真正领情。从小到大，她有个事无巨细都要管的母亲，洗衣服要站在旁边指挥你放多少洗衣粉，洗碗要站旁边指挥你放多少洗洁精，好不容易工作了，远离了亲妈，没想到江胜教导几乎无缝对接了李砚秋女士的管人模式。这不，交代完刘星辰务必向黄竹道谢，江胜教导又不放心地交代起刘星辰以后教学上要多向辛茹讨教，说辛茹是实验小学的老师，又是名师工作室的优秀成员，去年的全市公开课比赛，她拿了第一，而刘星辰却排在全市最后一名。如今好了，辛茹来银山支教，近水楼台先得月，刘星辰一定要好好向辛茹学习。

“辛茹拿全市第一，我拿全市最后一名，你也不想想，这不是很正常的事情吗？辛茹的师傅是谁啊？市教师进修学校小研室主任明小星，明小星是谁啊？咱们全市小学语文教学的领军人，她组织的比赛，她当评委，她的徒弟拿第一，不是很正常的事情吗？我的师傅是谁啊？是你，银山中心小学的江胜教导，咱们银山中心小学是一所海岛学校，和实验小学的平台能一样吗？你和明主任有可比性吗？”

没想到刘星辰会把比赛落败归咎于导师和学校平台这些外部因素，就是不肯检讨自身原因，江胜教导倒也不觉得自己面子上挂不住，依然谆谆教导：“星辰，你这个想法很偏颇，也很危险，你的意思是辛茹是靠关系拿奖？”

刘星辰撇了撇嘴："师傅，我可没这么说。"

江胜教导将手背到身后，在刘星辰跟前走来走去，问刘星辰，如果辛茹是靠关系拿的全市赛课第一名，为什么后来又能在设区市和省里都拿了第一名呢？

"承认别人优秀有那么难吗？"江胜教导看着刘星辰，有些恨铁不成钢。

刘星辰知道自己这种不健康的心态是怎么来的，如果辛茹没和林斌相过亲，或许她就能大大方方承认辛茹优秀吧。

3

辛茹拖着行李箱进了教师宿舍楼，她的宿舍被安排在教学楼顶层，就是原来肖梦云的房间。宿舍楼梯的台阶有点高，她两只手提着行李箱已经走到第二层，江新男这个时候打了电话过来。因为腾了一只手去接电话，行李箱没控制好，直接从她上方砸了下来，砸中了她的脚，继而手机也从手里摔落。

出师不利，灰头土脸，好在有个年轻男老师及时出现，将她的行李箱提去了她的宿舍。辛茹捡了手机，一瘸一拐走到宿舍门口，看到男老师已经放好了行李箱走出来。"你没事吧？"他的目光落在她的脚上，关心的语气是内敛平淡的，脸上也看不出任何表情，整个人似乎是被什么封印住了做人的那股子生气。如果他没有好看的外表，大抵就是一棵已经枯萎的老树，但他偏偏长了一张好看的脸，于是便像一棵葱茏的绿树，行将修炼成仙，却因为什么不可知的劫数被冰封住了那繁茂的绿意和生机，叫人隔着一道透明的屏障观望那一树可望而不可即的美好，难免生出心疼与怜悯的情愫来。

“谢谢哈，我没事。”辛茹忍着脚上的疼说道。

“你的手机屏幕坏了。”

被他一提醒，辛茹这才注意到自己的手机，刚才那么一摔，屏幕竟然裂了。

“岛上有一家手机修理店。”他说。

“那你现在有空吗？可以带我去找一下那家手机修理店吗？我第一次来银山，对路况不熟悉。”辛茹说。

他没有表情的脸上看不出不情愿，“可以”两个字也听不出情愿的语气。辛茹看着他，心里不禁要想，他应该是个有故事的人，可能还是个悲伤的故事，他这副半死不活的模样就像曾被什么强大的外力伤到五脏六腑都稀碎。

“咦？”辛茹跟着他正要走，目光突然被宿舍的墙壁吸引，竟然不是简单的白墙，而是画了装饰画。画看起来很新鲜，应该是新画上去的，想来定是学校为她新布置的房间装饰。画的是海景，很写意，海水的部分采用的是浅蓝色调，一只海鸥在海面上静静飞着。这不就是她在快艇上看到的窗外的风景吗？只是，墙壁上的这幅画与她看到的风景大不同，她凝视着这幅画，突然有想流泪的感觉。

“这画有什么问题吗？”她听见他问，随口答道：“画这幅画的人应该藏了很重的心事吧？这画让人感到悲伤。”

她抬头看他时，他的长睫毛缓缓地眨了两下，就像蝶翼扇动两泓深泉，那黑色的眼眸比先前越发幽深莫测，眉宇间的忧愁也越发浓得化不开散不去。辛茹想开口说些什么，他却已经迈步走了，辛茹只好跟上。

“我叫辛茹，‘含辛茹苦’的‘辛茹’，我爸给我取的名字，希望我不忘亲恩，做个孝顺的孩子。”辛茹说完扭头看他，觉得有些尴尬，他似乎在听，又似乎没在听，脸上看不出任何痕迹。辛茹只能尬笑：“我还没请教，这位老师您怎么称呼啊？”

“您？北京人最喜欢用这个字。”他轻声念叨。

辛茹笑着说道：“是的是的，我在北京读了四年大学，儿化音有魔性，刚毕业回来的时候，说话都捋不直舌头。不过好歹这么多年过去了，我的乡音又回来了。”

但是他却说，还是有些京腔。

辛茹带着奇异的目光看了他一眼，如果还有没有褪干净的京腔，也一定微乎其微了，一般人是听不出来。“老师，你以前也是在北京读的大学，还是在北京待过啊？”

“我叫陈侨英。”他用前一个问题的答案岔开了她的这个问题。

“那是陈侨英吗？”行政楼教师办公室临着操场的窗户旁，瞪着几双眼睛。“不是陈侨英，还能是谁？”“那陈侨英身边的女孩子又是谁？”“听说是新来的支教老师。”“是陈老师的女朋友吗？他们这是要去哪儿？”老师们露着惊讶的眼神，看着操场上并肩而行的一对青年人，小声八卦着。原来，陈老师并不是独来独往，原来陈老师还会和女孩子来往……同事们眼里突然都露出了欣慰的姨母笑。

苏简简的手机经营店开在镇上主街的位置，整条街用色彩斑斓的油纸伞做装饰，地面是油光发亮的青石板，走进去古香古色。街上一溜烟都是经营银山特产的店铺，充满海岛风情，显得苏简简的手机店在其间很是突兀，带着几丝现代文明特有的肤浅和傲慢。手机店隔壁开着一家装修氛围还不错的奶茶店，兼卖咖啡和各种饮品。一位流行歌手的歌声正从店里飘出来。

陈侨英领着辛茹走到奶茶店门口突然停住了，对辛茹说道："我就在奶茶店里等你吧。"

不待辛茹说话，他径自进了奶茶店，走到一排放着满满当当小人书的书架前挑起书来。

那身影在书架前很是高挑玉立，低头选书的样子很是专注，颇有遗世而独立的味道。

辛茹也不好说什么，带着她摔裂了屏幕的手机走进隔壁的"苏简简手机店"。修手机的女师傅，辛茹还是头一次见。苏简简也就二十来岁，一头麻利的短发，要不是化了妆涂了口红，辛茹会把她认成一个长相清秀的小子。但那一双清亮的眸子，的确是属于女性无疑的。她检查了辛茹的手机，说内屏也坏了，需得去市里调货，一时半会儿没法修好，问辛茹是不是来岛上旅游的，等两天行不行。如果急着离岛，就只能去岛外修手机了。

辛茹有些失落，问苏简简："店里都不备这些必备的零部件吗？"苏简简笑着说："小本经营，资金有限，只能缺啥补啥。"于是，辛茹表示自己可以等。

"那你留下联系方式，回头我姐修好了，打电话让你来店里取手机。"手机店连着后间厨房的门里走出来一个小年轻，二十出头，和苏简简长得很像，面庞清秀白皙，只不过是男生相。听到他的话，苏简简作势要打他，他连忙喊着："烫！烫！"说着将手里端着的一碗热腾腾的肉片放到柜台上，嘴里冲苏简简撒娇："姐，你有没有良心啊？我给你煮了午饭欸，你竟然要打我！"

苏简简并没有领情的样子，说："就是打你个没脑子的，你让人家怎么留联系方式？人家手机坏了，放咱们店里修呢。"

苏从一拍脑袋，对辛茹说："抱歉啊，这位小姐姐，是我考虑不周，那我们给你修好了手机，你要怎么来拿呢？或者你住在岛上哪家客栈，修好了，我给你送去。”

辛茹笑道：“不用不用，你们最快什么时候能把我手机修好，我过来取就行，我就在银山小学教书，距离你们家手机店不远。”

“你是银山小学的老师？”苏简简一下来了精神。

“可是以前没有见过你啊！”接话的是苏从，“银山小学所有老师我都认识，你们那个美术老师陈侨英的手机就是在我们店里买的呢。”

听苏从提到陈侨英，辛茹心下嘀咕，不明白陈侨英既然为她带路了，为什么走到手机店隔壁就不走了，只在奶茶店里等着。她和手机店这姐弟俩不熟悉，也不好多问什么，只说：“我是来银山支教的，今天刚到，所以你们以前没见过我。”

听说是来银山支教的老师，苏从更热情了，连忙打听辛茹的名字，说回头一把手机修好，就给她送到学校去。

辛茹道别姐弟俩，从手机店出来，心里总觉得奇奇怪怪的。而陈侨英早已等候在奶茶店门口，见辛茹出来，就立马递上手里的奶茶。

“谢谢哈。”辛茹接过奶茶，道了谢，想同陈侨英说说手机店里的情形，但他一副拒人于千里之外的样子，她又只好作罢，只能跟着他走回学校去。

手机店里，苏简简冲苏从翻了一记白眼，冷哼道：“对这位辛老师这么殷勤，你不会是对人家有什么非分之想吧？人呢要认清自己几斤几两，癞蛤蟆不要老是对着天鹅流口水，流了也白流……”

苏从很委屈：“姐，你这样说话可太没良心了，我还不是为你制造机会，到时候手机修好了，你给辛老师送到学校去……”

苏简简勉为其难地答应了，唇角却是掩藏不住的笑意。

4

食堂里，寄午餐的学生都已经吃过饭，回班级午休去了，老师们才拿着各自的餐具进来。陈昭校长平日里都是和黄竹在自己宿舍自力更生，这会子却到食堂来，不过并不是为了打饭，而是想看看辛茹来了没有。辛茹空手走进食堂，陈昭立马招呼她过去，向大家介绍道："上午，连书记、魏宣委他们来开表彰会，我匆匆忙忙的，忘记向各位老师介绍了，现在我郑重向大家介绍一下，这位是这学期新来的支教老师，市实验小学的优秀青年教师辛茹！"

食堂里顿时响起热烈的掌声，还有人用筷子和调羹敲起了碗碟，陈昭校长立马示意大家安静，说："都是老师，这样敲敲打打像什么样子？"

有人喊："像丐帮，陈校长就是丐帮帮主。"

陈昭校长立即叫停大家的玩笑话，说："都是老师，还是要注意形象，不好乱开玩笑，还会把咱们辛茹老师吓到。"但是他的告诫却让大家更加欢腾，一时间整个食堂都是欢笑声。他只好抱歉地安抚辛茹："老师们平常喜欢开玩笑，别介意，习惯就好。"

每个单位的同事相处时间久了，熟了，都有感情了，自然就开得起玩笑，辛茹完全理解，便对大家鞠躬，请大家日后多多关照。于是又是一片欢迎的掌声，有人还起哄着"欢迎欢迎，热烈欢迎"。最后，陈昭校长便说，今天是教师节，学校又迎来了支教的辛茹老师，所以特意交代了食堂给大家伙加菜。

校长话音刚落，食堂煮饭的联叔联婶夫妇就给大家端上了一锅羊肉，顿时整个食堂都是羊肉的扑鼻喷香。联叔联婶告诉大家，这是陈校长自掏腰包去金山合作社给老师们买的一只“海羊”，由合作社负责宰杀洗净，羊肉连同羊血羊杂一起送到学校来。陈昭校长亲自给辛茹盛了一大碗，告诉辛茹，“海羊”是海岛的特产，村民将山羊崽寄在金山合作社饲养，再托合作社销售出去。最早，山羊的销路只在岛上，远近的游客慕名来到银山才能吃到地道的海岛山羊，后来一有名的诗人来到岛上，品尝了海岛山羊后，对这独特风土养育出的清美的山羊肉赞不绝口，就提议金山合作社尽早注册“海羊”商标，可以通过电商方式将这美味的海岛山羊加以推广，让全国各地更多的人能够享受这集山珍海味于一体的佳肴。后来，在银山镇党委书记连俊生的牵头下，诗人的提议被很好地实行，如今的“海羊”已经成了银山的一大特产，远销新疆等地，更有许多游客亲临银山，便是冲着“海羊”的美味来的。

老师们已经纷纷用餐具装了羊肉，坐到位置上，大快朵颐起来，一个比一个吃得香。辛茹忍不住咽了口水，但是她第一天到学校，对学校的很多规矩、习惯都不熟悉，并不知道要自己准备餐具。陈昭校长便让联叔拿了个小汤锅装了满满一锅羊肉和羊杂，用盖子盖住端到辛茹跟前来。辛茹连忙摆手，说：“校长，我知道海羊很好吃，可是这一锅也太多了，我吃不完呀！”

“拿去宿舍和侨英老师一起吃。”陈昭校长目光里充满老父亲的关怀和了解，辛茹心里一咯噔，看起来似乎是发生了什么奇怪的误会。果然食堂里就有老师起哄：“辛茹老师啊，我们‘海羊’和男朋友一起吃更香。”银山小学里的大多数老师都在四五十岁年纪，年轻的面孔比较少，辛茹发现此时此刻老教师们看着她的目光都藏着姨母笑。

“不是的，你们误会了……”辛茹刚想解释什么，就看见黄竹站在食堂门口向她招手。她只好端着小汤锅里的羊肉走向黄竹。

一到食堂门口，黄竹就把辛茹的小汤锅接过去，领着辛茹朝楼上宿舍走去。

“辛茹啊，你来了就太好了，原来我们老陈为了侨英老师都快要愁死了……”黄竹边走边说道。

原来，这陈侨英是市教育局办公室主任陈侨声的弟弟，兄弟俩都是海岛人，不过幼年时候就跟随父母离岛求学去了。陈侨声先是在市里宣传部工作，后来又到了市教育局担任办公室主任一职，对于海岛人来说，陈侨声算是银山的骄傲了。至于这陈侨英，只知道他从小就有画画天赋，大学还考上了美院，一直在外地发展，岛上的人对陈家的这位小儿子一直不太了解。海岛学校由于种种原因，在体美音专业教师配备上一直都不充足，市教育局也一直想要弥补这块短板，对海岛学校倾斜扶持，前两年终于通过考编配来了专职的体育老师和音乐老师，可是美术专职教师还是欠缺，只能由其他语数老师兼任。陈昭校长便通过学校微信公众号发布招聘信息，想为银山小学招到一名专业的美术老师，可是招聘信息发布后，大部分认识的人都帮忙发了朋友圈，依旧石沉大海。

“那段日子，我们老陈为了这个事没少发愁，吃饭不香，觉也睡不好，当时我和学校里好多老师都劝他，美术老师招不到就招不到吧，不就画画吗？我们这些老教师都是中师生出身，谁上台不能画两笔，不会唱几句？可是我们老陈就是个一根筋，”黄竹说着摇了摇头，“他一直跟我念叨，美育对孩子来说太重要了，要是从小不树立正确的审美观，不培养高尚的审美情趣，导致孩子长大后美丑不分，那他这个校长可就罪过了，所以啊，再难他也要为海岛的孩子们招一个专业的美术老师回来。”

黄竹虽然嘴里说着老陈一根筋，脸上却是满满的自豪，她欣喜地告诉辛茹，大概是陈昭校长的执着感动了老天爷吧，市教育局的陈侨声主任竟然把他毕业于美院的弟弟陈侨英亲手送到银山来了。

“但是，”黄竹突然话锋一转，“这侨英老师年纪轻轻，正是活泼外向的年纪，却独来独往，不和人交际，学校的集体活动从来不参加的，也不和学校里的同事相处，我们想关心他都没有门路，吃饭也不在食堂吃，打了饭就回宿舍。没上课的时候，他就一个人背着画夹去岛上写生。我和老陈都担心，他万一发生了什么意外都没有人知道的。你说，侨声主任对我们银山小学这么好，我们要是没把他弟弟照顾好，不就对不起人家吗？”

这陈侨英果然是个有故事的人。辛茹在心里慨叹。

黄竹抓住辛茹的手，又高兴起来了：“辛茹，你来了可太好了，我和老陈都松了一口气，原来这侨英老师是有女朋友的啊，我们先前是白操心了。”

辛茹正色道：“黄竹老师，你们大家都误会了，我是今天才到银山支教的，此前我和侨英老师从来不认识，又怎么会是他的女朋友呢？”

“那你们起先怎么一起……”黄竹错愕。

辛茹只好解释了一下陈侨英带自己去修手机的事，让黄竹失落不已，不过辛茹表示虽然她以前不认识陈侨英，但以后大家都是银山小学的同事了，她会和大家好好相处，力所能及关心每一位同事，也包括陈侨英老师。黄竹就特别拜托辛茹多关心一下陈侨英，最好帮他融入银山小学这个集体。

辛茹端着小汤锅敲开了陈侨英的宿舍门，面对香喷喷的一锅海羊汤，陈侨英脸上并没有丝毫喜悦。因为黄竹已经报备过陈侨英一贯的表现，辛茹先入为主见怪不怪，只笑吟吟让陈侨英拿个碗来装羊肉，但陈侨英拒绝了，表示自己已经吃过午饭。

“这样吧，侨英老师，你能帮我个忙吗？”辛茹没有在羊肉锅的问题上磨嘴皮子，只是热情而恳切地看着陈侨英。

一分钟以后，一部分已经吃完午饭的老师从食堂走出来就看到陈侨英端着那锅羊肉，和辛茹一起穿过操场向校门口走去。

大概十几分钟后，两人已经站在一间用红砖翻新过的小平房前，透过围墙能够看到里头的院子，院子里有个老奶奶双手支撑着半人高的板凳走来开门。门开了，辛茹发现这是一位盲眼老奶奶。将老奶奶扶回房间，再把羊肉汤锅放到老奶奶的桌上，辛茹询问奶奶燕子去哪了。奶奶无奈叹口气，告诉辛茹燕子应该又去海边玩了吧。得知辛茹是燕子的新老师，奶奶一把抓着辛茹的手，呜咽起来。从奶奶这里，辛茹得知燕子打小就没了父母，是奶奶一把屎一把尿把她带大的，但是奶奶这一两年眼睛看不见了，燕子就变得越来越不懂事，逃课成了家常便饭，就喜欢往海边跑。奶奶哭着问辛茹，她该拿燕子怎么办呢。辛茹替奶奶盛了一碗羊肉汤出来，安抚了奶奶几句，便让陈侨英带自己去海边找燕子。

海，有着绵延的海岸，尽管辛茹过去看过不少海景，依然被眼前绵延的海岸线惊艳：沙滩无需光着脚踏上去，在视觉里就是温柔的绵软，海水清澈湛蓝，波缓浪静。海滩周围环山群绕，奇石峭壁，满目的草木葱茏，烟波浩渺，置身其中，让人忍不住想踏沙，想戏浪，想垂钓，想拾贝，想登山远眺，想席地作画……如果画下来，这海滩该是一枚漂亮的巨型月牙。

“所以这里就叫‘月亮湾’。”陈侨英说道。

然而，辛茹无心欣赏眼前月亮湾的美景，因为他们在这漂亮的月亮湾并没有找到燕子的身影。陈侨英想了想说，或许他知道她在哪里。

5

对于海岛来说，早晨是一种新生的风情，傍晚是一种圆满的风情，它赋予日出和日落丰富又迷人的形态，而阿狸用他的镜头记录下了九十九次日出和一百一十一次日落。在月亮湾客栈的大堂里，几个住店的旅客正在欣赏墙壁上家庭影院大屏上播放的关于日出和日落的二百一十个影像资料，有人向阿狸竖起了大拇指："胡老板，你太了不起了！这银山岛的日出和日落，通过胡老板你的镜头，不知道震撼了多少人的内心。"

阿狸听着这样的盛赞，却是一脸安静。他是个二十来岁的小伙子，但与一般的年轻人很不一样，身上少了青春的戾气，多了一份水一样温柔的诗意。他穿着白色复古风棉麻质地的衬衣，脚上一双布鞋，是一个眉目有诗的男子。

他说："银山岛这执着的日出和凄美的日落，可不是为了搅乱一份平静的内心，而是为了那些城市人，让他们纷乱的内心归于平静，受伤的心灵得以治愈。"他的言语和笑容一样，恬淡如菊。

"胡老板，你是哪里人啊？为什么会留在海岛开民宿呢？"有人问。人们初次见面，总对这位年轻的客栈老板的来历充满好奇。阿狸来自北方，却有着和北方人截然不同的气质，倒像是南方孩子一样清秀苗条。他喜欢无拘无束漂泊流浪的生活，却在邂近这个海岛的时候意外停下了，就像一只小船日复一日随波逐流，偶然在一个港湾停泊。是风，是海风的召唤。就如北方的高原对南方孩子充满诱惑一样，他这个北方孩子是如此迷恋南方的海洋、海洋上的岛屿、从海洋上吹往岛屿的风……每一样都性感而魅惑，让他想要留下来，亲近她们。

这时，客栈外头的院子里有个孩子在喊他：“胡老板！胡老板！”又是那个孩子来卖海漂垃圾了，不知道今天她又在海边淘到了什么宝贝。阿狸快步走了出去。客栈的院子里种满多肉植物。多肉被种植在各种盆子、罐子、木头、树根甚至窗台的土缝里，像是随意种上去的，又像是精心布局设计的，仰着一张张肉肉的笑脸，似乎在欢迎每个入住客栈的游客，让人觉得它们不是一群植物，而是一群活泼小巧的小动物。那个小女孩，瘦瘦的，黑黑的，站在一群多肉之间，亭亭玉立的。她的怀里抱着一块木板，木板上是一个扇贝和一截树根。阿狸从她怀里接过扇贝和树根，她就把手里的木板扬了起来。

“这一定是个好宝贝！”小女孩整张脸都神采飞扬，两只眼睛雪亮有光，整个人兴奋得似乎要飞起来。阿狸发现这不是一块普通的木板，而是一块残匾，不知它经历了多少岁月洗礼，亦不知它在海上经历了多少海浪的浸润，才经由这个孩子的手到他手里。看着它，阿狸内心和小女孩一样激动澎湃。

他从兜里直接掏出了一张百元大钞递给小女孩，这比他以往任何一次收购她的海漂垃圾给的钱都要多，而小女孩没有丝毫推辞，只是拿着钱兴高采烈地跑了，给他留下一句：“胡老板，我就知道你是最识货的。”

陈侨英和辛茹终于走到一块写着“月亮湾客栈”的木牌下，只见周围随处可见石砌的小房子，石墙上布满绿色的苔藓，石缝里开满小小的野花；遍地都是石砌的小水沟，三三两两的小鸭子在水沟里觅食，嘎嘎嘎嘎叫着。面前是一条绿苔斑驳、鹅卵石铺就的窄巷，一侧的矮墙石缝里全都长出别致的花草，在海风里摇曳生姿，仿佛路标一路指引人们抵达客栈门口。

客栈门口，一个孩子撒开脚丫子飞奔出来，像一只自由的兔子。

是燕子。但燕子发现辛茹和陈侨英后立即改换路线，爬上巷子的矮墙，往另一边跑去。辛茹穿着带了跟的凉鞋，没跑几步脚就崴了，她只能拜托陈侨英帮她去追燕子，请陈侨英务必将燕子带到学校。她不能让燕子再继续逃课了。燕子跑，陈侨英追，两人很快都消失在辛茹的视线里。

辛茹回头看看远处月亮湾客栈的招牌，突然想起什么，一瘸一拐朝客栈走来。阿狸正在电脑上查找资料，一个年轻姑娘就从客栈外走了进来，光着脚，手里提着一双凉鞋。

“啊，辛茹！”阿狸喜出望外。

谁能想到他们是认识很久的网友，但这却是第一次线下见面。阿狸因为漂泊者的身份，在岛上开民宿的经历，以及拍摄了超级治愈的日出和日落，早已是小有名气的网红。网络的神奇之处便是缩短了人们社交的距离和成本，哪怕是相隔千山万水，也会因为契合的灵魂而彼此投缘。辛茹与阿狸常常因为对网络上的同一事件有着相同的观点和看法，而视对方为知己。只是两人从来没想过会线下见面，把这种友谊发展到生活里。

“你的脚怎么了？”阿狸给辛茹找来舒适的拖鞋，又拿来了膏药。辛茹还是穿上了自己的凉鞋，告诉阿狸自己来银山支教的事。阿狸很高兴，并告诉辛茹自己得到了一件好宝贝，那竟是六十几年前一个台湾县长的牌匾，跨越时空，与他相遇，除了奇异的缘分，没有别的理由能够解释。阿狸向辛茹展示那块牌匾，又把笔记本电脑上自己查阅到的资料递给辛茹看。辛茹看着那块上了年纪的牌匾，问阿狸："你说它是一块海漂垃圾？"

阿狸点点头，告诉辛茹捡来这块牌匾的孩子叫燕子，正是银山中心小学的学生。

"也是我的学生。"辛茹有些无奈。她从月亮湾沙滩找到月亮湾客栈的路上，已经听陈侨英讲了燕子捡海漂垃圾卖给阿狸的事，因为陈侨英常常在海边写生，所以会常常在海边撞见燕子，便知道燕子卖海漂垃圾的事。

"阿狸，我想请求你一件事。"辛茹说。

"好！"阿狸爽快地答。

阿狸骑着他的小电驴将辛茹送回了学校，并约她傍晚放学后去月亮湾看日落。距离上课还有半个小时，但喜伯已经上岗，他给辛茹开了门，告诉辛茹陈侨英已经把燕子带回了学校。辛茹走到教室，看到燕子正坐在教室最后一排她的位置上吃"红龟"。见辛茹走进教室，燕子就把桌上另一个"红龟"递给她，说："陈老师说，你也没吃午饭，让我留一个给你。"

辛茹这才感到饥肠辘辘，于是接过"红龟"吃起来。"红龟"显然刚被热过，软软糯糯甜甜烫烫，那滋味香得不得了。

"红龟"是闽东一带人们婚嫁或婴儿满月都要分给亲朋好友品尝的包馅粿品，闽南、台湾和粤东潮汕地区也很流行。"红龟"一般做成饭碗大小，用晒干炒熟的豌豆粉加少许面粉，和着红糖蒸熟后搓成团状，再搓成长条状，用刀切成一粒粒，辅以花生酥、绿豆沙、芝麻、番薯茸、蜜饯碎块、冬瓜糖等做成馅料，上面盖一张像乌龟壳一样的粿皮，下面垫上两张抹了薄薄一层花生油的柚子叶。粿皮是粳米和糯米三七开混合磨成米浆，沥干放进蒸笼蒸到六七成熟，再加进少许红色食用染料揉匀做成的。

“陈老师怎么会有这个？”辛茹好奇地问燕子。

燕子说，学校里三年级的女老师暑假里刚刚生了个儿子，前几天满月了，就让丈夫到学校来给同事们发“红龟”。女老师已经四十多岁，大女儿今年还考上了大学。

“你说，她为什么快五十岁了还要生孩子，是因为想要儿子吗？”燕子问。

辛茹有些哭笑不得，说：“她哪里知道一定能生儿子呢？我想她如果生了女儿，也是一样喜欢的。你还是个孩子，可以别胡思乱想吗？把心思放在学习上，好不好？”

提到学习，燕子的脸色就不好看了，她闭着嘴不肯回答辛茹的问题，一副倔强的样子。

辛茹拍拍她的头，让她好好坐在教室里等她，她回宿舍拿一下课本和教参。看着辛茹的背影，燕子撇了撇嘴角，继续吃“红龟”。这个新来的女老师想干吗？想把她改造成听话的好学生吗？那她就太自以为是了。这些年，总有一些自以为是的大人想来改造她，他们以为给她送吃送喝，给她一点钱，给她送些二手衣服，她就一定要听他们的话吗？她又不是他们的奴才，她有她自己想做的事，她也不在乎岛上的人怎么看她。这些年，岛上的人对她的风言风语，她听太多了，早就习惯了，她根本不会在意。

骂她，讨厌她，才是这些人真实的面目，而这个辛茹老师，不过是换一种方式而已，等她发现她根本就不愿意听她的话，她的耐心就会用光，她就会和岛上的人一样讨厌她，嫌弃她，那才是真的她。

燕子沉浸在自己对世界的认知里，守着自己的固执与仇恨。教室外头已经有了喧哗声，学生们来上学了，很快五年级班上也有人冲了进来。孩子们看到燕子竟然是最早到班级的，都充满了惊讶，但只有海潮海涛兄弟俩把这种惊讶表现了出来。

“哟，稀客啊！”

燕子丢给他们一记白眼：“关你们屁事！”

海潮海涛兄弟俩的脸色“刷”一下变了：“燕子，你怎么说话的？你爸你妈没有教你要好好说话吗？哦，你爸妈早就死了，没人管教你……”

燕子的脸色比墨还黑。

钟美丽拿着一条自己编的手链走到燕子身边，说：“我——喜——欢——你——”如果钟美丽不说话，的确看不出来她是个弱智儿童，但一开口，就表现出了与正常小孩的不同之处。她梳着两条羊角辫，戴着黑框眼镜，干干净净一张脸，衣着也很整齐，可是脸上挂着傻笑，说话也总是拖长音。谁能不说这么漂亮一个孩子却在小时候发高烧时烧坏了脑子是一件可惜的事呢？

可惜不可惜是正常人才会思考的事，钟美丽有自己的快乐。她喜欢编手链，再送给老师和同学。如果有人能接受她的手链，她的心情就能快乐得飞起来，可是大家都不接受她的手链。

燕子正在气头上，钟美丽就像撞枪口上的鸟，燕子把钟美丽粗暴推开了，嘴里骂了一句：“大白痴，滚开！”

手链掉在了地上，钟美丽很伤心。

海潮海涛兄弟俩开始主持正义：“燕子，你连傻子都欺负，你还是不是人啊？”

“我……不是……傻……子……”钟美丽费力地声明，可是无人会听她的心声。燕子朝海潮海涛兄弟俩梗起了脖子：“你们这么有爱心，那就娶傻子做老婆啊！”

燕子来不及得意，海潮海涛就向她冲了过来，燕子也拍案而起，向着海潮海涛冲过去……立即，班上的学生都围了过来，钟美丽看着扭打在一起的三个同学，吓得尖叫。

雷倩倩是班级的纪律委员，也是班上最漂亮的女生，她走过来试图拉架，但三人打架的架势吓到了她，她空喊了几句“别打了”也没有任何效果，只好一跺脚走到第一组第三排靠窗位置上坐着的班长廖小圭身边。

“小圭，你快管管他们。”雷倩倩说。

廖小圭手里拿着本读物，一副两耳不闻窗外事的样子。

雷倩倩急了：“小圭，你是班长！”

雷倩倩喊完这句话，教室里神奇地安静下来。雷倩倩和小圭都讶异地抬头，看到同学们纷纷跑回座位，只有钟美丽站在原地，傻愣愣盯着教室门口。雷倩倩和小圭望向教室门口，那里正站着一个年轻女老师。上午，黄竹老师和大家说过，下午他们就会有新老师了。新老师很漂亮，手里抱着课本和教参，一脸严肃。这份严肃挺吓人的，就连打架的燕子和海潮海涛都停了下来。

“还不回座位。”小圭小心提醒。雷倩倩急忙走回自己的位置去，钟美丽见状也移动了她的脚步，但是无论如何都走不快，急得她满头大汗。还是女老师走过来，拉了她的手，问她坐哪个位置，然后把她送到了位置上。

等大家都坐定了，辛茹问：“班长是谁？”大家把目光都投向小圭，小圭很不情愿站了起来。

“带大家预习课文，怎么预习，知道吧？”

小圭点了头。

辛茹指着教室后排，说：“你们三个，出来！”

女老师很威严，朝着教室后门指了指，下达了不容人抗拒的指令，燕子和海潮海涛三个就垂着头从后门走出去。

辛茹放下教参，从前门走到走廊上和他们汇合，检查了他们身上的伤口，都是些抓痕，不严重，但看着明显，便问他们：“知道医务室在哪里吗？”

“这个我们俩最清楚了。”作为学校里调皮的学生，他们平常没少往医务室跑。海潮兴奋地说着，一看到辛茹严肃的面孔立即闭了嘴。

医务室门口的标识牌上写了“王桂香”的名字，辛茹领着三个孩子走进去，便热情地问：“王医生，在吗？”

医务室里用一节屏风隔开了里间和外间，外间放着一张简易桌子，桌上摆放着大大小小的医务用品。有一个青年人，三十岁左右的光景，从屏风后面转了出来。他穿衣打扮都挺时髦，模样也长得帅气。

辛茹冲他礼貌笑着打听：“王医生在吗？”

见他没反应，辛茹又说：“桂香姐，在吗？我班上这几个调皮鬼受伤了，想让桂香姐给他们看看。”

话音刚落，就听海潮海涛“扑哧”笑起来，燕子唇角也扯出个看好戏的笑容来。

“你们还好意思笑，瞧瞧你们干的好事儿！”辛茹拉过燕子，将她手臂上的抓痕伸到海潮海涛面前来。

“我们也被她打了。”海潮海涛也伸过自己的手臂，两人的手臂上也有不少抓痕。

“幸好都不是伤在脸上，”看着海潮海涛嬉皮笑脸的样子，辛茹没好气道，“还笑呢！打女孩子很光荣吗？被女孩子打很光荣吗？等上完药回班上好好反思。”

辛茹再抬起头来时，见那男青年已经拿了墙上的白大褂穿起来，只听孩子们笑嘻嘻说，他就是王桂香医生。辛茹顿时有些尴尬，向王桂香道歉。王桂香双手插在白大褂的口袋里，耸耸肩说：“正常，我的名字从小到大都会让人误会。”

替三个孩子的伤口消毒上药后，王桂香摇了摇头，冲辛茹说道：“你是新来的支教老师，对他们不太了解，这几个都是我这里的常客了，调皮得很，以后有你辛苦的。”说着又转向三个孩子，嘱咐他们少惹事，好好学习。

谢过王桂香，从医务室出来，燕子用余光瞥一眼海潮海涛的手臂，上面抓痕都抹上了碘酒，满手臂都是蓝蓝紫紫，她的目光又落在海涛的脑袋上，那里有一小撮头发脱落了，露出了头皮。她心里有些庆幸，那是她起先打架的时候抓的，只是辛茹老师和王桂香医生都没有发现。

“晚上，我送你们三个回家，”辛茹说，“毕竟在学校里受伤了，得向你们家长做个交代。”

“我奶奶眼睛看不见，没必要。”燕子立马说道。

“我爸我妈晚上时间忙着呢，他们不会发现的，也不是什么大伤。”

“如果他们发现了，我们就说是自己摔的。”

海潮和海涛都乞求地看着辛茹：“我们不想给老师添麻烦。”

“是不想给我添麻烦，还是不想被你爸你妈批评啊？”辛茹带着点宠溺的目光斜睨着兄弟俩，“无论如何，欺骗父母都是不对的。”

辛茹有自己的坚持，在实验小学教书这些年，学生在学校擦破点皮，她都会第一时间与家长联系的，但今天是第一天，她还没有海岛家长的联系方式，只能晚上放学后再去家访了。

现在，先把这节课上完。

6

辛茹在黑板上写下了自己的名字和联系方式。

“大家把我的手机号抄写下来，平常有事可以给我打电话。”辛茹站在讲台上看着教室里二十多张新鲜的面孔，这是她和他们的第一节课，她很高兴的一点是，全班都到齐了，没有人逃课。但是她对他们还一无所知，她希望能够先了解他们，这比着急忙慌开始教课本上的知识更重要。

“我的自我介绍做完了，下面轮到你们了，”辛茹微笑着看孩子们，要求每个人都要站起来说一个自己的优点，“谁先来发言呢？”

静默了大概有半分钟，终于有一只手举了起来，是钟美丽。

然后全班哄堂大笑。

“这有什么好笑的？不应该鼓励她吗？”辛茹理所当然地说道，并带头鼓掌。掌声会传染，全班哄笑很快变成了全班鼓掌。掌声里，钟美丽姗姗站了起来。

“优点……优点是……什么……东西？”钟美丽一脸憨笑，无辜地看着辛茹。全班再次哄堂大笑，场面有些失控。

“海潮，你来做一下自我介绍吧！”辛茹把目光投向海潮，因为刚才他笑得最大声，一旁海涛捂住自己的嘴，忍不住幸灾乐祸。

海潮勉为其难站起来，问辛茹：“每个人都要站起来做自我介绍吗？”辛茹告诉他，是的。于是海潮说自己比海涛长得高大，不容易被人欺负。海涛不服气，立马插嘴：“高大有什么用？”辛茹看向海涛，做了个“举手”的动作，示意他要发言请先举手。海涛举手了，辛茹请他站起来发言，他一站起来就迫不及待看向海潮，说道：“你高大有什么用？你连燕子都打不过，你只是比我更像饭桶。”

场面再次失控了，“饭桶”二字让全班学生笑个没完没了。辛茹只好用教鞭敲了讲台桌，专门整顿了课堂纪律。

轮到雷倩倩了，雷倩倩说自己的优点是学习成绩好，马上引来唏嘘声，是海涛。海涛喊话雷倩倩：“在小圭跟前也敢说自己成绩好，岂不是鲁班跟前弄大斧头？”但是小圭说成绩好并不是他的优点，他没有优点。海涛则大喊：“小圭的优点是喜欢装……”

辛茹感觉自己的汗都要下来了。海岛孩子的课堂和她预想的大不一样了，和她过去执教过的实验小学学生的课堂也很不一样。她在每个孩子身上都感受到了一种野性，这对她挑战性很大。

一堂课在孩子们的七嘴八舌里即将接近尾声，全班就剩燕子一个人还没有做自我介绍，辛茹点了燕子的名，孩子们不由亢奋起来，纷纷说燕子身上全是缺点没有优点。

辛茹伸出双手示意大家安静，请大家听听燕子的心声。燕子臭着个脸，对同学们的评价显然很不满意，可是看着辛茹示好的笑容，她又实在想不出自己能有什么优点，就说：“我身上的确都是缺点，没有优点。”

为什么辛茹老师的问题不是问每个人的缺点是什么呢？这样她就能给自己说出一堆来：不爱学习，成绩不好，喜欢小偷小摸，还喜欢向别人讨钱……燕子在心里默数着这些，整个人就如泄了气的皮球般，继而她听到了辛茹的声音：“我知道燕子的优点！”

人见人嫌的问题学生燕子竟然也有优点？孩子们难以置信地看向辛茹，美丽的女老师从容淡定看着大家，言语掷地有声："我知道燕子的优点，她是个劳动小能手！"

"我今天中午和陈侨英老师一起去了燕子家里，燕子家里干净整洁，全是燕子一人打扫的。"

是的啊，她喜欢劳动，喜欢做家务，可这算什么优点呢？别说孩子们，燕子自己心里也嘀咕，但辛茹老师说，每个人身上都有各种各样的优点，不是只有成绩好才叫优点。可是家务做得好，喜欢劳动又能怎么样呢？老师只会喜欢成绩好的学生。燕子内心并没有因为被辛茹肯定而产生丝毫的激动，反而在自嘲着。

"六年级的黄老师跟我说，这学期咱们班的劳动委员转学走了，现在咱们班还缺一名劳动委员，我提议让燕子来担任我们班这学期的劳动委员。"

辛茹的提议让全班一下炸开了锅，班长小圭站起来表示燕子学习成绩差，怎么能当班委呢？

小圭的意见很快得到班级同学的附和。辛茹看向燕子，她显然很习惯自己总是处于这种舆论的风口浪尖，面对全面的质疑和否定，脸上是一副无所谓的态度。但这无所谓的外表底下其实潜藏着一颗渴望被认可的心。

每个人都渴望外界的认可，没有人希望自己一再被否定、批判，辛茹用同理心推己及人。她给了燕子一个鼓励的微笑，继而向全班同学郑重宣告："燕子现在只是代理劳动委员，等她学习成绩好了，就可以转为正式的劳动委员。"

下课铃声响起，辛茹到银山支教的第一堂课就这么结束了。看着孩子们如出笼的小鸟跑向教室外，辛茹的心情很复杂，有一种说不清道不明的失落及从未有过的挫折感。

教室里只剩下为数不多的几名同学没有到操场上玩耍，辛茹将目光投向教室一角，钟美丽正拿着一条手链递到小圭面前，嘴里不停说着：“我……喜欢……你……”小圭坐在位置上只低头翻看手里的读物，压根不瞧钟美丽一眼，仿佛钟美丽是空气。钟美丽脸上的憨笑越来越虚弱，拿着手链的手也开始发抖。辛茹忙走过去，摸摸钟美丽的头，问她：“美丽，可以把你的手链送给老师吗？”

钟美丽的笑容又灿烂起来，她将手链放到辛茹手中，激动地说：“我……我……喜欢……喜欢你……”结巴更严重了。

辛茹戴上钟美丽的手链，敲敲小圭的桌子，说：“小圭，跟老师去办公室一趟。”

小圭不明白，打架的是燕子和海潮海涛，为什么被谈话的是他。

站在教师办公室里，小圭一脸郁闷，周围老师的目光也看得他不自在。

辛茹说，身为班长，在老师不在的时候，有责任维护好班级的纪律。小圭说他本来就不想当班长，是因为前一任班主任肖梦云看他学习成绩好，硬是要选他当班长的。辛茹表示，当班长除了学习成绩要好，管理能力也要强，还要有为全班同学服务的心，职务越大，责任就越大。辛茹的观点显然和小圭现有的认知很不一样，他抿着唇，脸上的不自在已经到了一个极限。

辛茹看着这个孩子，他比同龄孩子都要高，形象也好，眉清目秀的，按照起先课堂上的反馈，他的成绩也是班上最好的，或许太顺风顺水了，他身上有一股子傲气和锐气，考虑问题和表达观点时都比较自我，对其他同学缺乏同理心，他似乎需要一些挫折教育。

“小圭，你现在对老师说心里话，你这个班长还愿意当吗？”辛茹看着小圭。

少年短暂沉默后，摇了摇头。

“那好，既然这样，那你这个班长还是先免了吧。”

辛茹看见小圭的面色瞬间白了，她不由在心里摇头，真是个口是心非的孩子，但他现在的确需要一场考验来帮助自己真正成长起来。

小圭摘掉了戴在胳膊上的中队长的标志，垂头丧气地走出办公室。

看着小圭的背影，辛茹心头也闷闷的。黄竹将一沓作业本搬到辛茹身边批改，关心地问辛茹第一节课顺不顺利，孩子们有没有淘气。辛茹给了她一个勉强的笑容，说还好。黄竹说，海岛孩子学习主动性不太强，需要老师跟在屁股后面监督着。

“就像老牛拉破车，抽一鞭才肯走一步，”黄竹调侃道，“不像你们城里，学生家长普遍对孩子的学习盯得紧……”

“所以，在城里当老师比咱们在海岛当老师省心多了。”接口的是刘星辰。

辛茹看向刘星辰，解释道：“当然也不是，城里家长有城里家长的优缺点，他们文化水平普遍比较高，对孩子的学习普遍比较重视，但对学校和老师的工作也很挑剔，遇事常常不愿意事先沟通，第一时间想到的就是投诉，这也让很多老师在工作当中显得束手束脚。”

刘星辰一下来了精神：“所以，辛茹你在市里也被家长投诉过吗？”

辛茹点了下头：“刚入行的时候，莽莽撞撞，被家长投诉过，后来工作时间长了，在处理家校关系上经验也多了些，知道了老师和学生、老师和家长的关系归根结底也是人与人之间的关系，人与人之间以诚相待，真心换真心，互相理解，最后都能和谐相处的。”

“但愿不是剃头挑子一头热。”刘星辰腹诽着，江胜教导就走了进来。

“辛茹啊，这个给你。”江胜教导笑眯眯将一个本子放到辛茹面前。辛茹拿起来一看，竟是他们班的家访登记本。

“肖梦云以前工作特别认真，这本家访登记本记录得很详细，你们班每个孩子的情况上面都有，我估摸着你应该需要。”江胜教导说道。

辛茹欣喜不已，忙向江胜教导道谢。

7

江胜教导的举动让刘星辰心里很不舒服，看他对辛茹那个殷勤的样子，不知道的还以为辛茹才是他徒弟呢。校长夫妻俩对辛茹也是格外照顾，嘘寒问暖，殷切关怀；晚饭的时候，联叔联婶给辛茹菜盘里打饭分量也打得比别人足；就连保安喜伯，都特地给辛茹送来了一袋水果……学校里每个人对辛茹都格外好颜色，他们今天一天的笑容比她在岛上教书这些年看到的加起来都多。

月亮湾的沙滩上，林斌摆上了野餐垫，再把各种吃食一样一样摆上去。“你最爱吃的芒果。”他说着亲手剥了一个，用餐巾纸小心包住底部，递到刘星辰跟前。刘星辰却嫌弃躲开了，说怕脏了自己的手。林斌就好脾气地双手拿着芒果喂到她嘴边来，刘星辰这才咬了一口。

林斌说："难道就不要礼尚往来吗？"刘星辰便拈了个果块喂到他嘴里。林斌还不满足，偏要噘起嘴巴，刘星辰只好再赏他一个香吻。林斌的心情就像海面上的海鸥，扑棱了两下翅膀，就飞了起来。海水异常清澈，天空异常湛蓝，傍晚的夕阳驼红如酒，脚边的沙滩细软缠绵，一切都是热恋的味道。

刘星辰看着眼前的海、眼前的山、眼前的人，总觉她的爱情铺张浪费奢靡，像做梦一样，她的身份匹配不上。于是，她总在每一个约会的甜蜜度达到最高峰值的时候开始患得患失。而林斌终于发现了刘星辰的不开心。

"你怎么了？"他关心地问，伸过一只手来抚摸她的额头。"没什么。"她知道自己的问题所在。他过去也提了许多次，她总是在两人约会最酣甜的时候表现得煞风景，于是她开始说些其他话题，转移自己的注意力。两人说着说着就说到了张莹没来海岛支教，魏如青和她在电话里吵了一架的事。林斌说，魏宣委都做好她思想工作了，她突然放魏宣委鸽子，也不提前打个招呼。刘星辰却说魏宣委老婆是聪明人，没有来支教是明智之举，只有傻子才会放着市区学校不待，跑海岛来教书。林斌伸手将她被风吹乱的刘海拂到两侧，笑着说："这么说来，咱们两个都是傻子咯？"

他只是开玩笑，刘星辰却被戳到了心事。她一直想考进城离开海岛的。市教育局规定，在海岛学校执教的老师，教满三年就可以参加进城考试。她是年限一满足就报名参加了进城考试，连着考了两年都没有考上，这对她的自信心打击很大。

"如果我有肖梦云那么优秀就好了。"她不无羡慕地说。

林斌安慰她："肖梦云也是考了好几年才考上的。"

“可我要是一直都考不上呢？”刘星辰看着林斌，眉头紧皱，眼里满满的期待，她希望他能说出那个她心里一直想要的答案。可是他却一副满不在乎的样子，特别大方表示：“考不上就考不上呗，反正有我在海岛陪你呢！”

刘星辰心里的酸楚像是被从底部捅了一个口子的水袋子，源源不断，没完没了，充溢了整个胸腔，令她整个人都陷入一股负能量的漩涡。

“你怎么可能在海岛待一辈子？你可是副市长的儿子。”刘星辰嘴角一撇，看着野餐垫上林斌为她准备的各种美食，顿时没了心情。

“你又来了！”林斌看着耍脾气的女朋友，刚才的好心情全都消失不见，“你老说我是副市长的儿子，你是平民百姓的孩子，我们之间有差距，我要是在意这个，我就不会和你交往，不会让你成为我的女朋友了啊！”每个人的耐性都是有限的……林斌还有许多话想说出来，但此刻都忍住了。刘星辰却忍不住，把心里压抑许久的不满一股脑发泄了出来。

“既然我是你的女朋友，为什么就不能让你的副市长老爸替我走关系直接调进城呢？他是副市长，替自己儿子的女朋友向市长要个签字很难吗？市长对于我们普通老百姓来说是官员，但对于你爸爸来说，他们就是同事，打个招呼的事情都做不到？说到底，就是从来没有从心里认可我这个未来的儿媳妇，所以你妈才会不停替你安排相亲，就是觉得你不可能和我结婚，迟早要和我分手，你爸你妈对我这个态度还不是因为你对我的态度……”

刘星辰的话连珠炮一样，炸得林斌七窍生烟。他也是有脾气的年轻人，面对无理的指摘，他也满肚子委屈，恨不能此刻站起来就和刘星辰大吵一架，但是刘星辰哭了，他的心就软了。

女孩子在恋爱关系里没有安全感，患得患失，无非是男人的责任，是他给不了她十足的信心，是他让她胡思乱想，说到底是做男朋友的失职。林斌自认在这段恋爱关系里，他始终保持特别良好的自我反思的态度，要知道他可是他妈捧掌心里长大的娇公子，能这样改变自己，委屈自己，还不是因为爱？可是女朋友对他的爱似乎不能感同身受，总觉得不满和委屈。

那就是他解释得不够，总归是他的责任。

“星辰，你真的误会我了，”他恨不得把自己一颗心挖出来给她看，“我妈目前是不接受我们的关系，但我一直在做她的思想工作了，她已经好几个月没有替我安排相亲了，这都是向好的局面，你再给我一点时间，我一定能做通我妈思想工作的。至于我爸……”

林斌顿了顿，斟酌着该用什么言语来形容他的父亲。

“他是副市长不假，但他是个极有原则性的人，先前我妈还为了我工作的事情去找我爸商量，希望他能把我调进城，可是我爸拒绝了，说我是年轻人，凡事要靠自己奋斗。因为这件事，我妈还和我爸吵架呢，但是也拿他没办法，他虽然当到副市长，但是平常根本不会给亲戚朋友开口子走关系搭桥，你是没听到我家那些亲戚平常背后是怎么骂他的。我爸的脾气，我真的不敢为你的事去他面前碰壁，如果挨骂能换来他帮你解决工作调动的事，我倒愿意去挨这顿骂，但是……”

“知道了，知道了……”刘星辰不耐烦挥手打断了林斌的话，没好气道，“我才说几句，你就长篇大论的，好像我逼着你爸犯错误一样。”

“我们家星辰最善解人意了！那你别生我的气了，好吧？”林斌把脸凑到刘星辰跟前来，露出讨好的笑容，刘星辰仍旧耷拉着脸，一张小嘴噘得老高，林斌趁她不注意，就偷袭了一下。

刘星辰推开他，起身去撩一把海水洒在他身上，林斌当然不甘示弱，也去撩一捧海水还击，于是二人在海边打起了水仗。

爱情又开始活色生香了，点缀着这山这海这沙滩，每一缕空气里都飘满香甜香甜的风。爱情的风吹起刘星辰身上，她的发绳断了，秀发在风里自由飘荡，衣袂也在风中翩翩起舞，林斌手中的海水撒出去，散做许多珍珠，落在她的脸上身上，晶莹而甜蜜地碎裂。

在林斌眼中，刘星辰美极了，真实无雕饰，一块瑕不掩瑜的璞玉，与这东海上的岛，和谐一致。

那年轻姑娘的烂漫与天真猝不及防就窜入了阿狸的镜头。

阿狸将视线从手中的单反里移开，但见金光铺满整个海面，仿佛堆砌了一条璀璨的甬道，一直通向天边的夕阳。那个年轻姑娘就站在那炫目多彩的最前沿，让整个海面的辉煌都沦为她的背景板。但她却是朴实单纯的，没有任何矫揉造作，笑得肆无忌惮，自由自在奔跑如风。

阿狸想起他第一次踏足银山岛的时候，也是在这一片海滩偶遇了刘星辰。那一天，渔民赶海的船只刚刚靠岸，许多鱼虾蟹从渔民的网里掉落，在沙滩上活蹦乱跳，啪啪挣扎，她就是带着这样的笑容，迈开这样的脚步，追逐着掉队的海物，将它们一一捡起，扔回渔民的船上……

"阿狸，你拍完了？"一旁，辛茹问他。

阿狸回过神来，赶紧将手里的单反递给辛茹，今天的日落已经在他手上留下了许多娇美的瞬间。

辛茹一边欣赏，一边随口问道："阿狸，你作为一名漂泊者，走过无数地方，为什么偏偏在来到银山岛之后停下了流浪的脚步呢？”

“因为缘分吧。”阿狸的目光飘向远处的刘星辰，她正和林斌踏浪戏沙，活像两个顽皮的孩子。阿狸不由黯然了一下。

辛茹敏感地看向阿狸，问：“缘分？什么缘分？不会是爱情吧？你在岛上遇到了心仪的姑娘？”

阿狸被辛茹问得慌乱，忙顾左右而言他。辛茹也不再追问，只是说：“我今天拜托你的事，千万别忘了。”

阿狸点点头：“怎么会？你放心好了。”

于是二人继续抓拍日落，再不抓拍，一会儿太阳就下山了。

野餐垫上，刘星辰的手机响了许久，林斌先听到了，拿起来看了看来电显示，把手机递给刘星辰说：“你妈！”

刘星辰对着林斌递过来的手机，生出一丝畏怯来。

林斌将手机放到她手上，笑着说：“自己妈妈，怕什么呀？”

刘星辰只好接听了，一股压迫感自电话那头传了过来。

“星辰，你怎么回事？这么久不回家，还不接妈妈电话！”李砚秋女士在电话里质问道。刘星辰无奈，抵触，还带着一丝心理恐惧，说：“妈，这不是接了吗？你有什么事啊？”

“还能是什么事？就是你哥……”

电话那头，李砚秋噼里啪啦一通说，电话这头，刘星辰只觉耳边嗡嗡嗡一片乱响。

刘星辰有个哥哥，叫刘辉。对于刘家这种传统保守的家庭来说，儿子才是家里唯一的希望，至于女儿，或许连锦上添花的作用都够不上，大概是父母用来帮着接济儿子的工具。刘辉马上就要结婚了，这段时间，刘家二老一直为刘辉娶媳妇的彩礼钱奔忙，因为先头已经替刘辉买了婚房，家里的积蓄被掏一空，接下来彩礼和办酒席还要大几十万，已经严重超出了二老的承受能力。除了亲女儿，李砚秋实在找不到可以筹钱的地方了。

可是刘星辰苦钱久矣。

“妈，我教书这些年的工资绝大部分都交给你了，我知道你把这些钱都拿去贴补我哥了，我也不怪你，但是我真的尽力了，你要我再拿出钱来，我实在拿不出来，我的钱早都给你了。”刘星辰烦死了，带着哭腔，双脚在湿漉漉的浪沙里跺着。

面对女儿的诉苦，李砚秋怎么会感同身受呢？她只会觉得刘星辰是个没良心的孩子，她没有因为她是女儿就不让她读书，反而供她读了大学，还有了一个铁饭碗。正是需要女儿反哺娘家的时候，她却不愿意伸出援助之手，那么她生这个女儿还有什么用呢？

听着母亲不可理喻的说辞，刘星辰的眼泪忍不住掉下来，她的成绩本来可以读更好的大学，就因为父母不舍得出学费，才让她读了免费师范生，才让她一毕业就被发配到海岛来教书。但是李砚秋却说，是我让你有了一个铁饭碗，如果我不让你读大学，送你去打工，你能有这个铁饭碗吗？你有铁饭碗，你哥却没有，你不应该帮衬你哥吗？以后谁管我和你爸的死活，谁给我们养老，不靠你哥，难道靠你这个白眼狼女儿？

母亲的这套说辞对于刘星辰来说已不是什么新鲜的说辞，她早就听了无数遍，可是此刻听来，依然心里滴血。母亲天天说儿子给他们养老，那他们不也把家里财产都留给儿子吗？何况以后的事谁知道呢？要是父母有什么病痛要她照顾，难道她一个做女儿的，会袖手旁观？

“星辰，你这个孩子心怎么这么歹毒啊？我和你爸好端端的，你这是咒我们生病吗？”电话那头，李砚秋大声嚷起来，“反正你是我女儿，我给了你一个铁饭碗，让你一辈子吃穿不愁，你就得帮衬你哥！”

刘星辰浑身发抖，在她要扔掉手机的那一刻，林斌及时过来抱住了她。

李砚秋也不知道自己发了多久的疯终于听到手机那头传来一个男声：“阿姨，是我。”

林斌。李砚秋喜出望外，像抓住了救命稻草似的。她对这个准女婿是相当满意的，不是因为他多帅，也不是因为他多高，而是因为他有个当副市长的亲爸，否则就凭他在海岛工作这点，李砚秋也要坚决反对。可是因为那位当副市长的素未谋面的未来准亲家，李砚秋知道林斌不可能在海岛久待。

对于李砚秋来说，林斌是个标准的金龟婿，他是个公务员，母亲是企业家，父亲是副市长，无论权力还是金钱都满足了李砚秋心目中的愿望。她是个没有文化的妇人，在社会规则里，她有她自己浅薄但实际的认知，她知道林斌的家庭背景实在太适合帮衬她的儿子刘辉了。

“林斌啊，好孩子，”李砚秋在电话那头对她的未来女婿露出和蔼可亲的笑容，哪怕这笑容林斌顺着电话线根本看不见，她还是笑到两块苹果肌都僵硬发疼，“你是星辰的男朋友，你肯定是要娶星辰的，对不？”

“当然。”林斌不假思索答道。

“星辰只有一个娘家，只有一个哥哥，这可是亲哥哥，亲哥哥有困难，你和星辰不能不管，对不对？”

林斌不知道李砚秋具体要自己帮些什么，他心里有隐隐的不好的感觉，但还是想听李砚秋明说出来。他说：“阿姨你说，只要力所能及，我和星辰肯定会帮大哥的。”

林斌的回答使李砚秋很满意，于是她就放心大胆说道：“林斌，你能把你将来和星辰结婚的彩礼钱先付给阿姨吗？”

不待林斌反应，刘星辰就把手机抢了过去。只见她冲着手机激动地吼：“妈，你别太过分了！”说着便挂断了电话。

兴许是刚才这一声吼用尽了她全身力气，她整个人都虚脱了。她调转身看着茫茫的海面，海面上，黑的白的海鸟飞过来飞过去，它们在空中时而交集时而分离，谁也不依附谁，只进行自己的表演。可是人哪，活在这个世界上，谁都不是单独的个体，有太多千丝万缕的联系，血缘、朋友、同事、情侣……彼此依靠，还是彼此负担？刘星辰的眼泪流下来，在海风里很快蒸发，只留下两行让肌肤变得紧绷的泪迹，证明它们曾经作为载体，承载过一种叫伤心或者叫绝望的情绪。

“别哭了，”林斌递过纸巾，“毕竟是你亲妈，何必和她较劲？”

她的眼泪已经干了，不需要纸巾了。刘星辰转头看着林斌，心里是一片垮塌的城堡的废墟，她的内心世界常常垮塌，但似乎每次林斌都不能很好地帮助她重建秩序。

“我和她较劲是为了谁？”刘星辰知道自己此时此刻的情绪很多余，很不应该，可是她控制不住自己，还是把心里从李砚秋那里受到的委屈发泄在了林斌身上。“你不和她较劲，你伟大，你无私，那你把我哥结婚的彩礼钱掏了吧，这样我妈就会对你感恩戴德了，不是吗？”

被刘星辰这样呛，林斌的脸色也瞬间变了，刘星辰却没有打住，而是继续挖苦他：“怎么，让你掏钱你就要较劲了？你不是说你反正会娶我的吗？你娶我难道不给我妈掏彩礼钱吗？还是说，你从来就没打算和我结婚？所谓你妈不同意都是借口，什么你妈给你安排相亲，那些女孩都是你自己想要相亲的吧？哦，对了，那个辛茹不是来银山支教了吗？你们以前相过亲，是老熟人了，现在，近水楼台先得月……”

“不可理喻！”林斌弯身从野餐垫上拿起自己的背包，转身就走。

刘星辰也不去追，只瘫坐在野餐垫上，看着他的背影越来越远，最后在她潮湿的视线里，模糊一片。

那边厢，拍落日的两人早被这边厢这场电话风波惊扰，呆呆地见证了全程。

“我们应该过去一个人安慰安慰她。”辛茹提议。

“你去吧，”阿狸说，“你们是一个学校的同事，又都是女孩子，沟通起来容易些。”

“可是他们刚刚吵架的时候提到了我欸。”辛茹有些为难，虽然自己明显被误伤，但还是尴尬，明明什么都没做，却似乎成了罪魁祸首。

但阿狸自觉他更不适合过去，毕竟他是个男的。

最后还是辛茹走过去了，但和她预判的一样，刘星辰对她的到来很不欢迎，甚至对她的突然出现态度冷漠。她擦了把泪，强装没事，收拾了野餐垫和食物，也不同辛茹说什么，径自走了。

8

辛茹的宿舍门锁着，黄竹伸手推了推，确定里头没人。走廊上传来一个声音：“黄老师，我也想吃西瓜呢。”

黄竹抬头一看，鲁洁正斜倚在走廊栏杆上，笑眯眯看着她。

鲁洁很高，骨架略大，穿一身白色带绿条纹的运动服，扎一把短短的马尾辫，额头略高略宽，但鼻子小巧，下巴微尖，令她整个人看起来并不显得粗壮，倒透出一股恰到好处的娇俏。她的肤色略黑，所以学校里老师都笑称她是一朵“黑玫瑰”，她的性格与玫瑰又的确有几分相像，带了几根明晃晃的刺。

黄竹将手里的那盘西瓜给她端过去，放到栏杆窄窄的大理石面上，笑说：“听说辛茹晚上没到食堂吃饭，我想过来问问她是不是吃不惯咱们食堂的饭？”

鲁洁拿起一块西瓜咬了一口，满足地调侃：“黄老师对我们可没这么好。”

“你个没良心的。”黄竹拍了鲁洁屁股一下，鲁洁大咧咧地笑。

黄竹问，辛茹去哪里了？鲁洁告诉她，辛茹去家访了。

来支教第一天就去家访，黄竹难免要心疼辛茹的敬业，“那也不能不吃晚饭哪！”

“她在岛上有朋友的，可能朋友请她吃晚饭了吧。”鲁洁把自己知道的告诉了黄竹，黄竹不放心要给辛茹打个电话，但是想到辛茹向她说起过手机摔坏，陈侨英带她去苏简简手机店修手机的事，于是嘱咐鲁洁把西瓜端去二楼给陈侨英，鲁洁立即头摇得跟拨浪鼓似的。

黄竹便叹息：“鲁洁，你这样挑三拣四可怎么办？对你热的你又怕，对你冷的你又怕，你当一辈子老姑娘算了。”

黄竹口中对鲁洁“热”的那位是学校里教音乐的男老师石呈基。石老师和鲁洁是同一年来到银山小学的，一个教音乐，一个教体育，学校里老教师们总是想替两位牵红线，美其名曰“文体一家”。石呈基对鲁洁还是很有好感的，但鲁洁却觉得他长得太过白净，说话又细声细气，有些女气。

听着黄竹的话，鲁洁很不服气说：“老姑娘怎么了？老姑娘也是半边天！”

黄竹便笑：“你们现在的年轻人啊，思想新潮，我和你们是有代沟了。”

“啧啧啧，”鲁洁立即抱住黄竹笑，“我们黄老师永远十八岁，青春不老。”

“少拍马屁，赶紧去送西瓜。”黄竹催促。

鲁洁便说，画家这个点肯定是去写生了，不在宿舍的。黄竹便看看天色，夜幕已经沉沉笼罩住大地，黑蓝色的天幕上只吊了一枚缺月和几颗星星。简单，又美得让人心疼。

陈侨英从画板前仰起头来，天已经彻底黑了，像一块巨大的磁铁，几颗明星和一枚缺月被紧紧吸住，但她们底下的海像是一块吸力更大的磁铁，与天上那块磁铁较量着，星和月成了天幕里银色的浮雕。陈侨英收拾了画具，在沙滩上躺了下来，他的眼睛直直地望进天幕，天与地似乎构成一顶硕大的帐篷，而他坠落进无穷的黑洞里，被一种悲痛的情绪疯狂侵蚀。

回到海岛已经一年多时光，这里和儿时的记忆比起来，已经发生了翻天覆地的变化，不再是一块未经开发的原始的石头，而是经过了精心的雕琢与培育，成了一件越来越为人欣赏的工艺品，岛上的人、岛外的人从它身上汲取各自需要的营养，物质上的，精神上的，富足与愉悦，强大与柔软。而他也不再是儿时的他，失却属于幼童的天真，带着一身命运送给他的滚烫的烙印。他无法靠近别人，也无法接受别人的靠近，他甚至无法拥抱自己，害怕伤人伤己，舍与得，无论哪一种，他都承担不起。他像一只被剥了皮的动物，小心翼翼蜷缩在世界的一隅，他害怕被人看见满身的血痕，而尽可能减少自己的曝光。假若，他不得已要被瞒目，他就闭上眼睛，抱着掩耳盗铃的心态为自己造一个虚幻的保护膜。

此刻，他再次给自己造一个虚妄的壳，将自己龟缩起来。将痛苦浓缩成一种感觉，不要幻化出具体的画面，已是他最大的修炼。他沉浸在那痛苦的感觉里，用味蕾去承受这痛苦的难以下咽。学会咀嚼痛苦，忍耐，并享受。这成了他的慎独。而年轻姑娘焦灼的哭声打破了他的苦修。

他睁开眼睛，从沙滩里坐起来，看见月色里不远处的沙滩上，一个年轻姑娘正在给躺着的人施救，躺着的人身形像是孩子，而那年轻姑娘竟是辛茹。

陈侨英认出了辛茹，快速起身向她跑了过去。

“侨英老师，你快给镇卫生院打电话。我没有手机，我的手机还在修……”辛茹看着突然出现的陈侨英如见救星，连忙求助。她的双手还在地上孩子的胸口上使劲按压着，她和孩子都浑身湿透，显然她刚把那孩子从海水里捞上来。

情况紧急，陈侨英急忙掏出手机，电话还没打通，地上的孩子就坐了起来，辛茹吓得尖叫了一声。

“我没死！”燕子从地上一骨碌爬了起来，有些厌恶地看着花容失色的女老师，月光和海边的路灯让湿漉漉的小女孩看起来像一条直立的滑溜溜的鱼。

所以，刚才她突然沉入海水里，并不是溺水，而只是一场吓唬辛茹的恶作剧。

辛茹不在意她看自己的目光带着鄙夷，也不追究她的恶作剧，只庆幸适才的一切只是虚惊一场。

“你冷不冷？”她想脱去一件衣服给燕子披上，可是她自己也浑身湿透了。好在陈侨英已经脱了自己的外套给燕子披上。“我们先送她回家。”辛茹对陈侨英说。陈侨英点了点头。燕子却没有马上就走，而是去把自己堆在沙滩上的一堆海漂物都带上，这可是她今晚的战利品。

到了燕子家，奶奶不停追问燕子出了什么事，燕子没有说，辛茹和陈侨英也没有说，辛茹只督促燕子赶紧把身上的湿衣服换掉。奶奶眼睛看不见，但心里明镜似的。“她从小就在海里打滚，水性好着呢。”奶奶悄悄在辛茹耳边说，手里塞给辛茹一件衣服，“以前，肖老师送给她不少衣服，有的太大了，穿不了。”辛茹和燕子去房间里换衣服，就闻见外头厨房里飘来姜被煮熟的香味，热辣辣，刺鼻又温暖，叫人心里沸腾。是陈侨英往锅里切了一头姜，给她们煮姜汤。

姜汤煮好了，燕子竟端去给奶奶，奶奶没好气骂她：“我又没滚去海水里装死。”

燕子只好自己喝，但嘴里还是念念有词的，一副肉疼的样子：“这一头姜要不少钱呢！”

“总比你明天着凉了吃药省钱吧？”辛茹看着燕子，心里只觉好笑，这孩子抠抠搜搜的性格竟和她有几分相像。

喝完了姜汤，交代燕子早些睡觉，辛茹这才和陈侨英一起离开了燕子家。

“今晚真是谢谢你啊，侨英老师。”辛茹的感谢是发自肺腑的，想想自己来支教的第一天，就给这位美术老师添了这么多麻烦，心里很是过意不去。陈侨英对她的感谢却不置可否，只是加紧步伐向学校走去。辛茹也加紧了脚步。虽然换了干衣裳，可裤子还是湿的，内衣也是湿的，海水的盐分此刻全沾附在皮肤上，大概已经替她全身去了一遍角质。回到宿舍，洗了澡，换上睡衣躺下，这一天便结束了。

9

新的一天。太阳早早升起，鲁洁也早早爬起来，把宿舍楼每间房门都敲了一遍。“起来做操了！”鲁洁在走廊上迎着晨曦扯着嗓子喊。晨练是鲁洁来到银山小学后发起的活动，起初，老师们很是抗拒，但架不住鲁洁老母亲般的热情，两三年下来，竟已经成了集体习惯。作为新加入集体的辛茹，她对于这项活动还不适应。

她被鲁洁的拍门声叫醒，借着窗外透进来的曙光，看向对面墙壁的画，微蓝的大海、天空，黑色的海鸟扇动的不是一双翅膀，而是一份孤独，这让她的心情有些低落。这画有毒，看得人好想落泪。得找个时间把这画换掉才好。但是她看着这宽大的墙壁，生出一种无能为力——术业有专攻，她没有在墙壁上作画的本事。她突然想到了陈侨英，陈侨英是美术老师，或许可以求助他。

今天晨练的内容是广播体操，辛茹加入队伍的时候有一种跳广场舞的错觉。因为是新人，老师们难免关注辛茹多了些，大家纷纷夸辛茹动作好看，刘星辰嘟哝道：“做操又不是跳舞，为什么要动作优美？”领操位置上，鲁洁一边跟着音乐有韵律地跳跃，一边对辛茹说刘星辰的意见是对的，体操和舞蹈不一样，体操更多是要展现体魄的健美，动作不必太柔。辛茹虚心接受，笑吟吟表示一定改正。这又让老师们夸她性格随和。

晨练结束，黄竹拉住辛茹小声说，希望下次晨练她能把陈侨英拉上。辛茹也发现了，早上的晨练队伍里没有看到陈侨英的身影，不过按照她从老师们口中了解到的陈侨英的性格，这是情理中的事。对于黄竹的提议，辛茹表示黄竹老师实在是太高看她了，她和陈侨英非亲非故，又没有交情，陈侨英怎么可能看她面子来参加集体活动呢？黄竹却对她露出神秘兮兮的笑：“昨天晚上你和侨英老师很晚了才一起回的学校，我们都看到了。”夜幕里原来藏了那么多双八卦的眼睛，辛茹想再说什么，黄竹不给她解释的机会，还说解释等于掩饰。

到食堂吃早饭，联婶神秘兮兮递给辛茹一袋子生姜，说是陈侨英老师托她在采买今天食堂的食材时一并买的，让辛茹转交给燕子。陈侨英的举动让辛茹很意外。她提着生姜到班级上早读课，却没有见到燕子的身影。其实燕子只是迟到，并没有旷课。她姗姗来了，站在教室门口，看着教室里正在早读的同学们，双唇紧闭，眉头紧皱，憋了一肚子火般。燕子的神色，在辛茹意料之中。

她从讲台上拿起那袋子生姜走出教室，告诉燕子，这是陈侨英老师送给她的。说着想帮燕子把生姜放书包里，却发现燕子并没有背书包。辛茹便问：“你的书包呢？”燕子没有回答辛茹的问题，而是质问她：“胡老板不肯收购我的海漂垃圾了，是不是你搞的鬼？”

昨天晚上，辛茹和陈侨英一走，燕子不顾奶奶反对，就抱着新捡来的海漂垃圾出门。但她到了月亮湾客栈，阿狸却郑重告诉她，以后不再买她的海漂垃圾，让她多花时间好好学习，不要再去捡海漂垃圾了。

“你很聪明，的确是我交代胡老板的。”这便是辛茹央求阿狸答应的事，没有买就没有卖，只要切断阿狸这个渠道，燕子的海漂垃圾就没有了市场。不能卖钱了，燕子也就自然不去捡海漂垃圾了。

“你现在还小，不是赚钱的年纪，你应该花时间在学习上。只有把书读好，未来才有更好的出路。”辛茹谆谆教导，但是燕子却恶狠狠冲她吼：“可我现在就需要钱！”

辛茹依旧好脾气的，微笑着说道：“我了解过，你和你奶奶都是有低保的，你们两个人在生活上应该足够温饱了，如果你还有别的困难，告诉我，老师来帮你想办法。”

但燕子却不肯说，低头看自己脚尖，像一只气鼓鼓的河豚。这是一个倔强又骄傲的孩子，辛茹知道教化这个孩子不可能是一朝一夕的事情，她做好了打持久战的准备。她还是和颜悦色同她说：“那你先回班上，我们上完课以后再谈。”说着把那袋生姜交到燕子手上。

辛茹站在教室门口，目送燕子垂着头走到教室最后自己的位置上坐下，她这才走回讲台上。放眼全班，她有了和昨天初次见面时很不一样的感受。昨天晚上睡觉前，她把江胜教导给她的肖梦云的《家访登记簿》从头到尾翻了一遍。肖梦云是个很负责任的老师，她在记录本里把家访写成了一个个有趣的故事，对每个学生的家庭情况、性格特征都做了详细记录，并加上了自己的分析，每个都让辛茹印象深刻。

辛茹把目光落在海潮海涛兄弟俩身上，这是一对双胞胎，但因为长得并不相像，所以肖梦云猜测他俩应该是异卵双生儿，性格更是千差万别，倒像是互补。海潮有些话痨，海涛有些冲动，海潮没心没肺，海涛则调皮捣蛋，但两个人在学习上都表现得散漫。他们是岛上海上人家农家乐老板、老板娘海大富和江美桃的儿子。见辛茹看过来，兄弟俩都给了她一个大大咧咧的笑，昨天和燕子打架时手臂上留下的伤还在，碘伏经过一夜都在皮肤上晕染开来，淡淡的一大片，尤为夸张。

师生眼神交流的时候，江美桃一阵风似的经过教室外的两扇窗，然后就杀到了教室门口，继而就闯进了教室。她手里举着一把明晃晃的菜刀，教室里顿时尖叫一片。

几分钟以后，江美桃坐在了校长办公室里，陈昭校长亲自给她倒了一杯茶。上好的白毫银针，陈昭去年去银山镇政府开会，连俊生书记送给他的，他一直没舍得喝，此刻却用来招待江美桃。陈昭率领学校班子闻讯冲到五年级教室时，江美桃高举过头顶的菜刀已经被陈侨英从背后夺下了。美术课一般被安排在第三节，但今天四年级的语文老师请假了，江胜教导安排陈侨英代课。陈侨英听到隔壁五年级的喧哗声，第一时间就赶了过来。

“陈家的小儿子看起来斯斯文文，动起手来跟牛一样，我这只手都快被他扭断了。”江美桃揉着手腕，坐在校长办公桌对面抱怨着陈侨英。

陈昭坐在办公桌里面，皱眉看着江美桃，他素来和颜悦色的脸上看得出来是真的生气了。“你还有脸抱怨？你拿着菜刀闯进学校，没把你送派出所已经给你留了天大的面子了。”陈昭校长说。

江美桃不以为意：“我就是吓唬吓唬人。”

“吓唬人？有拿刀吓唬的吗？学校里都是学生和老师，你想吓唬谁？”

江美桃被质问，心里气愤，一股火上来就拍了桌子，顿时疼得直甩手腕，眼泪汪汪道：“谁让他们欺负我儿子？我儿子在学校里被人打了，浑身是伤，这个新来的班主任一点责任感都没有，一个屁都不跟我放的，我儿子就这么白白被打，学校一点交代都不用给我们家长？”

“有事说事，什么事不能沟通，非得拿刀？”陈昭说着想让江胜教导去把辛茹喊来，而辛茹已经领着海潮海涛和燕子到了校长室。

江美桃不给辛茹丝毫好脸色，径直把海潮海涛拖到陈昭校长面前，把兄弟俩的手臂展示给大家，江胜教导和其他班子成员也都围过来看两个孩子的伤。江美桃又将海潮的脑袋往众人面前一推，指着他头发上一块秃了的头皮说：“看，不知是哪个有爹生没娘养的缺德玩意下的狠手，头发都被揪掉这么一大撮。”江美桃的话让一旁的燕子脸色一黯。

陈昭校长看着海潮头上的头皮眯起眼睛问：“这块头皮咋还有黑黑的痕迹呢？”

江美桃便生气地拍了海潮一下，嘴里骂道：“你个不争气的，你自己向校长解释。”

海潮在江美桃的气焰压制下一时支支吾吾，还是海涛解释了，原来海大富是个秃头，平生最爱惜的就是头发，最恨的就是不爱惜头发的人，每天早上在卫生间地上捡起江美桃梳头掉落地板的头发，都要骂她是败家娘儿们。身为海大富的儿子，海潮海涛最了解自己亲爹的脾气，打架，还被揪掉一撮头发，如果被亲爹知道，少不得要挨一顿揍，海涛便给海潮支招，用黑色水笔把裸露的头皮都填上，没想到还是逃不过亲爹的火眼金睛。

江美桃虽然书没读多少，但也知道那句“身体发肤受之父母”，虽然海潮海涛兄弟俩平时在岛上调皮捣蛋没少磕磕碰碰，但昨天这一场伤是在学校里受的，她必须向学校要个说法。她愤愤看了辛茹一眼，向陈昭校长投诉：“出了这么大的事，到底是谁把我孩子打成这样的，老师连一通电话都不给我们家长打，一句解释都没有，有这么不负责任的老师吗？原来的肖老师可不是这样的。”

念旧，有时候不是优点，而是毛病，当它被作为攻击新事物的工具的时候。

面对江美桃的指摘，辛茹必须站出来解释了。她说：“海潮妈，对不起……”

江美桃横她一眼：“我也是海涛妈妈。”

“海潮海涛妈，对不起，”辛茹改口，“昨天我的手机摔坏了，还在店里修，没能第一时间给您打电话，确实是我失职，所以我放学后就去了您家里一趟，当时您店里生意火爆……”

江美桃突然想起来，昨晚上农家乐里的确来了一个年轻姑娘，不是顾客，当时她不知道她就是海潮海涛的新班主任，店里生意又忙，十几桌客人等着她上菜，她便没听完她说什么，就挥挥手让她离开。

这时候，陈昭校长便出来打圆场，让江美桃消消气。江美桃还是气不打一处来，指责辛茹偏袒打人的孩子。辛茹便把燕子拉到江美桃跟前，燕子身上同样挂着彩，这才让江美桃闭了嘴。

江美桃的菜刀风波并没有随着江美桃离开学校而告终。辛茹想到教室里突然出现的明晃晃的菜刀心有余悸，想着要是江美桃不是光吓唬吓唬该怎么办呢？她留在陈昭校长办公室做着深刻的检讨，陈昭校长却并没有责怪她，反而安慰她别把这事放心上，但来支教才两天就由于自己处理问题不够妥善而闹出这么大的风波，辛茹还是自责不已。

陈昭校长好不容易安抚了辛茹，又迎来了喜伯，喜伯来校长办公室道歉之前，先把一包糖果送到了五年级班上，今天让孩子们受到了惊吓，他心里很过意不去。

陈昭校长在校长室里对喜伯作出了严肃的批评。喜伯知道这次是自己严重失职，因为和江美桃熟悉，没有对她进行严格安检就放她进了学校，好在事情有惊无险，没有酿成严重后果，否则他大概只能以死谢罪了。所以刚才，江美桃走出校门时讥笑他这个保安就是个摆设，连自己一个女流都防不住，还怎么保护学校师生的安全，他也只能默默承受。

“校长，”喜伯垂头丧气小声说道，“学校还是再招个年轻保安比较好。”

陈昭从位置上站起来，绕过办公桌，走到喜伯跟前去，拍拍喜伯的肩，缓和了声色，说道：“喜伯啊，这些年你很辛苦，我都知道。今天这个事有惊无险，你就把它当作一次教训，不管学校接下来有没有招到新的保安，只要你一天是我们银山中心小学的保卫人员，你就要站好一天的岗！”

陈昭校长是个好人，喜伯心里知道，也正因如此，他心情更加沉重。

刘星辰被江胜教导叫去了教导室。

刘星辰知道江胜教导找她是因为什么事，因为江美桃的风波，她在办公室里发表了一些对喜伯很不友好的言论，这些言论还被喜伯亲耳听到了。当时喜伯正要去校长室向陈昭校长道歉，经过语文教研室门外时，刚好听到刘星辰和老师们在议论江美桃的事。刘星辰认为喜伯是这个事件的直接责任人，颇说了几句不好听的话。

“喜伯向你告状，我也不怕，”刘星辰在江胜教导跟前拿出了一贯的任性，“这件事本来就是他的错，他还好意思向你告状呢！”

江胜教导道：“喜伯是那种打小报告的人吗？”

“我只是为师傅你抱不平，”刘星辰解释，“凭什么喜伯没有干好自己的本职工作，却要连累师傅你背锅？咱们海岛学校招不到保安，师傅你好不容易动员了喜伯来担任门卫一职，明明是为学校排忧解难，可现在传出去都变成了喜伯是关系户，仗着师傅你的关系，把学校当自己的养老院。喜伯是师傅你的亲戚不假，可是学校发给他的工资难道不是进入他的银行卡，难道是师傅你领走的？他既然是咱们学校的保安，他就有义务要干好保安的工作，看看今天的事，连个校门都守不住，还好意思每个月领学校那么多工资……”

刘星辰肯为他考虑问题，江胜教导还是很开心的。但作为师傅，他还是要拿出师傅的态度来，告诉刘星辰保安的工资并不高，他也不在乎别人的闲言碎语，刘星辰与其和别人在三言两语上争个长短，还不如踏踏实实在教学业务上有所成长，才是对他这个师傅最好的安慰。

见江胜教导的话题又绕到让她向辛茹好好学习上，刘星辰很不高兴，阴阳怪气道：“我班上的家长可没有手拿菜刀闯到教室里来。”江胜教导还想说些什么，陈昭校长就在教导室外喊：“江教导，你过来一趟。”

陈昭校长把江胜教导喊去校长室，不为别的，就为学校招保安的事。从学校角度出发，招到一个年富力强，可以切实担负起学校安全保卫工作的保安的确已经迫在眉睫。两人合计了一下，还是先向市教育局求助一下。全市各中小学的保安都是由保安公司统一劳务派遣的，这块工作由市教育局安全股负责，而陈副局长是分管安全股的领导。陈昭拨通了陈副局长的手机，陈副局长告诉陈昭校长，他们一直和保安公司协调，希望能给银山小学也派遣一个保安，但是银山小学地处海岛，没有保安愿意去，只能让学校自聘。

陈副局长讲到的困难，陈昭校长都理解，若不是出了江美桃的风波，他可能会继续在保安问题上维持现状，但现在他强烈请求陈副局长务必要考虑海岛学校的困难，帮着解决这一难题。陈副局长向陈昭校长提到了一个重要信息：编办将要安置一名退伍军人到事业单位担任工勤人员，教育局也向编办那边争取过，希望这名退伍军人可以到银山中心小学担任保卫干事，但对方的意向是去市里执法部门工作。

挂了陈副局长的电话，陈昭看着江胜教导，突然想起了什么，问道：“你是不是有个老同学在编办啊？”江胜教导点点头，陈昭一拍桌子：“帮我打听一个人，这周末我要进城一趟。”

10

辛茹在食堂吃过午饭就回了宿舍，她躺在宿舍小小的床上，目光落在对面墙壁的那幅画上：微蓝的大海、天空，黑色的海鸟扇动着翅膀，就像扇动一份漫无边际的孤独……想到上午江美桃的风波，辛茹的眼角有湿湿的东西滑落，她伸手一摸，吓得坐了起来，这画有毒！她必须把墙上这幅画换掉了。

陈昭校长刚准备躺下午睡，就接到了魏如青的电话。这些年市里大力发展全域旅游，随着SC湾跨海高速公路通道建成通车，闽浙沿海正式串联成一条山、海、川、岛并举的全域旅游“金项链”，作为省级“全域生态旅游小镇”，银山岛必须主动融入“环SC湾旅游发展带”。为了促进银山岛旅游品牌提升，镇政府在沿袭举办渔旅文化节的同时，策划了首届海岛音乐嘉年华活动。活动时间定在国庆期间，地点就在天湖山草场上。时间紧，任务重，但是活动的美术设计一块始终没有达到理想效果，于是想请陈侨英老师帮忙设计。

陈昭校长遂将脱下的外套又穿上，对正坐在沙发上钩针的黄竹说了声，便去楼下找陈侨英。门一敲就开了，陈侨英站在门内。

“陈老师，没有打扰你午休吧？”陈昭笑眯眯地问。

陈侨英摇了摇头，他大概很想回应一个礼貌的笑容，但脸上的每块肌肉都僵硬着。

陈昭长话短说，直奔主题：“侨英老师，镇政府分管教育的魏宣委刚刚打了电话来，说镇政府想聘请你担任今年渔旅文化节暨首届海岛音乐嘉年华活动的美术设计，这也是镇党委连书记的意思，你毕业于首都的美院，又是画家，你就帮帮忙。”陈昭带着商量和讨好的语气，很担心陈侨英会拒绝这个任务，毕竟这不是分内的工作。

陈侨英下一秒却“嗯”了一声，答应得又爽快又云淡风轻，让陈昭不由眉开眼笑，皱纹都扎堆在两边眼角，好像溪水里挤着脑袋为抢食一块光饼而拼命抖动的鱼儿们的尾巴。陈昭高兴就忍不住多夸了几句陈侨英：“真羡慕你们画家，提起手就能画画，不但在纸上画，还能在墙上画。你看咱们新来的辛茹老师，她宿舍墙上的装饰画就是你亲自给操盘的，你说花多少钱才能请到你这样的画家啊？多少钱都请不来的！但你给学校画，是免费的，自从你来了银山小学，咱们学校校园文化宣传廊每天都跟艺术展览似的……”

陈昭突然发现走廊上多了一个人：辛茹。

辛茹脸上正带着尴尬的神色。

“我来找侨英老师”，她说，“有点事。”

“那你们聊，你们聊。”陈昭校长是喜出望外离开的，他背着手走掉的时候还哼起了歌，走到楼梯拐角处还回过头来，脸上带着窥探了什么惊天秘密的窃喜。辛茹很无奈，反正每次都能被误会就得了，支教生活才开始两天，她就已经习惯了与陈侨英之间这种奇怪的磁场。

辛茹走到陈侨英宿舍门口，发现陈侨英的门一直给她留着，他就站在门内等她，不知道她找他什么事。

“对不起啊，侨英老师，”辛茹尴尬地道歉，“我不知道我宿舍墙上那幅画是出自你之手……”

“如果知道，我昨天肯定不会当着你的面吐槽的。”辛茹在心里说。

陈侨英却直接转身回屋里，不一会儿拿了几张稿纸出来，递给她。辛茹狐疑地接过，一一翻看，都是画稿，依然是山海的风景，但和她宿舍墙上那幅比起来，加入了许多不同的细节：有的多加了飞鸟，有的加了朝阳，有的加了船只……色调也调暖了。原来他竟记下了她昨天随口的一句吐槽，并上了心，一天工夫竟准备了这么多修改方案。

“你自己觉得哪张好？回头我帮你宿舍那面墙改一改。”陈侨英说。

这还是辛茹第一次听他说一个长句子，他的声音很轻，像悲伤的音乐。

“把这些都综合一下，”辛茹也不和他客气，“飞鸟多了热闹，太阳代表希望，船只是人间烟火……”辛茹说着说着突然不好意思了：“我是个俗人。”她自嘲地笑。他却听得很认真，仿佛都记下了，点点头。“周末，周末我给那面墙改改。”他说。

“就这么约定好了。”辛茹道了谢离开，走了几步又走回来对陈侨英说，“谢谢你的生姜，我已经转交给燕子了。”

两人正说着话，就看见喜伯急匆匆从楼下跑上来，他的跛脚一瘸一拐，速度却很快，像一条浪波里的小船，有风助推着前进。“侨英老师，”他说，“那个手机店的苏老板找你呢。问她什么事，她说是给你送手机，我说交给我我转交你，死丫头不肯。”喜伯嘴里这样说，脸上却带着乐见其成的笑容。

苏简简来送手机，不应该是给她送的吗？辛茹心里嘀咕，看向陈侨英。“陈老师的手机也放在苏老板的手机店里修吗？”辛茹问。陈侨英说道：“她送的就是你的手机。”说着，关上了宿舍门。辛茹有些错愕，喜伯更是意外，两人怀着复杂的心情走去校门口。一路上，喜伯都在唠叨：“这个苏简简，真是的，明明是你的手机，为什么要送给侨英老师呢？”辛茹也很想知道原因啊。

到了校门口，苏简简还站在校门外，撑着一把遮阳伞，手里扇着一把扇子，嘴里抱怨着喜伯不近人情，这么大的秋老虎，也不让她去保安亭里吹空调。因为江美桃的事，喜伯可再不敢随随便便给岛上的熟人打开学校大门了。

“简简，你送的手机是辛茹老师的吧？”喜伯隔着电动门问。

苏简简这才看见喜伯身后跟着辛茹。

辛茹笑着说：“苏老板，你这么快就修好我的手机了？我还以为要多等两天呢！”

没有见到陈侨英，苏简简讪讪然的，但她又不情愿把手机交出去，这可是她来学校见侨英老师的借口。喜伯偏偏不识趣，戳破她的心事：“简简啊，你要见侨英老师，直接约他呗，侨英老师说了你要送的手机是辛茹老师的，你就别让辛茹老师跑来跑去了，你看这大中午的，让人家辛茹老师都不能午休了。”苏简简不由在心里大骂喜伯多管闲事，隔着电动门将手机还给辛茹扭头就走。走出老远，听到辛茹在校门内向她喊，说是修理费还没付给她，她也不回头，心里窃喜着，这不又有借口到学校来了吗？

看着苏简简头也不回走掉，喜伯便对辛茹说，修理费寄他那儿，他放学后经过苏简简店里拿给她。辛茹怕麻烦喜伯，喜伯就说自己家和苏简简的手机店就在一条街上，不麻烦。

辛茹拿着手机回了宿舍，一路想着苏简简和陈侨英之间奇奇怪怪的举动，不知道这二人之间有什么瓜葛，回到宿舍也就把这事抛到脑后，拿出肖梦云那本家访登记簿，根据肖梦云的手机号加了肖梦云的微信。肖梦云立即通过了她的好友申请，这让辛茹很意外。

“肖老师，我是辛茹，今年到银山支教的，接的是您带过的班。”辛茹自我介绍。

“我知道，”肖梦云回，“我这学期在实验小学接的也是辛茹老师你带过的班。”

真是无巧不成书，竟然还有这样的缘分！

然而，下一秒肖梦云就开始大吐苦水：

班上的家长因为肖梦云是从海岛考进城的，对她的教学水平十分不信任，组团去向校长投诉，要求撤换班主任。

“城里的老师原来这么不好当啊？”肖梦云郁闷地发来一串文字。

“海岛的老师也不好当。”想到燕子，想到钟美丽，想到海潮海涛，想到小圭，想到江美桃……辛茹也忍不住慨叹。

隔着手机电波，辛茹和肖梦云赫然成了一对难姐难妹。

结束了和肖梦云的对话，辛茹躺在床上翻来覆去根本睡不着，她干脆坐起来，找到了过去家委会的家长黄大可的微信，点开对话框看着从前两人的聊天记录，不安的心情这才踏实下来。她花了十几分钟反复措辞，终于给黄大可编辑好了一条留言，希望黄大可能够做通家长们的思想工作，让他们支持肖梦云的工作。

海上人家农家乐里，海潮海涛兄弟俩午饭没吃，把自己锁在房间里。房门外，江美桃端着餐盘叫了好久的门，兄弟俩也没有出来。海大富摸着自己的光头，看着一脸郁闷的老婆，忍不住骂她："瞧你干的好事！"江美桃不乐意了，儿子在学校被人打了，替儿子讨公道这种事本来应该当爹的去干才对，她这个当妈的抛头露面，结果还讨不着好，老公抱怨，两个儿子也不领情。

江美桃将餐盘往海大富手里一塞，拔腿就往门外走去。海大富问她去哪里，她说她要去燕子家里一趟，两个儿子饭吃不下，房间也不肯出来，看起来被那个小丫头片子打得不轻，她得去燕子家要说法去。"这次不狠狠给她点教训，下次她就打上瘾了！"江美桃边走边说。

房门"哐当"一声开了，哥俩垂头丧气从屋里走出来，冲着江美桃喊："还嫌不够丢人吗？我们俩的脸都被你丢光了！"兄弟俩气鼓鼓的，像两只鼓着腮帮子的青蛙。江美桃去而复返，直说兄弟俩和他们爸一样没良心。海潮说："燕子是打了我们，但我们也打燕子了，人家燕子奶奶也没拿着菜刀冲到学校去吓人啊！"海涛说："燕子奶奶是个瞎子，我们打了她孙女，还冲到她家里去算账，那也太欺负人了！欺负老人，欺负瞎子，这种事情我们不能干，丢脸。"

兄弟俩竟然还有这样的觉悟，海大富顿时乐了，立即招呼两个儿子吃饭，得意地向江美桃炫耀说，两个儿子这么好的秉性的确是随了他这个爸。儿子愿意吃饭了，还这么识大体，江美桃也很欣慰，走到饭桌旁和海大富抬杠，非说兄弟俩的秉性是随亲妈。夫妻俩说说笑笑倒是解开了心结，奈何海潮海涛兄弟俩还是忧心忡忡的，担心江美桃这么一闹，从此以后，辛茹老师会用异样的眼光看他们，他们不敢去学校上课了。海大富便让兄弟俩别担心，他会去学校把辛茹老师请到海上人家来，摆一桌酒席，让江美桃向她赔罪。

到了傍晚放学时间，海大富果然早早等在校门口。喜伯从保安亭走出来，一见海大富，立马紧张地抽出腰间的警棍。海大富忙向他解释，自己是来向辛茹老师赔罪的，不是来学校闹事的，还替江美桃向喜伯道了歉。这让喜伯反倒显得不好意思了，说都是海岛人，乡里乡亲的，不要这么见外，只要以后不要再犯浑就行。海大富连忙说江美桃已经知道错了，在家里懊悔得不得了。

二人正说着话，学生们就排着放学的队伍陆陆续续从教学楼走出来，海大富很快就看到海潮海涛所在的五年级的队伍。走在队伍旁边的年轻女老师正是辛茹。“辛老师，我爸找你。”海潮海涛远远就看到了校门口的海大富，小声提醒辛茹。辛茹在兄弟俩的带领下来到了海大富面前。

“辛老师，”面对笑容可掬的女老师，海大富紧张地说，“我想邀请你到我的‘农家乐’里吃晚饭，还请辛老师赏脸啊。”

一旁，海潮海涛兄弟俩仰着脸期待地看着辛茹。

辛茹摸摸兄弟俩的头，继而笑着婉拒了海大富的邀请。海大富再三邀约，辛茹便说道：“海老板，您太客气了，海潮海涛我平常会多关照的，您放心吧！听说海上人家农家乐是岛上最有名的网红农家乐，我下次有朋友到银山旅游的时候，一定去海老板那里捧场，到时候海老板优惠些就可以了。”

海大富忙说：“辛老师和辛老师的朋友来，一定免费。”

辛茹便说：“免费不必，打个折就行。”

送走了海大富父子三人，辛茹笑着摇了摇头。在城里，常常会遇到家长邀约的饭局，每次辛茹都要耐心回绝并解释。家长的心情，当老师的都理解，都是希望老师能够在学校里多关照自家孩子，可怜天下父母心啊。

辛茹将手机修理费交给喜伯，托他转交苏简简，便去食堂吃晚饭。吃完晚饭，她还要去一趟燕子家里。大概是因为受上午江美桃风波的影响，燕子下午又没来上学了，她因为上课走不开，只能向陈昭校长报告了燕子旷课的事，陈昭校长去了燕子家里，说是燕子不肯来上课，躺床上称自己病了。

辛茹端着餐盘放眼食堂，晚上，学生们都回家了，没有在食堂吃饭，食堂只有老师们共进晚餐，一时之间有些空旷。鲁洁坐在位置上朝她招手，和鲁洁一桌吃饭的还有校医王桂香和音乐老师石呈基。等辛茹坐定，另一张圆桌上就有老教师调侃，说年轻老师抱团，嫌弃他们老教师年龄大了。坐在圆桌上的刘星辰就用筷子敲一下自己的餐盘，问："我不是年轻人吗？"一时之间，大家哈哈大笑。

说说笑笑间，大家陆陆续续吃完了晚饭。鲁洁吃干抹净端着餐盘起身，石呈基见了三下五除二扫荡了自己的饭菜也跟着起身。饭桌上就剩下辛茹和王桂香两个人，辛茹想了想对王桂香说道："王医生等下能陪我去一个学生家里家访吗？"

"燕子？"王桂香问。

辛茹讶异，王桂香竟然一下就猜到了她的家访对象。

"那孩子不止一次装病不来上课了。"王桂香摇了摇头。

其实，辛茹邀请王桂香一起去家访，不单单是为了燕子，还为了燕子的奶奶。

11

夕阳如酒，偌大的银山岛仿佛是泡在酒中的一朵灵芝。

银山小学教师宿舍楼的四楼走廊上，肖挺立双手撑着栏杆，俯视着操场上并肩向外走的两个年轻人。

肖挺立是个四十多岁的中年人，身形清瘦，个头中等，脸上轮廓分明，下颌线有着好看的棱角，一双炯炯有神的眼睛，头发也是中年男人里为数不多的浓密，梳着三七分的发型，发路笔直。他穿着衬衫西裤，两只袖子整齐地卷到肘部，衬衫的下摆塞在西裤的裤头里，褐色的皮带不是什么名牌，但却是簇新的。看得出来他是个很讲究的人，有些洁癖。

他目送着两个年轻人径直走出校门的背影，耳边传来陈昭校长的声音："挺立啊，辛茹去家访，你怎么不一起去？你是她的配班老师，她又刚来支教，人生地不熟，你得多配合她。"

肖挺立是五年级的数学老师，和辛茹配班。

刚刚，辛茹要和王桂香出发前邀请肖挺立一起去燕子家家访，但肖挺立拒绝了。

"我又不是班主任，家访是班主任的工作。"肖挺立笑笑说道。

陈昭指了指肖挺立，道："你以前也是当过校长的人，这点觉悟都没有。"

肖挺立早年在银山中心小学下属的村小校当过校长，后来随着村庄人口流失，全国农村中小学开展了一场重新布局的教育改革——“撤点并校”，他便调到银山小学当了一名普通教师。

“我那是一个自然村的村小校而已，连行政村都算不上，算哪门子校长？”

“别拿豆包不当粮食，别拿村长不当干部，”陈昭笑着和肖挺立打趣，都是工作了十来年的老同事，大家说话都很随意，并不用担心对方会生气，“辛茹一个城里姑娘主动来海岛支教，这份精神难能可贵，她来支教才两天，她的工作态度怎么样，全校老师有目共睹，这么热情积极的年轻人，咱们老教师都应该支持她的工作。”

“校长的觉悟我没有，但是老教师的觉悟，我还是有的，”肖挺立笑言，但话锋一转，“可是燕子的情况，你又不是不知道，咱们岛上谁家不知道这个燕子？小偷小摸，逃学旷课，整个一问题孩子嘛！”

“问题孩子就不管了？问题孩子就不是咱们银山小学的学生？问题孩子，更应该得到老师的关心和教导。”

陈昭校长的道理，肖挺立也是一个经年的老教师了，怎么可能不懂？“但是，校长，石子投进水里，也得有个回响不是？这个孩子，油盐不进，就是一不知好歹的孩子！一块焐不热的石头！原来肖梦云对她不好吗？知道她没爹没娘，家里还有一个瞎眼奶奶，可怜，平常没少照顾她关心她吧？每次回城里就去亲朋好友家搜集一些大孩子穿小了的衣服，大袋小袋地背回岛上给她；春游秋游，自掏腰包买吃买喝的给她；课余时间免费帮她补课，但结果呢？她还是在岛上东游西逛，跟游客伸手讨钱，当乞丐。有一次被肖梦云撞见了，肖梦云也是为她好，批评了她几句，结果这孩子把身上肖梦云送给她的衣服脱下来，直接扔肖梦云脸上了。”

肖挺立提起这些旧事还是愤愤不平，想当初肖梦云在办公室向他讲述这件事的时候，脸上深受打击的神色他还记忆犹新。

肖挺立说的这些，陈昭校长都懂，但是他们的身份是老师，这个身份不允许他们放弃任何一个孩子。“总之，过去的都过去了，从今往后，你好好配合辛茹工作，你要还是事不关己高高挂起，下学期我让你当班主任。”

当班主任，除了教学任务，还要填写一大堆的表格，每个月就补贴三百块钱，工作量大大超出了酬劳。肖挺立忙双掌合十向陈昭校长拜了拜，说：“还是让他们年轻人当班主任吧，我一把老骨头，还想多活几年。放心，我一定会提高老教师的觉悟，给辛茹老师打好下手的。”

“那你现在就去燕子家看看。”陈昭抬起脚作势要给肖挺立一脚，肖挺立已经笑哈哈躲开跑下楼去了。

辛茹和王桂香还没走到燕子家，就听见一片喧哗声。

夜幕还没完全降临，岛上的路灯已经点亮。

正对着海边的一个石头房子，门前有一盏路灯。与路灯相对的矮墙上站着一个小女孩，矮墙下站着几个村民，女人们插着腰，男人们把手别在身后，每个人都仰着义愤填膺的脸看着墙头上的女孩子。

女孩子的声音高亢响亮，盖过所有人：“你们说我偷了你们的东西，那你们去报警啊！叫派出所来抓我，你们自己送我去派出所也可以！你们要是抓了我，坐牢就坐牢，反正你们良心不坏，不会让我奶奶饿死的！”

欠欠儿的、劲劲儿的声音，一听是就是燕子本燕！

辛茹和王桂香互视一眼，一副意料之中、不稀奇的样子，但二人还是加快脚步，向矮墙下的人群跑了过去。

听说是燕子的新班主任，村民们立即围住辛茹，让她作主，说是燕子今天在岛上的杂货铺买米时偷了杂货铺老板娘的钱。杂货铺老板娘瘦瘦高高，张着腿叉着腰，很像鲁迅笔下的“豆腐西施”，姑且叫她“杂货铺西施”吧。“杂货铺西施”告诉辛茹，这么多年来，燕子在她店里顺走了不少东西，她平常觉得孩子没爹没妈，还有个瞎眼奶奶要照顾，不容易，也就睁只眼闭只眼，但这一回实在是太过分了，趁着她离开柜台去搬袋米的工夫，就直接将她放柜台上的两张百元大钞给顺走了。

“我开杂货铺，就是小本生意，一包盐才卖一块钱，这能赚多少？两百块我得卖多少袋盐？”“杂货铺西施”拉着辛茹哭诉。

“你店里又不是光卖盐。”矮墙上，燕子冷哼。

村民们都怒了，这孩子怎么说话的？干坏事还死不悔改。

面对村民们的讨伐，燕子叉腰站在矮墙上俯瞰人群，一脸倔强。

“辛老师，你可得好好管教她，这孩子没爹没妈管，只能靠你们学校管她了，你们学校不能放任她啊！”“杂货铺西施”情绪激动，冲辛茹说道。

有了“杂货铺西施”带头，村民们纷纷指责学校老师对燕子教育的失职，这孩子成天不在学校上课，在岛上逛荡，偷东西，当乞丐，学校怎么可以由着她胡来呢？眼见辛茹被围攻，王桂香连忙出面安抚村民，说辛茹只是刚来支教的老师，对燕子的情况还不太熟悉，希望大家不要激动，有话好好说。

辛茹看看眼前群情激愤的村民，又看看矮墙上桀骜不驯的孩子，她还是替燕子说话，说这其中一定有什么误会，燕子只是个孩子，再怎么样也不可能会偷两百块这么大一笔数目的钱。

“辛茹老师，你的意思是我冤枉她？”“杂货铺西施”不乐意了。

村民们也不乐意了，说怪不得燕子手脚不干净，原来都是学校和老师包庇的。

辛茹想了想，表示这个钱不管是不是燕子偷的，她都愿意赔偿“杂货铺西施”的损失，说着拿出手机打开微信就要把钱还给“杂货铺西施”。“杂货铺西施”并不肯要辛茹的钱，只是问辛茹敢替燕子打包票，确认燕子肯定没偷这个钱吗？

众目睽睽之下，辛茹看了看矮墙上的孩子，她也正看着她，她的表情晦涩复杂，莫可名状，不知道此刻她心里到底在想些什么。

“我愿意替她打包票，我愿意相信她，我觉得她没偷这个钱。”辛茹话音甫落，燕子就从矮墙上跳了下来，她的身子像一个皮球陷进门前的沙地里又被弹回似的，麻利地站了起来。

“这钱是我偷的。”她堂而皇之地说，说着就转身进了家里，不一会儿又走出来，手里拿了两张红色的票子。

“是我店里的钱！”“杂货铺西施”兴奋地叫起来。

燕子把钱扔到她手里，若无其事地拍了拍自己的手。众人把目光投向辛茹，辛茹顿觉脸上热辣辣的，燕子那双若无其事的手仿佛正狠狠抽在她的脸上。其实她心里知道燕子偷钱的概率很大，可她还是想在众人跟前给她留个面子，但是没想到她却不给她留面子。

“辛老师，你被这孩子打脸了！”“杂货铺西施”拿着钱走了，村民们也跟着散去，燕子却没有给辛茹任何一句解释，转身就进了屋里，还关上了屋门。辛茹觉得很郁闷，这孩子怎么这么不通人情呢？王桂香安抚她，如果燕子通人情，还会是人人喊打的问题孩子吗？辛茹只能深吸一口气去拍门，可是无论怎么叫门，燕子都始终不肯来开门。正郁闷着，一只手拿着一把钥匙插在了门锁上，辛茹回头一看，竟是配班老师肖挺立。

“这是之前肖梦云特意配的燕子家的钥匙，我刚刚经过办公室，在原来肖梦云用的那张办公桌抽屉里找到的。”肖挺立说着打开了燕子家的家门。

奶奶感觉到屋子里进了人，便问燕子：“你是不是又在外头闯祸了？刚刚门外吵嚷嚷的，是不是岛上的人又来找你算账了？你又偷拿了他们什么东西？”奶奶侧着耳朵听着门外进来的脚步声，一边责备燕子，一边无奈地叹息。她正从卧室里出来，两只手撑在一张比腰高的板凳上，这张高脚板凳就是她的拐杖。

燕子正坐在墙角做一种迷信活动使用的金箔纸：左手食指小心拈起一片小小薄薄的方块形的金箔，放到比学生作业本还小些的黄表纸上，右手拿刷子蘸一下透明的黏液往金箔上一刷，这样翻过这一页黄表纸压在前一张黄表纸上，金箔就能顺利粘在前一张黄表纸上。燕子的动作已经很麻利，看来这项活计她平常没少干。

“奶奶，是我们。”肖挺立先开了口。奶奶听出来这是数学老师肖挺立的声音。

“肖老师，是你来了？”奶奶激动地伸出一只手，在前方空气里抓着。肖挺立上前握住奶奶的手告诉她，还有班主任辛茹、校医王桂香都来了，奶奶这下手足无措了，招呼大家坐，又冲着空气喊燕子给老师倒水。大家把奶奶搀扶到饭桌旁坐下，燕子却仍旧坐在墙角擦金箔纸，恁奶奶怎么叫她也不吭声，辛茹便告诉奶奶燕子正在做手工活，就让她做吧。

“燕子，这就对了嘛，要赚钱就要靠自己勤劳的双手，不偷不抢，看以后谁还敢说你？”肖挺立冲着墙角那小小倔强的背影，笑着说道，“但是，你还是小学生，主要任务是到学校上课，干活赚钱这些事可以等放学后……”

“啪”的一声，燕子扔下手里的刷子，回过头来看着一屋子大人，一脸不忿：“如果只靠放学后的时间，我擦金箔纸，一个星期都赚不了二十块钱。”

“你一个小孩子家要那么多钱干吗？你和你奶奶不都有低保吗？”肖挺立想和燕子争辩，被辛茹伸手按住了。

奶奶长叹一声：“都怪我，都怪我，我一个瞎眼老婆子，什么都帮不了她，还拖累她，管不好她……”奶奶说着眼泪流下来，燕子急了，赶紧拿一条毛巾给奶奶擦眼泪，嘴里喃喃抱怨着：“奶奶你不要再哭了，你的眼睛已经看不见了……”

辛茹和王桂香交流了一下眼色，王桂香便站起来，从随身带来的医药箱里拿出工具，说自己今天跟辛茹老师来家访，就是帮燕子奶奶检查身体的。燕子一颤，她看着王桂香已经开始给奶奶量血压了，心头突突地跳，她还以为辛茹老师带着校医来家里，是为了戳破她今天假生病的谎言。血压还算正常，王桂香开始替奶奶检查眼睛，燕子的心也提到了嗓子眼，问王桂香奶奶的眼睛还能治好吗？

“哎哟，奶奶的白内障已经这么严重了！”王桂香皱眉说道。

燕子听了，转身跑进卧室，不一会儿抱着一个存钱罐出来，这里头是她这些年捡海漂垃圾攒下的一千多块钱，她将存钱罐激动地捧到王桂香面前，说：“王医生，你能帮我奶奶治眼睛吗？我有钱。”

辛茹一颤，心头的谜团顿时解开：原来这个孩子对金钱这么执着，是为了替奶奶治眼睛啊。

“我不治！”奶奶一把抓住了身旁的辛茹，说道，“我一把老骨头，不知道哪天就死了，治什么眼睛？！那些钱要留着给燕子。燕子，你要读书，你长大了还要嫁人，那些钱，奶奶是留给你的，不能动！”此刻的奶奶，声音高亢，神色倔强，活脱脱是老年版的燕子。

低保的银行卡，奶奶一直藏在隐秘的地方，就是怕燕子翻出这钱来，花在不该花的地方。燕子还小，并不太理解奶奶的用心，只觉奶奶管她管得严，心里烦，说：“我没动你的钱，我都不知道你把银行卡藏哪里。这钱是我自己赚的，我要用这钱给你治眼睛，你别管！”

燕子说着看向王桂香，孩子的眼睛里从未像此刻这般亮闪闪，满含期待。“我只是一名外科医生，不是白内障专科医生，奶奶的眼睛到底多严重，能不能手术，有没有治愈的可能，都需要到正规医院进行进一步的检查和诊断。市医院白内障专科那边，我倒是有熟悉的医生，我可以帮忙联系……”

不待王桂香说完，奶奶就重复坚决表示：“我不去城里，我不治眼睛！”

燕子将辛茹一行送出门口，又对王桂香说道：“不要听我奶奶的话，她就是怕花钱，我有钱，我要替我奶奶治眼睛，王医生你一定要帮我联系城里的医院！”

小女孩从未有过的坚决，王桂香点了点头，一旁肖挺立提醒燕子：如果奶奶的眼睛真的可以动手术，燕子的钱可不够。

这让燕子一下犯了愁，眉头一锁，视线一垂，似乎又在削尖了脑袋想如何弄钱的事。辛茹忙摸摸她的头，告诉她：“只要奶奶的眼睛能治，钱的事大家一起想办法，不是还有医保吗？”燕子眉头舒展开，看着辛茹也没有先前那么排斥了，女老师和颜悦色的样子看起来很好看，很好看。

“明天开始，按时来上学，可以吗？”女老师温柔地问。

燕子点头，“嗯”了一声。

12

辛家别墅，灯火通明。江新男正陪许凡和辛廷伟在饭厅吃饭，辛茹就走了进来。江新男一口汤险些喷了出来，她刚刚还在许凡和辛廷伟跟前虚以为蛇，说辛茹外出培训不是短期的，就由她代替辛茹多来陪陪二老，没想到前脚刚撒了谎，辛茹后脚就回来了。辛茹一边抽了张餐巾纸给江新男擦嘴，一边在她旁边位置上坐了下来，冲许凡和辛廷伟报以灿烂的笑容：“爸，妈，我回来了，但我还是要走的。”

“什么意思？”辛廷伟皱眉。

辛茹就解释说，培训的确是长期的，没有这么快结束，但这两天周末，她太想家了，就偷溜回来看看爸妈。

辛廷伟冷哼一声：“想家，那你还从家里搬出去？”

“我已经是大人了，我也要有我自己的生活空间啊！”

“别墅这么大，还装不下你这一米六的个头？”

辛家父女拌嘴的时候，江新男就暗自庆幸，还好她爹江耀华比起辛廷伟来开明得多，除了问她钱够不够花，要不要换车之外，从不干涉她的生活。但江新男又想，其实被人管也是一种幸福，她和辛茹一起走出去，谁不夸辛茹优秀，而她呢？就是为了衬托辛茹优秀而存在的一种生物。她和辛茹，就是两种截然不同家教的产物。

就在江新男胡思乱想的工夫，在许凡女士的斡旋下，辛廷伟和辛茹父女俩已经冰释前嫌，辛廷伟亲自给辛茹装了一碗饭，让她晚上留在别墅，别回“音乐花园”那个蜗居小套房去了。辛茹也给辛廷伟装了一碗汤，爽快地答应了。

父慈女孝之后，辛茹问辛廷伟茶叶公司的爱心基金是否有大病救助项目，辛廷伟表示公司只做助学这块的捐资项目。辛茹挺失落的，过了一会儿又问辛廷伟可不可以私下借一笔钱给她。辛廷伟问要多少，辛茹不确定地说，十几万吧。没想到辛廷伟一口回绝了：不借。

“你是不是要借我的钱去付你那个小蜗居的尾款？”辛廷伟得意地说，“你那点工资付不起房贷了吧？咱家别墅这么大，你不住，偏要去一个小蜗居里住，你是蜗牛来投胎吗？”

“妈，你看爸——”辛茹觉得是时候搬出许凡女士来教训教训辛廷伟了，不然这位董事长实在太自以为是了。

许凡横了辛廷伟一眼：“当爸爸的人怎么说话的呢？女儿是蜗牛，那我是什么？你又是什么？”

老婆生气了，后果很严重，辛廷伟忙赔笑，但借钱的事免谈。

“你也不许借她钱，”辛廷伟难得在许凡跟前严肃一回，又转向辛茹道，“赶紧把那小蜗居卖掉，搬回家里来住，你一个女孩子家单独住外面，爸爸不放心。”

“那你也跟着去培训吧。”许凡女士嫌弃地看着辛廷伟，对于丈夫要把女儿养成“爸宝女”这件事，她还是颇反感的。但她的提议急忙被辛茹叫停，或许亲妈只是随口将亲爸一句，说不定亲爸就当了真，就算自家公司茶叶生意忙，说不定会派个助理、秘书什么的跟着她，那她去海岛支教的事不就露馅了吗？

“妈妈，我觉得爸爸的意见也挺对的，我会考虑的，等我培训结束以后再说。”辛茹的话让辛廷伟很满意，还给了许凡一个很幼稚的挑衅的眼神，换回许凡老师一记白眼。

饭后，江新男跟着辛茹躲回房间，问辛茹到底出了什么事，为什么需要钱。辛茹便把燕子的事和江新男说了。燕子奶奶执意不进城看病，辛茹去家访，做了几次奶奶的思想工作，终于把奶奶说通了，如果奶奶的眼睛能治好，也是在减轻燕子的负担。于是，在王桂香的联系下，辛茹陪着燕子带奶奶进城看病。检查结果显示，奶奶的白内障是由糖尿病引起的，不但要做白内障手术，还需要治疗糖尿病。这需要一大笔钱，燕子当场就哭了。辛茹将祖孙俩安置在医院，便回来向辛廷伟求助，没想到碰了壁。

“你只是个老师，还是个支教老师，有必要把这么大的责任扛在肩上吗？”江新男问。

辛茹道：“你也说了我是老师，燕子是我的学生，没有爸爸又没有妈妈，只有个奶奶相依为命，我能坐视不管吗？”

“可是那么一大笔医药费，辛叔叔又不肯借，那你怎么办啊？”江新男替辛茹发愁。

辛茹两手托腮，叹口气：“实在不行，我就……”

“你不会想卖了你的小蜗居给人家治病吧？”江新男立即打消辛茹的念头，“你的小蜗居是你辛辛苦苦攒下的，这才一个学生，你就要卖了它，那要是多遇见几个这样的学生，你有几套小蜗居卖啊？”

“不到万不得已，不会出此下策，眼下是奶奶的病要紧，回头不是还有医保报销吗？”

“你爹靠不住，还有我爹呢！回头医保报销下来了，再还给他。”江新男说着，豪气地拿出手机，拨通了父亲江耀华的电话，可是一向有求必应的江耀华这次没能满足女儿的要求。江新男急了："爸，你上次不是说可以给我一笔钱让我换辆新车吗？""你那辆车去年才换的，还新着呢！男男乖乖，明年，明年爸给你换新车。"江耀华说着挂断了江新男的电话。

盯着手机，江新男发了好大一会儿愣。这些爸爸都怎么回事啊？关键时刻掉链子，父爱还如不如山了？看来还是只能卖房子。江新男把头摇成拨浪鼓。医生说，奶奶的眼睛不等人，得马上做手术还有复明的可能，但房子挂出去，谁知道猴年马月才能卖掉啊？"那你说怎么办？"辛茹一时也没了主意，江新男一拍大腿："众筹！"

银山中心小学的教师宿舍楼里，周末没回城的老师们聚在陈昭校长的屋里吃小酒。白天的时候，几个男老师一起去捉了一水桶泥鳅回来，陈昭校长用半桶泥鳅做了一大锅泥鳅面，黄竹又将剩下的半桶泥鳅炖了黄酒，一时之间，整个屋子里充盈着酒香和泥鳅的香味，老师们围着一张酒红色小圆饭桌，吃得津津有味，满头是汗。

陈昭从卧室里给大家伙搬了两台电风扇出来，扇叶在屋子里发出"呼呼"的转动声。

"好好珍惜还可以吹电风扇的日子，等一入冬，咱们岛上冷起来要人命。"陈昭校长笑着打趣大家。

"咱们这些老的，在岛上待了一辈子，习惯了，就是他们年轻老师不习惯，这不，一到周末就往城里跑，"肖挺立说着，把目光投向刘星辰，"星辰，你这周末又没回家呢？"

"肖老师在城里有老婆有孩子，不也没回去吗？"刘星辰咬了一口泥鳅，满口的酒糟香味。

"真是伶牙俐齿，"肖挺立还想说什么，见江胜教导给他使眼色，只好笑着嘟哝了一句，“还是你师傅疼你，看他这护犊子的架势。”

江胜教导端起牙缸里的泥鳅汤和肖挺立碰杯，说：“陈校长和黄老师的手艺还堵不住你的嘴啊！”

众人正说说笑笑，就听到每台手机都响起了微信提示音。这是一条来自银山小学教师工作群里的求助信，辛茹发出来的，替燕子奶奶众筹医药费。饭桌上众人面面相觑，这周末辛茹竟然带着燕子和奶奶去了市医院。“辛茹老师还真的是个好老师，只是这么一大笔医药费怎么凑啊？十几万呢！”慨叹的是肖挺立。

“辛茹在群里不是说了吗？先把白内障手术的医药费凑出来先，一步一步来。”发话的是陈昭校长，他已经让黄竹去卧室里拿钱包。

黄竹很快拿了钱包出来递给陈昭校长，嘴里说道：“能凑多少是多少，力所能及帮一点。星辰就不要了，星辰的情况，大家都知道。”

黄竹的提议很快得到大家附和。

刘星辰心里既感激黄竹的善解人意，但同时又有一种无法随大流的羞耻感。她起身推说泥鳅里加了黄酒，她吃了有点醉了，便回了自己宿舍。

陈昭校长从钱包里取出一千块钱，说道：“我和黄竹一人捐五百，明天我刚好要去市里一趟，可以把大家的心意一起带到医院去。”

于是，在场的老师也纷纷三百五百地掏了腰包，没带现金的，就直接用微信转给陈昭校长。夜宵就这么散了，黄竹让陈昭也别明天送了，现在就直接通过微信转账把捐款打给辛茹。辛茹很快收到了陈昭校长的转账和留言。陈昭感谢辛茹对海岛孩子的尽心尽力，辛茹表示，燕子也是她的学生，她只是做分内的事。

“还差多少？”见辛茹在书桌前记录捐款数目，江新男一骨碌从床上溜下来，走到辛茹身后问道。

“白内障手术大概要一万块左右，学校老师这边捐了三千多，我这个月工资扣完房贷的话还剩……”

“你不吃饭了？”江新男拍了辛茹一下，“剩下的几千块钱我给你凑。”

“你不是说你爸有一段时间不给你零花钱花了吗？”

一向出手大方的江老板最近对她的开销抠抠搜搜的，江新男也是百思不得其解，但她还是大大咧咧不以为意，拿出手机就转了七千块钱给辛茹，说等医保报销下来了，再把钱还她。

白内障手术的钱凑够了，但辛茹的心情依然沉重，燕子奶奶得的是糖尿病，后续的治疗还需要一大笔医药费，医保只能报销部分。

辛茹觉得头疼，实在不行，她到时候就私下求助母亲。

“别想那么多了，船到桥头自然直。”江新男安慰她，继而又神秘兮兮说道，“既然你这周末回来了，明天一起去参加同学聚会呗。”

“什么同学聚会？”辛茹惊讶地问。

“小学同学聚会，必须去啊！”江新男下了命令。

13

周日，辛茹到市医院替燕子缴纳了奶奶的住院费和手术治疗费，与王桂香帮忙联系好的主治医师对接好了手续，敲定了奶奶做白内障手术的日子，再打电话给陈昭校长请假：燕子家里没有大人帮忙，奶奶动手术的时候，只能辛茹留在医院帮忙，校长给了她三天假期。

安顿好奶奶，辛茹带燕子去医院食堂吃饭。

燕子将餐盘里的鸡腿夹到辛茹碗里，什么话也没说，低头吃饭。

辛茹看着她，不由笑起来。

这个孩子倔强，敏感，看起来是个小无赖，实际上自尊心极强，她心里对辛茹是感激的，但感谢的话说不出口。

辛茹将鸡腿夹回燕子餐盘里，说："我今天有同学聚会，等下可以吃大餐。你一个人留在医院照顾奶奶，能行吗？"

"废话。"燕子冷哼。

也是，她照顾瞎眼的奶奶又不是一天两天的事了。于是，等燕子吃完饭，辛茹将她送回病房，就跟着江新男去赴小学同学聚会。

这还是辛茹和江新男第一次参加小学同学聚会，组织聚会的是小学时候的班长。只见酒店那间平常用来摆婚宴的大厅被布置得温馨又浪漫，LED 上播放着小学时候的照片，伴着年代感极强的怀旧音乐，整个大厅都是满满的童年回忆。班长小时候是班上个头最高的男生，但现在站在另一个男同学身边竟然显得小鸟依人。

“你知道班长身边那人是谁吗？”江新男指着那位男同学，在辛茹耳边悄悄问。那位男同学衣着简单，但身形高大，器宇轩昂，浑身上下透着一股子正义凛然。辛茹在脑海里使劲搜罗儿时的记忆，却未能将眼前的男同学和记忆里的男同学对上号，最后还是江新男自报答案：“他就是王大昌。”辛茹想起来，小时候的确是有这么一号叫“王大昌”的人物，但印象里他长得文静清秀，且爱哭鼻子，有一回因为计算题出错被数学老师失手揪掉了几根头发，趴在桌子上哭得跟孟姜女似的，无论如何都不能和眼前这位男士联系在一起。

真是男大十八变。

聚会尾声的时候，班长向与会的同学隆重介绍了王大昌的履历：高中毕业就入伍，在部队里不但苦练军事技能，还通过成人教育，取得了大专和本科学历，如今正式退伍，马上就要安置入编了。班长带头举杯为王大昌庆祝。

燕子奶奶周一就要进行白内障手术，辛茹不能喝酒，江新男为此喝了自己那份儿，又替辛茹挡了不少酒，聚会结束的时候，她已经喝得很醉，走路就像踩了棉花似的。江耀华派了司机开车过来接她，见王大昌站在酒店门口叫不到车，江新男热情地邀请王大昌坐她的车。车没开出多远，江新男就在车上吐了，辛茹和王大昌只能先送她回家。从江家出来，夜已经深了。两人便沿着江边大道缓缓走着。江水两岸是崭新的城市楼盘，闪烁的霓虹修饰着高楼的轮廓，忽明忽暗，忽闪忽灭，在夜空下犹如巨幅电影，演绎着城市的繁华。

秋月无边，夜风徐徐，老同学相见，心情都很激动。

“你今晚也没喝酒啊？”辛茹问。

“我在部队，养成了不喝酒的习惯。”大昌说。

大昌是他们班唯一去参军的，辛茹对大昌去当兵的初衷充满了好奇，大昌笑着说，就是上初中的时候参加军训，被教官的风采迷住了，又接受了教官的国防教育，内心便种下了一颗军人梦的种子。当了十几年兵，一朝退伍，脱去军装，内心的不舍不是外人能够体会的。

二人一路走一路聊，也不觉得路远了。也不知走了多久，竟走到F市五星级大酒店附近。王大昌说他家就在附近，请辛茹去认个门。绕过酒店前门，拐进一条巷子，便见一盏路灯。狭长的巷子两旁，居民房庭院里的梧桐和玉兰树各自伸出枝叶，将巷子衬托得影影绰绰暧昧不明，而路灯将巷子里站着的那人照得醒目清晰。

那个人站在大昌家门口，对于大昌来说是陌生的，但对于辛茹来说却很亲切。

“陈校长，你怎么在这里？”辛茹走过去惊喜地问。

陈昭校长也很意外，没想到会在大昌家门外遇到辛茹，更没想到，辛茹竟然和王大昌一起回来。为了避免陈昭校长误会，辛茹忙解释说大昌只是自己的小学同学。

听闻是辛茹的校长，大昌将陈昭校长请进了家门。今天大昌父母做客去了，所以叫陈昭校长吃了闭门羹，他在大昌家门外站了几个小时也不见有人回来，差点还以为自己打听错地址了，还好功夫不负有心人，终于让他等到大昌。

大昌将陈昭校长和辛茹请到客厅，给二人倒了水，便问陈昭校长找自己什么事。对于这位海岛校长，大昌素不相识，所以一时不知道他登门造访所为何事。陈昭校长也不含糊，长话短说，直奔主题：他希望大昌能放弃留城的机会，去银山中心小学担任保卫干事。

“我们是海岛学校，保安工资又不高，我们要想自聘到一个合适的保安，真的很难，我们努力了这么多年一直都没有如愿。但是你不同，你如果来我们学校，你是有编制的，和老师们一样，都是事业编，你可以后顾无忧地干工作，而我们海岛学校真的很需要你……”陈昭校长眼巴巴看着大昌，真诚又卑微。

辛茹第一次看到校长这么低到尘埃里，他委下身段求人，无非是为了海岛的学校和孩子，叫人心里酸酸的。但如果有留城的机会，又有谁会轻易放弃呢？陈昭校长的请求太意外，大昌自然不可能立马就拿定主意。辛茹便请陈昭校长给大昌一点时间考虑考虑。

夜深，不能久坐。辛茹和陈昭校长起身告辞，大昌一直将他们送出巷子。

皎月已中天，辛茹问陈昭校长今晚住哪里，陈昭校长说自己住在宾馆，明天一早再赶回学校去，又问起燕子奶奶手术的事，想留下来帮忙。辛茹说自己有帮手，让陈昭校长不用担心。号召老师为燕子奶奶捐款，还给她假期，让她可以在医院照顾老人家，学校已是帮了大忙了。

“你家住哪里？这么晚了，我送你回去，我再回宾馆。”陈昭校长说。

辛茹笑说：“真不用，这里离您住的宾馆不远，我先陪您走到宾馆，我再打个车回去。”

“也好。”

新来的支教教师，陈昭校长还没有机会和她好好交流，于是趁着走路的工夫便询问了辛茹一些情况。“你爸爸竟然是大名鼎鼎的辛廷伟？”陈昭校长十分意外，“在咱们市里，你们家的白茶生意可是做得风生水起，算是市里的龙头茶企了。”

辛茹谦虚地说：“一半是我爸爸的确勤劳肯干，但更多要感谢政府这几年大力发展茶产业的一系列政策引导得当，才让我爸爸为代表的这一批茶商摘到了桃子，茶农们也借此脱贫致富。”

陈昭点点头，的确无论做什么事，如果没有政府的支持，肯定是做不好的。社会主义市场经济就是要依托政府这个强大的后盾。

“改天去拜访拜访你爸爸，谢谢他培养了这么好的女儿来银山支教。”

听了陈昭校长的话，辛茹很是不好意思：“我去支教是瞒着我爸爸的，不然他肯定会反对的。不过以后有合适的机会我一定会告诉他的，到时候再邀请陈校长去我爸爸的茶庄喝茶。”

陈昭理解地点点头：“你是辛董事长的独生女，你们家条件又那么好，他舍不得你去海岛吃苦也是情理中的事。父母之爱子，则为之计深远……”

陈昭向辛茹说起了自己的父亲和一些前尘往事：十几岁的陈昭，是岛上唯一读到初中毕业的人，被村支书求到学校教书，他那时年轻气盛，嫌弃工资低不肯代课，父亲和兄长就每人每个月贴补他工资，哄着他教海岛上的孩子读书。后来有了考师范的机会，他便考上师范，在学校里邂逅了黄竹，开启了一段美好的校园恋情。师范毕业后，两个人原本可以分配在更好的地方教书，可是为了不让“希望工程”在海岛上建设的这所“希望小学”无人上课，夫妻俩双双回到海岛，这一待就是一辈子。陈昭表示，年轻的时候虽然站在三尺讲台上，其实并不懂什么教育情怀，现在，自己到了快要退休的年纪，对学校、学生越发有了感情，希望孩子们在学校里能够得到最好的守护。这也是他厚着脸皮来求王大昌的初衷。

“也不知道大昌最后的决定是什么。”

不知不觉就走到了陈昭下榻的宾馆门口。见陈昭一脸忧虑，辛茹想了想道：“我和大昌是小学同学，明天我再去找他一趟，做做他的思想工作。”

辛茹第二天提着礼物再次来到大昌家时是午饭时分。

燕子奶奶已经动完了手术，辛茹把江新男留在医院照顾祖孙俩，自己去拜访王大昌。

来开门的是大昌妈。

见门外站着一个漂亮的年轻姑娘，大昌妈眼前一下就亮了。见辛茹来了，大昌匆匆扒拉完碗里的饭就跟辛茹出去。看着饭桌上辛茹送来的礼物，大昌妈和大昌爸面面相觑。

“这姑娘真的只是小学同学？”大昌爸问。

大昌妈特别灵光地说：“小学同学也可以当女朋友的啊。”

“这么漂亮，配咱们大昌可以。”大昌爸很兴奋，继而便抱怨大昌妈不该不了解儿子的感情生活就自作主张帮大昌相亲。

大昌妈觉得自己在家里的权威受到了挑战，难免就要鸡蛋里挑骨头，以便挽回尊严：“她在海岛教书，又不是在市里教书，咱们大昌的编制马上就到市法院了，我还觉得她配不上我们大昌呢！”

大昌爸说：“在海岛教书怎么了？大昌刚刚不介绍了吗？人家是实验小学的老师，只是去海岛支教而已，支教期限满了，还回市里教书的。女孩子当老师，多好的工作啊！”

大昌爸的目光落在桌面的礼盒上，这是精装的两盒茶叶礼包，大昌爸目光不由一亮。刚刚大昌向他们介绍辛茹的时候，说过辛茹家里是做白茶生意的，这个牌子的白茶鼎鼎有名，那可是市里的龙头茶企。敢情儿子谈的这个女朋友不但是个老师，家里还做着大生意。大昌爸心里乐呵的时候，大昌妈就说了：“条件这么好，怎么会看上咱们儿子一个小保安呢？”

“你一个当妈的，怎么这么埋汰自己儿子呢？咱们大昌马上就要到法院工作了。”大昌爸不乐意了。

但是大昌妈说：“在法院门口当保安不还是保安？”

“那叫工勤人员。”

“就是保安，你连保安两个字都不敢说，你也觉得保安这个工作拿不出手，是吧？”

“职业不分贵贱，保安怎么了？”大昌爸梗起了脖子。

大昌妈不想和大昌爸吵架，但心里还是打定主意，为儿子安排相亲的事不能停，儿子一直生活在部队，回家等待安置这一年她越发感觉到儿子忠厚老实，得找个踏实过日子的媳妇。这个女老师太漂亮，在海岛教书距离远，平常不能照顾儿子的饮食起居，家里又财大气粗，肯定有娇小姐脾气，反正她觉得不合适。

大昌父母在家里各怀心事的时候，辛茹和大昌已经走进一家白茶经营门店。这家店位于大酒店对面街道的黄金位置，店面宽敞，有上下两层，装修精美，茶香古韵，柜台上各种品类的白茶产品琳琅满目。“这是我爸的店。”辛茹向大昌介绍道。店内已有柜员迎了过来，叫：“辛茹！”辛茹介绍了大昌是自己的小学同学，让柜员不必招呼他们，便领着大昌径自上了二楼。

“这是我爸平常用来招待客人的茶室。”辛茹领着大昌走进一间茶室，室内摆放着古香古韵的茶几和茶具，屏风挡住了窗外投射进来的日光，令室内的光线有些暗。辛茹开了灯，室内顿时亮堂起来。两人在茶几对面坐了下来，辛茹一面同大昌寒暄，手上动作不停，已经开始烧水泡茶。

“咱们白茶冲泡的方式有很多，泡茶用水也很讲究，茶圣陆羽在《茶经》中写道：‘山水上，江水中，井水下。’我爸这间茶室里用来泡茶的水都是上上之水，用的是山泉。”辛茹说着，已往盖碗中注入适量热水，继而轻轻转动盖碗，“这个步骤叫‘匀香’，用来温润茶芽，使茶芽在茶壶里慢慢舒展开来。”辛茹说着将手里的盖碗送到大昌跟前，但见盖碗内的茶芽正慢慢舒展开来，犹如沉睡的精灵被一一唤醒，空气里也有袅袅茶香飘散开来。

“茶芽温润好后，就可以正泡了。”辛茹拿起水壶往盖碗里冲水，有节奏地三起三落。大昌说：“这个我知道，是不是叫‘凤凰三点头’？”辛茹笑：“看来你也懂茶啊！”大昌忙摆手，说自己并不懂。辛茹便说：“咱们中华茶道博大精深，要全懂的确不容易，懂个皮毛附庸风雅够了。”她执壶高冲，但见根根银针在水中轻舞飞扬，极美。

精美的茶席、雅致的环境、精致的茶具、古朴典雅的音乐，还有行云流水的茶艺……大昌坐在小小茶室内，有些着迷。

辛茹将盖碗里泡好的茶水倒入茶海，再端起茶海，将茶汤倒入大昌面前的品茗杯，但见晶莹的玻璃杯盛着橙黄色的茶汤，宛若一件小巧的工艺品，叫人舍不得下嘴。

辛茹已经双手端起了一杯茶敬大昌：“以茶代酒，敬你。”

“谢谢老同学。”

一杯茶下肚，满口清爽，大昌说道：“你今天来找我，还是为了昨天晚上你校长找我的事情吧？”

辛茹点点头：“我也想来做做你的思想工作。”

“不用了，我已经决定好了。”

大昌的话让辛茹多少有些失望，她端起茶海，给大昌加茶，还是说道：“当然，做什么样的决定都是你的权利，但是……”

“我决定去银山。”

辛茹拿着茶海的手一顿，抬起头惊喜地看着大昌：“大昌，我这还没开始做思想工作呢！”

“我是军人，思想觉悟我必须比别人高，难道还要靠别人做我的思想工作？”大昌笑着接过辛茹手里的茶海，给辛茹的品茗杯里加了茶汤。

“这回换我敬你，老同学，以后就是同事了，请多关照。”大昌笑着举起了杯子。

14

银山中心小学校门口聚集了一批家长，喜伯紧张兮兮地拿着钢叉和盾牌从保安室内跑出来，嘴里喊着：“你们想干吗？”

喜伯的目光越过电动门落向人群里的江美桃，江美桃一凛，忙给自己搜身，说：“喜伯，你别这么盯着我，这回我可没带菜刀！”

“我们都没带菜刀，没带危险物品。”家长们纷纷在自己身上乱拍一气，以证清白。

但一下子来这么多人，喜伯还是被吓住，哪里肯轻易开校门？家长们急了，七嘴八舌让喜伯开门。海大富说：“喜伯，我们只是想去学校找校长说事而已，你放我们进去。”

“你们这哪里像是来说事的？你们这么一大批人，就是来闹事的！”喜伯当仁不让。

家长们不由面面相觑，在各自脸上寻找到底哪个表情出了纰漏。忽然有人指着操场的方向说，校长来了。众人又把目光投向操场，纷纷喊着校长开门。校长领着江胜教导闻声赶了过来，让喜伯按照正常的安检程序给家长们都做了安检和登记，这才将众人领去会议室。江胜教导提了一大茶壶茶水过来，给每个家长的水杯里都加了水，但大家并不是来喝茶的，是来投诉的，于是坐在椭圆形会议桌的两侧，全都齐刷刷看着坐在上首的陈昭校长。

陈昭校长笑眯眯让大家伙喝茶，自己也喝了一口茶，说："校长接待日你们都不来反映问题，怎么挑今天这么个普普通通的日子来学校啊？"

海大富代表家长们发言："校长接待日，辛茹老师也没不上班啊！"

原来是来投诉辛茹的。

校长不明白了，辛茹工作认真，还是城里来的，家长们对这样的好老师还有什么不满意的？

"她不好好上班，一请假就是一个星期，那我们孩子读书怎么办啊？"

"城里来的老师怎么了？城里的老师要是教得好，还能被贬到咱们农村来？"

"我们打听过了，她在城里上班的时候也是常常请假的，我们要求换老师！"

……

陈昭校长认真听完家长们的牢骚，心里知道这些家长是什么诉求了，笑着说道："你们这些家长啊，对辛茹老师有误会，什么贬到海岛来教书啊，人家是来支教的，支持咱们海岛的教育。

辛茹老师在市里是多么优秀的年轻教师，是名师，多少家长想把孩子放到她班上去，她上课都拿过全省第一名的，绝对没有你们说的常常请假的事，偶尔请假也是因为代表咱们市里去参加赛课，人家那是公事请假。”

“那为什么来我们海岛就可以因为私事请假？一请假就是一个星期。”海大富拍了桌子。

“辛茹老师这一周请假是有特殊原因的，”陈昭校长解释，“她不是因为自己的私事，她是为了燕子奶奶住院的事请假啊，我本来给她三天假期，这不，燕子奶奶的白内障手术是做了，但老人家不是得了糖尿病吗？好多并发症，得留在医院治疗几天，情况稳定些再回来，所以我才多给她两天假。家长们，你们应该多理解理解啊！”

家长们不理解，燕子奶奶的病不可能一下子就好，难道辛茹老师就要留在医院一直照顾她吗？她难道只是燕子一个人的老师，不是其他学生的老师？

家长们义愤填膺，陈昭校长神色一下子变得严肃了，他说：“家长们，我这就要好好批评批评大家了，都是岛上的乡亲，怎么一点同情心都没有呢？你们说出这些话来，让人听了寒心。燕子在岛上是干了不少让人头疼的事情，但这个孩子从小就没了爸妈，只有个奶奶相依为命，是个可怜的孩子啊！辛茹老师为这个孩子出钱出力，是个多好的老师，咱们难道不应该多点理解和支持吗？”

被陈昭校长一说，家长们一时没了声音。

陈昭又缓和了声色说：“咱们海岛人进城一趟不容易，又是船又是车的，舟车劳顿，所以我才没安排其他老师去替辛茹老师的班。至于学校的课呢，江胜教导都妥善安排了代课老师，保证不会把你们孩子的课落下的。”

陈昭校长一番话下来，家长们一时无言。海大富说：“既然燕子奶奶住院，要不让我们家长去市里替辛茹老师的班吧，她一个城里来的老师都这么热心，我们身为海岛人，反倒不管不问，就有些不近人情了。”

江美桃用手肘捅了捅海大富，提醒他：“农家乐生意忙着呢，哪抽得开身？”海大富便说：“出力不行，出点钱总可以吧？”说着就要慷慨解囊。陈昭校长忙制止他说：“燕子奶奶的手术费老师们都给凑够了，如果大家要献爱心，等燕子奶奶出院，到她家里亲自交给她比较好。”

费了三寸不烂之舌，终于安抚好了家长们，陈昭校长亲自将大家伙送到校门口。一群人走到校门口时，恰好见到辛茹从校门前的大路上走过来，她身边还跟着一个高大的年轻人，年轻人大包小包背着，提着各种行李，辛茹手里拉的一个行李箱也是他的。

陈昭校长看了，不由大喜，大步迎了上去，嘴里喊着：“辛茹，大昌——”

“陈校长，这是我的报道介绍信。”大昌从行李里拿出一个信封递到陈昭校长跟前，陈昭校长拆开一看，上面赫然盖着市教育局的章。

“所有入编的手续我都办好了，就过来学校报到了。”大昌说。

陈昭校长拿着介绍信的手在抖，心情激动，眼角竟然还有些湿润，他伸手拍拍大昌的胳膊，说了“谢谢”，便回过头向家长们隆重介绍大昌。银山中心小学来了新保安，是一名从部队退役的上士，这个消息像春风席卷了海岛，家家户户都在讨论这个喜事。

海上人家农家乐里，还没到饭点，海大富去后厨检查了卫生，再到前台点餐区检查了每样活鲜的氧气是否足够，便去收银台抽屉里拿了五百块钱，打算出门。

江美桃问他去哪里，海大富说，上次在学校当着陈昭校长和其他家长的面说了要拿点钱资助一下燕子家里，做人得说话算话。江美桃不乐意了，问海大富是不是傻。燕子把他俩儿子都打了，他还给她送钱去。海大富说，这是两码事，孩子间吵个架正常，海潮海涛不也把燕子给打了，也没赔给燕子医疗费啊，所以打架那事就算扯平了。江美桃还是不乐意，说海潮海涛手臂上到现在还留疤呢，反正这钱不能给，他们家是做生意的，又不是菩萨。海大富很无奈，说江美桃逢年过节都会去岛上妈祖宫里拜拜，怎么良心还是缺这么大一块。

海大富说话的时候，手里比画了一个大大的圆，江美桃生气了，说他再胡说八道，回头她还拿着菜刀去学校找燕子。海大富就打趣江美桃，现在学校换了保安，那道校门你进得去吗？人家可是当兵的，手里拿过枪，怕你的菜刀？

海大富虽然嘴里这么说，还是给江美桃面子收回了出门的步子，但私下让海潮海涛将钱给燕子送去。

男教师的宿舍集中在二楼和四楼，三楼是女教师的宿舍。大家闲暇时也会串串门。大昌已经摸清了自己的邻居，二楼住着学校的美术老师陈侨英、音乐老师石呈基，还有个校医王桂香。周末，学生们没来上课，有几个老师又回城去了，学校有些冷清。大昌去三楼辛茹的宿舍，喊辛茹一起去食堂吃饭。大昌吐槽说："那个校医王桂香咋不跟你们女老师一起住三楼呢？她一个女的，和男老师住同一层宿舍，挺不方便的。"辛茹笑着告诉他，王桂香是个男的。大昌挠挠脑袋，不好意思地哈哈大笑。

笑罢，目光落在辛茹墙壁的画上，随口赞道："这墙不错啊！"

辛茹看一眼墙上的画，她几天不在学校，陈侨英已经将她墙上的画改好了，她还没找机会去谢谢他呢。辛茹说这画出自美术老师陈侨英之手，如果大昌喜欢，可以去请陈侨英把他的宿舍也装饰一下。大昌说自己是军人，不搞这些花里胡哨的。于是，辛茹便跟着大昌去宿舍，欣赏一下一个军人的寝务，那被子果然被叠得像豆腐块一般整齐。上次，鲁洁向辛茹吐槽过，石呈基从来不叠被子的。辛茹便说，改天一定要让石呈基好好跟大昌学学寝务。二人打算去食堂吃饭，经过陈侨英门外，辛茹不由停住了脚步。大昌问她怎么了，她说喊陈老师一起去食堂吃饭吧。大昌却说起先叫过了，陈老师不去。

门内，陈侨英听见门外二人的说话声，停下了手中的画笔，他正在为银山渔旅节和首届嘉年华活动设计宣传画。门外，脚步声很快远去，他又低头继续手上的工作。大概半个小时后，门外响起了敲门声和辛茹的声音。陈侨英起身开门，见辛茹手里捧着打包好的食盒笑吟吟看着他。

“我帮你打了饭回来。”辛茹说。

“谢谢，”陈侨英接过食盒，迟疑了一下说道，“那面墙……”

“我看到了，谢谢你啊，你方便的时候，我请你吃烧烤，赏脸不？”

“不用了。”他的拒绝在意料之中。

辛茹正准备离开，他却拿出手机说：“我们加个微信吧。”

整个银山中心小学，她连食堂联婶联叔的微信都加了，就差陈侨英了。

加好微信，辛茹回到宿舍，打算收拾一下就去燕子家里一趟，看看奶奶的情况。肖梦云发了微信过来慰问。好事不出门，坏事传千里，银山小学家长组团到学校投诉辛茹的事情，竟然连市区学校的老师们都知道了。肖梦云说，她给江美桃和海大富等家长都打了电话，他们说误会已经解开，现在没事了，这样她才放心了。辛茹谢了肖梦云，肖梦云说：“谢啥？你不也帮了我吗？”自从辛茹联系了家委会的黄大可等家长后，她在实验小学的教学工作也好开展多了。不过，肖梦云还是慨叹，现在的家长怎么越来越不好相处了，动不动就投诉。

辛茹说：“维权意识提高是好事，说明国民素质提高了，这是咱们教育的功劳，不是吗？”

肖梦云被辛茹这么一说，便也笑起来，夸辛茹心态好。

然而辛茹心里并没有那么豁达。家长们组团到学校投诉她请假时间过长的事，是她完全没有料到的。过去，她对农村有着刻板印象，觉得农村人老实怕事，不会像城里人那么自我和精明，但这件事给她提了一个醒：农村人去往城市生活，面临如何融入的问题，同样，一个城里人来到农村生活，也面临这个问题。随着社会的发展，教育的普及，以及互联网这张人人平等的资讯大网，如今的农村人已经发生了很多改变，城乡之间方方面面的差距都在逐步缩小，如今的农村，公民法治意识、维权意识、自我意识与城市的差距越来越小，这也意味着，农村的工作也愈发有了难度。而作为一名新农村的教师，除了如何上好课，如何加强学生的素质教育，在加强家校沟通等问题上也面临新的挑战性，稍有不慎，交流不善，都可能产生问题。

结束了肖梦云的视频通话，辛茹甩甩头，不想那么多了。她坚信，人与人之间，以诚为贵，只要付出真心就一定能换来真心。只要有了真心和诚意，肯定能找到最佳的工作方法。

她重新振作了精神，准备出发。这时，手机提示音响起，是陈侨英。点开陈侨英的微信对话框，辛茹不由擦了擦眼睛，陈侨英竟然给她转来了一笔钱，她仔细数了数“1”后面有多少个

“0”。竟然是十万。

“这笔钱给燕子的奶奶看病用。”紧接着，陈侨英便发过来一句留言。

辛茹有好多疑问，但最后只回了两个字：“谢谢。”

辛茹走出学校大门就看到了苏简简，苏简简主动热情和她打招呼：“辛茹老师！”辛茹对苏简简为什么会出现在学校附近并没有细想太多，就当作是一般的偶遇，打了招呼便兀自走了。

辛茹到了燕子家，看到燕子正照顾奶奶吃药。白内障手术后还需要一个月的用药和恢复期，因为奶奶年龄大了，又有糖尿病的基础病，恢复时间就要更长，护理也要更细致。

见到辛茹，燕子立即露出笑容，给辛茹端了一杯茶过来。奶奶则抓着辛茹的手，不停地道谢。辛茹告诉燕子和奶奶，陈侨英老师捐了十万元给奶奶治病的事，把祖孙俩都吓住了，这实在是一笔大到不能再大的钱数。奶奶让辛茹把钱还给陈侨英，说自己一个老婆子，一只脚踏进棺材了，只要眼睛能看见，其他病就不要浪费钱治疗了。辛茹安慰她，先安心养病，其他不要多想。

燕子把奶奶扶去卧室，出来找辛茹说话。她问辛茹，奶奶的眼睛治好后，还会失明吗？辛茹表示，奶奶的白内障是由糖尿病引起的，糖尿病又是个必须长期治疗的病症，如果不坚持治疗，就会有各种并发症，眼睛失明就是其中的一种并发症。燕子明白了，她说她想收下陈侨英老师的十万块钱给奶奶治病。

“就当作我向陈老师借的，等我长大以后赚钱了还给他。”燕子眼神坚定，志气满满。

辛茹说：“陈老师既然把钱给你，就不指望你还，你呢，好好读书，就是对陈老师最好的报答了。”

提到读书的话题，燕子脸上的笑容就消失了。“我读不好。”

燕子的声音很低，充满了丧气，一点都不像那个打架时捡垃圾时潇洒飞扬的女孩子。辛茹笑了，说：“有我在呢，怕什么？我知道你学习基础差，但我这不是来给你补课了吗？”说着从包里拿出了课本。

燕子发现这是一本一年级的语文课本。辛茹说：“你过去成天在岛上逛荡，没有正经上过几节课，我不得从一年级开始帮你补起啊？”燕子听了不好意思地笑了，老老实实去拿了纸和笔过来。

15

王大昌家里，大昌父母闷闷不乐吃着晚饭。大昌退伍这一年时间，他们一家三口每顿饭都是整整齐齐一起吃的，巴不得把大昌过去在部队待的十多年缺的团圆时光都补回来。可是如今，饭桌上又只剩下他们老两口了，这算怎么回事呢？

“你不是都打点好关系了吗？那编什么……”

“编办。”

“编办的主任不都已经答应让咱们大昌留在市法院当保卫人员，怎么又把咱们大昌分配去银山中心小学了呢？虽然都是保安，可在市里执法部门当保安，和去海岛学校当保安，傻子都知道哪个好啊！”大昌妈抱怨着，“是不是你给人家送的礼送少了？”

“和这没关系，”大昌爸说，“我送的那点礼，人家一点没收都给退回来了。”

大昌妈放下筷子，生气道：“这就是了，怪不得大昌安置的事黄了。”

大昌爸说：“真不是，人家编办主任说了，是咱们大昌自己要求去海岛学校当保安的。”

大昌妈一听更火了：“我就知道，大昌那个什么小学女同学会坏事，这下把咱们大昌诓去海岛了吧。”

大昌爸反而不纠结了，儿子如果是为了爱情去海岛的，那他支持。

辛茹从燕子家回来时，天色已经晚了，整座校园都笼罩在沉沉的暮霭里。辛茹走在操场上，只见满目花木扶疏，教师宿舍楼的背后是一片繁茂油绿的山，空气里满是清新的植物的芬芳，还有海的气息。她一时有些沉醉，一抬头就看到教师宿舍楼走廊上站着一个人，他正俯视着她。是陈侨英。辛茹朝他挥了挥手，他却沿着走廊径自走掉。辛茹走进宿舍楼，看到陈侨英竟然站在楼梯拐角处。

“陈老师，是在等我吗？”辛茹问。

陈侨英点了点头。

“你的钱，我已经向燕子和她奶奶说了，钱暂时保管在我这里，燕子说改天亲自来向你道谢。”

陈侨英说：“我是要向你说，你们班那对双胞胎的事情。”

“海潮海涛？”辛茹愣住。

夜晚的海上人家农家乐人头攒动，长长的围墙下，几张竹椅，几个土碗，闪烁的灯条将氛围拉满。人们沉浸在海岛的美食盛宴里，品山珍吃海味，喝酒划拳唱歌，欣赏海岛的夜景。再没有比这样的神仙日子更惬意的了。不过，海岛的旅游终究是短暂的，人们在有限的快乐与休闲之后依然要回到城市，回到工作岗位上，继续过城市人的日子，还好，还好有这曼妙的大海和小岛，像是他们的充电桩，在疲惫的时候，不堪负荷的时候，能够为他们蓄满能量，让他们重新出发。

海潮、海涛兄弟俩躲在自己房间里，掀开窗帘一角，看着外头农家乐里的情景，他们的爸妈正端着盘子在酒桌间穿梭。客人太多，农家乐人手不够，父母往往亲自上阵。过去，兄弟俩听着外头的喧嚣会觉得吵死了，但现在他们只希望越吵越好，希望他们的父母越忙越好，这样就无暇管他们了。

“你去看看门上锁了没有。”海潮朝海涛努努嘴，海涛快速去检查了房门，扭头对海潮说锁好了，海潮这才放心从床底下拉出一个小盒子。兄弟俩小心翼翼捧起小盒子放到床上，再小心翼翼打开盖子，从里面拿出了一台手机。

“看起来是不是和新的一样？”海涛问海潮。

海潮点点头：“新的要一千多呢，这二手的才五百，但是看起来和新的没什么两样。”

“光看起来新没用，咱们得试试打游戏是不是和爸妈的手机一样好使。”

兄弟俩约定好每人玩十分钟，至于谁先玩，用石头剪子布决定。海涛赢了，先玩了十分钟，再轮到海潮。

和爸妈的手机比起来，有一丢丢卡，但是马马虎虎，将就着玩了。谁让平常玩一下爸妈的手机，还没过够瘾呢，爸妈就又是催又是骂，有时候还会一人赏他们一耳刮子。如果能快点长大就好了，长大了，成为大人了，就能自己赚钱自己花，再也不用受父母的气了。哪像现在，跟爸妈要个零花钱还要听他们一顿数落，有的时候海大富喝了酒，就会一边掏钱一边骂他们：“吃我的喝我的，不听话就给我滚出去！”

“海潮海涛，给我滚出来！”门外响起海大富的声音，兄弟俩一惊，连忙火速藏好手机，互相递了个眼色，这才开门出去。门外站着雷倩倩。雷倩倩是他们家的常客，常常来家里找他们玩。一见雷倩倩，兄弟俩紧绷的神经这才松懈下来，正想邀请雷倩倩一起进屋玩游戏，就听雷倩倩说，外头有人找他们。

兄弟俩跟着雷倩倩穿过农家乐的前院向外走，海大富正忙着给客人结账，冲他们喊：“别玩太晚回来，别去太远的地方。”兄弟俩一一应了。雷倩倩也帮腔说，他们就在门外附近溜达溜达，哪也不去。这时便有客人同海大富打趣，说：“海老板可以啊，年纪轻轻就要升格了，儿子都已经谈上女朋友了。”海大富便乐呵呵地解释：“孩子还小呢，谈什么女朋友，那是女同学。”客人便更使劲地起哄：“这是青梅竹马两小无猜。”海大富被逗乐了，就给客人打折扣。

那边厢，海潮海涛跟着雷倩倩走到农家乐外，但见辛茹站在远处等他们。她背后是夜色下的大海，身旁是大树，头顶是明月，岛上夜晚的霓虹映射出来的灯光将夜景修饰得格外迷人，夜色里的女老师也显得格外好看。然而，他们走近了发现，女老师的脸色并不好看。

辛茹向雷倩倩道了谢并让她先回家，等雷倩倩走远了，她才重新看向兄弟俩。

“辛老师，找我们什么事啊？要不要去我们农家乐吃夜宵，我让我爸请客。”海潮热情地说。

“让我妈请客也可以。”海涛附和。

看着嬉皮笑脸的兄弟俩，辛茹板着脸问道：“你们看我的样子是来你们家吃夜宵的吗？”

海潮海涛有些心虚，但还是觉得辛茹不可能知道他们的秘密，但辛茹清清楚楚知道了。她说："今天，手机店的苏老板去学校找了侨英老师，说了你们俩的事情，侨英老师已经把你们的事告诉我了……"

"辛老师，苏简简的话不能信，"海潮着急忙慌喊起来，"她就是找个借口去学校见陈老师，岛上谁不知道她喜欢陈老师？陈老师在岛上这一年多，她对陈老师死缠烂打，但是陈老师不喜欢她。"

突然从海潮口中听到苏简简的秘密，辛茹有些意外，怪不得苏简简今天在校门口碰到她，却没有把海潮海涛的事情告诉她，反而巴巴去学校告诉陈侨英，让陈侨英转告她，她起初还奇怪呢，现在终于想明白了。

"我还没说苏简简说什么呢，你们就确定她的话不可信了？"辛茹有些恨铁不成钢地看着兄弟俩，开门见山道，"能告诉我你们买手机的五百块钱是怎么回事吗？你们是要私下解决这个事呢，还是要让我去告诉你们爸妈啊？"

这道题有第二种选择吗？对于海潮海涛来说，没有，毕竟告诉了海大富和江美桃，除了换来一顿揍，得不到其他便宜，但他们也不敢相信一个老师竟然会帮着学生欺骗自己的父母。

"辛老师，你真的不会告诉我爸妈？"海涛怯怯地问。

辛茹点头："只要这个问题性质不是太恶劣，我愿意帮你们私下解决这个事，但是，下不为例。"

第二天上午，辛茹和海潮海涛约在了苏简简手机店隔壁的奶茶店门口碰面。辛茹陪着兄弟俩来到苏简简的手机店，将手机退给了苏简简，苏简简也将五百块钱退还给兄弟俩。这是前一天，苏简简答应陈侨英的。

"如果是别人，我卖出去的手机是绝对不让退的，但是看在侨英老师的份儿上，”苏简简说到陈侨英的时候，脸上露出娇羞，与她麻辣的形象不太协调，“看在侨英老师的面子上，我就不和你们两个小屁孩计较。退你们手机钱，是侨英老师亲自求情的，我答应了他，我就得说话算话。”

苏简简告密，害他们失去手机，海潮海涛心里窝火着呢，此刻不免要说些泼苏简简冷水的话，什么侨英老师看不上你的，你就别白费心机了，又说什么女的倒追男的丢脸，把苏简简气得够呛，差点要抢回那五百块钱，还是辛茹拦住了。

“对不起啊，苏老板，”辛茹替兄弟俩向苏简简道歉，“童言无忌，你别和他们计较。”

苏简简嫌弃看了兄弟俩一眼，没好气道：“辛茹老师，你是他们俩的老师，你可得好好管教他们，瞧这没大没小的样儿，欠揍！”

辛茹笑吟吟说：“是啊，他们是我的学生，我是他们的班主任，所以以后他们再有什么事，苏老板直接来告诉我就行，别再让陈老师传话了。我的学生却给他一个科任老师添那么多麻烦，我怕他烦。”

辛茹说着，领着海潮海涛离开了手机店。

苏从从后厨走出来，给苏简简端了一碗热腾腾的肉燕，笑呵呵说道：“听见了没，我昨天让你别去学校找陈侨英，你偏不信，又惹人烦了吧？”

苏简简气鼓鼓地瞪了苏从一眼，苏从忙让她消气：“没有什么是一碗肉燕解决不了的问题，肉燕里加了香菜、紫菜和虾米，老香了。”苏简简被苏从这么一说，果然饥肠辘辘起来。

在辛茹的监督下，海潮海涛来到燕子家，将海大富给的五百块钱亲自交到了燕子手中，然后心虚地跑走。燕子拿着钱到了卧室里，告诉奶奶海潮海涛来送钱的事，只听奶奶叹息一声，对燕子说，因为她的病接受了这么多别人的捐款，感觉心里不安。燕子说，要不她把钱给海潮海涛还回去，反正现在有了侨英老师的钱，奶奶看病已经不缺钱了。奶奶却说，应该连侨英老师的钱也还掉。奶奶摸索着在枕头底下拿出两张银行卡，里头是这么多年政府发给她们祖孙俩的低保钱，除了基本的生活费，奶奶一分都舍不得花，就是想攒着给燕子长大后当嫁妆。燕子没爹没妈，奶奶年龄又大了，不知道哪天就走了，到时候只剩下燕子一个人，如果有钱傍身，将来嫁人容易些。奶奶是为了燕子好，但没想到因为这个想法，却害了燕子，让燕子这些年成了一个财迷，不但成天逃课捡垃圾，还养成了小偷小摸和向陌生人讨钱的坏习惯，成了岛上人人喊打的问题孩子。

奶奶将两张卡交到燕子手上，让燕子看看哪张卡是她的，哪张卡是奶奶的。奶奶说，燕子那张卡上的钱还留着，给燕子以后读大学用，奶奶那张卡则拿给辛茹。

奶奶说："咱自己有钱看病，所以应该把陈老师的钱还掉，那么一大笔钱不能要，要了亏心。"

燕子先把五百块钱送到海上人家农家乐还给了海潮海涛，另一张卡则打算在周一上学的时候带到学校交给辛茹。

海潮海涛背着书包走到校门口的时候，上课铃已经响了。喜伯上来让兄弟俩快点去教室，兄弟俩垂头丧气的，没给喜伯好脸色，说喜伯已经不是学校保安了，就不要多管闲事。

喜伯低头看看自己身上，已经脱去了保安的制服，今天和王大昌交接完工作，他就要正式离开银山中心小学，回家给儿媳妇带孙子去了。在银山中心小学当了这么多年保安，虽然平常嘴上叫着累，但突然要离开了，心里还是非常舍不得的。

见喜伯面色郁郁，王大昌从保安室出来，把海潮海涛喊住了，让他们俩给喜伯道歉。大昌的举动让喜伯很意外，但也觉得没必要，说就是孩子，不必较真。但大昌腰背挺直，定定地看着海潮海涛，说道：“尊老爱幼，是中华民族传统美德，你们是小学生，是祖国未来的栋梁和希望，更应该从小养成这些好品质。带头看不起老人，不尊重老人，你们还是不是男人了？”

大昌的声音不容人抗拒，海潮海涛听了，本能一凛，乖乖向喜伯说了“对不起”，就飞也似的跑向教室。

看着两个孩子的背影，喜伯笑了，说还是大昌有办法，又告诉大昌，他们都是学校里比较调皮的学生，但本质不坏。大昌笑着问他，还有什么要交代的。喜伯便怀着复杂的心情，领着大昌去熟悉学校里的各种安防设施。

海潮海涛到了班上，已经上课好一会儿了，肖挺立站在黑板前严肃地盯着两人。他一只手拿着粉笔，一只手背在身后，问他们为什么迟到。海潮海涛互视一眼，心里叫苦不迭，想着周一第一节课为什么是数学课，而不是语文课呢？如果是辛茹老师的课，他们还可以告诉她，因为昨天燕子去他们家还那五百块钱，不小心被他们妈撞个正着，他们妈知道了这五百块钱是他们爸瞒着她私下捐给燕子奶奶治病的，为此和他们爸大吵一架。这架是在半夜吵的，前半夜要做生意没空，只能农家乐打烊后吵架，这就带累他们俩后半夜都没睡觉，所以早上就睡迟了。

辛茹老师好说话，听了他们的陈述，一定会原谅他们，但肖老师不一样，肖老师是四年级就开始教他们数学课的，他们已经当了肖老师一年多学生，对他的性格太了解了，他这个人很不好说话，对学生十分严厉，他们迟到了，少不得要被肖老师罚。

“你俩今天放学后把书上的数学练习在本子上抄五十遍，抄完才能回家。”肖挺立说道。海潮海涛越发像泄了气的皮球似的。

16

上完上午第三节课，辛茹坐在讲台桌前把剩下几本练习册批改完。学生们排着队走出教室，纷纷和辛茹说再见。辛茹一边批改作业，一边嘱咐他们路上不要贪玩，要及时回家。眼前突然被塞了一根手链过来，辛茹吓了一跳，钟美丽一脸憨笑，结结巴巴说："老师，送……送给你，喜……喜欢你……"

辛茹说："谢谢美丽。"刚想接过手链，钟美丽转了个身，又把手链递给队伍后面的小圭，依旧一脸憨笑，结结巴巴说："班长，送……送给你，喜……喜欢你……"

"钟美丽，小圭已经不是班长了。"其他同学提醒钟美丽，钟美丽听不懂，但小圭已经涨红了脸。辛茹让大家路上照看好钟美丽，继而留下了小圭，说班级接下来会举行"值周班长"制度，让他好好表现，以后还有机会参加班长竞选。小圭一副提不起兴致的样子，说自己并不想当班长，便走了。看着小圭的背影，辛茹抿了抿唇角，脸上的笑容也消失了。这个小圭虽然学习成绩好，但性格挺执拗的，如果不好好引导和沟通，只怕也是个问题。

辛茹从教室外收回视线，一眼就瞥见位置上的海潮海涛兄弟俩。

"你们俩怎么回事，放学了还不回家？"辛茹奇怪地问，这俩小子平常屁股抹油，一听到下课铃声跑得比谁都快，今天这是怎么了？兄弟俩无精打采扬了扬手上的数学作业本，懒洋洋说，被数学老师罚抄了。

“为什么？”辛茹问。

“早上上课迟到了。”海潮解释。

海涛立即把昨天燕子去他们家还钱，他们爸的小秘密被他们妈识破，然后下半夜大吵的事情说了一遍。

“昨晚睡得少，早上太困，睡迟了。”海涛可怜巴巴看着辛茹。

辛茹便问：“肖老师罚你们抄多少遍？”

“50遍。”兄弟俩重重叹气。

辛茹说：“你们俩先回去吧，肖老师那边我替你们去解释。”

两个孩子如获大赦，收拾了书包，归心似箭跑了。

辛茹批改完作业，收到鲁洁和大昌不约而同发来的微信：“怎么还不来吃饭？”她笑起来，嘀咕着这两个人可真默契，于是收拾了讲台桌打算去食堂吃饭。这时肖挺立却来了。

看着空空如也的教室，肖挺立皱了眉头，没想到这俩小子胆子这么大，没他同意就溜了。辛茹从讲台上走下来，笑着问肖挺立：“肖老师是在找海潮和海涛吗？我让他们俩回去的。”肖挺立一愣，继而不满道：“辛茹老师，你怎么能不经过我同意就把学生放走？他们两个上课迟到，我不给他们立规矩，以后他们天天迟到还了得，其他学生看了，有样学样，那班级不都乱套了？”

“肖老师，他们不会的，他们已经跟我说明了今天早上上课迟到的原因，并保证以后一定不迟到，你就原谅他们好了，小孩子嘛，偶尔犯错也正常，咱们大人不也做不到十全十美吗？”

辛茹的观点肖挺立不敢苟同：“辛茹老师，你这是在包庇学生，纵容学生。咱们农村有句俗语：‘宠鸡爬灶。’学生有错误，你不但不批评不教育，还替他们开脱，你们城里老师都是这么当的吗？”

见肖挺立疾言厉色，辛茹也不生气，依旧笑容可掬，说道：“肖老师，这和是不是城里老师没关系，学生有错，当然要批评教育，但不能体罚。”

“体罚？我可没有体罚他们，我一根手指头都没有动他们，我只是让他们抄点练习题……”

“肖老师，这叫变相体罚。”辛茹说道。

因为喜伯要离职了，晚间放学后，陈昭校长亲自下厨，和老师们一起在食堂为喜伯办了一桌欢送宴。十几个人热热闹闹坐了团圆桌，当陈侨英出现在食堂时，大家都很意外，甚至起立欢迎。陈侨英送了一套画笔给喜伯的孙子，搞得喜伯很不好意思。陈侨英来学校代课这一年多，喜伯的确对他照顾有加，那是因为一个老海岛人的热情和淳朴，毕竟陈侨英也是海岛生海岛长的孩子，只不过后来外出求学，才离开了海岛。如今回来，父母都已经不在了，这不免让喜伯生出长辈对晚辈的怜爱之心来。

“侨英老师啊，你要多和学校老师一起玩，你看大家都很关心你。”喜伯拉着陈侨英的手，说道。他的热情的嘱托对于陈侨英来说，已经超出了分寸感，就像一只贝好不容易从蚌壳里伸出脑袋来，被人迫不及待触摸又条件反射缩了回去。

辛茹及时站了起来，掏出一封信递给喜伯，喜伯的注意力被吸引过来，不解地问辛茹，这是什么。辛茹说，是五年（1）班全体学生写给喜伯的信。喜伯又惊讶又好奇，不知道孩子们都要跟他说些什么。“辛茹，你给念念。”陈昭校长提议。辛茹拿过信，念了起来，信的内容就连辛茹自己事先也是不知道的。孩子们在信里回忆了喜伯在学校当保安这些年给孩子们留下的温暖回忆，比如他们常常把学校的爬山虎从墙上摘下来，每次都是喜伯小心翼翼把爬山虎再扶到墙上去，如今的爬山虎已经爬了一整面墙壁，他们再也破坏不了了，就只能站在墙下欣赏……童言童语，质朴又有趣，惹得老师们哈哈大笑，而喜伯作为当事人，眼里忍不住噙了泪花。他就是个普普通通的海岛老人，文化不高，也没什么见识，一辈子除了海岛，几乎没去过别的地方，偶尔去几趟市里，城市的车水马龙高楼林立足以让他手足无措。他一辈子生在海岛长在海岛，害怕外面的世界，但又希望年轻人们都能离开海岛去外面闯世界。

“一定要叫孩子们好好读书，长大以后去大城市读大学。”喜伯哽咽着交代辛茹。这是他生平收到的第一封信，也是唯一一封信，有一群孩子掏心窝子对他说了很多感激的话、祝福的话，这在喜伯眼中是一件特别洋气、有面子的事。喜伯心里满满的感动，而虚荣心也得到了最大的满足。

“一定会的，喜伯，孩子们不会忘了你的。”辛茹说着将信再一次郑重地交到喜伯手上，喜伯拿着那几张漂亮的信笺爱不释手，翻到信的最后一页，竟然是一张画，画上是喜伯穿着保安制服在校门口站岗的样子。喜伯又惊又喜，问这幅画是谁画的，把他画得好精神。老师们争相传看那张画，纷纷夸赞这张画画得不错，好奇这张画出自哪个孩子之手。陈侨英也朝那幅画瞥了一眼，不由眼前一亮。辛茹告诉大家，这画是他们班的钟美丽画的。

“就是那个傻子。”肖挺立说道。

“傻子”两个字让辛茹心里“咯噔”了一下，她抬眼朝圆桌对面的肖挺立看过去，肖挺立还为海潮海涛的事生辛茹的气，并没给辛茹好脸色。“是我们班‘随班就读’的学生。”辛茹向大家再次说明。

“‘随班就读’就是指让部分肢残或弱智的残障儿童进入普通

班就读的一种教育方式，目的是为了让这些特殊孩子能够与普通学生一起活动、相互交往，使他们能够更好融入社会，”说话的是刘星辰，“随班就读的学生要么残疾，要么智障，智障不就是傻子吗？正常孩子，谁还叫‘随班就读’啊？”刘星辰俨然一副站队的姿态。

肖挺立的冷脸、刘星辰的阴阳怪气让原本热热闹闹的饭桌，气氛顿时变得尴尬起来。

陈昭校长出来打圆场说：“一个弱智儿童，能把画画得这么逼真，算不算一个天才了？好好培养，好好培养。”大家这才又活络起来，回到这顿饭的主题上。大家都举杯对喜伯说了很多祝福的话，让喜伯感动得热泪盈眶。

月上柳梢头，曲终人散。大昌要送喜伯回家，喜伯不让，最后陈昭校长让江胜教导去送，毕竟两人沾了点亲。江胜教导牵住喜伯的手，一直穿过夜色里的操场走向校门。“老哥，这几年谢谢你了。”江胜教导说道。喜伯说：“谢啥？我又不是白干，拿了学校发的工资啊。倒是你，因为是我的亲戚，这些年替我听了不少闲话。”“自家老哥，不说这些客套话。”江胜教导又和喜伯说了些家长里短的事。喜伯家的儿媳妇不是个好相与的，这些年喜伯当保安的工资都交给她，她平常也没少挑刺，说喜伯在学校当保安不能给她看孩子，让她腾不出手来赚钱。这以后喜伯不当保安了，没有工资了，日子还不知怎么样呢。

喜伯说：“那也不能因为我家儿媳妇惦记我当保安的工资，就让学校给我养一辈子老啊！学校是学校，不是哪个人的养老堂。”

喜伯有这觉悟，江胜教导心里不是滋味，说还好有社保。喜伯满六十岁了，社保那块也是能领到些养老金的。

两人正说着，就听身后有人叫他：“师傅——”

是刘星辰。

两人已经走到校门边，停了脚步，回过身去，但见刘星辰快速小跑了过来。

“什么事啊，星辰？”江胜教导问。

刘星辰顶不好意思的，她颇纠结了一下，还是对喜伯说道：“喜伯，以后你就不来学校了，我还是向你道个歉。”

“道歉？为什么啊？”喜伯不解。

“过去我对您老挺不尊重的，”刘星辰说，“说了很多对您老不敬的话，您是长辈，无论如何，我都不该那样，我师傅已经批评过我很多次了，你别生我的气啊，喜伯。”

江胜教导没想到刘星辰会向喜伯道歉，心里甚是欣慰，他向喜伯说：“小刘年轻气盛，不懂事，我平常说过她了。”

一个人对自己不当的言行举止会产生愧疚感，说明这个人内心深处还是有道德底线在的。而实际上刘星辰心里芥蒂的东西，喜伯根本没往心里去，他的年龄摆在那里，那他就有这个年龄该有的豁达。喜伯笑着说：“刘老师，既然你尊我是长辈，我还是有几句长辈的话要同你说一说，林斌是个不错的小伙子……”

刘星辰没想到喜伯竟然会向她说掏心窝子的话。喜伯说，一个人心肠再好，但是嘴上老带刺的话，容易吃亏，玫瑰再好看，刺多伤手的话，也就不可爱了。而林斌在喜伯看来是个很不错的小伙子，一直都很包容刘星辰的小脾气，可两个人要生活一辈子的话，不能只有一方不停忍让对方，每个人的耐心都是有限的，应该互相包容才能长久。喜伯对刘星辰的告诫充满长者的人生智慧，让刘星辰对他刮目相看。

自从上次在海边和林斌吵架后，两个人一直在冷战中，此刻听了喜伯这番告诫，刘星辰内心有些触动，她打算明天去找林斌和好。

和喜伯挥手说再见，刘星辰折回身子走回宿舍，见肖挺立提着一袋垃圾从楼上走下来，刘星辰热情和他打招呼：“肖老师，这么晚还去扔垃圾啊？”

肖挺立刚刚被陈昭校长找去谈了几句话，心情不太好。见到刘星辰，肖挺立讪讪说：“都是年轻教师，还是星辰你好，下学期我申请和你配班，有些城里来的老师，咱们农村老师高攀不起。”

刘星辰明白了，不由也呵呵笑道：“‘随班就读’不就是傻子吗？咬文嚼字，为了显示自己是城里来的吧？”

两个人在楼梯上的交谈，让经过二楼走廊的陈侨英听得一清二楚。

“侨英，你怎么站在这里？”从三楼楼梯上走下来一个人，是王桂香。王桂香的声音惊动了刘星辰和肖挺立，二人很快各自上楼下楼。刘星辰上楼时简单和王桂香、陈侨英打了招呼。等刘星辰上楼去了，王桂香才和陈侨英解释：“我刚刚上楼找辛茹老师了，上次她陪燕子奶奶去市里动手术，不是被家长投诉了吗？说她请假天数太长。也是，她毕竟是主科老师，又是班主任，请假多了，影响不好，所以我打算过几天燕子奶奶去市里复查的时候，我请假陪同去，但是辛茹说我是校医，如果我请假了，万一有学生发生意外的话……不怕一万就怕万一。”

“我请假陪着去复查吧。”陈侨英说完，转身径自回了自己宿舍。

王桂香看着他的背影，喃喃：“一直以为陈老师待人冷淡，没想到其实是个热心肠。”

17

银山镇乡村振兴大礼堂里，新一期的大学生“乡村振兴”实践基地活动正在举行结业仪式。连俊生向几名大学生颁发“候鸟人才证”和“荣誉村民”证书，以及一张可以终身往返银山岛的免费船票。大屏幕上，首批入岛实践的大学生李梅从清华校园发来视频连线，介绍了他们“人才驿站”一期工程“乡村振兴大礼堂”的改造过程，如今这富有“茶色书香”的漂亮礼堂竟是由一处废弃的鱼露仓库改造而成的。李梅祝贺新一期的学员顺利完成实践活动，并期待二期工程冬角小学改造项目能够早日顺利完成。

台下，魏如青、林斌和大学生们一起鼓掌。连俊生上台做重要发言：数年前，清华大学首个“乡村振兴”工作站落户银山岛，此后，每年寒暑假都会有清华大学学生来到银山岛开展乡村振兴实践活动，与村民们共同生活，向村民科普文化知识，帮助改善海岛村容村貌，为村庄发展出谋划策……截至目前，已有多批次一百多人的清华学子来过银山，为银山镇的乡村振兴事业贡献力量，除了建筑专业学生，还吸纳了美术学院、经管学院、法学院的学生。建筑学院同学主研建设项目的规划设计，美术学院同学负责文创设计，经管学院、法学院同学则开展各类调研，为文创及规划工作提供可靠的素材。除了清华大学，越来越多的高校学子也来岛实践，参与乡村振兴项目设计，已经完成了十几个建设项目设计，将海岛渔村改造成了妙不可言的旅游天堂。连俊生代表银山镇党委政府感谢广大学子对银山镇的乡村振兴事业作出的贡献，欢迎他们常回家看看，也期待二期工程冬角小学的设计改造能够早日出炉。

大礼堂的乡村图书馆里，村民杨中华急匆匆跑出来，遇到散会的连俊生一行。杨中华向连俊生吐苦水，在外乡镇读初中的女儿在学校生病了，可是自己人在海岛，鞭长莫及，真是急死人。女儿只要假期回来便总是哭，问为什么别的乡镇都有中学，独独银山镇没有。而自己夫妻两个都在岛上谋生，又不能去陪伴女儿，女儿因为思念家人，成绩一直下降。杨中华说着又接到女儿老师的电话，但这会儿又没有离岛的快艇，他着急忙慌地跑掉。其他围观的村民见状，也逮着连俊生纷纷大吐苦水，孩子还小，马上小学毕业了要离岛读书，真的很不放心，如果陪着孩子去求学，大家在岛上的生意怎么办？这几年海岛各项事业蓬勃发展，经济效益不断提高，村民们在岛上就可以有非常不错的收入，大家舍不得放弃家门口的赚钱路子。

连俊生十分理解村民们的诉求，在岛上办一所公办初中也一直是他的心愿。过去岛上的经济条件不如现在好，交通也没有现在便捷，这个心愿未能落实，如今，镇政府以建设生态休闲旅居海岛为目标，深入实施“生态立镇、海洋富镇、旅游兴镇”发展战略，银山镇的经济社会总体平稳向好，人口不断从城市回流，岛上人乡土情怀较之从前更浓了，留在家门口读中学的想法也越发迫切了。

“去学校。”安抚完村民们，连俊生向魏如青和林斌说道。

连俊生等人走到学校附近就听到学校广播里播放警报的声音，走近了，看到孩子们在教师带领下从教学楼跑出来，紧张但有序地跑到操场上。

陈昭校长已经带领江胜教导到校门口来接人。“我们学校新来的保卫干事正带着师生进行消防安全演练。”陈昭校长介绍道。连俊生等人在人群里一眼就看到身穿保安制服的年轻人，他正组织大家如何疏散，声音洪亮，身姿笔挺，叫人看了为之一振。“那个就是王大昌？”连俊生指着操场的方向问。关于王大昌放弃市里执法部门保卫干事的岗位来到海岛学校工作的事，连俊生已经听魏如青讲过了，但这还是第一次见到王大昌。

“是的，连书记。”陈昭校长很是骄傲地向连俊生汇报大昌在学校里都负责哪些业务：除了日常学校的安全防护、安全巡查、隐患排查等工作以外，还要组织教职员工的安全培训。

连俊生看着意气风发的大昌，不由欣慰地点点头，心里想着这么好的人才不可浪费，要充分利用起来。如果渔旅节和音乐嘉年华活动，能让大昌一起加入安保队伍，和派出所民警等一起负责活动现场的安保工作就好了。于是连俊生向陈昭校长说：“镇政府国庆节的时候要向学校借一下王大昌，陈校长不会舍不得吧？”

陈昭哈哈大笑，说：“书记开什么玩笑，只要大昌没意见，学校肯定支持啊！”

连俊生于是让魏如青等消防安全演练结束后，就去找大昌对接一下这项任务。

魏如青点头：“好的，连书记。”

大昌自然不会拒绝，军人的天职就是服从命令，哪里有需要，他就去哪里尽自己一份力。

陈昭校长引着连俊生等人去到会议室，上茶，就座。

陈昭问：“连书记今天到学校来，是不是要了解侨英老师为渔旅节和嘉年华活动设计美术的情况进展啊？我现在就把侨英老师叫过来，让他亲自向您汇报。”

连俊生摆摆手，说美术设计的事，有魏宣委直接和陈侨英对接，陈老师的水平他完全不担心，他今天来是为了和陈昭校长商量银山中心小学是否能够改办九年一贯制学校的事宜。

陈昭校长听了，立即说道：“不瞒书记，您要是不来，我也要为这个事到镇政府去找您。现在咱们岛上的家长对于让孩子留在岛上上中学这件事，期望越来越迫切了。”

这边厢会议室里，连俊生和陈昭校长等人就岛上办公办初中的事商讨对策，那边厢教师办公室里，陈侨英正在一堆美术作业里翻找钟美丽的美术作业，可始终没有找到。

最后一节课的上课铃声已经响起，他站起来，抱了一沓美术作业正要去教室，就看到魏如青站在办公室门口。魏如青说：“陈老师这是要去上课啊？”陈侨英点了下头。魏如青又说：“那只能另外约个时间，咱们对接一下渔旅节和嘉年华活动的任务。你负责美术设计，我负责文案设计，咱们俩必须坐下来好好碰个头。”陈侨英再次点了下头，便先去上课了。

看着陈侨英的背影，魏如青心里嘀咕，这个陈老师似乎不怎么爱说话。此时他肩头被人拍了一下，是林斌。

“连书记和陈校长还在谈话。”林斌说，目光看向走廊上陈侨英走远的背影，“我听星辰说，这个陈侨英性格很怪，独来独往，孤僻，不爱和人打交道。”

“艺术家的性格，不能用常人的方式来理解。”魏如青笑着说道，见林斌心情不错的样子，又问，“你刚刚是不是去见过刘老师了？你这段时间在镇政府里上班，状态并不比人家陈侨英老师开朗多少，这会儿怎么笑得花儿乱颤的？”

林斌就拿肩膀撞了魏如青一下：“和好了，当然就花儿乱颤了。”

魏如青了解地“哦”了一声。林斌又说：“其实人家最近没有不理我，只是在准备明年的教师进城考试呢。”

“明年的考试，现在就开始准备了？刘老师可真够勤奋的呀。”

“笨鸟先飞嘛，”林斌说完忙捂住自己嘴巴，前后左右张望了一下说，“还好没让她听见，不然又该不理我了。”

魏如青打趣他：“人家没有不理你，只是在准备明年的进城考试，没空而已。”

林斌不好意思，只好再拿肩膀重重撞了魏如青一下，说：“你和嫂子还为支教的事闹别扭吗？啥时候和好啊？国庆节邀请嫂子和小菲到岛上玩几天呗，刚好碰上渔旅节和嘉年华活动，热闹。”

魏如青心里正有这个打算。

美术课上，陈侨英问钟美丽为什么没有交美术作业。钟美丽从位置上站起来，一脸傻笑看着陈侨英，并不懂他在说什么，还是燕子替钟美丽从书包里翻出了一堆美术作业。那些画纸在书包里被压得皱巴巴的，但摊平了还是能看出这些画虽然很笨拙，但每一张都有让人眼前一亮的亮点。

陈侨英问：“是谁负责收美术作业？”大家都看向小圭，之前他是班长，美术作业一直由他收齐，再送到陈侨英办公室去。陈侨英问小圭：“为什么没有将钟美丽的作业一起收上来？”小圭迟疑着说：“钟美丽是傻子，从来都不交作业的。”他的话立即遭到燕子的反驳，燕子说：“我亲眼看到过钟美丽把美术作业拿给小圭，小圭看都不看就把钟美丽的作业推开。”陈侨英嘱咐小圭，以后必须将钟美丽的美术作业一起收上来。老师虽然没有批评他，但不知为何，小圭还是感觉自己脸上火辣辣的。

放学了，学生们排着队走出教室。海潮海涛突然问小圭，故意不收钟美丽作业，不会是妒忌一个傻子画得比他好吧？

海潮海涛的话让学生们都大笑起来，整支队伍开始歪歪斜斜。这一周当值周班长的是雷倩倩，她让队伍停下来，排整齐了再走。对于雷倩倩的指令，海潮海涛并不听从，而是说："值周班长而已，又不是真的班长，要什么班长威风啊？"在海潮海涛起哄下，其他学生也都扭动着身子，嬉皮笑脸看着雷倩倩，只有小圭不发一言，站在队伍中臭着个脸。雷倩倩便指责海潮海涛以前可不敢这么对小圭说话，海潮海涛大咧咧表示，那是当然，因为以前小圭是班长，但现在不是了。

孩子们正乱纷纷吵嚷着，二年级的队伍也从教室里走出来，经过他们身边，海潮海涛的话刚好被小象和小象的同学听到了，马上就有人问小象："你不是说你哥是班长吗？你怎么喜欢吹牛和撒谎呢？"小象被同学嘲笑，不由向小圭的方向投来哀怨的目光，嘴巴一扁就哭了起来。面对妹妹的哭声，小圭沉着脸，不发一言。

"你们干什么呢？都不回家了？"听到喧哗和哭声的王大昌从校门处走了过来，他穿着保安制服，腰间别着警棍，大步流星走过来，昂然自若的，孩子们本能排好了队伍，在他的注视下乖乖走出校门。大昌把小象留了下来，去保安岗亭里拿了一包糖果给她，露出笑容说："小朋友吃了糖果，心情就能变好，遇到事情不要哭，要做坚强勇敢的孩子。"

他的笑容很亲切，声音也很温和，小象瞬间就没有那么悲伤了。

王大昌指指校门外，小圭正站在那里等小象，大昌问："那个是你哥？"

要是过去，小象立马就会骄傲地点头，并说："我哥是班长。”但是现在她没办法说这句话了。小象抱着糖果对大昌说谢谢，然后跑出校门，跑向小圭。小圭却看着她手里的糖果说：“妈妈平常怎么跟你说的？不能随便要别人的东西。还回去！”

小圭的命令很不近人情，小象的眼泪又涌了上来，如果是过去，她绝对听从哥哥的指令，哥哥就是她心目中的神，可是今天不知道为什么，小象想要反抗小圭，执拗地不愿意听他的话，抱着糖果，撒腿就跑了。

小圭回到“兰兰家的客栈”，看到客栈前台正围了几个客人，妈妈欧阳兰兰正给客人做登记。见儿子回来了，欧阳兰兰一边忙碌地给客人登记入住，一边问小圭：“你妹妹说你的班长职务被老师撤销了，怎么回事啊？”小圭一听，脸色刷一下沉下来，脸颊再次火辣辣地烧着。他什么话也没说，背着书包径自走进里间。

“这孩子！”欧阳兰兰抱怨了一句，客栈外又进来一批客人，她立即站起来招呼客人们登记入住，一时半会儿无暇顾及小圭，只能冲里间喊，让小圭和小象自己盛饭吃。可是不一会儿，里间就传来小象的哭声，不知道出了什么事。欧阳兰兰忍耐着，给所有客人办理完入住手续，立即冲进了里间。

里间，小圭已经坐在饭桌前吃起了饭，完全无视一旁张嘴大哭的小象。欧阳兰兰一边找纸巾给小象擦鼻涕眼泪，一边指责小圭：“妹妹哭了也不哄哄，哪像当哥哥的样子。”小圭闷头吃饭，并不吭声。小象则说：“哥哥骂我是长舌婆，还说我的舌头太讨厌了，以后会被蛇吃掉。”欧阳兰兰一听，一下子火大了，抢下小圭的饭碗，骂他：“干吗要这样吓唬妹妹？”

对于母亲的指责，小圭心里不满，但面上依旧不发一言，像一只较劲的斗鸡。

欧阳兰兰去电饭煲里盛饭给小象吃，嘴里喋喋不休骂道：

“小圭，你就是这么当哥哥的吗？你妹妹已经够可怜的了，她这么小就没有爸爸疼她爱她，你这个当哥哥的还欺负她……”

小圭腾地摔掉了筷子，从椅子上站起来：“我也没有爸爸，我说什么了？”说着抓了书包走进卧室，“砰”的一声关上了房门。小圭从来没有向她发过这么大的火气，欧阳兰兰一时愣住。

她给小象盛饭，又给自己盛饭，坐下来慢慢吃起来。

“妈妈，你哭了。”小象可怜巴巴看着欧阳兰兰，伸手抽了张餐巾纸给欧阳兰兰擦眼泪。欧阳兰兰任由小象擦拭自己的眼泪，享受着女儿的关心与温柔，眼泪越发流得猖狂了。她是个单亲妈妈，这些年带着两个孩子回到海岛开民宿，从万般艰难做到如今海岛民宿业的领头羊，其间经历了多少别人无法想象的困难。在外头，她是风风火火坚不可摧的女强人，而每每午夜梦回时，都是泪湿枕头。事物过刚则易折，只有她知道自己是多么脆弱，而两个孩子一直是她的精神支柱，支撑她的精神堡垒不垮塌。在她最艰难的时候，她不停告诉自己，她还有两个漂亮又聪明的孩子，她的人生还有盼头，可一旦孩子不争气了，她的奋斗又有什么意义呢？倒不是说，她这辈子是为孩子而活，而是孩子是她前行的动力，一旦孩子出状况了，她的马达也就出状况了。

女儿依旧是那个贴心小棉袄，但儿子似乎开始叛逆了。

“你为什么要惹哥哥生气？”欧阳兰兰放下饭碗，看着小象。

小象一顿，一双眼睛圆溜溜瞪着欧阳兰兰：“妈妈，你这样瞪着我，好吓人啊！”欧阳兰兰觉得烦躁，一把推开了小象替她擦眼泪的手，小象哇的一声哭了，欧阳兰兰更烦了，骂道：“除了哭，你能干吗？哭哭哭，你就哭死算了。”

小象更委屈了，眼泪怎么都止不住，她抽抽噎噎问：“是哥哥先欺负我的，妈妈为什么不批评他只批评我，妈妈是不是也重男轻女，喜欢儿子不喜欢女儿？”

欧阳兰兰愣住了，不明白小象小小年纪怎么会说出这么现实的话来。

“你从哪里学来这些乱七八糟的话，你都是被谁带歪的？”欧阳兰兰提高了音调。

小象哭得更大声了：“我们刘老师说，父母都是重男轻女的，父母都只喜欢儿子，父母只会让女儿给儿子钱，父母都是偏心鬼……”

欧阳兰兰呆住了，不明白一个老师怎么会向学生教授这么偏激的思想。但她现在没空和小象理论，外头又有客人来入住了，她匆匆忙忙起身，撇下小象就往外走去，嘴里说：“你赶紧吃饭，小孩子家，别想这些乱七八糟的。”

小象哪里有心情吃饭，对着一桌子饭菜扁嘴，眼泪就像断了线的珍珠。妈妈喜欢哥哥，妈妈不喜欢她，妈妈喜欢儿子，不喜欢女儿，刘老师说的都是没错的。

18

陈侨声下班的时候，整个教育局的人都已经走光了，他是办公室主任，每天都是最后一个下班的。他去车库拿了小电驴，先是去实验小学校门口对面的文具店接了儿子小蚂蚁，再经过菜市场买点简单的肉菜，继而风尘仆仆往家赶去。

他家的小破宅院坐落在F市老城区的巷子里，砖木结构的小平房，房间和院子的面积都很小，构造颇有老北京四合院的意思，但是具体而微。虽然小宅院很破旧了，可是地点好，门前的巷子一头通往F市最黄金的街道，街道两旁是店租不菲、装潢时尚的衣服店，还夹杂着超市、剧场，纵向连接着金店一条街和北市场，人来人往，车水马龙；另一头通往F市龙头小学——家长们挤破头都想把孩子送进去的实验小学东校区。无论是生活起居、工作还是孩子上学都极为方便，所以陈侨声即便已经和妻子唐丽供了一套开发区新楼盘的八十平方米套房，也只是出租，没有去住。

“以后可以给我一把钥匙，我放了学自己回家去，就不用让我站在文具店里等你下班了。”小蚂蚁在小电驴后座上抱住陈侨声的腰，把脸贴在陈侨声背上撒娇。软萌的小男孩已经上二年级了，长相清秀，很像妈妈唐丽。陈侨声是圆脸，唐丽是椭圆的鹅蛋脸，小男孩长这种脸型，更洋气些。

小蚂蚁的提议没有得到陈侨声的认可。“你一个人在家，我不放心，”陈侨声说，“咱们家是砖木房子，万一你在家里玩火，起火了怎么办？谁救你？文具店的老板和老板娘跟咱们都认识的，他们同意让你在他们店里等我下班。”

小蚂蚁说：“我不会玩火的。”但是没有得到陈侨声的应和，他只能叹气。

小电驴很快驶进巷子，院子里半人高的月季正开着花。小蚂蚁从小电驴上跳下来，立马就拿起了地上的喷水壶，对着月季的叶子洒水，嘴里兴奋地说：“爸爸你看，月季开花了，都是我浇的水。”月季是勤花的植物，侍弄得好，每年能开个两三次，而这已经是这株月季今年第三次开花了。“都是小蚂蚁的功劳。”陈侨声说，“别浇多了，小心根烂掉。”说着提了菜进屋煮饭。一推开客厅门，愣住了，门内沙发上坐着一老一少。两人看到陈侨声进来，都慌乱从沙发上站起来。老人紧张地握住了孩子的手，孩子朝厨房的方向喊了声：“侨英老师——”

陈侨英应声而出，腰上系着围裙，手里端着一碗热腾腾的芋头炖筒骨，芋头用的是槟榔芋。见到陈侨声，他说：“哥，你下班了，马上就开饭。今年的槟榔芋还没熟，我买的是陈年的槟榔芋冻块，味道也不错的，你平常最爱吃。”

陈侨声激动地朝外头喊：“小蚂蚁，你二叔回来了。”

小蚂蚁扔下喷水壶，飞了进来，见到屋内还有一对陌生的祖孙，不由也愣住了。

饭桌上，陈侨英向陈侨声和小蚂蚁介绍了燕子和奶奶。今天，陈侨英陪着奶奶进城复诊，奶奶的眼睛恢复得很不错，已经能看到东西了。“奶奶，治疗糖尿病的药一定要吃，不能嫌贵，不然你的眼睛治好了回头还得失明。”陈侨英嘱咐奶奶。奶奶自然明白这个道理，但是她心疼药费。陈侨英说，原来托辛茹给的十万块，还作数，既然奶奶不愿用这个钱看病，他就替燕子把这钱在银行里存了死期，等燕子读大学的时候就可以取出来当学费用。

奶奶的老泪一下掉了下来，对燕子说：“可不要再干偷鸡摸狗的事，辜负老师们对你的好了。”燕子点点头。大家都劝奶奶别哭，小心又哭伤眼睛。

陈侨英问陈侨声：“嫂子不回来吃饭吗？”陈侨声说：“唐丽这个点正在酒店上班，饭也在酒店吃了。”唐丽是市里五星级酒店餐饮部经理，不回家吃饭是常态。于是大家一起吃饭。吃完饭，燕子要帮着洗碗，陈侨英同意了。学习上燕子有困难，但在干家务一块，这孩子已经具备一个成年人的自理能力。

看着厨房里燕子忙碌的麻利身影，陈侨声对陈侨英说道：

“真是穷人的孩子早当家。”说着打发小蚂蚁去厨房观摩燕子干活，继而又问陈侨英：“你上次着急忙慌托我把你的两幅画卖了，就是为了这个燕子？”陈侨英点点头，陈侨声明白了：“我就说嘛，之前别人开出一幅画五万的价格你一直不同意，怎么突然又同意卖了。”陈侨声打量陈侨英，他依旧眉目波澜不惊，一副不食人间烟火的模样，眉宇间凝结一点清愁，怪让人心疼的。陈侨声拍拍陈侨英的肩膀，弟弟又有了爱别人的能力，他打心底感到欣慰。

因为已经错过了回银山的快艇，燕子和奶奶只能在陈侨声家里留宿一宿。奶奶睡了，陈侨英在小蚂蚁房间里辅导小蚂蚁的功课。小蚂蚁最喜欢陈侨英教他写作业了，他冲一旁伸长脖子看他练习册的燕子说：“你可以天天上我二叔的课，真是让人羡慕。”燕子说：“陈老师只是教美术，一周也就两节课，没有天天。”小蚂蚁则说：“可是我等了好几个月，我二叔才回来教我写作业呢！”陈侨英拍拍小蚂蚁的头，示意他专心写作业，小蚂蚁冲燕子吐了吐舌头。

微信提示音响起，陈侨英点开一看，是辛茹。她说：“陈老师，今天谢谢你陪燕子和奶奶去市里复诊，给你添麻烦了。”

“是辛茹老师吗？”燕子问。

陈侨英看了燕子一眼，点了下头，继而给辛茹回：“不用客气，燕子也是我的学生。”

“辛茹老师是谁？”注意力不肯集中的小蚂蚁又找到了话题。

燕子说：“是我的语文老师，也是我的班主任，她天天教我写作业呢。”

“可是我二叔可以在我家里教我写作业。”小蚂蚁的重音落在“家里”两个字上。

“辛茹老师也常常去我家里教我写作业。”小孩子之间奇怪的攀比心态让陈侨英有些哭笑不得，但他面上依旧是凝重的神态，与燕子脸上骄傲的神色形成鲜明对比。

一大一小两个孩子正攀比着，房门被敲响了。燕子快步跑去开门，陈侨声站在门外，脸色很不好看，他说：“让陈老师出来一下。”“陈老师！”燕子扭头喊陈侨英。陈侨英出来了，陈侨声说：“陪我出去一趟。”见陈侨声心事重重，陈侨英点了下头，扭头交代了小蚂蚁和燕子几句，就跟着陈侨声出门了。

“他们去哪里？”小蚂蚁问燕子。燕子耸耸肩：“你问我我问谁？”

“那谁来教我写作业啊？”小蚂蚁捧着脑袋有些苦恼，蓦地，他将练习册往燕子跟前一伸，说：“只能你了。”

第一次教别人写作业，燕子很慎重，她回想辛茹老师平常是怎么教她写作业的，努力做出一模一样的样子来，先是在小蚂蚁身边的椅子上坐好，继而拿起了笔，可是第一题她就不会。

“什么，你都读五年级了，我二年级的作业你都不会教？”小蚂蚁看着燕子，一脸不可思议，还带着一丝鄙夷。燕子第一次感到深深的羞耻感。

陈侨英坐在陈侨声的小电驴身后，兄弟俩穿过夜晚的街市，直奔F市最好的一家五星级酒店。陈侨声扔下小电驴，钥匙没拔就朝酒店内跑去。陈侨英替他拔了钥匙，也追了进去。等电梯，进电梯，按楼层。陈侨英发现陈侨声整个人都不对劲，他眼神焦虑，双手都在发抖。陈侨英依稀觉得陈侨声遇到事了，这事一定和嫂子唐丽有关，唐丽就是在这家酒店上班的。

那场面对于陈侨英来说多少有些尴尬，但他顾不得自己的面子，要先去安抚情绪失控的陈侨声。当他们佯装保洁员敲开酒店房间的门后，陈侨声疯了一样推开来开门的男人冲了进去，继而便听见浴室里哗啦啦的水声以及唐丽的声音——

次日天亮的时候，小蚂蚁跟着陈侨英、燕子和奶奶一起坐上了出发前往银山岛的快艇。这是小蚂蚁第一次看见海，他望着舷窗外的大海、鸥鸟，充满了新鲜和好奇，而海里生海里长的燕子终于在小蚂蚁跟前找到了自信。她侃侃而谈，各种关于海的传说信手拈来，听得小蚂蚁一愣一愣的。一旁，奶奶看着燕子，脸上挂着慈爱的笑容。虽然现在她看周围的事物还没有特别清晰，还有些朦朦胧胧，但是她内心已经足够喜悦，她好久好久没有好好看过她的小孙女了，能看见的感觉真好。奶奶这样想着又想哭，但是想起医生的警告，说哭会影响视力，她就不敢哭了，然后看着眼前一大一小两个可爱的孩子，咧着豁牙的嘴笑。

“二叔，爸爸是帮我向学校请假了吗？”小蚂蚁突然扭头问陈侨英。

陈侨英点了下头。小蚂蚁又问：“那我的课怎么办？”

“可以在我们学校上啊！”燕子热情地说。

“可我上的是城里的学校，”小蚂蚁说，“妈妈告诉我，人往高处走，有机会留在城里，谁还喜欢去乡下？”

作为一个乡下人，燕子不乐意了：“你妈妈一定是没有来过我们银山，如果她来了我们银山就不会这么说了。我们银山好玩的东西可多了，现在每天都有很多人来我们银山旅游。如果我们银山不好玩的话，你二叔又怎么会在我们银山当老师呢？”

燕子的理由让小蚂蚁将信将疑，他再次看向陈侨英问：“二叔，燕子姐姐说的是真的吗？银山真的很好玩吗？”

陈侨英唇角上扬，“嗯”了一声，小蚂蚁顿时手舞足蹈起来：“那我先去银山探探路，如果真的好玩，我就给爸爸妈妈打电话，让他们也来银山玩。好吗？二叔。”小蚂蚁向着陈侨英投来热切的目光，陈侨英再次“嗯”了一声，小蚂蚁立即欢呼着，并未能听出他二叔此时复杂的心情。

“苏简简手机店”里，苏从给苏简简带回了一个八卦的消息：侨英老师带了一个小男孩回岛。

午饭时分，苏简简拍开了燕子家的门，奶奶以为是燕子放学回来了，却见门外站着一个年轻姑娘，不由吓了一跳。

“我家燕子是不是又偷你们东西了？”奶奶战战兢兢问出这句话，这些年，但凡来拍他们家门的，都是家里丢东西来向燕子讨说法的。奶奶实在是条件反射，心有余悸。

“奶奶，你开什么玩笑呢？你眼睛能看见了？恭喜你啊，奶奶，我是来看你的。”苏简简提着一大袋鱼虾蟹进门，热情洋溢地笑。

苏简简自报了家门，说自己是老苏家的大闺女，奶奶这才放心让苏简简进门，怪不得这姑娘的笑容看起来很是亲切，原来是像老苏头。奶奶问：“你爷爷身体还硬朗吗？”苏简简说她爷爷去年过世了。老苏头活着的时候挺关照燕子和奶奶的，没想到这么早就走了，奶奶眼睛看不见，故而不知道这件事。此刻听苏简简说起来，奶奶不免伤心了一把。苏简简忙安慰她生老病死乃人之常情，又说奶奶的眼睛好不容易治好了，不能再哭坏了。于是，奶奶就忍住，不让眼泪落下来，而苏简简就说些开心的话题逗奶奶笑。

奶奶又问苏简简现在做些什么，苏简简说自己在岛上开了家手机店，以卖手机和修手机为生。奶奶又问一个月能赚多少，苏简简说赚个饭钱。奶奶就替燕子憧憬起来，说如果燕子长大以后也能有苏简简这样一个手艺，就不愁吃穿了。苏简简就安慰她，燕子要好好读书，以后考大学，找好工作……奶奶被苏简简这么一说，心头的忧虑暂且放下了。

“人一定要好好读书，把书读好才有出路。”奶奶虽然没文化，但奶奶懂这个道理。苏简简说：“可不是吗？我就是吃了没文化的亏，只是人生没有后悔药，现在说这些都迟了。”

两个人说到兴头上，奶奶就留苏简简一起吃饭，苏简简闻着锅里的饭香，夸奶奶眼睛一好就不闲着。奶奶说，这些年，她因为眼睛看不见，家里家外都是燕子一个人在忙活，苦了燕子，毕竟是个孩子，现在好了，她眼睛能看见了，至少能煮饭给燕子吃，帮燕子干些家务，这样燕子就有时间好好读书了。

两个人正说着话，燕子就回来了。

燕子背着一个粉红色、印着白雪公主图案的书包，蹦蹦跳跳地进来了，一见家里来了个稀客，不由愣住。

“这个书包好漂亮啊！”苏简简夸赞道。

燕子说：“辛茹老师送给我的。”脸上又是明晃晃的骄傲的神色。

苏简简便问：“听说这次是侨英老师陪你和奶奶进城复诊的？”

燕子点头：“是啊，有什么问题吗？”

苏简简说：“侨英老师真是个好人，燕子你真幸运。”

燕子说：“辛茹老师也是个好人。是的，我很幸运，我奶奶动手术，学校里的老师都给我奶奶捐款了，他们都是好人。但你不是好人。”

燕子的话让苏简简脸上的笑容顿时僵住。

奶奶刚想教训燕子，只听燕子冲奶奶说道：“我以前从她手机店门口经过，她都在店里骂我是小偷，让她弟弟提防我，不许我进店。”

苏简简想起来，的确有这么一回事，这孩子真记仇。

奶奶倒是善解人意，心胸宽广，对燕子说："你过去干了那么多不讨人喜欢的事，怕你也正常，不防着你才不正常。"

苏简简便拉着燕子的手赔罪说："以后不会了。燕子，以后欢迎你去我店里玩。"

"你就不怕我偷你的手机？"燕子充满敌意地看着苏简简。

苏简简说："你喜欢手机，我可以送你一个。"

无事献殷勤，非奸即盗，燕子才不相信苏简简会对她这么大方。苏简简大方表示，当然是有条件的，她想知道今天跟着侨英老师回岛上的那个小男孩是谁。

"是我们侨英老师的儿子。"燕子笑眯眯说。

苏简简的脸顿时就绿了，也不在燕子家吃饭了，魂不守舍就走了。

奶奶皱眉看着燕子，问她为什么要骗苏简简。燕子说："因为苏简简喜欢侨英老师，全学校的学生都知道这件事。"

奶奶说："这不挺好的吗？侨英老师也没有女朋友，苏简简也没有男朋友，刚好凑一对啊。"燕子摇头，现在在她心目中，辛茹老师和侨英老师才是一对。

19

"燕子姐姐说，辛茹老师是你的女朋友。"小蚂蚁坐在旗台的台阶上，对陈侨英说道。

陈侨英正用几根刚刚在学校后面围墙脚下折的狗尾巴草给

小蚂蚁编兔子，听了小蚂蚁的话，他停下手上的动作看了小蚂蚁一眼，有些哭笑不得。“她同你开玩笑的。”陈侨英对小蚂蚁说道。小蚂蚁发出“啊”的失望的声音。“燕子姐姐带我见过辛茹老师的，我觉得她很漂亮，当二叔的女朋友，我喜欢。”“你喜欢的话，应该当你的女朋友。”陈侨英一本正经，继续编手里的草兔子。小蚂蚁摇头：“我还小，再说我也不能和二叔抢女朋友。”陈侨英把编好的草兔子递给小蚂蚁，说：“你要学如何编草兔子吗？学会了，长大以后可以编草兔子送给你的女朋友。”

他正儿八经的表情一点都不像开玩笑，仿佛是对小蚂蚁说什么人生规划似的，以至于小蚂蚁都不能拒绝了。

小蚂蚁说：“但是现在太阳太大了，坐在旗台上，我有点热，我可以去你办公室向你学编草兔子吗？”

“去宿舍吧，我教你编草兔子。”陈侨英说。

“去办公室，你教我编草兔子。”小蚂蚁皱起眉头，和他二叔较劲。

“为什么一定要去办公室呢？会打扰老师们工作。”

“我就要去，我不打扰他们。”小蚂蚁很乖巧，也很固执。陈侨英无奈，只好拉着小蚂蚁的手起身。

行政楼，教师办公室窗口。刘星辰说：“没想到侨英老师居然有儿子，我还以为他单身呢。”鲁洁说：“长得这么帅，单身没道理，有儿子才正常，就是有点可惜。”“可惜什么？”刘星辰问。鲁洁说：“英年早婚啊。”刘星辰哈哈大笑：“你不会喜欢他吧？那石呈基要哭晕在厕所里了。”“你胡说什么？狗嘴吐不出象牙。”鲁洁抬手就要打刘星辰，刘星辰一猫身，从鲁洁胳膊下溜过去了。

一旁，正在批改作业的黄竹忍不住哧哧地笑。“那是侨英老师的侄子，市教育局办公室主任陈侨声的儿子。”她说。刘星辰问：“黄老师，你怎么知道啊？”黄竹说：“我是听我们家老陈说的。”鲁洁突然想到了什么，问黄竹：“早上晨练的时候，怎么没看到陈校长？”黄竹说：“老陈今天去市里了。”

陈昭此刻正在市教育局办公室里，等董奉杏局长回来。陈侨声给他倒了一杯茶过来，陈昭看着陈侨声，有些惊讶，陈主任看起来很憔悴，两个黑眼圈很重，一副没睡好的样子。他说：“陈校长，小蚂蚁要在银山住几天，给你添麻烦了。”陈昭忙摆手说：“他有侨英老师照顾着，其他人麻烦不着。”又问陈侨声：“怎么突然让小蚂蚁一个人跟侨英去海岛？”陈侨声只说家里有点事需要处理，陈昭校长也不好再追问。

“局长在市政府开会，”陈侨声说，“你可能要等一会儿。”

陈昭点点头。上午半天，来找董局长的客人很多，密密麻麻坐满局长室旁边的小会议室。到了上午下班的时间，见董奉杏局长还没回来，客人们便陆陆续续散去，最后就剩下陈昭校长一人。他必须等，毕竟从海岛进城一趟不容易。又过了半小时，董奉杏局长终于回来了，还给陈昭校长带了午饭，两个人就坐在会议室的会议桌旁，边吃边聊。

听到陈昭校长说，这次来教育局找他，是为了银山中心小学改办九年一贯制学校的事情，董奉杏放下筷子，脸上的笑容也收了收。一直以来，教育局对银山小学都采取了倾斜政策，考虑到海岛的家长和孩子都不容易，为了让他们享受到优质教育资源，规定了只要是银山户口，又在岛上从一年级一直读完六年级的小学毕业生，可以直接参加市里“小升初”的电脑派位，在市区优质中学读初中。要知道其他小学毕业生须得同时满足“户籍在市区三个街道办事处”“学籍在市区小学”两个条件才能获取派位资格。这两个条件并不是轻而易举就能满足的，譬如外乡镇的孩子要获得市区户籍，家长就得先在市区买房，到市区买房和去菜市场买猪肉可是两回事。即便有优惠政策，岛上的孩子留在岛上上小学的人也不多，不少海岛人还是选择拖家带口进城务工，宁可背井离乡，也要让孩子在城里读书。有条件的学生想进城读书，有能力的教师也想回城教书，市教育局对海岛教师也给予了倾斜政策，年轻教师只要在海岛教满三年，就可以参加教师进城考试，而在其他乡镇教书的教师则必须教满五年甚至七年才能参加进城考试。

“教育局已经为银山的孩子采取了倾斜政策，只要是银山户口，又在银山中心小学完成小学六年学业的孩子，就可以享有参与市区中学摇号的资格，其他条件不具备的孩子也自然升入另外大乡镇的中学就读，这些中学的办学质量都很好，没有在海岛再办中学的必要。”董局长说。

董奉杏说的，陈昭都明白，可是此一时彼一时，如今岛上的经济效益越来越好了，回流的人口也越来越多，就地办一所公办初中，或者将小学改制为九年一贯制学校十分有必要，岛上的村民和孩子都有在家门口就读中学的愿望。然而，董奉杏却认为，那些本乡镇没有中学的乡民和孩子也有这种需求，也提出过办中学的申请，但教育局要站在全盘统筹的角度去办学，希望陈昭能向村民做好解释工作。

末了，董奉杏寄语陈昭，别光想着办中学的事，先提升小学的办学质量要紧，不要拖全市后腿。

董奉杏意有所指，让陈昭心里“咯噔”了一下。

董奉杏下班了，陈昭就留在小会议室里休息，他忐忑不安地一直挨到下午上班的时间，然后到市教育局初教股找洪吉安股长。

“你也已经知道结果了？我正想打电话通知你呢。”洪吉安没料到陈昭今天就在市里。上学期，市教育局组织了全市最后一批还没有申报省级义务教育管理标准化学校创建的小学接受省级义务教育管理标准化学校评估，这两天终于有了结果，F市所有小学里，银山中心小学是唯一没有通过评估的学校。

洪吉安在陈昭对面坐下来，给他倒了一杯茶，可是此时此刻，陈昭只觉自己没脸喝这杯茶，拖全市后腿的感觉太不好过了。洪吉安也没说重话，还反过来安慰陈昭，说海岛学校不容易，与其他市区学校各方面都存在差距也是可以理解的。这次评估验收没有通过，他也有责任，没有做好迎评的指导工作。

省级评估组来评估前，洪吉安股长是组织了一队人马亲赴银山详细指导的，只是银山小学没有根据市级评估组的整改意见做出很好的整改和完善，以至于这次省级评估失败。最大的责任还是在于他这个校长。陈昭羞愧难当，不停向洪吉安道歉，那海岛校长朴实谦卑的态度倒叫洪吉安于心不忍，于是鼓励道："没事，下次再战。"

洪吉安帮着陈昭校长理清思路，让他不要有压力，好好看看这次的评估结果诊断报告，思考一下短板和差距在哪里，然后早谋划早布置，务必通过新一轮的申报评估。他回头也会组织一支市级专家评估组再到银山中心小学调研，帮着学校查摆问题，以评促建，提升整体办学质量。

两人正说着，市教师进修学校小研室主任明小星就来了。明小星四五十岁，却是数十年如一日的温雅文秀，穿了一身十分淑女的套裙，短发烫成大波浪卷，戴了一副黑框眼镜，单边挎包，手里抱着几份文件走进来，腹有诗书气自华，连轻声细语的声音都带着书香。她看到陈昭校长很意外也很开心，说："今天什么风把陈校长给吹来了？"

因为办初中的想法在局长那里碰了壁，省级义务教育管理标准化学校评估又失败，陈昭心情郁闷，但见到明小星，他还是露出笑容和她打招呼，并邀请明小星去银山玩。明小星说，如今的银山岛已经是有名的生态旅游岛，她也想多去走走看看，但是忙啊，周末都不得闲。说着，将手里的文件放到茶几上，拿起最上面的一份递给洪吉安，说："这是这学期市级公开课的比赛方案，请洪股长给把把关，看有没有什么可以改进的地方。"

洪吉安便说："市级赛课是进修校几十年的传统活动了，哪还需要我指手画脚，一切皆由明主任说了算。"明小星听了这话，忍不住笑，说洪股长不但业务有水平，说话也有水平。陈昭校长便说："说话水平就是业务水平的一部分啊，是人才不一定有口才，但有口才一定是人才。"三人开完玩笑，明小星又对陈昭说道："去年市级赛课，你们银山中心小学可是拿了全市最后一名，今年可要加油啊！"陈昭校长脸上很是挂不住，千年老二都够叫人难堪的，何况是千年倒一。明小星却很乐观，对洪吉安说道："其实他们学校那个刘星辰是个资质不错的老师，之所以赛课成绩不理想，大概是缺乏好的指导。"洪吉安便很认真地同陈昭分享市里这些小学老师们专业成长快的经验，是因为汇集了教研团队的智慧。

"我们银山小学和市里的小学，肯定比不了。"陈昭实事求是地说。

洪吉安便说："教育局不是派了个支教老师给银山了吗？人才要利用起来。"

陈昭校长并不乐观，他心里知道刘星辰在教学专业上成长得慢，很大原因是她自身的，她的心思不在这上面，而在进城考试这件事上。陈昭打算回岛后，找刘星辰好好谈谈。

小蚂蚁跟着陈侨英来到教师办公室，左右张望，却并没有见到辛茹的面。“她是上课去了吗？”小蚂蚁捣鼓着手里的草兔子，心不在焉地问。“谁啊？”陈侨英不解。“你女朋友。”小蚂蚁说。陈侨英无奈重申：“她不是。”小蚂蚁噘嘴：“我又没有指名道姓，你就知道我说的是谁了，你还说不是呢。”那边厢，正在写教学反思的石呈基听到“女朋友”三个字立马竖起了耳朵。陈侨英感受到了石呈基熊熊的八卦热情，不由朝石呈基投过目光来，石呈基忙说：“陈老师，你下节课是不是有课？我刚好没课，帮你照顾小蚂蚁吧。”陈侨英没有别的办法，只能嘱咐小蚂蚁乖乖待在办公室，不要乱跑，等他上完课回来找他。

陈侨英上课去了，石呈基立即从抽屉里拿了一袋零嘴过来给小蚂蚁，热情地问：“你二叔有女朋友了？”小蚂蚁笃定点了下头。石呈基好奇欲满满：“那你二叔的女朋友是谁啊？”小蚂蚁转着手里的草兔子，给了个骄傲的小眼神：“辛茹老师啊！”

“小蚂蚁，叫我干吗呢？”就在这时，辛茹抱着一沓作业本从门外走进来，她走到自己位置上坐下，从抽屉里拿出一包坚果。小蚂蚁兴奋跑过去，眼睛盯着那包坚果，问辛茹：“这是给我的吗？”

“不然呢？”辛茹笑，“这个办公室里只有你和石老师两个人，石老师是大人，也不吃零食啊。”说着，把零食放进小蚂蚁手中。“谁说大人就不能吃零食了？”石呈基拿着自己的零食走过来，要和小蚂蚁交换。小蚂蚁摇头：“不换。”石呈基逗他：“不换你的零食，换你的草兔子。”小蚂蚁头更摇成了拨浪鼓，说：“这是我二叔送给女朋友的。”说着把草兔子放在辛茹手上。

“所以，你真的是侨英老师的女朋友？”石呈基看着辛茹笑。辛茹翻了个白眼，自从来了银山中心小学支教，她和陈侨英就被人为地配成一对，也是很无奈。“童言无忌，小孩子的话你也信？”小蚂蚁不乐意了，认真说：“我说的是真的，燕子姐姐也是这么说的。”石呈基便指着辛茹手里的草兔子说：“这草兔子可是侨英老师亲手编的。”小蚂蚁补充说：“我二叔说，草兔子就是用来送女朋友的，我二叔还教我编草兔子呢，让我长大以后编草兔子送给女朋友。”石呈基忽然觉得陈侨英这人虽然沉默寡言的，但骨子里好浪漫，也不知道是不是来自美术老师的修养。

“小蚂蚁，你教我编草兔子，我教你唱歌，怎么样？”石呈基和小蚂蚁做交易，小蚂蚁不理解，为什么要学唱歌。石呈基说：“歌声也是可以送给女朋友的，但前提条件得是好听的歌声。”见石呈基拉着小蚂蚁往外走，辛茹不由提醒他：“别把小蚂蚁带坏了，小蚂蚁还小，别一口一个‘女朋友’的。”石呈基就对小蚂蚁说：“辛茹老师操心的样子真的很像你二婶。”说着和小蚂蚁嬉笑着去学校后面围墙脚下摘狗尾巴草去了。

偌大的办公室里就剩下辛茹和刘星辰两个人。刘星辰正埋头背着什么，不时用笔在书上涂涂画画，做着笔记，辛茹想和她打招呼，但又不好打扰她，只好批改自己的作业。办公室的门被人敲了敲，两人同时抬头看向门口，江胜教导从门外走进来，脸上挂着亲和的笑。

“辛茹，没课呢？”他和辛茹打招呼，辛茹点了下头，他便把目光投向刘星辰，说道，“星辰，校长刚刚从市里给我挂了电话回来，让我通知你一件事。”刘星辰停下手中的笔，皱起了眉头。江胜教导见她表情不对，便说：“这是怎么了？我还没说什么事，你就一副不耐烦的样子。”刘星辰心里猜测着一件事，但嘴里还是问：“陈校长通知什么事啊？”江胜教导接着说：“市里马上又要举办新学年的赛课活动，校长让我通知你早点开始准备。”刘星辰一副“被我猜中了”的表情，很不耐烦，又听江胜教导对辛茹说："陈校长让你当星辰赛课的指导老师。你是城里来的，见识的场面多，教学方法先进，也多，你多帮帮星辰。校长说了，咱们这次一定要好好帮星辰设计教案，争取拿个一等奖，这也是进修校明小星主任对咱们银山的期望……"

江胜教导还没说完，刘星辰就把书在桌上摔了一下。"我不去，"她说，"谁行谁上！"

"要什么小孩脾气呢？"江胜教导蹙眉看着刘星辰，脸上很是挂不住，他毕竟是她师傅，又是学校的教导主任，好歹也是个校领导，当着辛茹的面，刘星辰这么不给他留面子，他心里挺恼火的，想着这刘星辰平常真是被他惯坏了，他这个当师傅的不够威严，才导致她这个徒弟蹬鼻子上脸。"对于年轻人来说，比赛是最好的锻炼机会，这样的赛课机会多难得啊！"

"是机会难得吗？明明是其他老教师都不愿意去比赛，我这个年轻人好驱使呗。"

听着刘星辰的话，江胜教导心里郁闷，说："你怎么能这么理解呢？咱们学校整个语文组，只有你是年轻教师，其他老教师再过几年就都退休了，他们不是不愿意去比赛，是他们不会，也没必要，但是你不同，你是年轻人，你需要在专业上成长和进步的啊！"

"我不需要！"刘星辰没好气，又拿起了书本。

见她在背进城考试的教材，江胜教导忍不住嘟哝了一句："年年考，年年考不上……"说着，拂袖而去。刘星辰埋在书本背后的脸瞬间绿了。

辛茹看看江胜教导气鼓鼓离去的背影，又看看把头埋在书堆里同样气鼓鼓的刘星辰，好大不自在。

20

傍晚，刘星辰下了课，林斌也下了班，两人相约在月亮湾的海滩上见面。刘星辰向林斌吐槽了学校让她参加市区赛课的事，林斌却认为江胜教导的话没错，是应该先干好本职工作，再去准备进城考试，赛课是学校的公事，而参加进城考试属于私事，自然应该先完成学校的任务，有空余时间了，再来完成自己的事。

林斌说着说着，就自觉闭了嘴，他发现刘星辰的脸色已经不对劲了。大海沙滩，远山如黛，晚风徐徐，夕阳如酒，原本最是约会的好时候，但现在话不投机，约会的气氛已经被破坏了。林斌赶紧补救，然而已经来不及了，只听刘星辰不满地质问他，在他心目中她是不是有很多缺点，那他为什么还要和她谈恋爱呢?

林斌想要安慰刘星辰，这时手机却响了，竟是李砚秋打来的。他将手机拿给刘星辰，一脸苦笑说："阿姨这段时间因为你不接她电话，所以每天都打电话给我。阿姨问你为什么这么长时间都不回家。"刘星辰伸手将林斌的手机拍到沙地里，问他："我为什么不回家你不知道吗?我妈想我回家无非是为了我哥结婚的彩礼钱，我没有钱，怎么回家?"林斌想要安慰刘星辰些什么，手机再次响起，这次是魏如青打来的。因为渔旅节和嘉年华活动事宜，魏如青让林斌马上赶回镇政府开会。

"我必须马上赶回镇政府加班，我送你回学校吧。"林斌讨好地赔笑。

刘星辰兀自看着海平面，没好气道：“不用了，我自己在这里坐会儿。”

林斌无奈，只好先行离开。

林斌一走，刘星辰的眼泪就不争气地掉了下来——不顺，哪哪都不顺心。她想到了辛茹，不免在心里将自己和她对比了一番：辛茹家境富裕，父亲做大生意，母亲有文化，大学一毕业又在市实验小学教书，赛课还拿了省级一等奖；再看看她，出身不好，父母重男轻女，工作的地点还是在海岛，想要把工作调进城简直难如登天，好不容易交到一个条件不错的男朋友，奈何自己的条件又遭对方母亲嫌弃。为什么有的人生在云端，有的人却生在泥地里呢？如果她是辛茹，林斌的父母还会反对她和林斌交往吗？自然是不会的，林斌母亲可是亲自安排了辛茹和林斌相亲。

她如果是辛茹，不单能和林斌顺利结婚，还会受到学校老师的喜爱，她赛课就能得到明小星主任的指导，就能拿到省级第一名，江胜教导就不会恨铁不成钢，每天都想批评她几句了。刘星辰越想越气馁，眼泪吧嗒吧嗒往下掉。泪眼模糊里，眼前竟然有一只手递过来一张纸巾。

刘星辰愣了愣，抬头看到一个年轻人，年轻人穿着棉麻质地的雪白复古上衣，下身是同款质地的褐色裤子，衣着打扮很有些飘逸脱俗的气质，加上生得眉清目秀，令人赏心悦目。年轻人脖子上挂一个单反相机，此时随着弯身，垂到刘星辰肩头来。

“胡老板，又来拍落日呢？”刘星辰强颜欢笑，假装自己的脸上并没有淌过泪水。因为在岛上已经教了几年书，刘星辰认得阿狸。对于这座海岛来说，这个外来的漂泊者和他经营的月亮湾客栈，与草场和天湖一起，俨然成了一张颇有名气的名片。

“是的，”阿狸给了刘星辰一个微笑，也不问刘星辰遇到了什么事，只是说，“刘老师，我方便给你拍一组照片吗？”

见刘星辰眸子上垂着泪珠，现出错愕的表情，阿狸解释道：“过去我只拍落日，太单调了些，我想尝试一下不一样的拍法，或许有人的加入，自然的景才更生动。”

刘星辰揩一把眼泪，从沙滩上站起来，说：“好啊！”

于是，阿狸的镜头里，除了落日，又有了星辰。

晚间，月亮湾客栈很热闹，银山小学的几个年轻老师都聚在客栈后院的空地上吃烧烤，校医王桂香也在。鲁洁笑说：“今晚是托了辛茹的福，不然，阿狸老板客栈的烧烤摊要预约很久才能订到位置的。”辛茹就拍拍小蚂蚁的脑袋笑说：“为了招待这位小客人，无论如何也得让阿狸老板开个后门。”小蚂蚁正吃着一只烤鱿鱼，满嘴都是孜然和烤鱿鱼的香气。他咂巴着嘴巴，心满意足向辛茹道谢，并说：“如果我二叔也在就好了。”

陈侨英晚上被魏如青喊去镇政府开会，小蚂蚁只好让大家帮忙照顾，好在小蚂蚁不认生，已经成了学校里人见人爱的开心果。小蚂蚁也乐意跟大家一起玩，吃烧烤可比编草兔子好玩多了。

“小蚂蚁，你二叔要是在啊，你可就吃不到这么好吃的烧烤了。”和小蚂蚁开玩笑的是石呈基。

“是的，”小蚂蚁深有同感地点点头，“二叔只会让我写作业、画画，或者编草兔子，我不喜欢那些，我喜欢吃烧烤。”

小孩子发自内心的话语逗得大家哈哈大笑。

提到草兔子，石呈基不由把目光落向鲁洁，她正烤了一只鸡翅膀递给王大昌。王大昌拿了那只烤得香喷流油的鸡翅膀走去找小蚂蚁，鲁洁便冲着他背影嘟哝：“急什么啊？我这边还有的。”鲁洁拿了另一只烤翅一转身，就对上了一只草兔子，狗尾巴草的叶子毛茸茸，像兔子的两只长耳朵，在石呈基手里一摇一摆的。

“干什么啊？”鲁洁板起面孔。

石呈基却依旧笑眯眯说：“送给你的。”

“音乐老师了不起吗？说话也要用美声。”鲁洁讥讽了石呈基一句，接过草兔子，并将手里的鸡翅膀给了石呈基，明明是交换，却让石呈基对着手里的鸡翅膀生出甜蜜的滋味，舍不得下嘴。

鲁洁拿着草兔子也跑去找小蚂蚁，开开心心地说：“小蚂蚁，送你个礼物。”

一看是草兔子，小蚂蚁就嫌弃地摇了摇头。

“别啊，”鲁洁说，“我喜欢你，才送你草兔子的。”

小蚂蚁还是嫌弃地摇头：“石老师说，幼稚的人才送狗尾巴草呢，浪漫的人都是唱歌给喜欢的人听。”说着就要把草兔子送给辛茹，辛茹说她又不是幼稚的人，小蚂蚁灵机一动，将草兔子拆了，把狗尾巴草一一送给辛茹、大昌和王桂香。“这样我们大家都不是幼稚的人了。”小蚂蚁的话让大家哈哈大笑，鲁洁也跟着笑，只是扭头去看石呈基，并丢给他一记白眼。石呈基的脸早就绿了，他低头咬一口自己手里的鸡翅，这大概就是爱情的滋味吧？诱人，却五味杂陈。

后院很热闹，彩色的灯光和诱人的烧烤香味构成丰满的人间烟火，人们的欢声笑语便是这人间烟火最好的载体。阿狸端着食材走了过来，他的雪白的棉麻质地的复古上衣在这人间烟火里穿行，就像一颗流动的雪色明珠，闪烁不食人间烟火的光芒。他端着盘子驻足，目光在人群里搜索，并没有发现他期待的那个人的身影。

辛茹走过来接他的盘子，说：“给我们加菜呢，胡老板。”辛茹笑着和他开玩笑。阿狸点点头：“是的，送给你们的。”辛茹见他一副若有所思的样子，便问他：“是在找人吗？”不待阿狸回答，辛茹就笑着说：“星辰老师。我们邀请她啦，但是她说有事，所以没有一起来。”听辛茹这样说，阿狸愣了愣，辛茹却只是看着他笑，看破不说破的笑。

聚餐一直持续到很晚，大家都故意拖延时间，等着陈侨英来，因为他到银山工作这么久，从不轻易参加集体活动，这次托小蚂蚁的福，是难得的机会。与陈侨英一起来的，还有林斌和魏如青。林斌听说学校里年轻老师在月亮湾客栈聚餐，就拖了魏如青兴冲冲赶来，他是想来向刘星辰赔罪的，傍晚的时候为了赶回镇里开会，没顾上刘星辰，这会儿想来向她好好赔个不是。然而，刘星辰竟不在，打她电话也不接。这让林斌很失落。魏如青就说：“不是还有我陪你吗？郁闷啥？没有什么不开心的事是一场烧烤解决不了的。”其实，魏如青心里也苦，因为张莹没来海岛支教的事，两人闹别扭到现在，张莹也是电话不接，微信不回，和他冷战中。于是，他们就像一对难兄难弟，在客栈里喝了几杯闷酒。

小蚂蚁没等到陈侨英来就睡着了，睡前，他只想赖在辛茹怀里，于是陈侨英来时，小蚂蚁正躺在辛茹怀里睡着。

陈侨英要抱走小蚂蚁，辛茹说，既然睡着了，就别吵醒他了，大家便让陈侨英坐下吃点东西。鲁洁将烤好的海鲜和羊肉串都放到陈侨英跟前，说是大家特意给他留的。石呈基要给陈侨英倒酒，陈侨英说晚上还要照顾小蚂蚁，辛茹自告奋勇说，她可以帮忙照顾小蚂蚁，让他和大家喝几杯，毕竟这样的聚餐太难得了。

月光、啤酒、烧烤，这些属于年轻人的标配，对于陈侨英来说，却已经陌生得仿佛是上个世纪的事情。他生疏又生硬地迫使自己加入集体，却又觉得自己格格不入，心底有一股悲伤结成一个屏障，将他和其他人隔成两个世界。聚餐结束时，几个人都醉了，大家告别阿狸向学校走去，经过美丽的月亮湾，一个个忍不住脱了鞋子，在沙滩上奔跑。大昌背着小蚂蚁走在最后，陈侨英要来背小蚂蚁，大昌不让，让他和大家一起去踏浪戏沙。陈侨英喝了酒，头有些蒙，其他人来拉，就也跟着走，只是他无法融入年轻人们在沙浪里的热情，那热情和欢笑像火，能将凉薄的夜色点燃。他头重脚轻，深一脚浅一脚地走着，他的前面有个女孩子朝他回转身来，她的长发在夜风里飘，笑容和月光一样纯洁明亮，仿佛是在他梦里冰封了好久好久的一张面孔，活生生，活生生的……

海浪在她身后一浪一浪，墨蓝的天空在她头顶形成一张晶莹又厚重的幕布，她的笑容像宇宙里发光发热的陨石，撞碎了他一直以来被尘封的知觉，有一种无言的痛苦像熔浆终于冲破地表，从心房的一个罅隙里喷涌出来，继而势不可挡，席卷全身，令他四肢百骸都为之抽搐。

大昌背着小蚂蚁慢慢走在后面，尽量不去颠簸背上的小孩，突然他看到前面，陈侨英弯下了身子，继而辛茹朝他跑过来，继而，所有人都向他跑了过来，大昌背着小蚂蚁也向他跑了过去……

第二天，陈昭校长回到学校，就听黄竹说，侨英老师昨天晚上生病了。

回学校之前，陈昭校长先去镇政府找了一趟连俊生书记。他是一下快艇就直奔镇政府的，在镇党委书记办公室里向连俊生汇报了昨天去市教育局和董奉杏交谈的结果。这个结果似乎在连俊生意料之中，所以他并没有十分意外，对陈昭说道："陈校长，你辛苦了，你先回学校，这个事也不能急在一时，等我忙完渔旅节和嘉年华活动之后，再找你过来，我们好好合计一下这个事，看看可以怎么办。”

于是，陈昭便先从镇政府回到学校。

一听黄竹说陈侨英病了，陈昭手里的茶都来不及喝，心就悬了起来，黄竹安抚他：“你别紧张，好在有王医生，及时帮侨英老师做了救治处理，大昌又是部队出来的，身强力壮，把侨英老师从海边背回来了。”

“海边？”

黄竹点点头，把昨晚的情况和陈昭说了一遍，陈昭皱眉嘟哝：“侨英老师来银山后还从来没有喝过酒呢。”黄竹说：“和喝酒也不一定有关系，哪个年轻人不喝点小酒？小酌怡情，不妨碍的。听桂香说，侨英老师之前应该出过很严重的车祸。”

陈侨英遭遇过车祸，这是银山小学老师们都不知道的事情，陈昭想去找陈侨英当面问问，但被黄竹劝住了：“这件事，陈侨英不说，陈侨声主任也没有说过，说明人家不愿意提这件事，还是不要主动去问，大家心里知道就好，日后在生活上多照顾就是。”

陈昭于是去找王桂香了解陈侨英的身体情况，王桂香说他也没有具体看过陈侨英的体检报告，不能给一个确定的诊断，但表示日后会多留心陈侨英的健康情况。对于陈侨英曾经出过车祸这件事，学校里老师们心情大都如此，关心，却不便多问。吃午饭的时候，鲁洁悻悻然咕哝说：“怪不得侨英老师不肯参加晨练，我还以为他不合群，高冷，原来是身体状况不允许。”不知道为什么，这个原因让鲁洁心里好受多了。一旁，石呈基放下筷子，冲鲁洁说：“人家不喜欢锻炼的，你偏要巴巴地去邀请，像我这种积极主动的，你又把我拒之门外。”

鲁洁刚开始组织老师们晨练的时候，石呈基也是加入队伍的，但没两天就被鲁洁开除了。

“你是来锻炼身体的吗？你就是来捣乱的。有你在，大家根本没法好好晨练。”鲁洁对石呈基说话很不客气，每次都劈头盖脸的，但石呈基不在意，还解读成“胡闹是一种依赖”。大昌刚来学校不久，不太了解鲁洁与石呈基的相处方式，只是热心问石呈基，被鲁洁从晨练队伍里开除，是不是因为体能不行？他可以每天傍晚放学后帮他训练体能。

“体能训练好了，唱歌中气也足啊！”鲁洁看热闹不嫌事大，“大昌的提议，我觉得可以。”

鲁洁都赞成了，石呈基便也跃跃欲试，一拍大昌肩膀，热情说：“大昌，你帮我训练体能，我教你唱歌啊！”

“我也要跟着石老师学唱歌，唱歌给喜欢的人听，浪漫。”正跟着辛茹到食堂吃饭的小蚂蚁兴致勃勃地插话。

大家乐了，逗他：“小蚂蚁，你喜欢的人是谁啊？”小蚂蚁便抬头看一眼辛茹，骄傲地说：“辛茹老师。”

天真无邪，童言童语，大家笑了，辛茹也笑了。

陈昭校长站在食堂门口，看着热热闹闹的老师们，脸上也露出笑意。这时江胜教导刚好来食堂吃饭，陈昭校长便问他，去市里赛课的事情和刘星辰说了没有，江胜教导一脸郁闷，陈昭校长再看食堂内，没有看到刘星辰的身影，便问星辰去哪儿了。江胜教导叹口气说，还在办公室背书呢。

21

办公室里，刘星辰伸了个懒腰，肚子咕咕叫着，空气里就飘来食物的香气。一只饭盒放到她跟前的办公桌上，她一愣，抬头一看，竟是陈昭校长。

“校长。”刘星辰很有些诚惶诚恐，赶紧将桌上的进城考试教材收进抽屉，像是被捉个现形的贼。

“藏什么？进城考试又不是什么见不得光的事情，没必要遮着掩着，要背书就大大方方地背，但是不能饿肚子，”陈昭校长笑语晏晏，和蔼可亲，“先吃饭，吃完饭来校长室一趟。”

陈昭校长说着，转身出了办公室。

刘星辰盯着桌上的饭盒，心里七上八下的。没有领导喜欢三心二意、不肯专一踏实工作的下属，都喜欢心无旁骛的下属。陈昭校长虽然嘴上说着不介意、鼓励的话，但内心不可能不生芥蒂。但刘星辰也顾不了那么多，她是必须要考进城的，和林斌的恋情一直得不到林斌母亲的首肯，其中一条理由就是她在海岛教书，而不是在市里。不管这个是不是林斌母亲的借口，但总归是自己不争气，授人以柄，落人口舌，如果她能考进城，这条理由是不是就能排除了？

打铁还需自身硬。刘星辰对这些现实问题，自己内心分析得很清楚，她知道想要得到好的结果，需要付出怎样的努力，无非就是好好备考，多背书，多刷题，总能考上的。可是，她越认真背书，在学校领导面前就越没有底气，总让人感觉她不务正业，摸鱼，没干好本职工作，尽把时间花在本职之外。

想到这些，刘星辰哪里还吃得下饭，起身就去了校长室。

陈昭校长刚刚烧好一壶水，见刘星辰走进来，就说："怎么这么快？你是不是没吃饭啊？我这边不急，你吃好饭了，再来和我谈话。吃饱，有力气，头脑思路才清晰嘛。"

但刘星辰执意要留下谈话，陈昭校长便请她坐。

两人在办公桌两侧相对而坐，陈昭校长将一杯热水推到刘星辰跟前去："听说你不喜欢喝茶，那我就不给你加茶叶了。"

她的这个小习惯，校长竟然也知道，刘星辰很意外。陈昭笑说，有一次刘星辰在宿舍和黄竹聊天的时候，他不小心听到了她们对话。刘星辰想起来，有一次黄竹做了几个钩针编织品，让她去宿舍挑选，她去时，黄竹给她泡茶，拿了一包没有开封的茶叶，说是朋友送的白毫银针。白毫银针是白茶里上好的品类，再加上那个品牌的白茶又是鼎鼎有名的，一包茶叶市面上得卖不少钱，刘星辰便不想黄竹用这么好的茶叶招待她。

黄竹自然不依的，刘星辰便告诉她自己不喜欢喝茶，黄竹仍不信，刘星辰只得说了自己不喜欢喝茶的原因：小时候，母亲李砚秋常常逼她干一种团茶珠的手工活贴补家用，将两三根茶针团在塑料纸上定型，隔一夜撕开塑料纸就跳出一个个圆滚滚的茶珠。晒过的茶针硬邦邦的，喷上水使茶针软硬适度，以助她将它们细长的身姿团成圆圆的小球。但她总是喷太多的水，让茶针发酵走味，捻出的茶珠也不理想，总是黑溜溜长满小毛，不是茶尖翘起来，就是茶梗伸出来。送到茶老板那里，总是要挨茶老板一顿骂，工钱也被克扣。母亲为此没少骂她打她，可是那时候她每天还要做很多功课，因为团茶珠，做作业的时间都被挤占了，只能一边哭一边团茶珠，苦不堪言。哥哥刘辉却不必干这些，只要专心读书就可以。哥哥对她挺不错的，所以从小到大，她对哥哥没有恶感，只是心里埋怨重男轻女的母亲，连带着看到茶叶都带了情绪。茶叶对她来说，就是童年、少女时期令人厌恶的劳动时光，就是母亲的谩骂、苛责和偏心，她实在爱不起来。

陈昭校长的声音拉回了刘星辰飘飞的思绪。

“去市里赛课的事，江胜教导昨天和你说过了吧？”他说道，“我昨天去市教育局，遇到了进修校的明小星主任，她特意跟我提到了你，说你是一棵好苗子，虽然去年赛课名次不好，但不能全怪你，有很多外在因素，譬如咱们学校的平台和市区学校比起来的确小，给老师们提供的锻炼机会很不够，咱们的教研团队也比较薄弱，没能在你赛课的时候起到智囊团的作用。明主任说，你只要好好锻炼，多参加这种赛课，历练多了，一定能进步，一定能取得好成绩的。明主任很看好你，你要对自己有信心，抓住这次赛课的机会。我和江胜教导也商量过了，让辛茹老师当你的指导老师。辛茹是市里实验小学的名师，又拿过省级赛课第一名……”

“陈校长，”刘星辰打断了陈昭的话，鼓足了勇气，拒绝道，“我不想参加市区赛课。”

“为什么啊？”陈昭蹙眉。

刘星辰咬着唇，垂下视线，不敢直视陈昭，她总不能告诉校长，她要把所有业余时间都用来准备进城考试吧？别人疑心是一回事，自己承认，那就是蠢了。

“星辰，你是咱们学校语文学科最年轻的老师，除了你，其他语文老师年纪都大了，不可能让他们去市里和其他年轻教师同台竞技，这个任务只能你来。”

“所以，说什么机会不机会的，不过是别人都不愿意干的事要我去干而已。”刘星辰的话让陈昭校长愣住了，不明白她怎么会这样想。刘星辰继续说：“我说的是心里话，如果比别人年轻就要比别人多干，那现在学校语文组不是只有我一个年轻老师，不是还有辛茹吗？凭她的水平，她肯定能轻轻松松拿到全市赛课第一，这样不就为咱们银山小学争光了吗？”

“辛茹和你不一样，她是支教老师，她的编制在实小……”

陈昭校长的解释在刘星辰的耳朵里只被抓住“不一样”三个字。是的，辛茹和她不一样，她不必和她一样辛苦准备进城考试，她一毕业就能在市区最好的小学工作。同样来海岛教书，她就是支教，是高尚的，是受人追捧和热赞的道德榜样，而她呢？却被父母抱怨没本事，只能分配到海岛工作，被男朋友的母亲嫌弃，一天到晚吵着要儿子和她分手……她和辛茹的不一样还表现在：茶叶是她刘星辰成长经历中最不好的回忆，却是辛茹家发家致富的生意。乙之砒霜，甲之蜜糖。

刘星辰内心的天平彻底倾斜。也许陈昭校长不提辛茹，再做做刘星辰的思想工作，她可能就接受赛课这个任务了，但是陈昭校长一口一个“辛茹”，激发了她的逆反心理，妒忌是魔鬼，使人面目全非。

“她是她，我是我，不管她如何，总之我不参加市里的赛课。”刘星辰抛下这句话，不待陈昭校长再说什么，就直接走出校长室。

见陈昭校长垂头丧气回到宿舍，黄竹给他端了茶上来，劝慰他，学校改制本来就不是一件容易的事，董局长不肯拍板，也是情有可原，他有他的站位和考量，如果不能接受，还可以找连书记再想办法争取的嘛。陈昭摆摆手说，自己不是因为这件事，郁闷是因为刘星辰，遂把刘星辰拒绝参加市级赛课的事和黄竹说了。

“没想到她这么任性，不懂事。”陈昭校长摇了摇头。

黄竹却笑笑说：“如果不任性，还是年轻人？如果每个年轻人考虑问题都能周全，那你我比他们多活的几十年不是白活了？”

没想到黄竹竟比自己豁达，肯用更为宽容的眼光去看待年轻人，陈昭校长被打动了，笑说：“被你这么一说，我这当校长的，倒是狭隘了。”

“要不，我找星辰谈谈？”黄竹提议，“星辰这孩子来咱们银山工作也有几年了，思想上钻牛角尖、偏执，也是情有可原的，毕竟是那样的家庭环境里成长起来的，她母亲重男轻女，脾气也不好，星辰和其他年轻人比起来，活得是比较辛苦的。”

黄竹这番话被从门外经过的刘星辰听个正着，她的眼泪忍不住浮上眼眶。这个世界什么都不稀罕，稀罕的是遇到知己。她很感谢黄竹对她的理解，可是这份理解带给她的难堪远远大于感动。她抱着怀里的进城考试教材，越过陈昭和黄竹的宿舍门，快速跑回了自己的宿舍。当黄竹敲响她的宿舍门，试图找她谈心时，她拒绝开门。她把来自同事和长辈的善意，曲解成怜悯、同情、施舍，她的骄傲不允许她接受这些东西。她原本想给林斌打个电话，作为男朋友，他是最该倾听她诉苦的对象，可是她拿起手机的那刻，突然想到之前喜伯从学校离职时对她说的话。喜伯说，林斌是个很不错的小伙子，让她好好珍惜，不要要性子。是的，就连喜伯也认为她和林斌是不登对的，他们恋爱是她高攀了他，好家庭出身的他看上家境一般的她，是一种高层次人对低层次人的施舍与扶贫。这样的看法，在刘星辰是无法接受的，她是那么自卑，又那么自负。

所以她自觉停止了向林斌求助的行为，自己的痛苦自己消化，自己的难处自己克服，只为有一天她能依靠自己的努力平等地站在他的对面。这样想着，刘星辰又从床上爬起来，不能午睡了，好好背书吧。

刘星辰的这些痛苦与纠结，对于与她有着截然不同成长环境的辛茹来说，是无法理解或者感同身受的。

辛茹被江胜教导请去了校长宿舍，坐在校长宿舍的小客厅里，听着校长和江胜教导讨论刘星辰的事。江胜教导对自己这个徒弟真是恨铁不成钢，而陈昭校长也很无奈。黄竹回来了，摇了摇头，坐到陈昭身边去。“要不我再去找她谈谈？”江胜教导腾地从木沙发上站起来，但被陈昭校长摆手制止了。

“你这样气冲冲地去，她更加和你拔河了。”

江胜教导清楚陈昭校长说的是事实，刘星辰什么时候给过他这个师傅面子？只怕他去了，越加坏事。

“那我们该怎么办啊？”江胜教导气馁地坐下，“进修校那边让各校抓紧上报赛课老师名单了。”

于是，陈昭校长向辛茹投过目光来：“辛茹，你有什么好的建议吗？”

若是在实验小学，是绝对不可能发生无人参加赛课这种事的，老师们为了得到市级赛课的机会，都是铆足劲竞争，学校为了挑选赛课人选，往往要先在学校进行一轮校级赛课，然后选出最优秀的，去参加市里的赛课。一个，他们是实验小学，代表的是全市小学教学的最高水准，如果他们推出来的老师赛课成绩比市区其他学校或者乡镇学校差，那是一件非常丢脸的事。但作为全市小学的领头羊，实验小学的教研团队实力一直都是最强的，无论哪位老师得到赛课的机会，都会得到整个教研团队集体智慧的支持，集体不允许你不优秀，甚至有集体兜底和保驾护航，你不可能不优秀，这就是平台和团队的力量吧。而一旦在市级赛课取得佳绩，就能被推到设区市、省一级，甚至国家级的舞台上。有了这些荣誉加持，无论是评职称，还是评先进，都具有优势。所以，老师们竞争意识都很强，人人是兵，人人都想当将军。也正是这样的成长氛围，才促进实验小学教师的教学和教研水平不断走高。

“但，我们是海岛学校，没法与市区学校相比，咱们的现实就是除了刘星辰，派不出别的赛课老师，而现在刘星辰不愿意参加赛课。”江胜教导说道。

陈昭校长用沉默的方式认可江胜教导说的是事实。

辛茹却认为，为什么一定要让刘星辰参加赛课呢？学校里又不是只有刘星辰一个语文老师，年龄不应该成为歧视的理由，更不能成为推脱、偷懒的理由，学校是年轻教师的，也是老教师的，每个教师都有义务为学校事务尽自己一份力。

“你的意思是要动员学校里的老教师去市里参加赛课？”

“是的。”

得到辛茹肯定的答复后，江胜教导哭笑不得地看向陈昭校长：“这孩子真是太理想主义了。”

陈昭校长倒不这么认为，只要辛茹能做到，未尝不是一个好办法。但江胜教导立马声明，他虽然也是学校的语文组老师，但他绝对不参加赛课。陈昭校长便调侃他：“江胜，你身为校领导应该以身作则才对。”江胜便说：“校长之前也是语文学科的老师，按理也该带头参加赛课。”因为银山小学缺乏英语科任老师，教语文的陈昭实在没办法才转而教了英语，他这么一个仅有初中英语水平的人，是靠自学，才渐渐胜任全校英语学科教学任务的。当然，江胜说的不过是一句玩笑话。

因为要及时向进修校上报赛课老师名单，留给辛茹的时间不多了，她必须快速确定赛课人选，但和语文组的老师们交流了一遍，无一例外都拒绝了，拒绝的理由还都一模一样：我都多大年纪了，还让我去参加比赛，辛茹老师你不是开玩笑吧？

上课铃响起，辛茹抱着课本走到班上。肖挺立却刚刚下课，他说：“不好意思我拖课了，占用你一点时间，让孩子们去上个厕所。”不待辛茹发话，学生们已经冲出了教室，走廊外立即传来学生们吵吵嚷嚷的声音。走路需得用飞，还要伴着交谈，叽叽喳喳，小鸟一样。见辛茹皱眉，肖挺立解释说这些都是小孩的天性。

辛茹站在讲台桌旁，看着肖挺立收拾讲台桌上的课本，点点头表示：“但是拖课本身就是不规范的教学行为，不但影响了我这节语文课，也影响到其他班老师上课，而孩子们也需要课间时间休息和放松，所以希望肖老师下次不要再拖课了。”自从她来支教，肖挺立拖课已经不是一次两次。

肖挺立对辛茹的话十分不屑：“不能拖课，不能留学生，辛茹老师，你以为这是在城里呢？我们这是海岛学校，不论是学生素质还是家长素质都和城里没得比。你们城里的家长对孩子的教育都非常重视，周末和放假都会送孩子去上各种培训班，钢琴、古筝各种才艺都肯砸钱培养，可咱这是海岛学校，不具备这个条件的。家长们忙着赚辛苦钱，孩子们的教育就是靠我们学校老师啊。我拖课，我放学后留学生，还不是为了学生好，想让他们多学点知识？我这些话就是放到台面上说，岛上的家长又有谁不支持我的？”

肖挺立大概是学校里除了刘星辰以外，对她敌意最大的人了。辛茹委实有些招架不住，过去她在实验小学教书，无论是校领导还是其他同事，对她都是另眼相看的。一个是因为她母亲是实小的退休教师，一个是因为她出色的教学成绩，或许还因为她父亲是企业家，但这些在这座海岛学校似乎全都不管用。她的所谓优秀教学技能在这个学校里并没有受到多大的器重，也无人在意她的父母是谁，所以她在这座海岛学校吃不开，老师们对她的好颜色只是出于原始的朴实的心肠，他们可以对她热情友善，也可以对任何一个来到海岛支教的老师报以同样的态度。那么，她在这个学校里也就不具备什么号召力和影响力，所以她和语文组的老师们交谈一圈，碰了一圈壁，灰头土脸的。

“听说，你还让语文组的老教师们去参加市区赛课？”肖挺立用一种不可思议的眼神看着辛茹，“你这个城里来的年轻人啊，就是想当然，咱们学校这些老教师，哪个不是在岛上教了一辈子书？他们都是脚踏实地、不喜欢去出那种风头的人，学生多考几分，才是对学生最实惠的。像我们数学教研组，就从来不去参加市区赛课，没必要！赛课那些花花架子，在实际教学当中根本用不上。”

“肖老师，去参加市区赛课，怎么能是出风头的事呢？”辛茹不理解。

肖挺立摆摆手，不想与辛茹争辩，只是说道：“你是城里来的老师，你觉得你的教学方法、教学理念才是先进的，我们农村老师都是落后的、俗套的，和你们城里老师没得比，但我们农村老师并不是你们城里老师认为的那么一无是处！”

“肖老师，我从来没有这样认为，我也知道海岛老师坚守海岛教育，很伟大很了不起，但我不认为老教师就应该止步不前，停止学习，就可以不支持学校工作……”

肖挺立两只眼睛瞪得铜铃大，辛茹的指摘让他像斗鸡一样竖起了羽毛：“辛茹老师，你们城里老师就喜欢狗眼看人低，我们怎么不支持学校工作了？我们有请假一整个星期吗？我们这些老教师，除非家里真的出了大事，否则我们不轻易请假，更没让一大群家长到学校来投诉。”

听了肖挺立的话，辛茹内心升起了一股委屈。“肖老师，”她说，“家长们不理解也就算了，你是我的配班老师，你怎么也会这么看我？我请假是为了燕子奶奶动手术的事啊！”

“是，你伟大，行了吧？你教学行为最规范，行了吧？你让老教师们参加市区赛课，最积极，行了吧？别的乡镇也有城里的老师去支教，他们都是找领导去跟学校打招呼，少安排他们的课，让他们能多回城里少去乡下，像你这么爱折腾的支教教师，也是少见！”说话间，孩子们上完厕所陆陆续续回到班上，肖挺立让小圭把讲台桌上的练习册送到办公室去，自己抱了教参就走，嘴里讥讽道：“你教学行为最规范，‘随班就读’，傻子就不是傻子了吗？”

突然，肖挺立猛地站住了，他的面前站着钟美丽，她刚上完厕所，因为走得慢，所以落在最后。钟美丽的眼睛在近视镜后闪闪烁烁转动着，一条手链从裤兜里被缓缓掏出来，紧紧攥在手心，再缓缓伸到肖挺立面前，一个颤巍巍的声音响起：“我妈说，说，说我，不是傻子……”

肖挺立脸上有些挂不住了，但直接越过钟美丽走掉了。

22

“辛茹老师在那里！”顺着燕子手指的方向，王大昌终于看到了辛茹。辛茹一个人坐在海边，眺望远处的山。夕阳从山尖上坠落，仿佛被山尖戳破了，漏出一大把金辉，全部洒在了海面上，令整个海面都金光荡漾的。辛茹坐在月亮湾畔，偌大的沙滩和大海衬托得她整个人小小的。

“燕子，你先回去吧。”大昌对燕子表达了感谢。

燕子说，她要先去学校，把找到辛茹老师的消息告诉给小蚂蚁，小蚂蚁也很担心辛茹老师。

大昌让燕子路上注意安全，目送她跑远，再走向辛茹。

“我没事的，自己坐一会儿就回学校了。”辛茹说，声音还带着明显的哭腔。

大昌在她身边坐下来，见她两只眼睛红红的，睫毛上还吊着泪珠，便说：“都哭了，还说没事呢。”他想给她递张纸巾，但身上没有，只能把袖子伸给她。辛茹不好意思地推开大昌的手，说道：“老同学，你别拿我寻开心了。”

“既然是老同学，怎么会拿你寻开心？自然是因为关心你，才晚饭都没吃就出来找你啊！”大昌说，“听说你不见了，你没看到食堂里，老师们都慌了。”

“我一个大活人，怎么可能走丢？不过，你说他们因为我不见了，都慌了？”辛茹一下来了精神。

大昌点点头："老师们吃饭的时候都在议论，是不是因为他们拒绝了你去市区赛课的事，所以你生他们气了。""那如果我真的因为这个事生气，他们会为了不让我生气，就答应去市里参加公开课比赛吗？"辛茹天真地问大昌。大昌很无情地摇了摇头。辛茹的精神头又下去了，叹了口气，海面的宽阔使人显得越发卑微和渺小，辛茹也越发气馁。当初来支教时的那份意气风发此刻受到了很大的打击。

"老同学，你当时为什么会想到来支教啊？"大昌认真地问。

"如果我说因为什么情怀啊梦想啊之类的理由，你会觉得我很假大空吗？"辛茹很没有底气地问。

大昌说："自然不会的，我不也正是因为这些理由才来海岛学校当保安的吗？"

但辛茹此刻觉得她和大昌不能相提并论，大昌放弃城里的编制来到海岛，是真的因为觉悟高，而她不是。她一开始以为自己是，张莹不肯来支教了，学校里也没人报名来支教，校长找了几个教师谈话都被拒绝，最后她主动找校长，承担了这个支教任务。彼时，她是雄心万丈的，现在城乡教育资源逐步缩小主要表现在硬件投入上，政府在现代化的教学楼和教学设施方面不吝资金投入，但是教育软件方面，尤其是师资力量，农村与城市的差距还十分明显，优秀人才引进了，但留不住是个大问题。银山小学作为海岛学校，这方面的问题更为突出，所以她主动请缨，希望以自己的教学、教研能力，引领整个学校的教学教研水平。理想很丰满，现实很骨感。她来支教前有着清晰的计划和设想，可是到了学校，具体的现实打乱了她的步骤，她首先得让那个人人头疼、喜欢逃课的学生燕子回到课堂。燕子的情况太特殊，她必须去帮助这个身世可怜的孩子，解决她的困难，把她的人生带回正轨。

燕子奶奶也做完手术了，燕子也回到课堂上了，可以好好钻研教学和教研上的事项了，没想到和她预想的完全不一样，老师们根本不配合。虽然肖挺立的话很直接很伤人，让辛茹很没面子，可也让辛茹重新审视现实、审视自己。

“大昌，我发现我对自己有误解，什么情怀、梦想，不过是一份虚荣心罢了，我就是一个普普通通的老师而已，竟然会幻想因为自己的到来而让一整个学校为我改变，这和幻想蜘蛛侠拯救世界有什么区别？我是不是很可笑，不自量力？”辛茹的确是迷惘了，对自己产生怀疑。

大昌拍了她肩头一下，安慰道：“老同学，你怎么回事？你现在这种想法才可笑，有梦想是好事啊！如果梦想在现实跟前不需要经过任何摩擦就畅通无阻，那还叫梦想吗？梦想之所以可贵，就是因为它会在现实中碰壁啊！但你要坚信，梦想的可贵之处就是，它无论在现实面前被碰得怎样头破血流，但最终能够战胜现实、改变现实。”

辛茹看着大昌，内心震动：大昌不愧是当过兵的，在部队里受过磨炼，他的意志就是比普通人坚强，他的话给人一股坚定的力量。

“你刚刚是不是已经哭完了？”大昌问她。

辛茹不好意思地点了头。

“人总有脆弱的时候，你又是个女孩子，敏感脆弱很正常，但是哭完了鼻子，就要收拾好心情，重新理出头绪，找到问题，然后解决问题，”大昌拉辛茹站起来，“现在，跟我回学校吃饭，联叔和联婶特意给你留了饭的。”

辛茹此刻心里暖暖的。

“大昌，我发现你性格真的好好啊，你也老大不小的了，怎么还没有女朋友呢？”辛茹笑着说道。

“辛茹，我觉得你性格也好好啊，你也老大不小的了，怎么还没有男朋友？”

“要不，我们俩凑合凑合？”两人异口同声，最后一起哈哈大笑。

刘星辰到食堂吃饭的时候，食堂里已经没有其他老师在用餐了。联婶站在窗口后面，将打好饭的餐盘递给她，说：“星辰老师啊，以后早点来吃饭，太晚来，菜都凉了。”联叔在一旁说：“这些饭菜都是联婶特意给你留的。”星辰看到窗口里还有两份饭菜，那是联叔联婶给辛茹和大昌留的。“我还以为叔和婶就偏爱我一个呢。”刘星辰讥讽了一句，回过头就看到大昌和辛茹并肩走进来。

“星辰老师！”辛茹主动走过来。刚才在路上，听了大昌的建议，辛茹还是决定找刘星辰好好谈谈，希望她能参加这次市里的公开课比赛。可辛茹还没开口，刘星辰就说道：“谢谢你啊，辛茹老师，谢谢你提议让老教师参加市里赛课，真是解决了我一大麻烦，不然以前这种任务都是摊我头上，烦都烦死了。”刘星辰脸上挂着笑，笑里却藏着一丝讥讽。

听了刘星辰的话，辛茹知道已经没有再做刘星辰思想工作的必要了，她总觉她来支教后，刘星辰有针对她的意思，但也不明白原因出在哪里。

鲁洁走进食堂，看到刘星辰和辛茹、大昌并没有坐在同一张饭桌上吃饭，她径自走到辛茹和大昌那桌，将打包盒放到桌上打开，烤羊肉的香气立即在食堂里弥漫开来。刘星辰在另一张桌子上也忍不住吞了吞口水。辛茹和大昌问鲁洁吃过饭没，鲁洁说吃过了，因为担心辛茹没吃晚饭会饿肚子，就特意去岛上的羊肉火锅店打包了烤羊肉回来。鲁洁大咧咧热情洋溢地说，没有什么事情是一顿烤羊肉解决不了的，她心情不好的时候就吃顿好的，等安抚了心情就继续努力做事。鲁洁将羊肉串递给辛茹，还冲她做了个“加油”的动作。大昌便对辛茹说：“你看，不只我这个老同学，大家都是你的后盾，打起精神来，吃饱饭，加油干！”辛茹点点头，心里很感动。

“星辰，过来一起吃羊肉串，新鲜热乎的。”鲁洁招呼另一桌的刘星辰，刘星辰却埋头胡乱扒拉了几口饭，端了餐盘就走。

晚间，辛茹敲开了陈昭和黄竹的宿舍门，门内客厅里，竟然还坐着肖挺立。一见到辛茹，肖挺立就讪讪说：“辛茹老师，为了你的事，校长正批评我呢，说我一个老教师欺负你一个年轻人。我可没有欺负你的意思啊，我是和你就事论事，你的想法是很好，但是我们农村学校也有农村学校的现实困难……”

辛茹在沙发上坐下来，笑看着肖挺立说：“肖老师，那我也和你就事论事。我不知道你口中的现实困难指的是什么，是学校没有先进的教学设备吗？现在全市中小学每所学校都盖了漂亮的教学楼，每个教室都配备了‘班班通’、投影仪等多媒体教学设备，您上课还是只愿意利用一根粉笔一块黑板，我不知道您是什么原因不肯利用这些教学设备，不管什么原因，都是人的原因，总不能抱怨是教学条件不够好吧？”

辛茹的话让肖挺立脸上一阵青红皂白乱炖，但辛茹却还继续说下去：“还有，你今天下午在班上跟我说的关于老教师的话题，我也不认可。四五十岁都正值壮年，正是干事业的年纪，怎么就老了呢？城里不管哪个学校，四五十岁的老师都还是学校的中流砥柱，都是教学和教研方面的佼佼者，不能因为咱们在海岛，在农村，思想上就自行松懈了。如果说，我们农村学校的确存在什么现实困难的话，思想僵化就是首要的困难，不解放思想，政府给咱投再多的钱，改善再多的硬件条件，都是白瞎！”

辛茹是真敢说！没想到辛茹这么敢说！这些话，陈昭就算平日里在开展学校工作时心里想过，也不敢在大会上当着老师们的面说出来，就怕老师们要炸毛。果然，肖挺立已经从木沙发上站了起来，脸色是青的。

“肖老师，咱们是老教师，要有老教师的胸怀和格局，对年轻人的意见，要就事论事，不要有情绪，”陈昭校长连忙站起来，紧张地做着和事佬，“我觉得辛茹老师说的也不无道理，你再好好想想。”

肖挺立没有理会陈昭校长，径自走了出去，陈昭校长就冲他背后喊：“肖老师，回去再好好想想。”

门“砰”的一声关上了，辛茹强自镇定坐着。黄竹端了一杯茶给她，安抚她不要被肖挺立吓到，说肖老师人挺好的，就是脾气直，继而转向陈昭：“挺立不会是和丽娟吵架了吧？”“就算吵架，这账也算不到别人头上，他们俩吵架不是家常便饭吗？”陈昭说着看向辛茹，见她还挺紧张的样子，就笑着和她解释，肖挺立的爱人叫谢丽娟，是城里一个中巴车车队的售票员，他们夫妻俩关系不太和睦，不过就算闹矛盾，一个在岛上，一个在城里，顶多就嘴上吵几句，动不了手，没事。

于是众人又回到赛课的话题上。

辛茹说：“我不是来银山小学混日子的，我是来支教的，是带着任务来的。我来支教不是为了以后回市里评职称加分，我不需要这个分数，我有各种级别的赛课奖项，有核心期刊的教学论文，有先进，有荣誉，我可以加分的项目很多，我来支教的初衷就是希望利用自己在教学和教研方面的专业能力，帮助咱们银山小学的语文教学和教研水平上一个台阶。”

陈昭校长和黄竹对视一眼，欣慰地说：“这很好啊！我们银山小学就需要像你这样的人才……”

辛茹摇头：“可是我看不出来，看不出来你们真的需要我，我感觉到大家其实对我意见挺大的。”

“怎么会？”陈昭笑说，“肖老师他就是脾气直了些，我们和他一起工作了半辈子，对他太了解了，他心地很好，平常工作认真负责，勤勤恳恳的……”

“我不是特指肖老师，其他老师们……”辛茹露出颓丧的表情，黄竹忙把茶往她跟前推了推，笑着安慰她：“辛茹啊，其实学校里的老教师们都很喜欢你的，大家都很关心你，你晚上没到食堂吃饭，他们就来和老陈说了，让我们去找你。”

“对对对，大家都喜欢你，关心你，也会支持你的。”陈昭校长也说道。

辛茹坐正了，一本正经道：“那请校长和黄老师先支持我吧！”

陈昭和黄竹愣了愣，继而就看见辛茹指了指黄竹说：“我想让黄老师参加这次的市区赛课。”

黄竹立即咳嗽起来，陈昭忙给她递纸巾，嘴里嘟哝：“你这也没喝水啊，怎么就呛了呢？”

辛茹从陈昭和黄竹的宿舍出来，走下楼准备回自己宿舍，看见鲁洁和大昌都站在楼梯拐角处等她。

“怎么样，说了吗？”大昌问。

辛茹点点头：“不过没有马上答应，黄老师说要考虑考虑。”

鲁洁则很乐观：“明天，黄老师一定会给你一个满意的答复的。晚上，陈校长一定也会做黄老师的思想工作。”

辛茹拉着鲁洁的手，笑着说：“谢谢你啊，鲁洁，向我推荐了黄竹老师。”

“谢啥？”鲁洁说，“我和黄老师毕竟一起工作了这么久，我比你了解她。她虽然平常也和其他老师一样，嘴里一口一个‘老教师’称呼自己，说什么现在就是混日子等退休，其实不是的，她内心渴望进步。只是过去，咱们学校并没有这个意识，没有认识到，老教师也是需要专业成长的，总觉得这是年轻人才要争取的事。”

三个人边走边下楼去，正说着话，就看见小蚂蚁从楼下跑上来。

“辛茹老师，我可找到你了，”小蚂蚁气喘吁吁地跑上来，拉住了辛茹的手，说，“燕子姐姐本来约我晚上去玩的，但是校门口我出不去，我二叔他又不陪我去。”

辛茹弯身刮一下小蚂蚁的鼻子，笑着说道：“你二叔不是不陪你玩，他这两天身体不好需要休息，我陪你去玩吧。”

小蚂蚁欢呼起来，又邀请鲁洁和大昌：“鲁洁阿姨和大昌叔叔也一起去吧。”鲁洁和大昌爽快答应了，辛茹让他们去校门口等她，自己回宿舍拿一下包和手机。辛茹回到宿舍拿了手机，先给陈侨英发了个微信，告诉他，他们带小蚂蚁去玩的事，陈侨英回了“谢谢”两个字。辛茹背好挎包，正准备出门，突然看到书桌上的教参里露出几张票券，她奇怪地拿起来一看，竟是兰兰家的客栈的住宿抵用券。她突然想到今天在班上和肖挺立说话时，肖挺立让小圭将讲台桌上的练习册拿去办公室，一定是小圭当时将这几张抵用券夹入她的教参内的。

校门口，燕子早就等在那里，看到辛茹等人牵着小蚂蚁走出来，十分激动。燕子说要带大家去一个好玩的地方，鲁洁表示她在岛上已经工作了几年，竟然还有她不知道的好玩的地方。但辛茹说她要先去小圭家家访一下，让大家先去，等家访结束，再来和大家汇合。小蚂蚁立即拉住了辛茹的手，撒娇说：“我想和辛茹老师一起。”燕子也说，她也想和辛茹老师一起。鲁洁和大昌耸耸肩，那就都一起吧。

于是，一群人一起到了兰兰家的客栈。

23

已经入夜，兰兰家的客栈大门还开着，一进门就闻到了空气里弥漫的腌制海鲜的咸香的味道，让人不由喉头生津。

欧阳兰兰正在前院的空地上将腌制品分罐装好。那腌制品红红的，湿漉漉的，光闻味道就感觉咸咸的，却异常香，让人忍不住想吃。

小蚂蚁已经跑了过去，蹲在欧阳兰兰跟前，瞪着一双圆溜溜的眼睛，好奇地看着欧阳兰兰手上：欧阳兰兰戴了一双塑料手套，正从地上白色的大盆里抓起一把腌海鲜放进另一只手里的塑料罐里。

“这是什么？”小蚂蚁吞了吞口水问。

“带柳。”欧阳兰兰手上动作不停，转眼已经装好了一罐，又拿起了另一只空罐子。

“带柳是什么东西？”

“就是用小带鱼腌制的鱼生。”

“那为什么它是红红的？”小蚂蚁歪着脑袋问，口水不停地吞着。

“因为加了红曲啊。”

“红曲又是什么？”

欧阳兰兰突然发现蹲在眼前的是一个陌生的小男孩，和她家小象差不多大，眉清目秀，十分可爱。欧阳兰兰的目光越过小蚂蚁看过去，后面站着几个人，她认识鲁洁和燕子，另外一对青年男女就显得眼生。

欧阳兰兰赶紧站了起来，还以为是鲁洁带来的住店的游客，只听辛茹笑吟吟自我介绍说：“您是小圭妈妈吗？我是小圭的班主任，我叫辛茹。”

原来是儿子的老师来家访，欧阳兰兰慌忙喊了客栈的服务员来接手自己手上的活，脱了塑料手套，将众人迎进了客栈内。

不愧是银山岛上数一数二的网红客栈，装潢精致，一走进大堂就有想要住下来的欲望：但见客栈大堂十分宽敞，左边是落地窗，安放了几组桌椅，可以坐下享用美食或者谈天，抬头即可看见落地窗外的花园；右边是一个专门吃早餐的场所，类似于自助餐，种了竹子和绿色乔木，通过一道小门，别有洞天；大堂中央摆放了一张特别宽大的桌子，采用的木头质感十足，提升了整个客栈的品位。桌子的左后方是一面书架，右前方有一张乒乓球桌。燕子和小蚂蚁径自跑去乒乓球桌的方向，不打扰大人们谈话。

欧阳兰兰去厨房洗了手，切了水果，让小圭端出去。小圭出去前，她特意问他：“抵用券给辛老师了吗？”小圭点了点头，欧阳兰兰便拍拍他的肩，笑说：“放心吧，妈妈一定让你重新当上班长。”

小圭端了水果出来，大家笑着和他打招呼，但他整个人显得紧张，好在欧阳兰兰马上就出来了。她热情地招呼大家吃水果，又说起最近自己腌制的几款美食产品，诸如用小带鱼生加盐、糯米粥、曲、酒、糖等腌制的“带柳”，还有腌泥螺、醉虾、醉蟹等，在游客中十分走俏，基本当天就脱销，一会儿给每位老师都带些回去，无论是配干饭还是配稀饭，味道都叫一个绝。大家忙婉拒了欧阳兰兰的好意。辛茹从包里拿出那几张客栈抵用券放到桌上，笑着对桌对面的欧阳兰兰说道：“这个应该是小圭无意间落在我教参里的，我给你们送回来了。”

辛茹话音落，欧阳兰兰愣了愣，她身旁的小圭也垂下了自己的眼眸。

桌面太宽，母子俩在辛茹的视线里显得很远，脸上的表情在灯光下却明明白白的。辛茹送还抵用券的举动让他们很意外。欧阳兰兰很快扬起了笑脸，展露生意人笑脸迎人的小技能，说：“就是几张抵用券而已，辛老师何必这么见外，我给鲁老师还有这位老师也拿几张。”她指了指大昌，热情洋溢说：“你们就当帮我介绍客人了。”

兰兰家的客栈是银山岛上特别有名的一家民宿，欧阳兰兰作为最早一批从城里回到岛上开民宿的村民，通过这几年的经营，早已经是岛上民宿业的领军人物，她家的生意已经自带流量，来住宿都需要预定，哪还需要别人帮忙介绍客源？再说，抵用券相当于免费住宿，就算介绍了客源，也会让客栈赔本。辛茹开诚布公说：“小圭妈妈，你真的太客气了，我今天来家访，是来和你聊聊小圭在学校里的情况，也向你了解了解小圭在家里的表现。加强家校联系，促进家校沟通，更好帮助孩子成长，本来就是我这个班主任应该做的事情。”

既然来家访了，避免不了要谈到小圭班长被撤职的事，令欧阳兰兰没有想到的是这竟然是小圭自己提出来的。辛茹说，小圭很优秀，学习好，懂事乖巧，还长得帅，小圭妈能有这样一个儿子，一定令岛上的很多家长都感到羡慕。辛茹还说，五年(1)班能有小圭这样的学生也是一件特别值得骄傲的事，接下来班上会开展一场班长竞选活动，希望小圭能够积极参与，只要小圭好好准备竞选演讲，凭小圭的实力，重新当上班长是很有希望的。欧阳兰兰听了辛茹的话，不由喜出望外，而屋子里的小象也跑出来，惊喜地问辛茹："辛老师，我哥哥能重新当上班长吗？"辛茹说："只要你哥哥愿意，他一定能够通过自己的努力实现自己的愿望的。"

"我哥哥一定愿意的，我哥哥虽然嘴上不说，但我知道他心里想当班长的。"小象的天真无邪让小圭很是不好意思，辛茹便向他招招手，说有些悄悄话想和小圭私下谈。欧阳兰兰便催促小圭，快去和辛老师好好谈谈。小圭领着辛茹穿过客栈右边的小门，来到了客栈的花园。时令已经入秋，但客栈的花园里依旧盛开着花朵。低低地长在盆栽里的是菊花，高高的花树分别是芙蓉和金桂，芙蓉花大朵大朵，色彩艳丽，夜色也盖不住那份张扬的热烈；桂花虽没有芙蓉那般硕大的花朵，但香气袭人，亦是在金秋的夜色里放飞自由而奔放的个性。路灯下，小圭的拘谨与花朵的奔放形成鲜明的对比。辛茹伸手摸摸他的头，笑着问道："你会报名参加班长竞选吗？"

"辛老师希望我参加吗？"小圭反问。

"当然，但是我支持你的任何决定，就像你提出辞职，我也同意一样。不过，我当时是失落的。"

小圭抬头看辛茹，眼神里有惊讶和疑惑，又有一丝小小的激动。

辛茹继续说："你在班上的表现绝对是优秀学生的代表，班长自然要由学习好的同学来担任，如果班长自己学习都不好，那还怎么给全班同学做表率呢？所以你不当班长了，老师很失落。老师觉得你是最适合的班长人选，但是做一名班长，光学习成绩好可不够，要品学兼优，还要有管理班级的能力，在同学当中要有影响力，努力带领班上每一个同学都成为更好的自己，从而使咱们这个班级成为一个优秀的班集体。"

"老师，我的确是故意不交钟美丽美术作业的，"小圭垂下了头，"但我不是妒忌她，因为我没有看过她的美术作业。或许我看了她的美术作业，就不会不交她的作业吧。我只是没想到钟美丽她……"

"没想到她能画出那么好看的画，是吗？"辛茹补充。

小圭诚实地点了点头。

辛茹拍拍他的肩，说道："我们活在这个世界上，不可以小瞧任何一个人，也不可太过自负，过分高看自己。我们每个人都应该看到自己的缺点，也要看到别人的优点，自信是一件好事，但是既然认为自己比别人优秀，那就更应该对自己严格要求。小圭，老师不但希望你报名参加班长竞选，更希望你能够竞选成功，但是记住，不可以小瞧任何一个同学，竞选的机会是平等的，也有实力很强的同学报名参加，所以要想获得成功，就要好好准备。"

小圭是个聪明的孩子，他听明白了辛茹的谆谆教导，等辛茹说完，他认认真真向辛茹鞠了个躬："谢谢你，辛老师。"

"不客气，"辛茹笑笑说，"虽然我是老师，但是我们要互相学习，一起进步。"

这样大姐姐一样的老师，让小圭心头涌起说不出的亲切感，他伸出手和辛茹击了个掌。

离开兰兰家的客栈，欧阳兰兰给辛茹、大昌和鲁洁都准备了小礼包，里头是今天新做好的“带柳”、醉虾和醉蟹，还有些鳗鱼干和虾米，只是当大家都离开后，小圭将三份钱交到欧阳兰兰手上。小象惊呼：“哥哥，那是妈妈送给老师们的礼物，你怎么还收他们钱哪？”“是啊，小圭，你怎么收老师的钱？”欧阳兰兰花容失色。小圭却说：“以后别给老师送礼了，辛老师不会收的，我也要用自己的实力去证明自己。”

小圭说着进房间去了，小象对欧阳兰兰喃喃：“妈妈，我也是有实力的。我虽然以前打游戏都打不过哥哥，但是刚刚我和那个小蚂蚁一起打游戏，他就打不过我。”小象眉飞色舞的，发觉欧阳兰兰正板着脸看她，顿时吐了吐舌头也溜进房间去了：“妈妈，我不是故意玩你手机的，是小蚂蚁想玩，他是客人，我只好拿给他玩了，他又不会玩，我只好教他玩了。”

“燕子姐姐，你有手机吗？”小蚂蚁偷偷问燕子。

他们正走在通往观景台的路上，不远处，一群流萤纷飞闪烁，正是观景台的所在。

听到小蚂蚁小声问话，燕子也小声答复他：“没有。”

小蚂蚁叹气：“如果有一部手机就好了。”

适才在兰兰家的客栈里，小象手机上的游戏还深深吸引着他。

“你可以用侨英老师的手机下载那个游戏啊。”燕子提议。

小蚂蚁摇摇头：“我爸爸特意交代了我二叔，不许我玩游戏的。平常我爸爸只有周末才让我玩一会儿手机，还得我帮他洗碗和拖地才让我玩，要是我自己有一部手机就好了。”

燕子平常不玩游戏，所以对手机没有小蚂蚁这种渴望的心理，但小蚂蚁的渴望此刻也成了她的渴望，因为她从来没有朋友，小蚂蚁算是她交到的第一个朋友。何况小蚂蚁不像岛上的其他孩子，对她带有成见，小蚂蚁喜欢和她交朋友，像是弟弟，凡事都听她这个姐姐发号施令，所以燕子对小蚂蚁产生了保护欲，小蚂蚁有什么愿望，燕子都想满足他。

“我应该能想到办法。”燕子半带吹嘘地打了包票，立即换来小蚂蚁崇拜的眼神。辛茹他们不知道燕子和小蚂蚁在窃窃私语些什么，燕子将食指放在唇上，示意小蚂蚁不要声张，小蚂蚁拼命点了点头。

观景台到了，不论大人还是小孩都忍不住惊叫起来。鲁洁张开双臂在观景台上像小孩一样奔跑，问燕子：“燕子，这个观景台我之前只有在白天的时候来过，没有想到夜晚来，会看到不一样的风景。”燕子正拉着小蚂蚁和辛茹在萤火里穿梭，骄傲地说：“我就说这个地方好玩吧？”“好玩！”大家一致表示。小蚂蚁问，可不可以捉一些萤火虫回去，他希望他二叔也能看到这美丽的萤火虫。大昌就打开手机的手电筒，想在观景台上找一个瓶子，可是玻璃建成的观景台除了漂亮的玻璃，哪里能有什么扔掉的饮料瓶子？鲁洁三下五除二喝掉了自带的汽水，她仰着头咕噜咕噜豪饮的样子风风火火，让小蚂蚁和燕子忍不住拍起手来。当鲁洁把空出来的汽水瓶子递给大昌时，发现大昌的双眸在手电筒的光源之后竟依然炯炯有神，也只有黑夜雪地里的狼眼可以媲美。这份雪亮与坚毅把鲁洁震撼了。

大昌接过汽水瓶子捉萤火虫去了。小蚂蚁和燕子跟在他身边，蹦蹦跳跳，快乐不已。

鲁洁走到辛茹身边，和她一起手抚观景台的栏杆，眺望远处的灯塔，茫茫的夜色里，海与天浑然一色，是与白天截然不同的深沉苍茫的风景。孤独的灯塔亮着一点微弱的灯光，却于苍茫的大海上坚定不移地闪亮着。这个玻璃观景台并不是一个圆，只有270度，鲁洁介绍说，是清华大学的学生来到银山岛专门设计改造的，是他们“乡村振兴”实践活动的成果，如果白天站在这里会看到另一番风景，可以看到壮观的大海、唯美的日落，不过就看不到夜晚的流萤，还有星空……

鲁洁和辛茹不约而同抬起头看头顶的夜空，但见浩瀚的星空，一条银河穿过，立足山海间，梦幻银河里，这是只有在银山岛上才能领略到的大自然的魅力与风采。

闲聊间，大昌已经捉了许多萤火虫，在汽水瓶子里一闪一闪。大昌把手中的瓶子高高举起，小蚂蚁和燕子仰起头看，瓶子里的萤火光彩夺目，瓶子外的流萤若隐若现，而它们上空是广袤的星空，来自大地的生机与遥远宇宙的神秘遥相呼应，天与地融为一个不可分割的整体，人类行走其间，呼吸、歌唱、畅想、诞生、消逝，短暂与永恒，已经没有了清晰的界限。此刻的快乐是短暂的，又是永恒的。

夜很深了，大家打道回府，鲁洁对大昌说，观景台所在的位置过去曾是军事基地，如今还保留着当初的防空洞和战壕，等白天的时候，她可以陪他来看看。燕子也附耳对小蚂蚁说，手机的事，她会想办法解决，一定帮小蚂蚁实现心愿。而辛茹手里抱着从欧阳兰兰那里买来的“带柳”、醉虾和醉蟹，想着一会儿回到学校，送一些给陈昭校长和黄竹，顺便问问黄竹，去市里参加公开课比赛的事考虑得怎么样了。

24

黄竹还坐在客厅里钩针，紫色和白色的毛线经过她的巧手在毛衣针上编织出清新好看的花朵，紫色的花瓣、雪白的花蕊，惟妙惟肖，活灵活现的。陈昭来喊她睡觉，她说再织一会儿。黄竹手上动作不停，脑子也在不停思考着，辛茹的建议拨动了她的心弦。而陈昭也知道她看似平静地钩针，实际上心绪纷乱，想着去市里赛课的事。

“要不，你试试？”

黄竹的手一顿，抬头看倚在卧室门口的陈昭，陈昭正看着她，脸上挂着温和的笑。大概是因为一辈子都生活在岛上的缘故，他们身上有一股与生俱来的不争不抢的恬淡。

“你在开什么玩笑？”黄竹说。

陈昭便笑着走过来，坐在她身边，捡起袋子里的毛线球，小心地给她搭着下手，说道：“我都没说什么，你就知道我是在开玩笑了？”

他们互视一眼，心照不宣地笑了。

“我觉得我不行，再说年纪这么大了，去了，怕给学校丢脸，也怕给你丢脸。”黄竹实话实说。

“先别管结果如何，就说你想不想？”陈昭认认真真看着妻子的眼睛，“家里就咱们两个人，我是你爱人，你也是我爱人，我们之间总可以说说真心话吧？”

丈夫如此真诚，黄竹放下手中的毛线，说道：“你对我是最了解的，有些话还需要我说出来吗？”

陈昭点点头，他自然是这个世界上最了解妻子的人，遥想当初，她因为爱他，师范毕业后，就离开自己的县城，跟着他来到岛上，结婚生子，教书育人，过着像隐居一样的生活。他们没有什么惊天动地的梦想，回到海岛工作的初衷是为了“希望工程”在海岛上建设的这所“希望小学”能够有老师上课，让岛上没有能力去外面上学的孩子有书可读。他们的愿望是朴素的，但不代表他们就没有一颗积极上进的心。看着曾经的师范同学如今已经是市里的领衔名师，在全省乃至全国都小有名气，评上“特级教师”“特殊人才”，聘上“小中高”甚至“正高”的职称，领国务院津贴，被聘请去外地的学校开教学讲座，风头无两，若说他们不羡慕那是假的，可他们也知道自己这辈子都不可能到达别人的高度，于是羡慕之余只能甘于平庸。

“我们常常把自己在专业上的平庸归咎于平台差，归咎于海岛学校不如市区学校那样能为我们提供好的资源，因而导致我们在专业发展上出不了成绩，而实际上就算咱们从前不是回到海岛教书，而是留在城里的学校，如果我们也是一样的心态，自甘平庸，不求上进，那我们的发展又能比现在好多少呢？”陈昭十分感慨，“所以，辛茹说得对，所谓困难都是人的问题，外部环境不是主要的因素。”

丈夫如此真诚而客观地和自己剖析内心，直面问题，黄竹听后内心很受触动，她说：“现在，国家对咱们农村教师无论是津贴还是在评聘职称方面都有很大的倾斜扶持政策，这些年如果咱们也有积极上进的心，认真钻研教学，提升专业成长，可能也早就评上‘小中高’了吧？现在总是看着城里老师不停有人评上

‘小中高’，一边羡慕他们可以加工资，一边自卑自己缺乏参评条件，也丝毫没有想过要通过自己努力去满足这些条件。”

“市里赛课不想参加不敢参加，课题研究不想参加不敢参加，看到别人评上职称加上工资了，又在那里眼馋，你说咱们农村教师和城里教师比起来差距到底在哪里？还是辛茹说得对，最主要的差距在不够解放思想上。”

陈昭正说着，外面传来敲门声以及辛茹的声音：“校长，黄老师，你们睡了吗？”

陈昭和黄竹相视一笑，真是说曹操曹操到。

灯还亮着，自然是没有睡下。夫妻俩笑吟吟迎进了辛茹，辛茹将“带柳”、醉虾和醉蟹等土特产放到茶几上。陈昭笑着问辛茹：“这是送糖衣炮弹来了？”辛茹也大方表示：“是的。”陈昭就说：“那你这些糖衣炮弹可白送咯。”辛茹一愣，黄竹便说：“陈校长和你开玩笑呢，我们刚才已经决定好了，我愿意参加这次市里的公开课比赛。只是辛茹，我虽然教了半辈子书，却从来没有参加过这样的比赛，我没有经验，我也紧张，我担心……”

不待黄竹说完，辛茹就给了黄竹一个大大的拥抱，在她耳边说：“黄老师，相信我，也相信你自己，只要我们勇于挑战自己，付出努力，付出汗水，结果一定不会差。”不知为何，辛茹的话给了黄竹莫大的鼓舞，她觉得这个城里来的年轻姑娘像太阳一样充满振奋人心的力量，抱着她，便拥有了自信和底气。

赛课在月底举行，留给黄竹的时间很紧了。第二天，辛茹就给黄竹布置了任务，让她选定一篇参赛课文。按照教学进度，黄竹很快选定了六年级上册《竹节人》这篇课文。这篇课文黄竹过去上过很多遍，但是因为要去市里参加赛课，让她有些手足无措。辛茹给她打气：“怕啥？万变不离其宗！首先要把课文和教学目标吃透，再来设计教案。”黄竹是个实干的，上完班级的课，就开始备课，突然她想到了什么，便问辛茹：“需不需要准备一个竹节人的教具啊？”辛茹立即说：“好啊！”虽然竹节人是70后流行的玩具，但黄竹这个70后却不会制作竹节人。“不会就学啊！”辛茹说，“大家一起学。”没课的老师也不回宿舍了，大家都聚在办公室里，从网上搜索竹节人的制作方法，老师们将各自的毛笔贡献出来，陈昭校长还专门去了喜伯家里一趟，拿了一捆纳鞋底的线过来，大家按照视频教程和文字说明，摸索着，对照着，把毛笔杆锯成一节一节，在上面钻小孔，一个个像小学生一样，笨拙的，但又充满热情的……突然，有人的毛笔杆被锯裂了，大家却是发出一阵笑声。

辛茹抬眼看笑作一团的老师们，也不由露出笑容来，只听办公室门口有人喊她。辛茹转眼望过去，是肖挺立。他神色严肃，一脸不悦。辛茹忙放下手上不成形的竹节人，走过去问他：“肖老师，什么事啊？”肖挺立没有回答，径自转身走了，辛茹只好跟上去。

正值下课时间，学生们都被肖挺立赶去操场活动，班上只有燕子一人。“我今天没有拖课，奉你辛茹老师的旨意，其他学生都去操场玩了，”肖挺立的手指指窗外的操场，又折回班级后排的燕子身上，“她必须留下来。”燕子坐在位置上，黑着脸，双唇紧闭，又是一副倔强的样子。“燕子她怎么了？”辛茹问。肖挺立说：“你让她自己说，你让她说说看，她干出的事对得起你辛茹老师为她当牛做马吗？”肖挺立的话虽然阴阳怪气的，但的的确确是真的生气了。辛茹便走过去，问燕子到底发生了什么事。燕子抬起脸看辛茹，牙缝里挤出三个字：“我没有！”女孩的眼里蓄满眼泪，等说完这三个字，就如豆子成串撒落。她皱着眉，瞪着眼，流着泪，喘着气，又像一只气鼓鼓的河豚了。

“你没有？”肖挺立也走了过来，“你哪次不是干了坏事还嘴硬？你从前哪次干了坏事愿意承认？你这个孩子真的无可救药！”肖挺立将一部手机放到课桌上。那是一部十分流行的新款手机，市面价在五千元以上。“肖老师，这里面其实有误会。”辛茹说。肖挺立不可思议摇了摇头，“辛茹老师，事实摆在眼前，你还要替她开脱？你这样当老师未免太没有下限，怎么可以这么纵容孩子？何况燕子她是个问题孩子……”

“她不是！”辛茹声音高亢起来，看着肖挺立说道，“这个手机是我的，是我借给燕子的，肖老师你误会了，燕子她没有偷手机。”

辛茹的话让肖挺立愣住了，他显然不信，但也没有戳穿，只是说道：“行，辛茹老师，你是班主任，你看着处理吧！”说着就走了。

辛茹目送肖挺立的背影走出教室，等她回过头来看燕子时，心头不由一沉：燕子的眼睛正瞪着她，目光血红血红的，泪水从血红的眼眶里满溢出来。不待辛茹开口，她已经夺门而出。“燕子！”辛茹追了出去。上课铃响起，学生们纷纷跑向教学楼，而燕子却逆流而去，但是校门口处，大昌从保安岗亭出来，拦住了她的去路。辛茹也来了，拉住燕子的手，正要说话，燕子却没好气地把手抽了回去。辛茹也生气了，窝火说道：“你怎么反倒还生我的气呢？我刚才在肖老师跟前替你解了围啊，你这个孩子，怎么这么不知好歹？我以为经过这么多事，你能改，但你……太让我失望了！”

辛茹说着，撇下燕子，径自离去。大昌问燕子到底出了什么事，燕子不肯说，大昌只好将她送回班上。班上，美术课已经开始了，陈侨英正拿着粉笔在黑板上给孩子们示范画画，大昌将燕子送到了教室门口。“不知道发生了什么事，这孩子又闹别扭了。”大昌说。陈侨英点点头，和大昌做了个“再见”的动作，便让燕子进来。燕子走回座位时发现课桌上的手机早已不见了踪影，她着急地在抽屉和书包里翻找，也没有看到手机，只听讲台桌上陈侨英说道：“手机在我这里，等下课的时候再给你。”

下课了，陈侨英将手机还给燕子，让她以后不要带手机到学校来了，但燕子却说，那手机是送给小蚂蚁的。

午间，陈侨英领着小蚂蚁，带着那部崭新的智能手机来到“苏简简手机店”。叔侄俩的到来让苏家姐弟又惊又喜，但是店里偏偏没有可以招待小孩子的零嘴，苏简简让苏从赶紧去岛上的超市买些水果和零食回来，自己则拉着小蚂蚁紧张无措地说些讨好的话。苏简简拉着小蚂蚁问：“托燕子姐姐转给你的礼物收到了吗？”小蚂蚁意兴阑珊地扭头看他二叔。陈侨英已经拿出那部手机放到了玻璃柜台上，苏简简一愣。

“谢谢苏老板的礼物，但是手机属于贵重物品，我们非亲非故，不能收你的礼物；另外，小蚂蚁还是小孩子，玩手机影响视力，也影响学习，所以谢谢苏老板的好意。”陈侨英语气平淡地说道。

其实，昨天晚上燕子敲开苏简简的店门，说了小蚂蚁想要手机的事，苏简简立马就决定要送一部手机给小蚂蚁，但也不是没有预料到这种结果。早上，苏从还在店里取笑姐姐，是不是为了爱情宁愿给别人当后妈？苏简简愿意的，只要陈侨英能够接纳她，她乐意接受陈侨英的儿子。她昨晚从燕子那里确认了陈侨英没有老婆，只是没有想到她又被燕子那个小妮子诓了，小蚂蚁并不是陈侨英的儿子。

当苏从拎着一大袋吃的喝的回来时，陈侨英和小蚂蚁已经离开了，偌大的手机店里只有苏简简一个人，坐在柜台后捧着腮帮子傻笑。

苏从走进柜台，将袋子放在柜台上，奇怪地看着姐姐：“陈老师和他儿子呢？”

苏简简伸手拍了苏从一下：“别瞎说，那是他二叔。”

“啊？”苏从惊掉下巴，“那个小孩是陈老师的二叔？年纪不大，辈分怎么这么大啊？”

苏简简乐陶陶说：“你胡说什么呢？侨英老师是小蚂蚁的二叔。”

苏从更要惊掉下巴：“那个小孩是陈老师的二叔，陈老师是小蚂蚁的二叔，所以他们家族其实是蚁族？姐，你就不能好好喜欢一个人吗？”

苏从的胡说八道理所当然换来苏简简一顿花拳绣腿，以及一记白眼。被苏简简揍了一顿后，苏从的脑瓜子立马就灵光了，理清了人物关系。他问姐姐：“那小蚂蚁收下你送的手机没？”

苏简简的笑容立即消失了，反问苏从：“你说呢？”

苏从点点头，自言自语：“可以理解，毕竟是几千块的东西，如果轻易收下就不是侨英老师了，他连姐姐你廉价的爱情都不肯要，何况是那么贵重的手机……”

苏从又遭到了苏简简一顿拳头。

陈侨英牵着小蚂蚁的手慢慢向学校走去，小蚂蚁噘着嘴，讪讪地问：“我们小孩子什么时候才能拥有自己的手机啊？”

“你还小。”陈侨英说。

“可我能管好自己，我一定不会随便玩手机。”小蚂蚁保证。

陈侨英有被自己侄子可爱到，他摸摸侄子的脑袋说：“想要手机也得自己买，不能随便收受别人的赠送。”

“不是别人，那个阿姨说她以后会是我二婶。”

也不知道苏简简是什么时候和小蚂蚁说了这话的，陈侨英差点被自己的口水呛死，而小蚂蚁接下来的话直接让陈侨英咳嗽起来，小蚂蚁说：“不过我已经和苏阿姨说了，我有二婶了，就是辛茹老师。”

辛茹正一个人蹲在学校后面的围墙下，她身后是绿油油的一整面爬山虎。陈昭校长最早种爬山虎的时候，学生们老是来破坏，爬山虎刚刚爬到半面墙高，就被他们从墙上扯了下来。每次，陈昭校长都将爬山虎重新扶到墙上去，像是扶一个刚学走路的幼儿。后来，爬山虎的枝叶越来越茂盛，个头越来越高大，终于越过围墙，爬到围墙后的山坡上了。孩子们再也无法将它从围墙上掰下来，陈昭校长也不必再辛苦当那个“扶藤人”，它又成为大人和小孩共同瞻仰的对象。每当孩子们站在这一墙的爬山虎前，仰着头观赏它时，陈昭校长就会背着手踱步过来，和孩子们并肩观赏，嘴角噙着笑，脸上满是宠溺与慈爱，嘴里喃喃念叨着：“长大了，都长大了，再也不要人操心了。”

现在，这墙爬山虎成了辛茹的背景。她蹲在它们前面，用一根小树枝气馁地划拉着地上的泥土。

“二叔，你看，二婶！”

不待陈侨英出言叫停，小蚂蚁就已经向辛茹欢呼着跑了过去。他抡着两条胳膊，像电扇一样运转，充满这个年龄段特有的蓬勃朝气和天真烂漫。

辛茹闻声，从地上站了起来，小蚂蚁冲进她怀里，让她趔了个趄，好在陈侨英及时赶到，扶住了她向后倒的身子。陈侨英批评了小蚂蚁莽撞，辛茹说没事没事，又问叔侄俩这个时间点没有午休，是从哪里来。小蚂蚁快人快语说：“手机店的苏老板想当我二婶就送了我一部手机，可是我二叔不同意她当我二婶，我就只好把手机还回去了。”

小蚂蚁说完，颇为幽怨地看了陈侨英一眼，这样小大人似的小蚂蚁让陈侨英很无奈。辛茹忍不住笑。她突然想到了什么，问小蚂蚁：“你认识那个苏老板啊？她是什么时候送你手机的？”陈侨英发话了：“小蚂蚁并不认识苏简简，苏简简是把手机托燕子转交给我们的。”

辛茹心头像被什么重重撞击了一下，她的眼前浮现出燕子站在校门口目光血红看着她的样子。辛茹的心突突跳着，脸颊也热辣辣烧灼着，她匆匆和陈侨英说了句“我有事先出去一趟”就撇下叔侄俩向校门外走去。

小蚂蚁问陈侨英：“二婶是要去哪里？我们不可以跟去吗？”

陈侨英郑重告诫小蚂蚁：“是辛茹老师，不是二婶，不可以胡说八道！”小蚂蚁就假装没听见，去墙脚摘狗尾巴草，转移话题说：“二叔，你不是说要教我编草兔子吗？我要送草兔子给燕子姐姐。”

辛茹一口气跑到燕子家，燕子正在家写作业，因为基础打得不好，五年级的数学题对她来说太难了，她正捧着脑袋一筹莫展，就听外头奶奶和辛茹老师说话的声音传进来。辛茹问奶奶：“眼睛最近都还好吗？”奶奶乐呵呵说：“能看见了，当然好。”正说着就听见“砰”的一声，是房门被重重关上的声音。

“燕子，开门！”奶奶走到卧室门口，推了推门，门已经从里头锁上了。“燕子，你在干吗呢？辛茹老师来家访了。”

奶奶又喊了几次，见燕子始终没来开门，便生气地责备起来。辛茹向奶奶摆摆手，再指指门外，便径自走了出去。

燕子正坐在窗前的书桌旁兀自懊恼着，突然正对着院子的窗户就多出了一张脸，燕子冷不丁被吓了一跳，辛茹笑吟吟说：“我有那么吓人吗？”燕子不吭声，依旧沉着脸。辛茹便说：“我是来向你道歉的，我知道你生我气的原因了。对不起，燕子，我不该误会你，我向你道歉，你能原谅我吗？”

老师乞求的语气让燕子心里的委屈一下子就释放出来，眼泪又一次浮上眼眶。其实，她心里第一时间已经原谅了，但是嘴上却不肯说出来，面上也不肯表现出来，又矫情又固执。“你心里从来就没有相信过我能改好。”终于，燕子咬了咬唇，说道，但已经不再气鼓鼓的了。

“是，我承认，当肖老师把那部手机交到我手里的时候，我第一反应就是你又偷东西了，又不学好了，所以我自以为是地帮你找个借口。当你跑到校门口被大昌老师拦下来的时候，我没有发觉你的委屈是因为被冤枉，只以为你偷东西被发现不知悔改，还要耍脾气，我第一时间就想到我为你付出的，觉得自己的付出没有得到回报，没有换来你的感恩和学好，所以我也很委屈，没有给你解释的机会，反而和你较劲，任性地走掉……”

辛茹说着说着，眼里也浮起了泪光。

辛茹终于意识到自己的问题所在：她一直以为自己是个好老师，因为对学生付出了一些关心就自我感动，自以为了不起，也有虚荣心，也会称功劳，而全然忘记了她是个老师，为学生付出是本职工作，是理所应当。哪怕她表面上看起来谦虚低调真诚，可是潜意识里一直觉得自己高尚。或许，这正是肖挺立对她意见那么大的症结所在吧。

燕子从窗子内递出一张纸巾，辛茹老师在她面前眼泪汪汪的样子让她内心很受震动。对她来说，辛茹老师是和别人不一样的存在，辛茹老师真心实意对她好，她又不是死人，怎么会感受不到呢？她心里完全清楚。所以，当奶奶的眼睛动完了手术，她就发誓以后只听辛茹老师一个人的话。她会每天把班上的卫生打扫干净，就算不是她值日，也每天检查班上的卫生情况，不让教室里有一张纸屑，因为辛茹老师让她当代理劳动委员。她还会好好学习，争取早日考出好成绩，早日成为正式的劳动委员。可是她最爱的人也和其他人一样，不信任她，怀疑她，这对她来说是一件多么伤心的事情。

过去的燕子不招人喜欢，生活里充斥着白眼和唾弃，她已经习惯了，无所谓了，直到遇到辛茹老师，她开始尝到被人喜欢和关爱的滋味。因为辛茹老师，越来越多的人关心她，和她玩，她开始有朋友了，她遇到事情有人帮她出头帮她撑腰了，她突然觉得自己不是孤儿了，她被过去她认为的“敌人们”接纳了，她也可以和他们生活在同一个世界里了，她不再是岛上人们眼中的异类了，辛茹老师成为除奶奶之外，她心中最好的人，最爱的人……

可是，手机事件打破了她对辛茹老师建立起来的信任和依赖，肖老师可以怀疑她偷手机，但是辛茹老师不可以。辛茹老师是她最爱的人啊。“偷手机”三个字，肖老师都没有直说，却明明白白从辛茹老师嘴里说了出来。在辛茹老师心目中，她是一个不知好歹、不知悔改、不可救药的人……当辛茹老师在肖老师面前为了她说谎遮掩时，她没有感激，只有伤心和失望。

燕子认为，哪怕全世界都讨厌她、不相信她，只要辛茹老师还喜欢她、相信她，她就能开开心心的。她不在乎其他人，只在乎辛茹老师怎么看她。她像个一直在野地里放养的小兽，突然有一天有了自己的主人，而因为手机事件，那个小兽又被主人抛弃了。

所以中午放学后，燕子没有吃饭，躲在卧室里，一边写作业一边哭。过去，她常常被岛上的人骂，羞辱，她都很少哭，她的皮似乎越来越厚。也不知道为什么，现在她的眼泪这么多。她讨厌这个爱哭的自己，太脆弱了。而窗外，辛茹老师也在哭，一边哭一边向她道歉，向她说了很多心里话，向她认错，她的心就软了，气也消了，甚至开始心疼辛老师了。

这个世界上，她只心疼两个人，那就是奶奶和辛茹老师。

“你别哭了，”燕子没好气地说，“你是老师，在学生面前哭像什么话？”

可是辛茹似乎彻底丢掉了身为老师的包袱，她接过燕子的纸巾，一边擦眼泪，一边更可劲地哭起来，抽抽噎噎地说：“我虽然是老师，可我也是人啊，我和你一样，也有缺点，也有不足，也有每个人身上都有的毛病，但我必须反思自己，因为我是老师，我就要改掉这些毛病，我不能按照对普通人的要求来要求自己，毕竟我是老师，我要给学生做榜样，所以我得克服这些缺点。燕子，我反思了我自己，你是不是也要反思反思自己，为什么大家不信任你？”

燕子反思过的，她知道是因为过去她在岛上的名声太臭了，可是时间回不去，从前她做下的事情已经改变不了了。

“如果时间可以倒流，如果人能回到过去，如果人间有后悔药，燕子，你还会做那个常常偷东西、到处当乞丐的燕子吗？”辛茹问。

燕子坚定地摇了摇头。

“燕子，你看，你现在会为过去的事情感到后悔，你有没有想过，未来，你是否也会为现在的自己感到后悔？”

啊，燕子的确没想过这个问题，只听辛茹说：“我们不能改变昨天，但我们能努力做好今天，我们的今天应该好好为我们的明天做打算，不能让我们的明天为我们的今天后悔，应该让我们的明天为我们的今天感到骄傲。只有我们做好今天的自己，我们才可能有好的明天哪！燕子，你说是不是？”

辛茹老师的道理，燕子是一下就听进去了。她点点头，又听辛茹问她：“那手机这件事，你就没有其他反思了吗？”

燕子的确没有其他反思了，她再聪明再人精，也只是个孩子而已，许多道理还是要辛茹说给她听。辛茹语重心长地说：“侨英老师把手机还给苏老板了，他怎么可能让小蚂蚁收别人这么贵重的礼物？所以，燕子你也不该做中间这个邮差。”燕子很惭愧，她不但做了这个邮差，这部手机还是她自作主张去向苏简简讨来的。虽然她没有偷手机，但她也不该去向别人要手机。

“老师，我知道错了。”燕子低着头，不再是那个倔强的小女孩，像一朵蔫头巴脑的小花苞。

“燕子，我也知道错了，所以我来向你道歉，你别再生我的气了，好吗？”

燕子抬头看着辛茹，她的眼睛因为刚才哭过还红红的，睫毛也湿湿的，站在窗外眼巴巴等着她的原谅。

燕子说：“以后我一定会变得越来越好的，你也要永远相信我。”

辛茹点头：“嗯，一定！”

“那我们拉钩。”

辛茹把手从窗外伸进来，燕子也把手伸过去。“拉钩上吊一百年不许变，骗人是小狗。”两个人隔窗笑起来。远处，倚门而站的奶奶放下心里的石头，也咧开豁牙的嘴笑了起来。

25

接下来的日子，每个人都很忙，除了教学常规工作以外，刘星辰还要准备进城考试，各种刷题和背书；黄竹则是准备市里赛课的内容，在辛茹的指导下，观摩全国名师的教学课堂，反复设计《竹节人》的教案，一遍遍试上，这些都是她从前不曾有的教学经历；陈侨英则是和魏如青对接渔旅节和音乐嘉年华活动美术宣传方面的工作，另外还要照顾小蚂蚁；大昌做好学校安全工作之外，还和镇政府那边对接渔旅节和音乐嘉年华活动的安保工作事宜……

陈昭作为一校之长，更加没办法闲着。市教育局初教股的洪吉安股长已经把省级义务教育管理标准化学校的评估报告发来给他，同时告诉他近期会组织一支市级专家队伍赴银山小学指导新一轮的创建工作。

陈昭将评估报告让江胜教导等校领导班子都传阅一遍，并召开了一个班子会议，对这次评估失败进行了一次反思与总结，对迎接市级专家组也进行了任务布置和责任分解。辛茹是被特邀参加这次会议的，会后，陈昭还把辛茹和江胜教导专门留了下来，询问意见。辛茹说，之前她在实验小学任教时，见证过学校如何迎评的过程，虽然两个学校校情不同，但实小许多好做法还是值得借鉴的，譬如建档方面。

评估组无法时时刻刻关注学校的具体工作，最直观的就是通过档案，了解学校平日里各项工作开展情况，所以档案建设就尤为重要。平常工作开展得再好，档案建设没做好，就无法向评估组展示学校的办学成绩，而要想做好建档工作，是有许多注意事项的。辛茹说自己翻阅了银山小学之前的评估材料，觉得银山小学档案建设方案存在一些问题，方案大多参考网上范本，没有立足本校校情，不够因地制宜，过程性材料也不够丰实，此外总结反思基本空白。

陈昭校长没想到辛茹这么认真，就问她有什么好的建议。辛茹说要想档案建设得漂亮，肯定要依托实践，只有切实开展各项工作，切实思考，切实实践，才可能让档案有血有肉，不至于漏洞百出，才可能经受住评估组的检验。

陈昭校长便让江胜教导好好和辛茹合计合计，看看如何做好银山小学的建档工作。辛茹帮忙联系了实验小学教导处，为江胜教导争取到一个去取经的机会。陈昭校长给了江胜教导一天假，江胜教导就进城去了。进城前，大昌买了岛上的几样海产品托江胜送给市里的父母。

小蚂蚁就问陈侨英："能不能把我也托江胜教导捎回城里？"

陈侨英手里正用小刀做着一个竹节人，听了小蚂蚁的话，他停下动作，侧头看小蚂蚁，问："你想家了？"

"想爸爸和妈妈。"小蚂蚁说，一脸沮丧。

陈侨英问："那要是有一天你见不到爸爸妈妈中的一方，你怎么办？"

小蚂蚁敏感地看着陈侨英，问："二叔，你是不是想说我爸爸妈妈要离婚了啊？"

陈侨英一时语塞，现在的小孩多半早熟。

"我是说如果，如果……嗯，你怎么办？"

“我不想他们离婚。”小蚂蚁说，脸上更沮丧了。

陈侨英沉吟了许久，又继续手上的动作。他终于做好了一个竹节人，牵着小蚂蚁的手去找黄竹。黄竹正在宿舍里备课，她戴着眼镜的样子十分知性。

陈侨英将手上的竹节人递给黄竹，黄竹不由喜出望外，这绝对是这几天以来全校老师里做得最精致的竹节人。“不愧是搞艺术的人，动手能力就是强啊。”黄竹慨叹。见小蚂蚁闷闷不乐，黄竹便说：“你是想要这个竹节人吗？等黄老师去市里参加完赛课，就把这个竹节人送给你，好吗？”

小蚂蚁摇摇头，说：“我可以让我二叔再做。二叔在手，天下我有！”小男孩的脸上扬起了满足和自信。

黄竹便摸摸小蚂蚁的头向陈侨英道谢，陈侨英说，辛茹还拜托他帮忙制作赛课的课件，所以他拿了U盘过来拷贝黄竹设计的课件。黄竹很感动，没有想到辛茹这么有心。等从黄竹那里拷贝好课件，陈侨英让小蚂蚁留在黄竹宿舍里玩耍，自己回了宿舍。

他给陈侨声打了视频电话过去，问他和唐丽的事情处理得怎么样了。陈侨声情绪很低落，说唐丽不肯离婚，陈侨英便把小蚂蚁的话转告了陈侨声，并说：“孩子需要一个完整的家，为了孩子，你是否能原谅唐丽？”陈侨英的劝告让陈侨声沉默了。

行政楼的一角，鲁洁看到大昌正拿着工具敲敲打打，便走过去说：“你真的好孝顺，才来岛上没多久，就懂得往家里寄东西，我来岛上这么多年都不知道要这么做呢。”鲁洁挺惭愧的。大昌说：“那你接下来可以学起来了。”鲁洁立即点头表示：“要的要的，向大昌同志学习。”大昌将手机递给她，鲁洁不解，问他想干吗，大昌说当然是帮他拍照。鲁洁一边打开手机拍照功能，一边喃喃：“没想到大昌同志也这么自恋哪。”大昌解释道：“市级专家组很快就要来学校指导义务教育管理标准化学校的迎评工作，辛茹也说了学校在建档一块过程性材料不足，我这是帮学校搜集材料呢。”

鲁洁立即点头说：“明白了，你要摆拍。”

大昌有些无语，伸手捏住鲁洁的下巴，劈头盖脸问：“我平常在担任保卫干事一职时是不是认认真真做了这些安防工作，只是没有留痕？我实实在在做了，拍照留痕，丰实建档材料有何不可？校园安全可是学校工作的重中之重……”

大昌说什么，鲁洁已经听不仔细了，这亲密的举动早已让她红了脸，脑袋瓜子也“嗡嗡”直响。

市级评估组是在国庆放假前一天来银山小学的，因为洪吉安抽调的专家组主要成员明小星主任先要举办市级的公开课比赛，所以在洪吉安股长率队抵达银山小学前，辛茹和江胜教导先陪同黄竹老师进城参加赛课，陈昭校长并没有同去，他比黄竹还要紧张。这段时间，为了支持黄竹参加赛课，陈昭承担了家里全部家务，还常常去抓泥鳅，夜里为黄竹做泥鳅面当夜宵，努力做黄竹坚强的后盾。江胜教导组织整个语文教研组都来听黄竹的试上课，大家都给黄竹提意见，群策群力，一起帮着黄竹磨课。最终的教学设计不仅仅是黄竹一个人的汗水，也凝聚着全校老师的心血，课件也是陈侨英熬夜修改的，如果黄竹这节课上砸了，陈昭会觉得愧对全校老师的付出。陈昭校长背负巨大思想压力的时候，大家就和他开玩笑，说他这个领头羊必须自己先稳住，抱定一颗平常心，再说从银山小学往年去市里参加赛课的成绩来看，他们还怕失败吗？

刘星辰坐在办公室里一边批改作业，一边听着老师们和校长的交谈，心里不是滋味。往年去市里参加赛课的人是她，取得不好成绩的也是她，虽然平常老师们嘴上不说什么，但其实心里是看不起她的吧？这样想着，她眼眶就有些酸。手机响起，又是李砚秋女士的电话。刘星辰好想找条地缝钻进去。

黄竹不负众望，拿到了市级赛课一等奖，虽然是一等奖里的最后一名，但对于银山小学来说，这是打破历史纪录的成绩，全校都十分振奋。陈昭请全校老师到月亮湾客栈吃烧烤。

烤“海羊”的香气弥漫在空气里，喜伯送来了自家酿造的米酒，执意不收陈昭校长的钱，校长割了一大块烤羊肉让他带回家去。喜伯说，这大块羊肉比两桶米酒的钱贵多了。陈昭校长却笑说这头羊不要钱，是他之前在金山农业合作社推出的“一亩地”认领活动的赠品。岛上的金山农业合作社年前推出了“一亩地”认领活动：认领者负责承担一亩地所需的种子、肥料、农药及用工等费用，农场则替认领者代种玉米，这一亩地所收成的玉米，包括秸秆，会用于山羊养殖；合作社的养羊农场会选育优质小羊羔，羊耳打标认领者编号，采用玉米喂养与自然放牧相结合的方式，待山羊长成之后，认领者就可获赠一只有机喂养的本土“海羊”。

这个活动推出后，许多城里人都觉得新鲜，纷纷通过线上、线下的方式认领“一亩地”，有的人一口气认领好几亩，好在合作社规定了认领上限，才能让这个活动惠及更多人。银山小学的不少老师都参加了这个认领“一亩地”的活动。

辛茹和大昌第一次听说这个活动，觉得很有趣，但已经错过了认领时间，不由都感到惋惜，在座的其他人慷慨地表示，就算今年没赶上认领活动，也不妨碍他们俩今年有吃不完的羊肉。于是，大家纷纷敬辛茹酒，说她是银山小学的福星，不但为他们带来了军人出身的保卫干事王大昌，还指导黄竹拿到市区赛课一等奖。辛茹诚惶诚恐，忙回敬大家酒，又是一个欢歌笑语、人间值得的夜晚。在这一片欢天喜地里，刘星辰始终闷闷不乐的。如果不是鲁洁硬拉了她来，她晚上都不想来参加这个聚餐。

江胜教导拿着一小截烤羊腿踱步过来，还没近前，孜然和羊肉的香气已经让刘星辰不自觉地吞了吞口水，但她面上依旧双眉紧皱，一副全世界欠她五百万的样子。江胜教导把烤羊腿塞到刘星辰手里，关心地说："先吃，吃饱了才有力气背书。"刘星辰没法拒绝，刚好也饥肠辘辘了，就大口吃起来。果然，美食可以治疗糟糕的心情。看着刘星辰埋头吃烤羊腿的样子，江胜教导心里叹息，一颗老父亲的心又操了起来。他说："星辰啊，你看多可惜啊，如果这次去市里参加赛课的是你，集团队的力量，一定也能拿到一等奖的。"

刘星辰一凛，真是哪壶不开提哪壶。

她将手里的烤羊腿往江胜教导手里一塞，阴阳怪气道："师傅，黄竹老师虽然拿了一等奖，指导老师的奖状上也写着你的名字，可是谁才是真正的指导老师啊？团队的力量，辛茹一个人就是一个团队吗？"刘星辰说完，撇下江胜教导径自走了。

刘星辰一个人在客栈天台上坐了好久，从天台看下去，地上人头攒动，灯光迷离，美酒佳肴，人间烟火……虽然是海岛乡村，却早已不是从前贫瘠落后、穷乡僻壤的模样，她让生活在此处的人们体会到了欢愉。刘星辰的内心冒出一个想法：为什么一定要进城呢？在这里不也挺好？这里可以远离给她带来痛苦的原生家庭，不必每日听母亲三观混乱的唠叨，不必看父亲在母亲跟前窝囊的模样，不必被母亲追着要钱……可是，林斌终有一天是要回城里去的。

想到这里，刘星辰抬起头看天空，避免眼角的泪流下来。林斌最近忙着渔旅节和音乐嘉年华活动的事，无暇顾及她，虽然每日都有微信问候，但无法每个黄昏都陪她去月亮湾散步了。林斌说：“没我打扰你，你不刚好有时间背书？”他没心没肺，大大咧咧，像个天真的大孩子。或许是因为从小在富裕的家庭环境长大，他和她虽然是男女朋友，却像是两个世界的人。刘星辰看着天幕上的星星，眼泪终于流下来，林斌对她来说就是天上的明星，她一直以为她摘到了天上的星星，或许那只是误会，那星星不过是倒映在水中的幻影。

“刘老师。”突然，静谧的天台上响起一个年轻的声音。

刘星辰抬头看过去，是客栈老板阿狸。

他依旧一身棉麻质地的复古衣裤，一双休闲布鞋，手里端着一个食盘，干干净净，脸上的笑容像月光一样清澈。阿狸将食盘放在刘星辰面前小小的石桌上，石桌上有一盆西红柿，已经结出半红半绿的果子。食盘上，烤鱼和烤肉的香气熏染得整个天台香喷喷的，还有一小壶米酒散发热热的气息。

“我看你在楼下都没吃什么东西，就给你烤了这些鱼啊肉啊送过来，尝尝我的手艺吧。”说着阿狸已经往白色的空瓷杯里倒上了酒。

刘星辰从秋千架上下来，在阿狸对面坐好了，端起阿狸递过来的美酒抿了一口，她讶异地抬头看着阿狸，阿狸笑笑说：“我往米酒里加了一些白糖，温开了，容易入口些。”

甜甜的温温的米酒像一股暖流从喉咙往下，暖意登时从心底散发出来。也不知是酒意作祟，还是心情使然，刘星辰眼眶一酸，眼泪就流了下来，这一流就跟洪水决堤似的，怎么也止不住了。阿狸也没有惊诧，只是不停给她递纸巾，直到把桌面上一整盒纸巾都抽光。看着桌面上沾染了自己眼泪的一团团“雪绒花”，刘星辰不好意思地笑起来，说："对不起，胡老板，让你见笑了。"

刘星辰低着头，并没有看到阿狸因她笑而暗暗松了一口气。

"如果你愿意，我会做你忠实的听众。"阿狸说。

刘星辰依旧低着头，嘴角是自嘲的笑。她的确需要一个听众，可是林斌不在，她只能让眼前的阿狸充当临时听众。

"我觉得自己很笨，什么事情都做不好，投胎没投好，投在了一个重男轻女的家庭，跌跌撞撞长大，成绩普普通通，考不上什么'985''211'，家里甚至都不愿意出读大学的钱，于是就只能读一个'免费师范生'，分配到这远离市区的海岛学校。教书也教不过别人，去市里赛课总拿最后一名，熬到了服务年限期满，可是参加进城考试也没有考上……"

刘星辰这么一说，眼泪又涌了上来："阿狸，你说，我是不是特别失败？"她抬起头看着阿狸，那哀伤、无望的眼神令阿狸心头一颤。这是她第一次叫他的名字，原来她知道他的名字。这让年轻人莫名激动，但话到嘴边又咽下了。有些话他没有资格说。他没法告诉面前的女孩他初到海岛邂逅她时的情形，那一天他在海边拍落日，她在海边帮着赶海的村民捡掉落的鱼虾，那时的她笑容灿烂无瑕……

"在我眼中，你是最好的女孩。"他在心里说，眼睛看着她，充满包容与柔情似水。

陈侨英一个人在学校宿舍里，并没有参加老师们的聚会。渔旅节和音乐嘉年华活动举办在即，他的业余时间都花在活动的美术设计上，所以陈侨声把小蚂蚁接回了城。刚接了一通魏如青的电话，两个人就美术和文宣方面的事宜做了更进一步的沟通后，宿舍门就被敲响了。陈侨英开了门，见辛茹双手捧着一个打包盒，笑吟吟站在门口，说：“黄老师让我给你送些烧烤过来，谢谢你这次帮她做的课件润色。”

陈侨英接过打包盒，一时有些局促。辛茹就笑着说：“不请我进去坐坐吗？”陈侨英忙把辛茹让了进去。辛茹走进陈侨英的房间，发现书桌上的笔记本电脑显示着这次银山岛渔旅节和音乐嘉年华活动的广告宣传创意，她一眼就看到了“钟美丽”的名字。

“陈老师，你这是加了钟美丽的署名吗？”辛茹惊讶地问。

陈侨英点点头说：“美丽在画画方面似乎很有天赋，这次渔旅节美术设计的创意有部分灵感来自钟美丽的美术作业。回头，我会和美丽平分镇里关于这次美术设计的补贴。”辛茹很感动，钟美丽毕竟是个弱智儿童，她的父母又是岛上老实巴交的村民，哪里懂得这些？陈侨英说是采用了钟美丽美术作业上的创意，但只要他不认，别人又怎么会知道呢？可他不但加上孩子的名字，还要与孩子平分酬劳，这让辛茹对他肃然起敬。

“等渔旅节和音乐嘉年华活动举行的时候，我带着美丽去现场，给她一个惊喜。”

看着辛茹兴高采烈的样子，陈侨英郁结的眉头也微不可见地舒展开了些。

26

国庆前夕，洪吉安股长率领的市级评估组一行，终于抵达银山岛。陈昭校长和江胜教导在码头边迎接从快艇上下来的一行人，市教师进修学校小研室主任明小星也赫然在列。除了洪吉安和明小星，其他专家组成员都是市区优质小学的校长或教学骨干，他们在各自领域做出的办学成绩和教学成果在省里乃至全国都获得过殊荣和肯定。看到阵容豪华的专家组队伍，陈昭就知道洪吉安对这次调研有多重视，心里莫名感动。评估组抵达学校，校门口年轻的器宇轩昂的保卫干事大昌让众人眼前一亮，而海岛学校的校园环境是城里学校无法比拟的，有着得天独厚的优势，也让众人惊艳不已。抵达会议室，整齐漂亮的档案盒映入众人眼帘，洪吉安股长组织大家开始查阅资料，江胜教导殷勤地做着索引工作。

辛茹将一杯茶端到明小星面前，甜甜喊了声“师父”，明小星给了她一个慈爱的笑容，表示自己也才知道她来海岛支教的事，但是比她父母好点，似乎许凡和辛廷伟到现在都不知道她来海岛支教。辛茹便央求明小星替她保密。二人正寒暄着，外头课间操的音乐响起，陈昭校长邀请大家先到操场上看孩子们跑操。大家来到操场上，看到领操的除了体育老师鲁洁，还有穿着迷彩服的大昌。陈昭告诉洪吉安等人，自从大昌来校担任保卫干事后，每周都会组织全校师生进行安全演练，以及日常学校的安全防护、安全巡查、隐患排查，教职员工安全培训等工作也由大昌负责。洪吉安等人都夸赞陈昭校长捡到宝了。

陈昭又领着大家参观校园文化宣传廊，隆重介绍陈侨英，并表达了对教育局办公室主任陈侨声慷慨引荐亲弟弟来海岛代课一事的感激。明小星又向陈昭校长指了指一旁陪同的辛茹说，现在的银山小学简直卧虎藏龙。江胜教导立即提议明小星一会儿就听辛茹的课，明小星却摇摇头，点名要听刘星辰和黄竹的课。原来在刚刚结束的市区赛课，明小星听了黄竹的现场课，对黄竹上的《竹节人》这节课印象深刻，尤其在拓展环节，黄竹给城里的学生们展示了钩针的传统手艺，非常有亮点。明小星认为黄竹是个被低估被耽误的老师，虽然已经过了不惑之年，但只要得到正确的引领和指导，她在教学专业上一定会有一番成绩的，大器晚成，未来可期。而刘星辰，明小星对刘星辰一直留有印象，虽然前一年的市区赛课，刘星辰拿了最后一名，但明小星认为刘星辰是个很有潜力的年轻教师，好比一块璞玉，需要雕琢，假以时日，也是能在教学专业上有所作为的。

作为全市小学语文教学专业的领头羊，明小星自认有责任有义务帮助老师们成长，城里教师需要成长，农村教师更需要成长。

上课铃响，江胜教导陪着明小星来到刘星辰班上，刘星辰倒是没闹情绪，老老实实上了一节课。下课了，明小星走到刘星辰跟前，笑着对她说，评课内容就留着下午反馈会的时候一并说，让刘星辰记得参加反馈会。江胜教导给了刘星辰一个欣慰的笑容，表示这节课上得还不错。

明小星和江胜教导离开教室了，刘星辰还傻傻站在讲台桌旁，小象走过来笑眯眯看着刘星辰说："刘老师，你在笑欸。"

刘星辰摸了下自己的嘴角，似乎真的摸到了一把笑意。她嘴上没说什么，心里是高兴的，师傅第一次夸她呢。

"刘老师，你笑起来真好看，像花一样。"

小象成功地让刘星辰"扑哧"笑出了声，她给了小象一个和颜悦色的笑容说："这节课你表现得很不错，举手很积极，发言也很踊跃。"刘星辰走出教室了，留下小象站在讲台桌旁不可遏制地傻笑。她刚刚被刘老师夸奖了，中午回家，她要把这个好消息告诉妈妈和哥哥。而刘星辰走在去往办公室的路上，也忍不住拿出手机给林斌发了微信，不过明明是一件打心底里高兴的事，却不知道为什么一出口就变成了吐槽和抱怨，说自己有预感今天会被明小星主任听课，所以提前备课，为了备好这节课，浪费了准备进城考试的时间。林斌就说应该先干好本职工作，本职工作干好了，有余力再去准备进城考试。这话自然就惹刘星辰不高兴了，她又使起了小性子，质问他，在他心目中她是不是有很多缺点？那他为什么还要和她谈恋爱？林斌忙推说明天就是音乐节，他还要布置现场，于是匆匆结束对话，避免两个人又吵架。

天湖山草场的渔旅节活动现场还在紧锣密鼓地布置当中，银山镇政府工作人员都在现场忙碌，魏如青抬头便见林斌站在巨幅广告牌下，拿着手机一脸郁闷，便关心地问他怎么了。林斌苦笑说："我们家星辰啦。"魏如青表示理解地点点头，安慰他情侣之间吵架是家常便饭，他和他们家张莹老师就三天两头吵，舌头和牙齿还打架呢，夫妻之间越吵越亲。

二人正说着话，连俊生就走了过来。他穿着简单的衬衫西裤，朴素却身形笔挺，脸上带着笑意，对魏如青说道："魏宣委，你的文案设计和陈侨英老师的美术设计堪称珠联璧合，我刚刚走了一圈，现场效果非常好，这次辛苦你们了。"得到连书记的肯定，魏如青很振奋，忙把连书记的话发微信告诉了陈侨英，让他明天一定要亲自到音乐节现场感受一下山海与人工时尚的珠联璧合。

陈侨英给魏如青回复了"好的"两个字，便看到辛茹揽着钟美丽的肩膀走到美术多功能室门口。

辛茹说："侨英老师，美丽有礼物要送给你。"

辛茹说着给了钟美丽一个鼓励的微笑，钟美丽就将手伸到陈侨英跟前，缓缓展开拳头，只见她的手心上放着一条手链。辛茹说钟美丽之所以送手链给陈侨英，是想感谢他最近一段时间常常教她画画。

陈侨英摸摸钟美丽的头，唇角弯起，说道：“谢谢美丽。”

钟美丽很开心，一脸傻笑，嘴里不停说着“我喜欢你”，还让陈侨英把手伸过来，将那条手链给他戴上，但是陈侨英的手腕比较粗，钟美丽怎么戴都戴不好，辛茹便搭了把手。辛茹的指尖不经意碰触到陈侨英的手，两个人都愣了愣。陈侨英的目光落在辛茹的手腕上，那里也戴着一条钟美丽送的手链，不管用的丝线，还是打的结，都与陈侨英手腕上的手链相似，像是一对情侣款，顿时气氛有些异样。

“美丽，明天带着爸爸妈妈一起去天湖山草场参加渔旅节和音乐嘉年华活动，你会在上面看到自己的名字哦。”为了缓和气氛，辛茹连忙岔开话题，和钟美丽说话。钟美丽虽然不知道辛茹老师说的具体是什么意思，但也跟着激动点头。

下午反馈会上，专家组成员就各自负责的版块做了发言，肯定银山中心小学这次迎评工作的亮点，同时也提出了需要改进的地方。明小星主任对教学教研、教师成长方面着重做了评价，并对黄竹和刘星辰的课做了详细的点评，肯定了两人的优点，也指出两人在教学上尚有进步空间，希望辛茹来支教的这两年时间，能够帮助刘星辰尽快成长，为银山中心小学培养自己的名师，同时也要引领整个银山中心小学的教学教研业务提升。最后，洪吉安股长按照“以评促建”的指导精神做了总结性发言，表扬了本次银山小学在档案建设一块肉眼可见的进步。洪吉安希望陈昭校长能够带领全校老师，根据评估组的整改意见抓落实促整改，务必要在明年通过新一轮的省级义务教育管理标准化学校创建，确保全市小学百分百完成创建工作。

吃完工作餐，因为岛上已经没有了当日的离岛快艇，大家便送评估组去月亮湾客栈休息。

辛茹送明小星主任到房间，神秘兮兮告诉她，来得早不如来得巧，明天岛上刚好有渔旅节和音乐嘉年华活动，让她别回去了，趁着国庆假期在岛上玩几日。明小星同意了。

27

国庆，天气出奇的好，岛上游客爆棚，快艇加了班次，运来一拨拨游客。

一个三十来岁的女人一手提着一只小皮箱，另一手牵着一个八九岁的小女孩，随人流走下快艇。

女人一袭淡蓝套装，脚上是中粗跟的浅口尖头软皮米色皮鞋，披肩长发，左边捋在耳后，右边散落脸颊，遮住了右边的耳朵。她放下皮箱，伸手抚了抚右耳处的头发，心里有了底气般，重新提起箱子，牵紧了小女孩的手向前走去。

“妈妈，大海好漂亮啊！咱们以后常常来玩好不好？”小女孩手里抱着一只玩偶，两边发辫上的蝴蝶发绳似乎要随海风飞走。她的眼睛看向蔚蓝色的大海，雪亮雪亮的，整张脸都洋溢着新鲜和好奇。但是她妈妈用严肃的语气说：“你是小学生了，怎么还能天天想着玩？”小女孩噘起了嘴：“那我们可以周末或者放假来玩吗？”“不行！”女人无情地拒绝了。小女孩更失落了，小嘴噘得更高，双眉却都耷拉下来，脚步也变得迟缓。女人停下脚步，好笑地看着她，说道：“别想以后的事情，你看，我今天不是带你来玩了吗？”

小女孩立即又神采飞扬起来，憧憬地问：“爸爸在哪儿？我们现在就能见到爸爸了吗？”

女人点点头，可是对着前面的三岔路口还是显得迷茫，这是她和女儿第一次到岛上来，虽然丈夫在岛上已经工作了很多年。女人向路人打听银山镇政府怎么走，路人告诉她，今天是岛上第五届渔旅节和首届音乐嘉年华活动开幕，镇政府工作人员全都在天湖山草场上待命，不在镇政府。于是女人按照路人的指示，和游客一起排队，带着女儿挤上了上山的旅游观光车，向着天湖山草场驶去。

“妈妈，我们为什么不让爸爸来接我们，是不是想给爸爸一个惊喜啊？”观光车上，小女孩天真无邪的问话却没有拉回女人的思绪，她侧头看道路两旁的山水，但见远远近近皆是苍莽的高山和辽阔的大海，造物主幻化世界的博大胸襟可见一斑，让人的思绪在这博大的格局里被压到蝉翼般轻薄扁平。自然面前，人只剩下小我，乃至无我。直到一只小手伸进她被海风拂乱的发丝里，摸了摸她的耳朵，她才猛然回过神来，而小女孩马上缩回自己的手，怯怯说：“我以为你听不见我说话。”

女人也伸手抚了抚自己右耳头发的位置，心里有了一丝安全感，问女孩刚刚说什么。女孩重复了刚才的问题：“我们为什么不让爸爸来接我们，是不是想给爸爸一个惊喜啊？”女人笑了笑说：“是的。”女孩也笑起来，往女人怀里钻，嘴里喃喃道：“爸爸见到我们，一定会很开心的。”

天湖山上，万亩草场虽然不及五月的繁茂，却依然生机勃勃，风过处，一片绿波翻涌。与草浪一起翻涌的是人群，但见人山人海，穿红着绿的男男女女与悠哉的羊群一起在草场里、天湖畔漫游。

隆重的开幕仪式后，渔旅节暨音乐嘉年华活动正式拉开狂欢的帷幕。本次活动除了保留前几届渔旅节的传统环节以外，还邀请到年轻人十分喜欢的流行乐歌手，点燃歌唱山海的音乐嘉年华的盛宴，因此也吸引了全国各地不少年轻游客来银山观光旅游，兼看偶像演出。

看着遍地的年轻人，魏如青不由自主露出笑容。

遥想当年“恰同学少年，风华正茂”，转眼自己已是中年人。

“魏宣委，补充下水分，”眼前有人递过来一瓶水，是林斌，他指了指魏如青的额头和身上说，“流这么多汗。”

“你也是。这天儿太好了。”魏如青眯起眼看了看天上大大的日头，明丽的天空一碧如洗，大大的太阳像光明的使者、胜利者的徽章。魏如青接过水打算拧开，发现瓶盖已经拧好了，他一边仰头喝一口，一边调侃林斌贤惠。林斌朝不远处一把大遮阳伞的方向看了一眼，不好意思说，养成习惯了。魏如青顺着他的视线看到了大遮阳伞下的刘星辰，刘星辰笑吟吟朝魏如青挥了挥手，她坐在一把矮矮的椅子上，膝头放着一本书。魏如青回给刘星辰一个礼尚往来的笑，继而冲林斌竖起大拇指，问：“和好了？”

林斌点头。

魏如青慨叹：“光速啊！”

“必须的，”林斌笑着自嘲一句，继而问魏如青，“咱们银山这几天这么热闹，嫂子和小菲也刚好放假，为什么不把她们接到岛上来过节？”

“打电话不接。”魏如青很落寞。

“是吗？嫂子这么不解风情吗？我打一个。”林斌热情地要替魏如青打电话，却被魏如青制止了，因为人群中有人叫他，他环顾四周，但见人群中有一个和他年龄相仿的女人牵着一个孩子，正微笑着冲他挥手，魏如青立即大步走了过去……

此刻，银山中心小学的老师们正在月湖里泛舟。四五个人共一只小舟，三三两两漂荡在湖面上，但见天湖如镜，白鸥翔集，草场与远山相连，浩瀚东海与蓝天碧云相望，自然造物出神入化，谁不沉醉于这海岛的美不可言而流连忘返？与辛茹共乘一舟的是陈昭和黄竹夫妻俩，还有洪吉安与明小星。摇桨的是陈昭，身为地地道道的海岛人，与水打交道的技术似乎与生俱来。众人看他摇桨划得顺溜，忍不住都尝试了一把。

明小星问黄竹接下来在专业成长上有什么规划没有。黄竹没想过，明小星就鼓励黄竹一定要拟一个个人专业成长的三到五年规划出来，对接下来的专业成长之路要有清晰的思路，市级、省级的课题研究要努力参与，“小中高”的职称也要努力争取。辛茹听了就笑说，这些也是她的努力方向，她会和黄竹老师互相学习、一起成长的。黄竹听了辛茹的话，本能就谦虚起来，说自己哪敢和辛茹比，辛茹是年轻人，还是城里的老师……明小星让她不要妄自菲薄，一定要敢比、能比。

明小星说：“你忘了吗？我最早的时候不也是一名农村老师？那时候，我去市里参加赛课，也和刘星辰一样，拿全市最后一名呢！”

洪吉安股长忍不住夸赞明小星这半辈子职业历程，二十岁不到就被分配去了乡下成了一名农村老师，但专业上一直寻求进步，一步步依靠自己的努力和钻研精神，到如今成长为全市小学语文教学的领军人，这个过程有许多励志的精神值得大家学习。明小星忙说黄竹和陈昭夫妻俩在海岛教育岗位上坚守半辈子，才是真的励志。

辛茹默默听着大家的交谈，心里想着，这些前辈们的身上的确有太多值得她学习的品质了，海岛教师在农村教育岗位上十年如一日地坚守，老黄牛般默默无闻；明小星主任和洪吉安股长也先是在农村岗位上奉献，后来进城，在更高平台上实现自己的价值，每个人都为教育事业发光发热，尽自己所能。奉献与进取，是她作为一名年轻教师必须具备的两种品质，缺一不可。

辛茹正思绪纷飞着，突然脸上被溅了一脸水花。她抬头张望，看到两三只小舟载着银山小学的老师们已经停在了附近，老师们正嬉笑着往他们的方向撩水花，他们也忙撩起水花还击。远近的游客受到启发，也互相撩泼起湖水来，一时之间湖面上笑声不断，像是在举办一场另类的泼水节。

在一片笑声里，辛茹耳尖，似乎听到了有人争吵的声音，她环顾四周，只见有一只小舟靠岸了，一个男人气鼓鼓登上了湖岸，扔下小舟上的女人。那男人的背影，辛茹再熟悉不过了，竟然是配班老师肖挺立，而小舟上的女人，想必就是肖挺立的爱人谢丽娟了。

湖岸上，肖挺立离开的方向跑来一个十来岁的女孩子，她留着齐耳的短发，戴着一个黑边眼镜，大红色的短袖外面套一件粉红色的马甲，下面配一条鲜绿色的裤子，打扮怪异，又用一种怪异的声音喊着她的名字："辛茹老师——"

喊声惊起湖岸的鸥鸟，全都呼啦啦飞到了湖面上，但在她本人却是无比快乐而自由的。辛茹很快登岸，告别大家，与钟美丽汇合。她答应今天要带钟美丽去音乐节现场看美术宣传设计上的署名。见辛茹搂着钟美丽从湖畔走来，钟美丽的父母忙从人群里迎过来，辛茹老师搂着他们女儿的亲密动作把他们感动了，怪不得女儿每天回来总念叨着辛茹老师，她虽然智力有缺陷，可谁对她好，她心里清楚得很。

“辛茹老师，中午去我们家吃饭吧！”钟美丽的父母热情邀约着，辛茹拒绝了，推说今天约了朋友。一行人来到渔旅节的主会场，在辛茹的指示下，钟美丽的父母终于看到了女儿的署名，然后指着宣传牌上的那些画问辛茹：“这些真的是我们美丽画的吗？”辛茹说：“是陈侨英老师和美丽一起合作的。”钟美丽的爸爸激动不已，说：“别人都说我们家孩子是傻子，可是有傻子能画出这么好看的画吗？”钟美丽的妈妈已经喜极而泣，一边感谢辛茹，一边搂着女儿。辛茹说不用谢她，这一切都是侨英老师的功劳。钟美丽虽然不知道大人之间的谈话具体是什么意思，但也跟着大家一起激动。

宣传栏那头，一个八九岁的小女孩也激动地冲着她妈妈喊起来：“妈妈你看，爸爸在那里！”

女人顺着女儿手指的方向见到了人群里的丈夫，他正和另一个女人热络地聊着什么，而那女人的手上也牵着一个小女孩。

“妈妈，爸爸就在那里，我们快过去。”女孩拉着她妈妈的手，使劲朝前走去，可是她妈妈却站在原地，纹丝不动，双脚像被什么钉住似的。女孩太想念爸爸了，于是松开了妈妈的手，朝着人群里的男人跑了过去，嘴里兴奋地喊着：“爸爸！爸爸！”

男人很快发现了小女孩，撇下正在交谈的女人，跑过来，一把抱起了小女孩。当小女孩向着男人指向妈妈的方向时，男人的笑容僵硬住了。他放下小女孩，朝着女人疾步走了过来，而女人转身就跑，连小皮箱也不要了。男人去追女人，嘴里喊着女人的名字：“张莹——”

男人一直追一直喊，可是女人始终不理会，她胡乱跑着，无头苍蝇一样，撞在了乱哄哄的游客身上。周围都是人群，和草场的草一样密密麻麻，女人不得不停下了脚步，而男人也及时追了过来，拉住了她。

“张莹，你听我解释！”魏如青气喘吁吁地说。

而张莹看着他张张合合的嘴巴，愣是听不见半点声音，她整个人是被气昏头的。也不知缓和了多久，张莹终于回过神来了，终于能听到魏如青说话了，但他的声音很小，时而听见时而听不见。张莹慌乱了，本能伸手去摸右边耳朵处，这一摸，她更慌了。她的手指从头发丝里插进去落在右耳上，那里空空如也。

见张莹一脸慌乱，魏如青明白了，问她：“是不是助听器掉了？”

于是两个人开始寻找。

小菲已经跑过来，看着原地打转的父母，她也弯身帮忙寻找。

三个人找了很久，来来回回，眼睛就差长在地上了。但地上除了过往的脚步和鞋子，连助听器的影子都没有。

“张莹，你别急，掉了就算了，大不了回头再配一个呗！”魏如青特意在她左耳的位置提高了声调。

张莹气鼓鼓地看着魏如青，问道：“老婆也可以再配一个吗？”她的眼底、唇角都是冷笑。

魏如青知道自己今天真是摊上事了，但事情就是这么巧，也是没有办法。他也没有想到会在渔旅节上遇到读书时的女同桌路春天，没有想到他和路春天相见难免要聊几句的时候会被张莹看见。对于张莹来说，路春天一直是她心中的一个芥蒂：路春天是魏如青读师范时的女同桌，路春天对魏如青有没有好感魏如青不知道，但路春天一直是魏如青暗恋的对象。作为一个农村出身的男孩子，魏如青腼腆内向，绝对不敢大胆示爱，只能把这份喜欢埋藏心里，而魏如青身上又有些文青的气质，喜欢文学，便在很长一段时间内将这段少年心事都寄托在了文字里。也是好巧不巧，在和张莹结婚后，有一次夫妻二人一起回魏如青的乡下老家探亲，张莹竟然在魏如青房间的旧书桌抽屉里翻到了这本日记，从而知晓了魏如青的青春往事。从此以后，路春天便成了张莹心中的一个结，也是他们夫妻常常争吵的导火索之一。

其实路春天是和丈夫、孩子一起到岛上过节的。或许，让张莹亲眼看见路春天一家三口其乐融融的样子，她的焦虑就会消解些吧。也或许不会，只会激发张莹另一种负面情绪，她会觉得他是故意刺激她，把她小肚鸡肠的丑态展露给别人。这些年和张莹吵过太多架，魏如青对张莹有了条件反射的畏惧。

看着张莹铁青的脸色，魏如青想安慰妻子，但林斌找了过来，说连俊生找他，让他赶紧去一趟。工作要紧，魏如青只好撇下张莹母女，先去和连俊生书记汇合。林斌发现了张莹和小菲，立刻笑容可掬，热情对母女俩说，晚上请她们在岛上农家乐吃海鲜，还说："嫂子，这一顿大餐已经欠你很久了，还以为你会来岛上支教呢，结果你没来，就只能欠到现在了。"支教的事是张莹和魏如青近段时间冷战的原因，被林斌提起来，张莹脸色很不好看。林斌却不明就里，招呼刘星辰来照顾一下张莹和小菲，自己也赶去和魏如青汇合，忙工作的事去了。

将张莹和小菲带到大遮阳伞下安顿好，刘星辰另外找了张椅子也坐了下来。见她膝头摆放着一本书，小菲就问："阿姨，不是放假吗？大家都出来玩，你怎么还出来学习啊？"张莹也瞟了一眼刘星辰膝头的书，刘星辰有些尴尬，只好冲张莹解释说，平常教学工作还是挺忙的，只能利用放假时间多背些书。张莹笑着说道："要劳逸结合。"她心里不开心，面上的笑容也很勉强。刘星辰就问她："张莹老师，您在实验小学教书之前是在哪里教书啊？"张莹说，她是一毕业就在实验小学教书的，这让刘星辰内心立即涌起了一股子酸水。早听林斌说过，魏如青的老丈人是当了一官半职的。果不其然，家庭背景好的人起点就站在了她的终点上，不需要什么励志的奋斗历程，她的所谓梦想不过是人家正常的工作生活而已。人与人的差距不过是一个娘胎而已。刘星辰心里的天平又开始失衡，而张莹心情不佳精神怏怏不振，在刘星辰看来就成了城里老师对农村老师的高人一等，面上对张莹也不怎么殷勤了。

张莹说要带小菲回魏如青在镇政府的宿舍休息，刘星辰也不拦着。尽管小菲对山上的一切都充满好奇，但还是被张莹强行带走了。林斌兴致勃勃抱了一大堆零食和玩具回来，发现并没有张莹和小菲的身影，不由愣住了。他问刘星辰张莹和小菲去哪里了，刘星辰说她们下山休息去了。“你怎么不挽留一下呢？嫂子好不容易上岛一趟和魏宣委团聚。”林斌以为张莹回市里去了，语气里带了点责备。刘星辰自然又不高兴了，两人拌了几句嘴，林斌气得转身要走，一转身就被吓住了，眼前赫然站着林长明副市长和陈堃女士。

林长明示意儿子不要声张，他和陈堃女士悄悄光临渔旅节现场，只是来看望儿子，并不愿惊动银山镇的党政干部。父母的突然造访让林斌猝不及防，他手足无措地向父母介绍了刘星辰，刘星辰急忙从椅子上起身，手里还抓着一本进城考试的复习资料。

“叔叔阿姨好。”这是刘星辰第一次见林斌的父母，一点心理准备都没有，紧张是必然的。林长明还好，向刘星辰点了点头，给了她一个和蔼的微笑。而陈堃女士眼神压根不在刘星辰身上停留，只告诉儿子，她在海上人家农家乐订好了晚上的包间，让他忙完之后来聚聚。林长明和陈堃走了，林斌去拉刘星辰的手，发现她手心竟然全是汗，林斌忍不住笑她太紧张了，说：“你看，我爸刚刚不是冲你笑了吗？”

“可是你妈妈呢？”刘星辰心口堵得慌。

林斌说：“我妈不是在农家乐定好了包间，让我们晚上一起吃饭吗？”

刘星辰虽然心还悬着，但嘴上也不再说什么。

下山的观光车上，陈堃和林长明自然谈到了刘星辰，过去两个人都在儿子的手机上看到过刘星辰的照片和视频，对刘星辰的印象是长得还行，今天见到真人后，两个人心里都慨叹怪不得儿子不愿和这个女老师分手，长得确实好看。但那又如何呢？陈堃女士不接纳刘星辰，也不是因为她的长相。

相比陈堃女士一路挑剔刘星辰，林长明副市长则显得包容得多。他拍拍妻子的肩膀，笑着说：“难得放假陪你出来散散心，你就不要把全部注意力都放在孩子身上了，岛上的风光很好，我们去走一走，放松放松心情。”陈堃女士这才露出笑容来。

28

月亮湾又到了一年里游客最多的时候，今年因为渔旅节和音乐嘉年华活动，游客比往年更多了，整个海滩都是人群，人们在海水里、沙滩上体验着各种游乐项目。

海潮、海涛在人群里看到了燕子的身影，燕子又在捡海漂垃圾了。

两人窜到燕子面前，像逮住把柄似的问燕子：“你怎么又捡垃圾？你不是答应辛茹老师以后不捡垃圾了吗？”燕子朝哥俩翻了个白眼说：“拜托，今天是放假，好吗？游客这么多，我捡点垃圾卖钱，既能为咱们岛上的卫生环境做贡献，又能赚钱，一举两得的事情，为什么不干啊？”说着，将半麻袋瓶瓶罐罐甩上肩头，霸气迈开腿。

海潮海涛急忙跟上。

海潮说：“你想赚钱，我给你介绍一个不用晒太阳，赚钱又多的活。”

海潮说着，和海涛对视一眼，兄弟俩心有灵犀地一笑。

燕子好奇道：“什么好事？”

“去我们家端盘子！”

天色还没全暗下来，海上人家农家乐的包间就坐满了，海大富让人在院子里摆上了白色的简易塑料圆桌，铺一张红色塑料野餐垫，又可以多接纳几桌客人。

“爸，我的同学干得不错吧？”海潮朝院子里正端着盘子给客人上菜的女孩指了指，得意地炫耀。

海大富顺着儿子手指的方向，眯了眯眼睛，说：“雷倩倩最近把头发剪了？”

“爸，你什么眼神啊？那是燕子，倩倩是她爸妈的公主，怎么会来端盘子？”被海涛一提醒，海大富也才发现端盘子的不是常常来找儿子玩的雷倩倩，而是另有其人。

“燕子？就是那个和你们打架的燕子？”得到儿子确认后，海大富立即紧张起来，“你们怎么把她给招来了？”

“你和妈不是一直说这几天生意太好，店里人手不够？燕子干活麻利的。”自己的好心没有得到老父亲的认可，海潮和海涛感到挺没面子的。海大富皱眉说："可她手脚不干净。"

"你们店里不是有监控吗？"说话的是燕子，她上完菜，一只手拿着空托盘往回走，听到海大富的话，就没好气地回了一句嘴。那天和辛茹老师的误会解开后，她就认清了这个道理，今天的她必须为昨天的她买单，人们会戴有色眼镜看她，这都是现在以及将来很长一段时间内她必须接受的现实。

见燕子怼完海大富就继续端盘子上菜去，不哭不闹，正常干活，海潮和海涛都觉惊讶，又在心里暗暗佩服燕子。现在的燕子的确和以前不一样了，这么沉得住气了。

当燕子又端了几盘菜送到院子里各张散桌上，海潮海涛忙将她拉到了一旁，一个给她递小电风扇，一个给她递纸巾。"燕子，看你都出汗了，赶紧吹吹风，擦擦汗。"兄弟俩热情地说，"我爸的话你可别往心里去，就算我们家里丢了钱，我们也会帮你作证，那钱绝对不是你偷的。"

面对兄弟俩的热情，燕子有点受宠若惊：说"你们俩怎么突然对我这么好了？"

无事献殷勤，非奸即盗啊。面对燕子机敏的眼神，海潮海涛一副诚惶诚恐的样子，连连摆手说："绝对没有所图，就是想让你挣点钱改善一下生活而已，再说辛茹老师现在可是你的靠山，谁还敢欺负你啊？"燕子也不是绝情的人，毕竟挣着人家家里的工资，便大方说："等国庆假期结束，我领到工资后，再听你们说说看到底是什么忙，如果力所能及我肯定会给面子，如果我帮不了，也没办法。"

海潮海涛见燕子这么仗义，忙说："不是什么大事，只要你愿意，肯定能做到的，举手之劳而已。"

就这么说定了，燕子继续端她的盘子。

燕子端着盘子走进一个包间，不由愣了愣：这个包间里坐了五个人，其中有两张熟悉的面孔，一个是学校二年级的刘星辰老师，还有一个是刘老师的男朋友，银山镇政府的林斌。燕子一边将菜端上桌，一边偷瞄刘星辰老师，发现刘老师的脸色很不好看。燕子上好菜，不敢停留，急忙退出了包间。包间外站着海潮和海涛，燕子说："你俩不帮忙上菜，老跟着我干吗？"海潮海涛笑嘻嘻说："我们俩要是把活干完了，你不就没钱挣了吗？"

燕子无语地看着兄弟俩，问他们："这家店是谁的？店里生意好挣了钱又是谁的？你俩可是主人，怎么在挣钱这件事上把自己当外人了？"海潮海涛被燕子教训一通，竟然觉得燕子说得挺有道理，于是跟着端盘子去了。

包间内，林斌觉得压抑，他没想到，母亲明面上说来岛和他聚餐，实际竟是又为他安排一场相亲宴：席上那个衣着时髦、长相标致的圆脸女孩是与陈堃有生意往来的谢总家的千金谢小敏。谢小敏坐在陈堃身边，一看就是优渥家境养出来的孩子，犹如一朵富贵花，偏偏还温柔可人。

此刻，林斌颇为幽怨地看了父亲一眼，林长明也是坐在饭桌上才发现谢小敏的存在，心里忙责怪陈堃做事不地道，但又碍于情面不好说什么。

"林斌，小敏妹妹不是外人，你们小时候一起玩过的，只是长大了，好多年没见上面了吧？"陈堃笑吟吟的，招呼林斌给谢小敏盛汤，一边对谢小敏说道，"你林斌哥哥在这个岛上工作也有些年头了，不过他一定会调回市里工作的，到时候你再到我家找他玩就方便了，不必又是车又是船的。"

陈堃发现自己说了半天，林斌只是木木地坐着，一动不动，没有给谢小敏盛汤，便皱了眉头质问："林斌，怎么不给你小敏妹妹盛碗汤啊？”谢小敏忙站起来，一边给陈堃盛汤，一边人畜无害温柔可人地笑着说：“阿姨，我来我来。”

给陈堃盛汤，给林长明盛汤，给林斌盛汤，又给刘星辰盛汤，谢小敏笑吟吟地去拿刘星辰的碗，说：“这位小姐姐你怕不怕辣，敢不敢喝酸辣汤？”刘星辰腾地站起身，眼眶一酸，便跑出了包间。

“星辰——”林斌见状马上追了出去。

林长明丢给陈堃一个不满的脸色，说道：“你看看你干的好事！”

陈堃不悦道：“我都是为了他好，他是我儿子，我能害他？倒是你，你这个当亲爹的，什么时候关心过儿子？工作和终身大事，你哪样关心过？”

眼见着夫妻俩要吵起来，谢小敏忙做和事佬。林长明碍于谢小敏在场，不好再和陈堃争吵。林长明不说话了，陈堃就反过来安慰谢小敏，谢小敏却是笑吟吟起身说：“阿姨，我出去一下。”

谢小敏从包间走出来，一直走到院子里，又穿过院内的酒桌，终于在农家乐门前看到了林斌和刘星辰的身影。林斌正拉着刘星辰说着什么，谢小敏唇角露出一个笑容来，挺直了腰杆子走过去，她的高跟鞋在地砖上发出高傲的声响。

见到谢小敏来，刘星辰脸色一沉，立即要走，奈何林斌死死拽住她的手，转头对谢小敏申明，不管他妈把她约到银山来到底有何用意，他都必须郑重告诉她，他已经有女朋友了，他的女朋友叫刘星辰，是银山中心小学的一名老师。谢小敏点点头，始终保持微笑，似乎早就明了一切。她问林斌：“说完了吗？说完了，就轮到我说几句。”说着，把目光投向刘星辰，依旧用温温柔柔的语气，说道：“我觉得刘老师和林斌哥并不合适，谈恋爱或许可以是一时的冲动，但结婚就要门当户对。刘老师不过是占了个地利，因为和林斌哥一起在海岛工作，于是近水楼台先得月。在岛上工作，难免孤独寂寞冷，刘老师又年轻漂亮，所以林斌哥喜欢你，这是情理中事。但陈堃阿姨说了，林斌哥很快要调回城里，到时候刘老师和林斌哥两地分居，常常不能见面，还能保证两个人的感情一直这么好吗？再说了，陈堃阿姨不喜欢你，得不到父母祝福的婚姻不会有好结果的……”

“谢小敏，你过分了！”林斌出言制止了谢小敏。谢小敏并没有生气，依旧笑吟吟的，看向林斌说道：“你和刘老师还没有结婚，我就有机会，我不破坏你们，我就是等着你而已。你们要是征得陈堃阿姨同意真的结婚了，那我就祝福你们。”

谢小敏说完，冲着林斌莞尔一笑。

刘星辰实在受不了，使劲挣脱林斌跑走了。林斌急忙去追。谢小敏看着他们的背影，脸上的笑容也渐渐淡去。

农家乐里，三个孩子愣愣看着门外的一幕。在他们身后是美食佳肴、觥筹交错的热闹景象，他们脸上写满错愕和新鲜的表情，这就是电视剧里演的三角恋吗？三个孩子面面相觑，他们也刚好是三个人欸！双胞胎心有灵犀慨叹。燕子翻白眼表示，谁要和你们演三角恋？海潮不乐意了，说燕子成绩那么差，他们能看上她就不错了。燕子不服气，表示以后她成绩一定会变好的！海潮海涛还以为燕子会气起来走人，可是燕子却勤快地去给客人端盘子，海潮海涛像跟屁虫一样跟着她。燕子说有钱不赚是傻子！海潮海涛认为燕子努力赚钱的样子像极了他们的老妈江美桃。

虽然林斌和刘星辰没再回到包间，但陈堃和谢小敏还是淡定吃完了晚餐，林长明全程没有说话，直到回到月亮湾客栈的房间里，才发表了不满。夫妻二人自然又争执了几句，最后陈堃委屈地哭了，林长明只好安慰她。二人就这样草草睡下。

林斌已经把刘星辰送回了学校，他安抚了刘星辰很久，刘星辰虽然已经止住了眼泪，但始终心情郁郁。林斌因为第二天还要去渔旅节现场维持秩序，必须早点回去休息，也只能任由刘星辰生闷气。他回到宿舍后再给刘星辰打去电话，刘星辰没有接，而陈堃和谢小敏给他打来电话，他也不肯接，就这么逼着自己睡下。刘星辰却睡不着，躺在床上，越想越委屈，越想越屈辱，忍不住号啕哭了一场。撕心裂肺的哭声引来了黄竹和陈昭。二人将刘星辰带到自己的宿舍，又给她煮了夜宵，陪着她吃完。坐在饭桌上，看着黄竹和陈昭关心的面孔，刘星辰心里特别不好受，如果陈昭和黄竹是她的亲爹亲妈就好了。

今天晚上和林斌父母见了面，又听了谢小敏一席话之后，刘星辰知道除非自己考进城，否则和林斌再也没有一点希望了。不管林斌的父母如何反对，不管谢小敏如何纠缠，林斌对她总归是有感情在的。林斌是个很不错的男人，不论是家庭条件、自身条件，还是对她的感情，都是值得托付终身的对象。最主要的是，她也爱林斌，她不想失去他，所以她也该为了他们的未来努力。

刘星辰向陈昭和黄竹敞开心扉，问他们对于她想考进城这件事心里是否有芥蒂。听了刘星辰的担忧，陈昭校长露出慈爱的笑，他向刘星辰郑重表达了自己的态度：作为一名海岛学校的校长，他当然希望能替海岛留住像刘星辰这样的年轻师资力量，毕竟教育事业是要靠好的教师队伍才能办好人民满意教育的，年轻老师对于一个学校来说意味着鲜活的血液力量。但刘星辰是年轻人，从个人发展来说，人往高处走，这是人之常情，所以他非常理解，也支持她参加进城考试。作为农村校的校长，他首先要从思想上认清农村校在教育事业里承担的责任，他不会认为辛辛苦苦培养的肖梦云考进城，银山中心小学就是为别人做嫁衣裳，如果能为全市教育队伍输送教育人才，那也是银山小学的荣幸。只有在农村教育岗位上实践过的老师，在城里的教育岗位上，才能有更多不同角度的思考，才能把教学工作做得更好，所以市教育局才会在师资队伍建设上实行“城乡交流”，这不仅仅是为了促进教育资源的均衡发展，也是为了教师能够更好提升教育教学质量。只有让城里教师去乡村支教，乡村教师去城里顶岗，互相交流，教育才能成为一渠活水。

陈昭校长摆明自己的立场，又语重心长对刘星辰说：“你迟早要考进城，在海岛的工作和生活经历对你未来的教学生涯和人生发展，一定要起到促进作用，才不至于虚度时光。人生的每段经历都很宝贵，一定要让它在一个人有限的生命里发挥无限的价值才好。”

黄竹也向刘星辰说了明小星主任的成长经历，不能光看她如今站得高，要看她是从什么起点一步步走到高处的，希望刘星辰趁着年轻，要多钻研业务，将来能够成长为一位像明小星一样的名师。

刘星辰当然不敢和明小星主任比，她的一向自卑的心理让她不敢有这样的痴心妄想，但陈昭校长和黄竹老师的谆谆教诲让她很感动，与他们的一席交谈让她第一次感受到了陈昭校长的胸襟与格局，感受到了夫妻俩的善良与平易近人，这让她的眼泪忍不住又流了很久。

29

辛茹将明小星送回月亮湾客栈时，夜已深了。明小星说自己明儿一早就和洪吉安股长等人一起搭早班快艇回市里，让辛茹不用管她了。和明小星道了别，辛茹就准备回学校宿舍去，刚走到客栈楼下就遇到了江新男。

闺蜜俩抱在一起，又叫又跳，激动不已。阿狸忙端了盘水果过来，陪着她们在大堂内找了个位置坐下。辛茹向阿狸介绍了江新男，又向江新男介绍了阿狸，然后便问江新男什么时候到岛上的，怎么也不给她打个电话。江新男有些惭愧，说自己白天就到岛上参加音乐节了，之所以没有去找辛茹，是因为自己重色轻友，在音乐节上对一位男士一见钟情，可是苦于不知道这位男士是谁，她打算留在岛上掘地三尺，把这位男士找出来。

辛茹和阿狸都很好奇，江新男口中的这位男士是谁。江新男不好意思地拿出了自己偷拍的视频。辛茹和阿狸不由惊呼起来："连书记！"

没想到她一眼相中的男士是银山镇党委书记连俊生，曾经的清华学霸，如今年轻有为的乡镇干部。江新男喜出望外地捧着自己的面颊问辛茹和阿狸："我眼光这么好吗？"随即便担心连俊生这么优秀，年龄也有三十出头，会不会早就名花有主了，那她岂不是要哭晕在厕所？

辛茹便问阿狸，可知道连俊生是否单身。阿狸说，自己只是在镇政府召集海岛民宿业代表开会的时候偶尔见到连俊生的面，对于连俊生的私事并不了解。江新男已经患得患失，要死要活了，辛茹再不帮她，真担心晚上她会睡不着。作为好姐妹，辛茹必须帮江新男搞定这件事。于是，她给魏如青去了电话——

此时的魏如青正坐在月亮湾的海边，沐月忧伤，要不是这几天工作很满，他此刻想给自己开瓶啤酒。

晚上，他拖着工作一天疲惫的身子回到宿舍，张莹却责怪他冷落她和女儿，是不是去找路春天了。魏如青觉得张莹不理解他的工作，还无理取闹，两个人争吵起来。张莹气愤表示，魏如青是不是后悔娶了一只耳朵听不见的她？又是炒冷饭一样的台词，伴随了他们十年婚姻。最后女儿跑到他们中间，哭着求爸爸妈妈不要吵架了。魏如青这才从宿舍跑出来冷静冷静。

接到辛茹的电话，听到辛茹向他打听连俊生书记的个人婚姻状况，魏如青悲伤的情绪立即被好笑的八卦情绪代替。他问辛茹，是需要他帮忙做媒人牵线搭桥吗？辛茹连忙让他别误会，说自己没有觊觎连书记美貌的意思，就是替别人打听打听。而魏如青也笑着表示，女孩子脸皮薄，一般都这么解释，然后恭喜辛茹还有机会，连俊生是黄金单身汉。阿狸的客栈里，将耳朵凑在辛茹手机旁的江新男听到此早就乐开了花，立马逼着辛茹向魏如青要到了连俊生的联系方式。辛茹觉得自己为了闺蜜，真是两肋插刀了。

于是，当魏如青从月亮湾的沙滩走回镇政府时，看到镇政府大门口，一个陌生的摩登女郎正向连俊生表白。魏如青连忙蹑手蹑脚躲到镇政府右边围墙的墙根儿处给辛茹发微信，让她抓紧，不然连书记可就落入别人手里了。谁知微信一发出去，旁边就响起手机微信接收的提示音，一扭头看见辛茹也躲在墙角里，此刻的辛茹正一脸哭笑不得看着他。

那边厢，江新男表白完就期待地看着连俊生，而连俊生却只当这位素不相识的美女是来开玩笑的，让她早点回去休息。连俊生说着转身进了镇政府，留江新男一人在原地。幸好辛茹及时出现，将江新男带走了，否则江新男非当场哭鼻子不可。魏如青进了镇政府，见连俊生刚好走在前头，便急步追了上去，喊道：“连书记！”

连俊生驻足，回头看着魏如青走过来，一脸含义深刻的笑，不由说道：“你刚刚是不是都看见了？”

魏如青忍着笑说：“其实那姑娘看起来不像开玩笑，是真的喜欢你连书记。”

连俊生却说他已经老大不小，不想谈无谓的恋爱，找对象是奔着结婚去的，就像魏如青和张莹老师那样有一个和谐幸福的小家庭，再有一个可爱的女儿。

人就是这样，自己的世界一坨烂泥，然而在别人眼中却可能是美妙的燕子窝。魏如青苦笑说家家有本难念的经。连俊生意识到魏如青有心事，便说：“困不困？不困的话去我办公室喝杯茶。”

“好。”魏如青求之不得。

一壶老白茶香烟袅袅，两人相对而坐。

连俊生主动检讨自己作为一把手，平常只顾着工作，疏于关心下属的生活。魏如青苦闷的心情此时也需要倾吐，便和连俊生谈起自己和张莹的往事：魏如青出身农村，家境普通，自然配不上市领导的女儿路春天，所以和路春天做了三年师范同桌也不敢表白。师范毕业后，魏如青分配在老家村校当老师，经人介绍认识了张莹。张莹是独女，父母都是机关干部，家境优渥，只是一只耳朵有点耳背。正是因为这点残疾，张莹父母才同意农村出身的魏如青当自己的女婿。魏如青和张莹结婚后，托老丈人的关系改了行，他从基层工作人员提拔到银山镇政府宣委也是老丈人出的力。

“其实我很羡慕连书记你高学历、高起点，靠自己实力发展，不像我总被人在背后说是靠老丈人的关系。”魏如青喝了口闷茶。

连俊生一边给他续茶，一边开解道：“魏宣委你可不要妄自菲薄，一直以来，你利用自己的文笔和摄影特长为银山岛的旅游宣传工作尽心尽力，取得了很好的成效。咱们银山在渔旅业能越做越好，成为市里‘乡村振兴’的典范，也有你一份功劳。如果你当初有机遇读高中上大学，想必发展的天地比起当下要开阔很多。八九十年代的中师生个个都是尖子生，如果考大学都是‘985’‘211’的种子选手，可是他们响应政策号召，去读了师范，十八九岁就深入祖国的乡村，用半生青春为党的扶贫事业谱写了‘教育扶贫’的有力篇章，为党和国家培养了无数栋梁之材，他们是对国家和人民做了贡献的人。而你，曾是其中的一员，你应该感到自豪才对。”

听了连俊生的话，魏如青豁然开朗，为自己曾是一名中师生，曾是一名农村教师而感到些许自豪了，慨叹自己如果没有改行如今又会如何。连俊生劝他往事不可追，人要朝前看，过好当下和未来的生活要紧。

魏如青回到宿舍，女儿小菲已经睡着，张莹还坐在椅子上生着闷气。魏如青想到连俊生的开解，便主动向张莹示好。张莹却质问他大半夜不回来，是不是去吃花酒找女人了。多年夫妻，魏如青真是受够了张莹的疑神疑鬼夹枪带棒，终于爆发出来，他质问张莹他哪来的钱吃花酒找女人。结婚后他的工资卡一直在张莹手上，张莹连一分零花钱都不给他，这些年他全靠自己帮人写稿子赚点生活费，如果他稍微没有原则性，早被张莹逼成贪官了。张莹则讥讽魏如青是不是想把工资卡要回去，是不是在岛上有了相好的，不然为什么长期不回家，她巴巴到岛上来，他又是这个态度。两人又一次争吵过后，魏如青再次从宿舍跑出去，这次，他没有地方去，只能去办公室睡沙发。第二天一早，魏如青早早就要赶到渔旅节现场去，顾不得张莹母女，而张莹就带着女儿小菲乘坐快艇，愤愤离岛了。

辛茹把江新男送回客栈，想陪她住一晚，但江新男表示自己想静静，辛茹虽不放心，也只好先回学校。

夜很深了，学校里一片静谧，整个宿舍楼除了楼梯角的路灯，老师们的房间都熄灯了。辛茹走上楼梯，被楼梯上一团黑影吓了好大一跳，只听那团黑影说道："大惊小怪干吗？配班老师都认不出来了吗？"

原来是肖挺立。

辛茹惊魂甫定，一边拍着胸口，一边在肖挺立身边坐了下来，问道："肖老师，这么晚怎么还没睡觉，坐在这里干吗？"

"你猜。"肖挺立的语气可不是开玩笑，而是不耐烦的，没好气的。

辛茹就认真猜了起来："和丽娟嫂子吵架了？"

肖挺立看了辛茹一眼，神色无奈又有些不忿。辛茹觉得肖挺立这个人也挺有意思的，他和同龄的江胜教导比起来不太一样，少了中年人的成熟稳重，多了年轻人的血气方刚，这也使得他身上棱角很多，不太好相处。这是辛茹对肖挺立的印象。她和他只是配班老师，尚且体验不太美妙，何况谢丽娟是他老婆，还要同床共枕，抬头不见低头见的。

见肖挺立一脸幽怨模样，辛茹便说：“为什么和嫂子吵架啊？她也是好心好意到岛上来看你，不是说小别胜新婚吗？”

“她那个人……”肖挺立一想到谢丽娟，心头就燃起一股子火，以至于他不管此时此刻坐在身边的是不是辛茹，就诉起苦来。想当年，他在另一个村里教书，学校里除了谢丽娟之外，还有一个代课女老师，肖挺立喜欢的是那个女老师，但那女老师是农村户口，而谢丽娟是居民户口，于是一念之差的肖挺立就选择了谢丽娟。谁想造化弄人，那女老师通过考试民师转正了，而谢丽娟却没能转正，只好辞去代课工作，去城里一支车队跟车当了售票员。为此，肖挺立平日里对谢丽娟颇有微词，觉得她比别人笨，连个考试都考不上。考试不如别人也就算了，作为一个女人，连家务都干不好，猪肉切个丝都不会，切得跟色子似的……

肖挺立越说越觉着委屈，当初他怎么就猪油蒙了心，做了这个错误的选择呢？如果当初，他不是因为户口问题选择谢丽娟，而是选择那个女老师，那么现在他们家就是双职工，他也不会在海岛待一辈子，可能早就和那女老师一起调动进城了。现在他待在海岛教书，根本不愿意回到城里去，除了寒暑假，周末几乎都待在海岛，快艇不方便只是借口，不过是因为他不想回去面对谢丽娟而已。

没想到这个女人还巴巴跑到海岛来见他。

为了来海岛见他，她攒了好久的假期，还和同事调班，这才在国庆的时候到岛上来和他夫妻团聚，不料，两个人还没相处半日就开始吵架。

“肖老师，我可以说个实话吗？”辛茹说道。

“你说。”

“那我说了实话，你可不可以不要生气？”辛茹咬着唇，眼巴巴看着肖挺立。肖挺立已经开始生气了，但还是说道：“你说。”

“我听你说了这么多，觉得丽娟嫂子也挺不容易的，你这个人挺难相处的，她和你相处了二十来年，竟然没有和你离婚，她忍功好强。”

肖挺立有些傻眼，辛茹怎么可以说出这么直白的话来，一点都不顾虑他的面子。

“那你平常也不会顾忌别人的面子啊！我和你配班以来，你一直直来直去说话，什么时候顾虑过我的面子？你既然是个直率的人，那我当然也要直率地和你交流。她是你老婆，你作为一个男人，肆意在别人跟前说自己老婆的坏话，我觉得当你老婆真的挺悲哀也挺可怜的。你有没有想过，如果丽娟嫂子在别人跟前也是这么肆意说你坏话，你又是什么感受？猪肉切不成丝，切成色子，怎么了？吃了会死人吗？再说了，她不会切，你切不就得了？再不济，你教她，夫妻之间不就应该互相照顾互相帮助吗？谁像你这样互相嫌弃啊？”

肖挺立腾地从楼梯上站了起来，指着辛茹的鼻子，激动地提高了音调：“辛茹——”

鲁洁打了个盹，醒来了，刚刚她竟然靠在大昌肩头睡着了。

“我好像听见辛茹叫我救她！”鲁洁睡眼惺忪对大昌说道。

大昌说：“你应该是做梦了吧。”

鲁洁一笑：“应该是吧。这个点，辛茹应该在学校宿舍早就睡下了。”

时间已经是下半夜，的确很晚了，大昌忍不住教训起鲁洁来：“为什么非要跟着留在山上过夜呢？我是因为有安保任务在身，必须和其他民警、镇政府工作人员一起负责渔旅节和音乐嘉年华活动的人员和设施安全，所以留在山上扎营。”

“那现在怎么办？我留都留下来了。”月色里，鲁洁可怜巴巴地说。

大昌指了指身后的帐篷，命令她去帐篷里睡觉。鲁洁问：“那你呢？”大昌说：“我再去巡逻巡逻。”说着打开手电筒，起身去了。

鲁洁只好进帐篷躺下，虽然被大昌教训了，但她心里还是挺开心的。想到适才大昌的肩膀，她的唇角就忍不住有了笑意。

学校宿舍楼里，所有留宿老师的宿舍都亮起了灯。大家挤在校长宿舍门口看热闹，黄竹把大家劝回去了。黄竹关上门转身就看见肖挺立气鼓鼓对陈昭校长说道：“我要换配班老师，我不想和辛茹配班了。”

陈昭校长给他倒了杯水，有些好气又有些好笑看着肖挺立说：“你多大的人，你一个四五十岁的老教师还和人家小年轻一般见识？”

“校长，你就是偏心！”肖挺立愤愤拍了桌子。

陈昭校长还是笑笑说：“挺立，你看看你，多大的人了，像个幼稚的孩子！”

多大的人，多大的人，不用校长提醒，他也知道自己不是年轻人了，是年到半百的人了，所以什么都迟了，哪怕是为当初的选择感到后悔也迟了，他不能和谢丽娟离婚，因为孩子也大了，他们也老了。肖挺立突然觉得很委屈，当着陈昭校长的面眼眶就红了。

“说你是老小孩你还真是，这就哭上了，你说像什么话？”陈昭校长这下是彻底又好气又好笑的了，“人家丽娟巴巴跑到岛上来和你亲热亲热，你倒好，半天不到就和人家吵架，岛上这么热闹这么好玩，你也不带人家多走走，就让她待在宿舍里生气。我要是丽娟啊，早和你离婚！”

陈昭校长话音刚落，黄竹就拿手肘捅了捅他，然后笑着对肖挺立说：“别听老陈瞎说，丽娟不是那样的人。”

陈昭校长接过黄竹的话，说道：“丽娟多好一个女人，平常跟车够辛苦的了，还要照顾孩子，照顾老人，人家也没有半句怨言，你就当个甩手掌柜，别拿在海岛教书说事，别的老师怎么能每周回一趟城？你就是没有那份心，身在福中不知福，也就丽娟受得了你，别的女人，谁受得了你？你还挑三拣四，你一个当老师的，每个月就几千块钱工资，你有都交到丽娟手上吗？人家还为你当牛做马，没有功劳也有苦劳不是？我觉得辛茹骂你骂得对，你还好意思跟人家急，人家小姑娘的脸都受伤了。”

“那是她自己摔的，跟我没关系。”肖挺立郁闷说道。

校医室里，日光灯雪亮，王桂香替辛茹上药，他拿着棉签蘸了药水，在她脸颊的位置小心涂抹着，见辛茹一双眼睛红红的，便说：“很疼啊？忍一忍。疼都不打紧，就担心留疤，岛上也没有好点的去疤药，你这又伤在脸上。不过也没关系，我明天让人寄一支去疤膏过来。”

“谢谢。”辛茹心不在焉，她更担心的是肖挺立那边。

“王医生，你说我刚才是不是有点过分啊？”辛茹问。

“肖老师是个爱面子的人，你呛了他那么多，够他气几个月的，”王桂香笑着摇了摇头，“你也真敢说，学校里老师们平常只敢背后说一说，没人敢当面同他说那些话的。你啊，就是年轻气盛。”

“也不是，”辛茹有些不好意思，“我晚上喝了点酒。”

晚上她请明小星主任几人吃饭，又逢假期，大家高兴就喝了几杯。

王桂香忙嘱咐她，接下来可要注意忌口，不能喝酒，不能吃酸辣，否则真要留疤了。辛茹点点头，笑嘻嘻说了“遵命”两个字。王桂香突然觉得辛茹有些可爱，不由多看了她一眼，只听辛茹问他：“王医生，你是哪里人啊？你年纪轻轻，又是医学院毕业的高才生，怎么会到海岛学校当校医呢？”

按照常理，王桂香这样的人才是要留在大城市的大医院发挥专业所长才对，到海岛学校当一名校医，委实有些大材小用。

“难道也和我一样，是来支教的？”辛茹问。

王桂香没有回答辛茹的问题，脸上的笑容也渐渐淡去。

30

接下来的活动现场，连俊生总感觉人群中有一双追随他的眼睛，但他搜寻那双眼睛所在时，除了满目人群和风景，又没有发现什么。

渔旅节已经接近尾声，江新男的爱情却毫无进展，辛茹到阿狸的客栈找她时，她正意兴阑珊地在大堂的玻璃茶几旁喝一款茶饮。这是农大社会实践基地与 F 市白茶产业合作研发的一款白茶酸奶，银山作为 F 市海岛生态旅游重点区域，为此款白茶酸奶的推广起到了很重要的作用。

“挺好喝的，你要不要让阿狸也给你来一杯？”江新男一抬头就愣住了，辛茹脸上的伤让她大吃一惊。她急忙问辛茹是谁把她的脸弄成这样的，她要去找那人算账。辛茹说："都好得差不多了，你那么激动干吗？再说了，是我自己摔的，你找谁算账去？"

"你怎么那么不小心啊？"江新男沮丧地说，"咱们两姐妹怎么这么倒霉啊？"

辛茹就取笑她："你哪里倒霉了？"

江新男说："我八辈子才动心这么一次，结果男神不喜欢我，你说倒霉不？世界上最倒霉的事情就是我爱的那个人不爱我啊。"

辛茹忍不住哈哈大笑："你才见连书记一面，怎么就确定自己爱他呢？你会不会是把自己的好色当作深情了？"

两个人正说着话，就听到刘星辰的声音响起来："叔叔阿姨——"

两人循声望过去，但见一对颇有气派的老夫妻携着一个年轻姑娘从外头走进来，而刘星辰正从客栈楼上走下来。国庆这几日，林斌虽然在渔旅节现场，但每天都会给刘星辰发微信，做刘星辰思想工作，而这几天刘星辰痛定思痛，终于想通了，她要想和林斌有顺顺利利的未来，就必须过林斌父母这一关，否则她和林斌就算结婚了也不会幸福的。于是她终于鼓起勇气来到客栈找陈堃和林长明，想为那天自己的中途离席道歉，只是不巧，陈堃和林长明去岛上的景点游玩去了，于是刘星辰就在客栈内等他们。

见到刘星辰，陈堃立马黑了脸，而刘星辰见到挽着陈堃手臂的谢小敏，脸色也僵了僵。她使劲挤出笑容和他们打招呼，却只有林长明给了她一个和蔼可亲的笑容，说："小刘，这么巧啊？"

刘星辰说："叔叔，阿姨，我是专门来看你们的，你们难得来岛上一趟，我本来想陪你们在岛上玩一玩的，林斌他因为渔旅节的事这几天比较忙。"

陈堃立马说：“不用了，这几天小敏一直陪着我们呢，再说国庆假期也马上就要结束了，我们明天一早就回了，就不劳驾刘老师了。”

陈堃的态度刘星辰早就意料到，所以也不感到失落，她准备了两包虾干要送给陈堃和林长明，这花费了她一周的伙食费，令她很是肉疼。自己尽一个晚辈的本分就好了，至于长辈什么时候才会接纳她，那只能交给时间。刘星辰在心里建设好，正想把手上的虾干拿给陈堃和林长明，就见客栈外闯进来一对老夫妻，两人进来就把刘星辰围住了。

“你这没良心的，平常不回家也就算了，放假也不回家！你是不是不要我和你爸了？”李砚秋一边抱怨，一边拿手在刘星辰手臂上猛打。

一旁，刘盼盼并没有阻止妻子的举动，只是冲刘星辰解释：“你妈她是担心你，太想你了。”

父母的突然到来让刘星辰猝不及防，母亲拉扯的一举一动都在陈堃等人的目注下，这让刘星辰脸上火辣辣的。只听谢小敏对陈堃和林长明说：“叔叔阿姨，咱们走吧，都玩了一天了，怪累的。”

陈堃点点头：“我们赶紧到楼上歇歇，等林斌忙完了，咱们就一起吃个晚饭。”

三人说着向楼上走去，刘星辰忙撇下李砚秋和刘盼盼追了过去，她还没把虾干送出去呢。没想到陈堃很快去而复返了，倒叫刘星辰站住了，她将虾干递过去，不自信地说：“阿姨，这是我给你们准备的礼物，你们难得来海岛一趟，这是海岛的特产，你们不要嫌弃……”

“星辰，她是谁啊？”机敏的李砚秋已经察觉到什么，大步走了过来，刘盼盼跟屁虫一样跟了过来。两个人虽不是海岛人，但皮肤都略显黝黑，一看就不是养尊处优的人家。刘星辰已经看到陈堃女士眼里露出毫不遮掩的鄙夷。

“我是林斌的妈妈。”陈堃女士向着李砚秋大大方方摆明身份，这让刘星辰没想到，她以为在她的父母跟前，林斌母亲只想能躲则躲。陈堃这么做，当然有她自己的用意。

一听是林斌母亲，李砚秋和刘盼盼顿时露出了笑脸，只不过刘盼盼是单纯的讨好的笑容，李砚秋的笑脸则多了一层精明与算计，还有些巴结和献媚。陈堃女士并没有阻止李砚秋说恭维话，但也不是享受，而是仿佛在等待，等待华美的袍子被虱子咬烂，露出里头的破棉絮来。果然李砚秋终于说到了刘星辰和林斌结婚的事，从结婚说到彩礼，她拉着陈堃女士的手，丝毫没有察觉那平静底下暗藏的波涛汹涌与暗礁林立，她只当她的沉默与微笑是在办喜事的惯例里男方家庭对女方家庭的忍让和迁就。在李砚秋的狭隘认知里，女方家庭辛辛苦苦将女儿养大成人，一朝嫁人，就成了别人家庭里的劳动力，在结婚这件事上，男方家庭理所当然要让女方家庭作一作的，有什么理由不让呢？这是礼数啊。

于是她大胆地说道：“林斌妈，你们家是懂礼数的人家，有些话我就直说了，林斌和我们家星辰结婚时是肯定要给彩礼的，这彩礼早给晚给都是给，我们家现在困难，星辰哥哥马上就要结婚了，但彩礼钱还没有凑够，这婚事再拖下去就黄了，咱们以后是亲家，肯定要互相帮衬，我也不跟你们家借钱，你现在如果能把林斌和星辰结婚的彩礼钱提前给我们家，就是帮了我们家大忙了。我们星辰是公办老师，一个月工资好几千,一年好几万，到你们家替你们家赚五十年工资就是好几百万呢，我也不和你们多要彩礼钱，三十万，就三十万，不多吧……”

李砚秋滔滔不绝唾沫横飞的时候，刘星辰只觉自己太阳穴突突突跳得要炸裂，这场面对她来说是奇耻大辱，不论是李砚秋自作聪明自以为是的笑脸，还是陈堃女士藏满冷笑的眼神，都像利箭，将她的自尊射到了墙上，供来往的人观瞻。只听陈堃女士慢悠悠向李砚秋和刘盼盼宣布道："我们家是不可能同意林斌和刘星辰在一起的，我们家的态度刘星辰一直都很清楚，但她一直对我们家林斌死缠烂打，你们当父母的也要好好管教管教自己女儿，毕竟是个当老师的，别在男女之事上失了体面。"

陈堃说完转身离去，李砚秋只好抓着刘星辰问个究竟。此时此刻，刘星辰除了哭，什么话都说不出来。李砚秋愤怒了，伸手便打刘星辰，说："你和林斌谈了也有两三年了，两个人肯定什么该做不该做的事都做了，林斌不要你没那么容易，不和你结婚也行，他把我女儿睡了，难道不应该算点钱给我吗？"

李砚秋的声音很大，客栈大堂内的客人都向这边看过来，刘星辰的脸上火辣辣的，人们的眼神像看怪物似的看着他们一家三口，她的父母是怪物，而她是两只怪物生下的小怪物。刘星辰忍无可忍，转身跑出了客栈。

刘星辰跑了，李砚秋更加怒不可遏，她冲刘盼盼抱怨着："她这是什么意思？没本事找林斌父母算账，只会在我们跟前耍脾气吗？生她养她，让她吃上公家饭，还欠了她了？"

刘盼盼嗫嚅了一句："咱们先去把孩子追回来吧。"

李砚秋抬手就打起他来，嘴里骂道："生出来的女儿和你一样没本事，你说她怎么这么笨？条件这么好的婆家却守不住，怎么就讨不了公婆的欢心？如果结成这门婚事，刘辉的事就好办了，林斌他爸可是副市长啊！都是你生的不中用的女儿，心里丝毫没有娘家和兄弟，只会冲自己亲妈发脾气……"

"她不也是你生的女儿？！"刘盼盼心里窝火。

就在李砚秋和刘盼盼还在扯皮的时候，阿狸已经追出了客栈，辛茹也跟着追了出去。

两个人远远看着刘星辰往月亮湾的方向跑，都拼命喊她，可是她怎么都没有停下来，二人只能一直追过去，直到刘星辰从岸边一块礁石上直接跌落海里……

江新男到海上人家农家乐订了包间，辛茹来时，已经换了一套衣裳。江新男问："刘星辰已经安顿好了？"辛茹点点头，说："阿狸在照顾她了。"江新男接着询问："刘星辰真的为情所困跳海了？"辛茹白了她一眼，纠正说："她只是不小心失足落水。"江新男唏嘘不已，如果不是辛茹是游泳的好手，刘星辰不管是故意跳海还是不小心落海都死翘翘了，又慨叹有爱情的人果然把日子过得轰轰烈烈，不像她单身狗，把日子过成白开水。

辛茹往江新男碗里夹菜，让她别站着说话不腰疼，刘星辰从小到大的日子可比她们俩难多了。江新男却说，虽然刘星辰的生活的确惨了点，但刘星辰有爱情啊，哪怕是曾经拥有，也总归是甜蜜过。

江新男的话让辛茹眉头跳了跳，她看着江新男，认真问道："所以你对连书记的态度也是只在乎曾经拥有，不在乎天长地久吗？"

江新男被问住了。

辛茹于是告诫江新男，如果是抱着这样的心态，那还是不要去招惹连书记的好，人家是正经过日子的人，是想找个人组建家庭的。辛茹严肃的话语像棒槌给了江新男一记提醒，她是该好好思考一下这个问题，再厘清自己的思绪。

两人正吃着菜，江美桃就端着一碗彭海汤进来，热情招呼辛茹，让她们吃好喝好。等江美桃出去，辛茹就对江新男说，晚上这顿饭让江新男去结账。江新男不解，这顿饭明明是辛茹买单。辛茹说江美桃是自己的学生家长，如果她请客，江美桃肯定要免单，这样不合适。辛茹一边解释，一边将饭钱转给了江新男。

江新男一边收钱，一边笑嘻嘻调侃辛茹："没想到现在还有不吃谢师宴的老师，辛茹老师真是高风亮节。"辛茹作势要打她，又有人端菜进来了，竟是燕子，手里端了一盘水果拼盘，说是江美桃送的。

辛茹让燕子坐下一起吃，燕子说不行，自己现在是农家乐的服务员，得站好自己的岗位。江新男听了燕子的话，不由发出"啧啧啧"的声音，燕子看了辛茹一眼，骄傲地向江新男表示，自己遵从的是辛茹老师的教诲，依靠自己的劳动赚钱，不丢人！江新男就调侃她，她还没满十六岁，招用童工是违法行为，老板会受到处罚的，这吓了燕子一跳。等燕子出去了，辛茹就批评江新男吓唬燕子做什么，江新男不以为意，说自己只是向燕子科普法律。

农家乐院子里，海潮海涛和燕子凑在一起用手机上网查资料，果然看到招用童工构成非法用工，用人单位还要被罚款的规定。海潮海涛很紧张，没想到他们是好心想帮燕子，却害了自己爹妈。燕子宽慰他们，就当她这几天是来友情帮忙的好了，反正这几天从农家乐也带回了不少饭菜给奶奶吃。海潮海涛也表示，接下来给燕子和奶奶送一个月饭菜作为感谢，这样燕子放学回家就不用煮饭了。三个人赫然成了好朋友。海潮眼见燕子对他们很是亲近了，便说，海涛打算参加节后的班长竞选，问燕子能不能把票投给海涛。

燕子看着兄弟俩，嘴巴做了个"哦"的动作，又说了句："怪不得！"

海潮和海涛急了，觉得燕子已经在误会他们了。

“原来这几天你们对我这么好是别有用心，想拉选票啊。”燕子气愤离开了农家乐。

海潮和海涛面面相觑，燕子误会他们，又好像没有误会他们。他们的心情很复杂。如果能当上班长，爸妈一定会感到特别有面子，因为他俩学习成绩不好，他们爸妈在岛上一直觉得低人一等。考一百分对兄弟俩来说，比起当选班长，可难多了，考试不能拉票，但选班长可以啊。辛茹老师说了，到时候让全班同学给参加竞选的同学投票，谁的票多谁就当班长，这就给了他们机会啊。这段时间，他们把班上大部分同学都搞定了，就差燕子了。

燕子不等农家乐打烊就提前回家了。回家路上经过兰兰家的客栈，看到小圭正在院子里背诵班长竞选的演讲稿。小圭的演讲声情并茂，燕子不自觉鼓起掌来。小圭听到掌声，走出门外发现了燕子。他问她这么晚怎么还在外头溜达。燕子问小圭，可不可以帮她补课，如果小圭答应帮她补课，班长竞选，她就投他的票。小圭笑了说，只要燕子肯好好学习，他愿意给她补课，不过这可不是投票的交换条件，投票要看谁的竞选演讲好再投给谁。燕子不解，小圭想当班长，怎么不拉票？小圭说自己正是用班长的标准来要求自己的，帮助愿意学习的同学，在竞争中靠实力取胜，这都是一名班长该有的素质。燕子觉得，小圭和海潮海涛真的不一样，而现在的小圭和以前的小圭也很不一样，像变了个人。小圭则说，燕子现在不也变了个人吗？班上很多同学都改变了，这种改变似乎是辛茹老师来了以后才发生的。小圭还表示，假期燕子可以约他一起去捡海漂垃圾，不偷不抢，靠劳动赚钱，不丢脸。燕子很高兴地答应了。

31

假期结束，学校又开始正常的教学活动。

辛茹上完第一节课，但并没有离开教室，她想等肖挺立来上课，向肖挺立道个歉，不论如何，她那天晚上对肖挺立的言辞过分了，肖挺立毕竟是前辈，就冲年龄和资历，她都应该先破冰。

但是第二节数学课，肖挺立没有来上课，来代课的是陈侨英。

陈侨英看到辛茹脸上擦伤后结痂的样子，不由愣了愣，但也没有说什么，只是告诉辛茹，肖老师有事，学校安排他代课。

辛茹知道肖挺立是在闹情绪，他已经向校长提出不和辛茹配班了，要求学校把辛茹调到别的年级任教。陈昭校长自然不答应，这学期已经开学一个多月，各项课程教导处早就安排妥当，肖挺立的要求就是无理取闹啊。

辛茹觉得解铃还须系铃人，自己还是去找肖挺立把话说开比较好。她来到肖挺立的宿舍，没有见到肖挺立的身影，倒是碰到了谢丽娟。谢丽娟穿着睡衣，正泡了一碗泡面在吃，见到辛茹，她竟然给辛茹甩起了脸色，说："我们老肖教了一辈子书，不管以前在村里，还是现在在银山小学，从来没有和一个老师闹过矛盾，现在因为辛茹老师你，害我们老肖都被校长批评了，他也是教了几十年书的老教师了，什么时候被人这样伤面子？"

谢丽娟留着齐耳的短发，脸盘很大，五官扁平，嘴角还有一颗痣，再加上这一通无脑的言论，整个人显得又刻薄又蠢，辛茹有些无语。她和肖挺立矛盾激化似乎是为了替谢丽娟打抱不平，如今再听听谢丽娟这番话，辛茹觉得自己貌似大冤种。

她笑笑自嘲说：“丽娟嫂子和肖老师还真是绝配啊。”

辛茹回到教师办公室，逼自己写了几篇教学反思转移注意力，想把自己从郁闷的情绪里解脱出来。

“昨天，谢谢你救了我。”

辛茹停下笔，抬起头来，看到办公桌对面，刘星辰正看着她。也许是昨天落了水，刘星辰今天的脸色看起来挺苍白的，整个人怏怏不乐，这也让她显出一份与平常截然不同的友好来。

“哦，你没事就好，你没事吧？”刘星辰突然的示好，让辛茹一时有些语无伦次。

刘星辰没有回答她的问题，沉默了片刻，说道：“肖老师早上找过我，他想和我配班，我一直是教低年级的，但如果你觉得有必要换班的话，高年级我也能教，要是教学上遇到困难，我多向你请教呗。”

刘星辰的话让辛茹很错愕，没想到肖挺立不是说说而已，他是真的不想和她配班。

见辛茹沉默着，刘星辰便解释道：“我没有要和你抢班级的意思，我二年级那个班是从一年级开始带的，已经相处了一年，也挺有感情的，但是假如你有需要的话，我愿意和你换班，毕竟昨天你救了我。”

辛茹笑起来，虽然她目前和肖挺立的关系是比较僵，但刘星辰对她的态度缓和了，这也是一件值得高兴的事。她谢过刘星辰的好意，表示自己会和肖挺立解开矛盾的。

刘星辰点点头说：“肖老师其实人挺好的，就是脾气比较执拗，也许绕过弯来了，你们之间的关系就变好了。”

刘星辰这算是在安慰她，辛茹心里还是挺感动的，她再次向刘星辰道了谢，想问刘星辰她父母还在不在岛上，但刘星辰就闭口不谈了。

中午，辛茹从食堂吃完饭，正要回宿舍，就看到陈侨英站在宿舍楼的楼梯口等她。他手里递了一条药膏给她，说，这是之前去国外旅行时买的，对去疤疗效很好，让辛茹拿去用。

辛茹受宠若惊，没想到陈侨英这么细心。

陈侨英又问辛茹，可否陪他去一趟钟美丽家里，他要把镇政府发的渔旅节和音乐嘉年华活动的美术设计酬劳送一半给钟美丽。辛茹欣然同意。

王桂香刚从食堂走出来，看到辛茹和陈侨英两人并肩从操场走向校门，一时驻足，只听身边经过的两个老师在议论。一个老师对另一个老师说，这陈侨英老师平日里两耳不闻窗外事，今天突然变八卦了，竟然打听这个国庆节，学校里发生了什么事。另一个老师笑吟吟说，陈老师应该就是好奇辛茹老师的脸怎么受伤的吧。王桂香默默听着，心头涌起一种连自己也猜不透的很奇怪的情绪。

辛茹和陈侨英来到钟美丽家里，陈侨英将装了一沓钱的信封交到钟美丽父母手上，说了这钱的来源，夫妻俩都很高兴，对辛茹和陈侨英千恩万谢的。就在刚刚，夫妻俩还在犯愁，这些年为了给钟美丽治病，家里欠了很多钱，有个亲戚邀请钟美丽父母去外省工地上给工人们煮饭，给了很高的工资，可是夫妻二人如果都去打工，钟美丽又无人照顾，不知道怎么办才好。辛茹看着钟美丽和钟美丽的父母，心头涌起很多同情，一个家庭如果要养育一个患病的孩子，的确是一件很艰难的事，她答应帮助钟美丽的父母想想办法。

离开钟美丽家里，两人走回学校去。但见远处碧海蓝天，沙鸥点点，码头上十几辆满载沥青的工程车正从运载它们的轮船上被卸下来。这些工程车是为了修筑岛上第一条沥青道路而从市里调来作业的。已经卸到码头上的工程车立即投入紧张的施工中，只见路面上热气蒸腾，工人们挥汗如雨，一条崭新、宽阔、平坦的柏油马路即将形成。

银山岛原环岛公路等级低，路面较窄，急弯多、坡度陡，不能满足旅游中巴交会通行，落后的交通基础设施也成为岛上社会经济发展的制约因素。为改善岛上道路交通条件，从去年开始，连俊生书记就一直奔波，终于通过省重点办协调解决了道路建设涉及的生态红线问题，并于今年年初全面启动银山环岛道路提升工程。这条沥青道路建成后，银山岛向“国际生态休闲旅居海岛”的目标又迈出了重要一步。

两人将目光从施工现场收回来，陈侨英问辛茹打算怎么帮钟美丽一家。辛茹说，钟美丽是智力残疾儿童，可以在普通学校“随班就读”，也可以去特殊教育学校就读。市里的特殊教育学校是一所全免费的寄宿制学校，如果钟美丽能去特教校就读，就解决了钟美丽父母的后顾之忧。陈侨英问，特教校是不是在原来市里闲置的卫校的地址，那好像曾经是一座危楼。辛茹说那已经是若干年前的事情了，如今的特教校由市政府选了新的校址，斥巨资盖了现代化的教学楼，不但校园环境媲美其他公办学校，教师也是每年通过考编正式考入的特殊教育专业的教师，给予自闭症和智力残疾等特殊孩子专业的陪伴与教学。

两人边走边说，干脆走进奶茶店，点上两杯奶茶，再搜索到特教校公众号浏览起来。公众号上不仅有学校开展各项工作的新闻报道，还有学生的寄宿食谱展示。通过文字和图片，辛茹和陈侨英看到了一所为保障残疾儿童合法权益，努力提高残疾人受教育水平的优质学校。两个人看着彼此，都很唏嘘：城里城外，各个领域，如今的生活的确比起以前好太多了。陈侨英担心，特教校是否一定会收钟美丽入学，辛茹说她可以请她师傅明小星主任去向洪吉安股长求助，如果由洪吉安股长出面协调，应该可以。辛茹对学生的爱心和敬业让陈侨英异常感动。陈侨英拿起奶茶敬辛茹，由衷地说："辛茹老师，你真的是个为了学生鞠躬尽瘁的好老师。"

辛茹也举起奶茶与他碰杯，说："陈老师又何尝不是呢？你也帮了美丽很多，还有燕子。"

两个人不由相视一笑。

难得见到陈侨英的笑容，辛茹趁机邀请陈侨英担任他们班班长竞选的评委老师，陈侨英没有推托，答应了。

二人正聊到投机处，浑然未觉奶茶店内进来了一位不速之客。苏简简听了苏从的小报告，特意跑奶茶店一探究竟，眼见为实，先前小蚂蚁所言非虚，是的，小蚂蚁已经有二婶了，那就是漂亮的辛茹老师。侨英老师在岛上代课一年多时间，苏简简从未见他像此刻这般开心笑过。苏简简深受打击，黯然从奶茶店退了出去。她的到来和离去，陈侨英和辛茹都没有关注到。

苏简简一口气跑回手机店，臭着个脸不发一言。苏从切了水果来逗她开心，苏简简哪有心情吃，闷在柜台内修理手机。苏从叹口气说："姐，我说句话你别不高兴，你和侨英老师压根就不是一个世界的人，他是画画的，艺术家，你呢？修手机的，不配啊。""画画是手艺，修手机也是手艺，都是手艺人，怎么就不配了？"苏简简猛地将手上的东西往柜台上一摔，恶狠狠盯着苏从，苏从欲哭无泪："姐，告诉你一件严重的事，你刚才好像把你手上这台手机的零件弄丢了。”被苏从一提醒，苏简简这才手忙脚乱找起来，手机内部零件都是特别细小的，刚刚被她一甩，早就不知滚到哪里去了。

“姐，你也别太着急，这台手机不是高良姜的吗？高良姜不是一直追求你来着？你修坏了他的手机，他肯定不会让你赔钱的。”

“弄坏了别人的东西，哪有不赔钱的道理？”苏简简没好气。

苏从嬉皮笑脸说：“就算要赔，也可以换个方式赔啊，不一定非得赔钱，也可以以身相许。”苏从说完赶紧溜进后间厨房去，免得要挨苏简简一顿揍。

次日，五年（1）班的班长竞选如期举行，这样的活动在银山小学是头一遭，不论老师还是学生都感到很新鲜，许多老师和学生都挤在五年（1）班的窗户外面看，老师们举着手机，纷纷拍下学生们竞选演讲的视频，在各自的班级群和朋友圈分享。除了陈侨英，辛茹还邀请了陈昭校长、江胜教导等人来当评委，采用评委打分和学生投票相结合的方式，选出班长人选。最后，小圭赢得了竞选，重新当上了班长。窗外，小象激动地为哥哥鼓掌，问刘星辰：“我们班可不可以也采用这样竞选的方式？我也想当班长。”刘星辰却说小象现在才二年级，等以后读高年级了再说吧。小象嘟哝：“那时候刘老师已经考进城了吧？”刘星辰听着小象的嘀咕，很是落寞。

晚上，小圭放学回到家里，欧阳兰兰给他烧了一桌子好吃的饭菜犒劳他。小圭班长竞选的视频已经在岛上大部分人的手机上流传，大家见识到了欧阳兰兰家大公子的风采，欧阳兰兰微信上收到不少人的恭维，这极大满足了她的虚荣心。作为一个母亲，她觉得自己过去吃过的苦都有了回报，因为她有一个优秀的儿子。虽然她的婚姻失败了，她没有丈夫替她撑门面，但她有儿子啊！人生上半场拼爹，人生下半场拼儿子，欧阳兰兰女强人的雄心壮志威风八面在此刻被身为母亲的虚荣心击得溃不成军，她又回到了世俗传统里的小女人的可悲心态。

不管心态是不是可悲，心情总是愉快的。儿子凭借自己的实力当上班长了，岛上的邻居都说欧阳兰兰家的儿子这么小就当班长，长大后肯定是当官的料。欧阳兰兰被恭维得心里美滋滋的。见母亲因为哥哥当选班长而心花怒放，小象嘴里含着饭，不服输地说："我们刘老师说了，我现在还小，才二年级，等我和哥哥一样也读五年级的时候，也可以竞选班长的，等我当上了班长，邻居也会向妈妈夸我的。"

小圭看着喜形于色的妈妈和嘟着小嘴不服气的妹妹，不由放下了筷子，认认真真同她们说："你们这样的态度是不对的，我当班长是为全班同学服务的，不是你们用来炫耀的工具。"

小象不解地问："可是哥哥，你以前不是说你当班长就是为了让我在其他同学面前有面子的吗？"小圭说："以前是以前，现在是现在，现在我已经认识到自己以前的想法是不对的。"

欧阳兰兰的唇角依旧挂着笑，且笑意比之前更浓了，这样的儿子更让她骄傲。于是，她让小象一定要向哥哥学习。

相比兰兰家的客栈里母慈子孝的一幕，海上人家农家乐的氛围就有些剑拔弩张了。海大富没收了海潮海涛兄弟俩每天玩一个小时游戏的权利，还让兄弟俩面壁思过。海涛竞选班长的演讲视频在岛上人们的微信朋友圈里流转之后，每一个邻居的笑声都像打在海大富脸上的巴掌，让他颜面无存。邻居们专程跑到农家乐来对海大富夫妻俩说，海涛那一句话都说不利索的样子不知是遗传了他们夫妻当中的哪一方。

农家乐生意再好又如何？赚再多钱又如何？每日里忙成一条狗，可是孩子不成器，岛上的人就不会尊重他们。人活一辈子，不就活个孩子吗？这是海大富朴素的认知。

被邻居嘲笑一番后，海大富和江美桃不可避免要吵一架，最后江美桃竟将自己家和欧阳兰兰家做了对比，说小圭之所以争气，是因为没有爹干涉，在孩子教育问题上欧阳兰兰全权做主，不像他们家，她要教育孩子时海大富总是横插一脚，导致两个儿子跟前她这个母亲的威信全无。江美桃说到激动处，干脆甩手走人，海大富只能把气撒在俩儿子身上，对着两人的屁股一人给了一巴掌。

“丢人现眼的东西，还骗老子给你们赞助五百块钱竞选费用，说有了这个钱请同学吃糖，就能让同学给你们投票，结果呢？评委老师给你们打低分就算了，全班才几个人给你们投票？”海大富越想越生气，抬手又要打屁股，房间外响起敲门声和年轻姑娘的声音：“海老板在家吗？”

是辛茹老师。

海大富慌忙去开门，海潮海涛这才松了口气。

海大富家客厅里，海大富、江美桃并肩坐在沙发上，看着对面的辛茹。他们背后，海涛海潮兄弟俩，垂头丧气站着。辛茹从包里掏出一沓整整齐齐的零钱放到茶几上，挺厚的一沓，五块、十块、二十块面值不等，拢共是四百五十块钱，正是兄弟俩用来笼络全班同学的钱，辛茹都给收回来了。

“不是五百块钱吗？”海大富扭头看了俩儿子一眼，眼神愤愤，兄弟俩立马把头垂下去，为了把老爸给的五张百元大钞换成零钱，他们在超市消费了五十块。如果不是碍于辛茹在场，此刻，海大富特想揍两个儿子一顿，而江美桃想揍海大富一顿。平常，海大富总嫌弃这个当妈的粗鲁，没给儿子做好榜样，现在看看他这个父亲又是怎么教育孩子的呢？虽然粗鲁，但好歹实诚，而海大富教育的，简直歪门邪道！

海大富夫妻俩互相抱怨和攻击的时候，辛茹安慰道："两位不必互相指摘，在我眼中，两位真的是好父母。"

辛茹老师来支教的这段日子，海潮海涛不知闯了多少祸，而他们这对父母也干了很多蠢事，惹了不少笑话，但在辛茹老师眼中他们竟然还是好父母吗？海大富和江美桃都不敢相信。

辛茹笑着说道："两位经营这家农家乐，起早贪黑，付出了很多汗水，也把这家农家乐经营得很好，目前是咱们银山岛上生意最好的农家乐了吧？这说明两位不但勤劳，还很聪明。又勤劳又聪明的父母，对孩子来说就是财富，不但给孩子提供了很好的物质条件，是孩子坚实的保障，还给孩子起到了榜样的作用。海潮海涛兄弟俩脑袋瓜灵活，聪明，机灵，这些应该就是遗传自父母吧。"

被辛茹老师这么一通夸，海大富和江美桃都不好意思了，可是仔细想想，辛茹老师说的不就是事实吗？这些年他们夫妻俩在岛上经营这家农家乐，吃了多少苦？睡得比别人迟，起得比别人早，天蒙蒙亮就去码头挑选食材，为了节省人工开支，他们虽然是老板，可都亲自上阵，端盘洗碗……有的时候，遇到难缠的客人，还要处理各种突发事件，承担各种风险和损失。他们赚的每一分钱都是辛苦钱，都是血汗钱。想到这些，夫妻俩的心境突然就沉了下来，越发认真聆听辛茹说话，像两个认真听取老师教诲的学生。

"就像一块璞玉，资质再好，也需要打磨，海潮和海涛兄弟俩很聪明，但毕竟是孩子，咱们大人在孩子的教育问题上，光有一颗为他们好的心还不够，还要注意教育方法。孩子毕竟是一张白纸，他们以后会在白纸上作出怎样的画，学校和家庭这些外部环境都很重要，家长和老师能给予他们怎样的引导也很关键。如果孩子都有那么坚定的心性，知道什么该做，什么不该做，不受诱惑，不被带歪，那他们还叫孩子吗？海潮妈海涛爸，你们说是不是啊？”

面对辛茹老师真诚的笑容，海大富和江美桃都沉默了。辛茹老师这番话不但教育了孩子，更教育了他们当父母的。海潮海涛兄弟俩平常惹的祸，哪一桩和他们当父母的没有关系呢？

海大富十分惭愧说：“辛茹老师，你这番话，我和美桃都记下了。”

江美桃也说：“我们做父母的，的确在教育孩子的方法上欠妥了。”

辛茹则宽慰他们不要妄自菲薄，也不要太轻看自己的儿子，她说：“海潮海涛想竞选班长，这是好事，说明他们都有一颗积极向上的心，只是路子没走对，以后，咱们家长和老师要多多沟通交流，家校联合，共同帮助孩子成长为更好的自己。”

海大富和江美桃纷纷点头。

家访结束，海大富和江美桃要送送辛茹，辛茹说，让海潮海涛兄弟俩送她就可以了。夫妻俩知道，辛茹老师一定是私底下有什么话要对兄弟俩说，便让兄弟俩送送辛茹。

师生三人一直走到农家乐外头的那棵树下。蓝天白云依旧，只是树上的叶子有些黄了，秋风从海面上吹来，吹在身上已经有了很深的凉意。上次也是在这棵树下，辛茹老师替他们遮掩了手机的事情，但这一次辛茹老师说：“要想人不知，除非己莫为，我们不能总指望别人替我们遮掩我们做下的错事、坏事，如果不想承担后果，唯一的做法就是走正确的道路，做正确的事，明白吗？”

海潮海涛点点头，今天老师来家访，制止了爸妈打他们的行为，他们已经感到很庆幸了。

“你们很聪明，但实力不如别人，就是因为不够努力，没把心思放到正事上。老师希望你们好好想想，到底要成为怎样的人，是无所事事、讨人嫌的庸人，还是有所作为、对国家对社会有用的人，你们有选择的权利。”

但选择题只有一个正确答案，海潮海涛知道正确的选择是什么。

既然做好了选择，就要好好努力，付出行动。辛茹摸摸兄弟俩的脑袋，语重心长地说：“想想燕子，她的生活比你们艰难多了，她的学习基础也比你们差多了，她都有从头开始的勇气和决心，你们难道还会输给她吗？”

自然是不能够的。海潮海涛不知不觉就把腰杆子挺直了。

32

在明小星主任和洪吉安股长的帮助下，钟美丽和父母得到了一个去市特教校参观的机会。辛茹因为要上课没法陪同，就将钟美丽和父母拜托给了江新男。江新男开着车到玉晶码头接到了乘坐快艇漂洋过海来的钟美丽一家三口，又陪同他们参观了特教校。这里招收的是一群像钟美丽一样的残疾儿童，有的得了自闭症，有的智力残疾。他们来到展览室，那里挂满孩子们画的画，钟美丽看到那些画兴奋不已，好像找到了自己的家。

漂亮的校园环境，有爱心的老师，关键还全免费、寄宿制，这对钟美丽家庭来说再合适不过了，当即就决定了要让钟美丽转学到特教校。只要安顿好钟美丽，他们也能放心去外省打工，赚钱还债了。

钟美丽马上就要转学了，小圭带领全班同学到钟美丽家里送行。大家给钟美丽送了礼物，钟美丽也抱出一个大大的铝制饼干盒，打开盖子，里面是满满一盒的手链，这是她这些年编好但没有送出去的。今天全班同学都欣然收下了钟美丽的手链，钟美丽还说了无数句的“我喜欢你”，眼镜后面的一双眼睛闪闪烁烁，欢悦地转动着。她太激动了，失手打坏了燕子送她的礼物，那是燕子用捡到的海漂垃圾做成的小手工。钟美丽从地上捧起摔破了的礼物，大哭起来。燕子安慰她，摔坏了就摔坏了吧，她可以再给她做一个。

燕子跑去海边，在海水里等待着命运能给她漂来怎样的海漂垃圾，远处，小圭牵着钟美丽的手跑了过来，他们身后还跟着海潮和海涛。他们一起在海水里捡海漂垃圾，一起制作海漂工艺品，再在上面写下各自的名字，送给钟美丽。他们说他们要一起长大，一起做世界上最好的朋友。钟美丽不太懂，但跟着大家一起笑，一起欢呼。

钟美丽转学走了，肖挺立却还没有回到课堂，最近的数学课都是学校老师们帮忙代课的。黄竹和陈昭私下谈到肖挺立，都认为这样下去可不行，不能让他请病假请太长时间，病假只是托词，又不是真病，不过是为了让学校屈服，替他调换配班老师的借口而已。陈昭原本以为给肖挺立几天假期，让他冷静一段时间，想通了也就回来了，谁料想，肖挺立不但没回来，还将一周病假申请延长到一个月。

这不是胡闹吗？陈昭挺生气的，如果肖挺立此刻在学校里，他非骂他一顿不可。

肖挺立的事，辛茹觉得自己有责任。她打算周末回一趟城，去肖挺立家里拜访一下，于是向陈昭校长要来了肖挺立的家庭住址。

因为上次辛茹和肖挺立起了冲突，还受了伤，大昌不放心，特意陪着辛茹回城，要和她一起去肖挺立家里拜访。辛茹和大昌到了肖挺立家所在的小区时，竟然看到鲁洁、石呈基，还有王桂香和陈侨英。他们为什么会不约而同出现，辛茹没想那么多，既然来了，就一起去呗，都是同事，周末在另一同事家里聚聚，这在从前她在实验小学教书的时候，是家常便饭的事。

按了门铃，来开门的是谢丽娟。见到门外的一众人，她愣住了，旋即向内喊肖挺立。

肖挺立从房间里出来，看到客厅里已经坐了一群同事，当即黑了脸。

“丽娟，你进来一下。”肖挺立说着又进了卧室。

谢丽娟给了众人一个抱歉的表情，就跟着进了卧室。门“砰”的一声关上，隐隐约约听到夫妻俩争执的声音，只听谢丽娟不停辩解着：“我没有——”好在，争执很快平息了。夫妻俩再出来时，脸上都有了笑容，拿出了待客之道，给大家伙又泡茶又端水的。

等夫妻俩也搬了椅子坐下来，辛茹率先说明了来意：“肖老师，之前是我不对，我是来向您道歉的，您就看在我年轻不懂事的份儿上，别和我计较，大人大量，好不好？您能别请假了吗？孩子们都等着您回去给他们上课呢。”辛茹特别卑微看着肖挺立，近乎委曲求全。

辛茹说完，众人纷纷帮腔，说他们都不是数学专科老师，最近也被教导处安排了代五年级的数学课，代课不打紧，就是担心把五年级原本很好的数学成绩教坏掉，届时肖老师回了学校会怪大家伙。大家伙七嘴八舌的时候，谢丽娟好几次张了张嘴，想解释什么，但接到肖挺立警告的眼神之后只能作罢。等大家全部说完了，肖挺立才说话，让辛茹放心，他不会要求校长调换配班老师了，但他还是需要向学校请一个月的假。等一个月之后，他会回学校完成教学任务的，这一段时间就再辛苦大家一下了。

肖家没有挽留大家伙留下来吃个午饭，直接送客关门。

从小区出来，沿着大马路走着，辛茹问："肖老师说他不要求学校调换配班老师了，所以他是原谅我了吗？"

鲁洁揽着辛茹的肩膀说："别理他，压根就不是你的错，是他一个大老爷儿们小肚鸡肠。我最讨厌男人没有男人的样，娘里娘气的。"

这话让石垦基感觉被冒犯，他不由自主挺胸扩肩，带了点美声，说道："周末，既然进城了，我请大家唱歌吧。"

"你工资才多少？"鲁洁立即反对，"我们平均分摊吧。"

大家都附和说好，只有辛茹说，有现成的，浪费那钱干吗？于是把大家伙带回了辛家别墅，只是要求大家务必不能泄露她去海岛支教的事。大家这才知道辛茹去海岛支教是瞒着家里的。

刘星辰这个周末跟着父母回了家，如果她不跟着回去，李砚秋和刘盼盼就一直在阿狸的客栈里住着，阿狸老板包吃包住收留了一个星期，再住下去就不合适了，刘星辰只好答应李砚秋的要求回了趟家。

一到家里，李砚秋就缠着刘星辰说刘辉彩礼钱的事，要求刘星辰去找林斌要钱，还好刘辉回来了，骂了李砚秋一顿，刘星辰这才得了清静。

她躺在自己窄小房间的床上，睁着眼睛看天花板。好久没有回家住，房间里都有了发霉的味道。房间外，刘盼盼喊她吃饭，刘星辰不愿意面对李砚秋，就没有出去。不一会儿房门被敲响，刘辉的声音响了起来：“星辰，是哥哥。”

刘星辰这才起来去开了门，刘辉给她端了一碗西红柿蛋面进来，面上洒了一层绿绿的芹菜碎末，看得刘星辰肚子咕咕叫，于是便坐下来吃面。

刘辉坐在一旁，满眼怜爱看着自己的妹妹，说道：“彩礼钱的事委屈你了，你不要管妈说什么，你只要过好自己的生活就可以。”

刘辉说着，把一张卡拿出来放到桌上，刘星辰一愣。刘辉说：“这些年，妈把你的工资都给了我，我一分没花都给你攒着呢！以后你不管和谁结婚，这些钱都是你的私房钱，你自己赚的工资自己花。”

刘星辰眼泪簌簌落了下来，一颗颗落进碗里。

这些年，不管她多么怨恨母亲，但对哥哥是没有恨的，虽然哥哥是母亲盘剥她的原因。哥哥对她总是好的，有兄长的温情在。

“哥，我只有你这么一个哥哥，我也希望你过得幸福，可我没有没办法，如果我有，肯定会帮你，我不是一个自私的人，”刘星辰抹了把脸，把眼泪擦掉，笑着说，“过去的工资本来就是妈给你了，你就拿着吧，刚好当作结婚的彩礼钱，以后我的工资我自己攒着，就帮不了哥你了。”

刘星辰把卡推向刘辉。

刘辉又把卡推了回来，说：“这是你的钱，你自己留着，哥也没有大本事，赚不了大钱，接下来结婚了，肯定要过自己家的小日子，更顾不了你，作为哥哥，我很惭愧，帮不到你，但也没有办法。我们两个只能自己顾好自己。”

“可是，你现在结婚的彩礼钱怎么办？”刘星辰替哥哥担心。

刘辉挺淡定地说：“只要我答应你嫂子家的条件，彩礼好商量的。”

刘星辰一下子就猜到了：“嫂子家要你入赘吗？”

刘辉“嘘”了一声，朝门外努了努嘴。

刘星辰压低了声音说：“可是哥，爸和妈怎么可能答应？尤其是妈，她不可能答应的。他们只有你一个儿子。”

“不让她知道不就完了？”刘辉此时是彻底放松了，在和刘星辰说这个话题前，他其实还没有完全打定主意，“也不算入赘，只是要求我和你嫂子的孩子要分一个姓他们家的姓。这又不是无理取闹的要求，但要是让你嫂子娘家和爸妈把这个事摆到桌面上谈，妈非闹得鸡犬不宁不可。”

李砚秋的性格，身为儿女的刘辉和刘星辰再清楚不过了，这事必须瞒着她。

“只要答应这个条件，你和嫂子就能顺利结婚了，对不对？”刘星辰还是不放心。

刘辉点点头，说：“咱们家家庭条件不好，和你嫂子家是没得比，你嫂子是独生女，家境优渥，嫁给我，的确是受委屈了，她父母有怨言，我也都理解。可是我们出生在这样的家庭，父母为了我们……不，为了我这个儿子也尽力了，供我读了大学，攒钱让我付婚房的首付，虽然也只能支付一半的首付，另一半还是你嫂子家里出的，装修钱也是你嫂子家里出的，这已然是花费了父母一辈子的心血，还包括爸妈从你这个妹妹身上连哄带骂要来的钱。像我这样的男人，社会上评价我们是凤凰男，娶独生女是‘吃绝户’，还是父母重男轻女的罪魁祸首，但是有什么办法呢？我也想出生在非富即贵的人家，从小含着金钥匙出生，可没有人能够选择自己的出身，咱们这种家庭出身的男孩子就不配得到好女孩的爱了吗？我和你嫂子相爱了，你嫂子她很爱我，为了我常常在她父母跟前据理力争，舍不得让我被她的父母诋毁一分一毫，我有时候看着是真的很感动的，只想这辈子不要辜负她才好。她为了和我在一起，不顾父母反对，我为了她也该有所牺牲，何况孩子本来就是父母共同的结晶，可以跟男方姓，自然也可以跟女方姓，只是爸和妈是老派的思想，可能难以接受。”

刘辉声音平和，表情安详，娓娓道来，他是个厚道人，不是什么旷世奇才，或许一辈子都建不了功立不了业，就是个平平凡凡的男人，但嫁给他绝对能过上平凡女人的平凡幸福人生。

“哥，你说的我都懂，只要你自己好好的，我也会照顾好自己，你不要为我操心。你也说了，我们两个可能谁也帮衬不了谁，只能顾好自己先。”刘星辰说着再次把卡推给刘辉，“但是我是真心希望哥你过得好。”

刘辉自然不会收下，他如果要拿这笔钱，就不会把这张卡还给刘星辰了。

刘星辰的手机响起了，是鲁洁打来的。电话里，鲁洁邀请刘星辰出来一起玩，除了鲁洁的声音，还有辛茹、大昌、石呈基等人的声音，大家在电话那头一起邀请她。电话那头很吵，有人唱歌，像是在 KTV 的包间。刘星辰还没有答应，鲁洁就已经把地址通过微信推了过来。刘辉让她出去和同事聚一聚，别太孤僻了，显得不好相处，人是群居动物，还是要有几个朋友比较好，否则容易得心理疾病。

于是，刘星辰梳洗了一番，换上一条漂亮的裙子，准备出门。

见她从房间里走出来，李砚秋张嘴刚想骂人，刘星辰从挎包里把那张卡拿了出来。她自然不会说这钱的来龙去脉，只告诉李砚秋，可以拿去付哥哥的彩礼钱。李砚秋拿着卡，满脸堆笑，甚至语无伦次，像店铺老板欢送主顾一样，目送刘星辰走出家门。

从家门走到镇子车站的这段路，刘星辰的心情是轻松的，又很悲伤，想哭，又想笑。刘辉今天和她这番谈心，在她内心掀起很多波澜，她与刘辉的手足情更深了。或许在李砚秋二十多年的家教里，她的脑子里已经根深蒂固地种下了姐妹要为兄弟付出的封建思想，她很难做到自私自利，甚至做不到爱自己。李砚秋对她的教育让她在心里早已失去自我意识，她平日里之所以会愤懑会怨恨，或许仅仅是因为李砚秋的凶蛮。如果李砚秋对她能采取怀柔的态度，对她和颜悦色，而不是动辄打骂，她被偏心对待也不会感到丝毫委屈吧。

坐上中巴车，当车子向市区驶去，刘星辰默默流了一路的眼泪。她知道她终究是被原生家庭拖累，养成了畸形的性格，她不善于爱别人，也不懂得如何被爱。对于被爱，她不但患得患失，甚至根本就没有承接与享受的能力，因为从小到大，她都没有被爱过吧，所以觉得自己不可能拥有，就算暂时拥有了，也会失去。这就是为什么在她和林斌的感情里，她一直没有安全感，不是林斌没有给她安全感，而是从小到大她早已养成没有安全感的习惯。在父母眼中，她这个女儿算什么呢？儿子的从属品而已，何曾被当作一个独立的家庭角色存在于那个家庭里？

刘星辰眼前老是浮现林斌的音容笑貌，心头依然有清晰的疼痛划过。就算老天爷把一份美好的爱情摆到她面前，她只能错过，因为根本接不住。性格决定命运，而性格是如何养成的？一半遗传，一半家教吧。刘星辰想到头痛了，想到累了，目的地也就到了。

这是 F 市的别墅区，她活到二三十岁，还是第一次见到实地的别墅。来开门的是辛茹，她热情洋溢地欢迎了她。刘星辰这才知道，这座她一辈子都住不起的别墅是辛茹的家。美丽的花园，时髦的建筑，建筑内高档的装潢和摆设，还有那拿着吸尘器正在清洁地板的居家保姆……一切的一切落在刘星辰眼里都那么遥远而陌生，还有些刺眼。

同事们聚在一个类似 KTV 包间的大房间里唱歌，鲁洁向刘星辰介绍说这是辛茹家的家庭 KTV，音乐老师石呈基正在唱一首民歌，他的男高音悠扬又顿挫，换来大家的掌声阵阵。大昌点了首军营歌曲，立时，房间内众人的情绪都很高昂，就连从来不参加集体活动的陈侨英也坐在沙发上给众人打节拍。辛茹呢，她正在倾情演绎她的主人角色，殷勤地进进出出，宽大的茶几上摆满她端进来的美食。

刘星辰坐在沙发最角落的位置，她有点后悔出来参加这次聚会。如果是过去，她会疯狂妒忌辛茹，慨叹命运不公，但是自从辛茹把她从海里救上来之后，她就恨不动了，顶多只能落寞。不可否认，辛茹是个很好的人，虽然出身富裕，却有极好的修养和人品，她真诚、随和，她那么好的为人配得上她这么好的家境。

这时这刻的刘星辰像一只被拔光了刺的刺猬，受伤地蜷缩着，无法自我疗愈，只能眼睁睁感受自己的伤口血流奔涌。

辛茹把话筒递过来，说："星辰，唱一首歌吧。"

大家都把目光聚集到刘星辰身上，刘星辰慌忙在沙发上坐正了身子，诚惶诚恐说："我唱歌不好听。"

"都是自己人，怕什么？"辛茹声音响亮，笑容明媚，"刚刚除了石老师，他们每个人唱歌都不好听，也包括我。”

大家都起哄了：“唱一首！唱一首！”

刘星辰感受到自己额头已经冒汗了，握着话筒的手心也在冒汗。

鲁洁已经跑去点歌，扭头问她：“星辰，你想唱哪首，我给你点。”

每个人都看着她，每个人都等着她选歌，她却紧张到说不出一个字。鲁洁作主替她点了首当下流行的歌曲，可是刘星辰只会哼唱最耳熟能详的几句，场面一度尴尬，最后竟然是陈侨英帮着刘星辰把这首歌唱完了。每次唱完歌，其他人都要过来敬歌手酒，上次在阿狸的烧烤摊喝了酒后就病了几天，这一次大家可不敢让陈侨英喝酒了，于是每个人都礼貌地敬刘星辰酒。刘星辰喝了几杯就再次坐到沙发角落去。也许是酒精作祟吧，刘星辰的眼泪又一次默默流了下来。

不知道就这样坐了多久哭了多久，房间的门打开了，辛茹领进来一个人，是林斌。

辛家别墅的周末小聚会就这样结束了，房间内就剩下刘星辰和林斌两个人，大家似乎是为了给他们腾一个安静的场所出来。

“你怎么来了？”刘星辰问出口后又觉得自己很傻，同事们不过是好心，想给她和林斌制造一个冰释前嫌的机会。“你这周末也回城了啊？”刘星辰换了个问题。

林斌也显得安静：“渔旅节的工作暂告一段落，所以有空，就回城一趟。”

场面陷入沉默，他们僵持着，冷战是他们之间再熟悉不过的动作，别人的恋情总是热情洋溢，顾名思义“热恋”，而他们的恋情却总是冷战。

“我们以后该怎么办，你有什么打算吗？”刘星辰打破了这难堪的沉默。

林斌也挪了挪身子，说：“给我点时间。”

“要让我等多久？”

林斌再次缄默。

刘星辰神色平静：“是让我等什么？”

这个问题林斌能够回答：“我一定会让我母亲接受你的。”

“那要是她一直不接受呢？”

林斌的唇翕动了一下，最后反问道：“你是不是打算跟我分手？”

刘星辰笑了笑说：“我给你两个选择，我把主动权给你。”

林斌抬头看她，她脸上还挂着泪痕，只不过已经干涸，只在脸颊上拖下两条印记，睫毛湿湿的，眼睛湿湿的，声音也湿湿的，她说：“周一，我向校长请假一天，我在行政中心大楼外等你，你要么来和我领证结婚，我不要彩礼，也不要婚礼，我只要一张几块钱的结婚证就可以了。如果你不来，我们就分手。”

33

周一，刘星辰没有来学校。

下课的时候，辛茹还特意去二年级教室外瞄了一眼，没有看到刘星辰的身影。

她这会儿应该已经和林斌去行政中心大楼的民政窗口领证去

了吧。

辛茹回到自己教室时，发现大昌正拿了数学书站在讲台上。

见到辛茹，大昌立马解释说，周一上午，很多老师还没有返校，江胜教导排不出代课老师，他担心辛茹连着上一上午的课很辛苦，就自告奋勇代一节课。

“我在部队也是拿到了本科文凭的，教小学数学对我来说，还是能够胜任的。”大昌笑着说。

辛茹心头一动，不走了，恁是要坐在教室后头听大昌的课。大昌也很大方，请辛茹多指教。辛茹说：“那可不敢，我是语文老师，隔行如隔山呢。”说着，就搬了把椅子到教室后头去，还拿出了听课记录本。

讲台上的大昌上一节课下来，出了好几次糗，不是粉笔老断，就是说话磕绊，走路撞到桌角，时不时惹得全班同学哈哈大笑，完全没有他给全校老师做安全工作培训时的自如。

午饭时间，两人打了饭坐一起吃。

辛茹问大昌有没有考虑以后转岗到教学岗位，大昌说第一次给学生上课，感觉挑战性挺大的，不过孩子们很可爱，课堂也很有趣，所以他考虑考虑。辛茹便建议，如果想转教学岗得先考本教师资格证。大昌说，有道理。

次日，刘星辰回到学校，先经过保安室，将教育学和心理学的两本书从保安室窗口递了进去。大昌不解地从保安室内探出头来，刘星辰说，这是鲁洁打电话让她从市里新华书店替大昌买回来的。大昌说了谢谢，又问刘星辰是不是该吃她的喜糖了。刘星辰扯了扯嘴角，不置可否地走掉了。

大昌坐下来，随手拿起教育学的书翻了起来。不一会儿，鲁洁就来了。

大昌问：“你怎么知道我打算考教师资格证？”

“昨天在食堂吃饭的时候，我听到你和辛茹的对话了。”鲁洁笑着说。

大昌说：“鲁老师竟然有偷听别人说话的恶习。”

“拜托，那是食堂，公共场所，你和辛茹说话又没有偷偷摸摸的。”鲁洁说着就用拳头捶了大昌一下，大昌顺着她力的方向向后弯了弯身子，并捂着被捶的肩膀，“啊”地叫了一声。鲁洁就白他一眼，说：“你是当过兵的人，又不是石呈基，装什么装嘛！”

大昌于是坐正了，认真向鲁洁请教：“你以前是如何考教师资格证的，要准备些什么？”鲁洁于是立马拿出一个笔记本，这是她昨天晚上上网查阅资料，重新帮大昌整理出来的注意事项。

王桂香特意到教师办公室找辛茹，将一条崭新的药膏送给她，说估摸着她之前的药膏用完了，再帮她要了一条过来。

辛茹说上一条药膏不小心弄丢了，还好有侨英老师给的药膏，疗效不错，脸上的疤已经看不见了。

王桂香看见辛茹脸颊上受伤的位置果然已经看不见原来的疤痕了，他将药膏收回口袋里，落寞地笑了笑。

正打算离开，辛茹约他放学后一起去燕子家里看看，也不知道奶奶最近身体怎么样。王桂香点点头，脸上又有了笑容。

晚饭后，辛茹和王桂香来到燕子家里，王桂香替燕子奶奶做了体检，询问奶奶最近的吃药情况，奶奶的状态还不错，辛茹这才放了心。

辛茹问燕子在干吗，燕子说在学习，但不愿意让辛茹去房间探个究竟。辛茹竖起耳朵听，房间里似乎有窸窸窣窣小声说话的声音，她给王桂香使了个眼色，王桂香快速打开了燕子房间的门，海潮海涛兄弟俩的身影就映入眼帘。他们俩站在房间内，嘿嘿笑着，不好意思地和老师打招呼。

辛茹问：“你们俩在这里干什么？”兄弟俩急忙解释：“我们是来和燕子一起学习的，不是来打架，也不是来玩的。”

燕子耸耸肩，告诉辛茹，因为雷倩倩最近不和海潮海涛玩了，所以他们只能来找她玩了。

辛茹便问是不是兄弟俩欺负雷倩倩了，不然人家为什么不和他们玩了？兄弟俩支支吾吾，最后还是快嘴海涛说了原因，自从班长竞选之后，雷倩倩每天都在他们跟前阴阳怪气，不但说海潮海涛的爸妈是马屁精，只会巴结辛茹老师，还说辛茹老师是偏心鬼，根本没想撤小圭的职，既然还是想让小圭当班长，为什么还要组织这场班长竞选呢？明摆着就是要全班同学玩。

辛茹很意外，印象当中，雷倩倩是个非常乖巧的女学生，不同于燕子的倔强，学习成绩也非常优秀。而燕子此时也愤愤不平表示，雷倩倩已经不止一次在班上同学当中说辛茹老师坏话，说还是以前的肖梦云老师好，凡事都按学习成绩来给奖励，这样最公平，不像现在，辛茹老师喜欢谁，谁就可以当班干部，就连燕子这样的差生都能当班委。燕子为此，还差点和雷倩倩打起来。

“要是以前，我肯定和她打一架！”燕子气鼓鼓的。但是现在不行，为了辛茹老师，有些事情她必须做，有些事情她不能做，她还要考出好成绩，当上正式的班委呢。

辛茹不禁责怪自己是个粗心的老师，第二天回到课堂，她真的发现雷倩倩上课的精神头大不如前，一直走神不说，作业出错率也很高。

下课的时候，辛茹找雷倩倩谈话，雷倩倩却躲躲闪闪的，拒绝交流。

这种状态一直持续到肖挺立回来。

辛茹正在办公室批改作业，看见肖挺立腋下夹着两本教参，手里捧着一沓作业本走了进来，他身后跟着雷倩倩。肖挺立在自己位置上坐下，很不高兴喊了声："过来！"雷倩倩就耷拉着脑袋走过去，肖挺立将手中的教参往办公桌上一摔，发出"砰"的响亮的声响，吓了办公室里老师们一跳。辛茹也惊跳起来，雷倩倩反倒垂着头，闷不吭声。

当老师批评学生的时候，学生的沉默像是较劲和反抗，往往让老师更加生气。肖挺立此刻就怒不可遏。

"我才请假一个月而已，你说你现在学习就已经糟糕成这样了吗？别的老师没给你们代课吗？同样的老师代课，为什么其他同学就能把数学题做对，你就不行？雷倩倩，你可是班上的好学生，你的成绩一直都是班上排前面的，如果没有小圭，你就是咱们班第一名，你到底怎么回事你？你是不是要我永远跟在你屁股后头，盯着你才肯学习？老牛拉破车吗？抽一鞭走一步，那要是我死了呢？"

"肖老师消消气。"老师们纷纷过来安抚肖挺立，但上课铃响起了，大家又只好去上课。

辛茹端了一杯水过来，放在肖挺立桌子上。肖挺立依旧没给辛茹好脸色，但还是说道："你怎么不去上课？"

"咱们班下一节课是体育课……"辛茹把下面半句吞了：咱们俩是配班老师，你竟然不知道咱们班课表？

肖挺立往窗外操场的方向瞄了一眼，那里，鲁洁已经开始集合学生。

"体育课不打紧，她最近真的不像话，特别简单的题都能做错，以她一贯的学习成绩，真的不应该。”肖挺立还在气头上。

辛茹便说：“肖老师，这也不能全怪倩倩，我也有责任，您请假的这一个月，班级工作是我全权管理，倩倩退步了，和我也有很大关系。肖老师，您给倩倩一点时间，也给我一点时间，我向您保证，倩倩的数学成绩一定能很快回到她原来的水准的。”

辛茹赔着笑，好言好语。肖挺立没好气地说：“你啊，别总什么事都往自己身上揽，老师只是一份职业，又不是菩萨，可以普度众生。”

肖挺立虽然依旧说着责备的话，但也不知为什么，辛茹却听出了关切的意味。

放学的时候，雷倩倩一个人走在回家的路上，走得极慢，百无聊赖踢着脚边的石子。海潮海涛在后面喊她，雷倩倩也不理他们，兀自走着。海潮海涛快步追了上来，说：“雷倩倩，你心情不好，我们带你去一个地方玩一玩，放松下心情吧！”雷倩倩没好气说：“要你们管！”海潮海涛嘿嘿地笑：“谁让我们是朋友呢？”雷倩倩说：“谁和你们是朋友？”海潮海涛便说：“不管你怎么对我们，我们都永远把你当朋友。”雷倩倩是女孩，她怎么对他们都可以，他们是男孩，男孩得让着女孩。于是雷倩倩重新有了笑容，跟着哥俩走了。

大家是在观景台附近废弃的战壕里找到三人的，三人都没有大碍，就是下去了就上不来了。这里原来有个海军驻地，20世纪70年代末，有位首长来实地考察之后，从军事意义上分析，认为彼时在银山岛上设海军驻地已没有必要，于是下令撤军，这些曾经经历过战争的防空洞和战壕便随着时间与和平成功退休。岛上的大人是不许孩子到这些战壕和防空洞里玩耍的，毕竟年代久远，会造成不必要的危险。但海潮和海涛是调皮的孩子，海大富和江美桃忙着做生意，也没空管他们，他们便常常来。过去每次来，虽也有意外发生，但都化险为夷，这次却没能那么幸运。先是雷倩倩脚滑掉进了战壕，海潮和海涛为了救她，也相继被拖了下去，此后三人就再也爬不上来了。

天已经黑透，为了自救，雷倩倩又被战壕里两道铁丝网卡住，海潮海涛无法帮雷倩倩解脱，只能跟着雷倩倩一起哭起来。三个孩子哭了一会儿才想起来要求助，喊了半天“救命”也没有人听见，今晚的观景台没有游客，也没有萤火。海潮突然想起书包里有手机，但书包在战壕外。天越来越黑，也越来越冷，直到大人们找了过来——

雷倩倩的家长一直等不到雷倩倩放学回家，便找到学校来，辛茹打电话询问了学生们，有人说看见雷倩倩跟着海潮海涛走了。辛茹打电话到海大富那里，夫妻俩彼时还忙着农家乐的生意，根本没发现兄弟俩没回家。

老师和家长都急了，大家分头在岛上找，最后还是燕子想起来告诉辛茹，海潮和海涛平常会背着大人去观景台附近的防空洞和战壕玩。

辛茹和大昌率先抵达了观景台附近，等海大富和江美桃找过来时，大昌已经将三个孩子从战壕里救了上来，辛茹拿着手电筒在一旁给他们照明，三个孩子都满身满脸的泥，呜呜哭着。

大昌声音严肃，训斥海潮海涛：“是男人就别哭！”兄弟俩本能一凛，把腰杆子一挺，只抽噎着，再没哭了。

辛茹叮嘱海大富和江美桃，孩子受了惊吓，回去之后别打骂他们了。海大富和江美桃答应着，领着兄弟俩回去了。辛茹给雷倩倩的父母打了电话，告诉他们雷倩倩已经找到了，让他们在家里等着，她把孩子送回来。

雷倩倩受了这一场惊吓，两腿直发软，怎么也走不动，辛茹便让她在观景台上坐下缓一缓。见雷倩倩冻得哆嗦，辛茹脱下自己的外套给她披上，大昌也立即脱了自己的外套给辛茹披上，辛茹想说什么，他就拍着胸口说：“军人！”辛茹就给了他一个笑，转头看雷倩倩。观景台路灯的灯光照在女孩的脸上，把她脸上的眼泪、泥土、伤痕照得清清楚楚。

“怎么把脸都划了啊？”辛茹说，“不过没关系，老师回学校后去找王医生把去疤的药膏替你讨来，擦一擦，就又漂漂亮亮的了。”雷倩倩不语，不知道她心头在想些什么，也许有愧疚，也许有感激，也许有懊悔，但今夜，孩子心中更多的是惊吓。辛茹掏出手机，打开微信，再点开肖梦云微信的对话框，那里有肖梦云发过来的一段视频，辛茹还没来得及拿给雷倩倩看。

“我知道你想肖老师了，所以请肖老师给你录了段视频，你想看吗？”辛茹温柔地问。雷倩倩点点头。辛茹点开视频，肖梦云的音容笑貌就出现在了手机屏幕上：“倩倩，你最近还好吗？常听辛茹老师跟我夸你，她说你是一个品学兼优的好孩子，不论是学习还是行为习惯，都是其他同学的榜样……”

雷倩倩的眼泪吧嗒吧嗒落了下来，视频播放完了，她的头却不敢抬起来，垂得更低了，只听辛茹在她耳边说：“倩倩，试想一下，一个家庭里有很多孩子，有的孩子样样都很优秀，有的孩子样样都比较落后，作为妈妈，是应该拉那些孩子一把，还是不管他们，把他们丢掉，而只带着优秀的孩子走？没有妈妈会这样做的，优秀的兄弟姐妹也不会这样做的，他们一定会帮着妈妈一起，让落后的孩子也取得进步，大家一起成长。所以倩倩，老师不是偏心鬼，只是不能放弃任何一个，你能理解老师吗？”

雷倩倩点了点头，泪水又吧嗒吧嗒落在手机屏幕上，声音很含糊，但又清清楚楚，她说："对不起，辛老师。"

感人的场面是被突然赶来的鲁洁破坏掉的，和她一起赶来的还有陈侨英。刚刚寻找三个孩子时，他们俩是一路的。鲁洁火急火燎就脱了自己身上的衣服披在大昌肩上，大昌问："你干吗？"鲁洁说："怕你冷。"大昌说："我是部队出来的。"大昌从地上站起来，把衣服披回鲁洁身上。鲁洁说："部队出来的怎么了？部队出来的就不能怕冷了？我还练体育的呢。"二人推来搡去的时候，辛茹已经将大昌的衣服轻轻放在地上，拉着雷倩倩，和陈侨英一起走了。

两人将雷倩倩送到家里，就往回走。辛茹说陈昭校长交给她一个任务，让她开发一套银山中心小学的校本教材，这也是创建义务教育管理标准化学校的一块内容，之前学校在这方面是缺失的。抛开创建任务不谈，一个学校怎么能没有校本教材呢？全市大部分学校都有，除了小规模的农村校，师资力量不足，不具备这方面的能力。面对这个任务，辛茹感觉压力挺大的。陈侨英说："我可以在教材插图方面支持你。"辛茹说："到时候向陈昭校长申请经费发补贴给你。"陈侨英扑哧一笑："朋友之间谈什么钱？"辛茹问："我们是朋友吗？"陈侨英皱皱眉："不然呢？"辛茹乐了："那我就不客气了，这项工作不可能一蹴而就，需要占用很多假期时间，这个寒假可能要泡汤了。"陈侨英就说："闲着也是闲着。"

两人正说着，就见喜伯从街那头走过来，他走得很急，一瘸一拐的，像风浪里艰难的小舟。辛茹和陈侨英忙迎了过去，问他这么晚去哪里。喜伯说去找他家小儿子，已经几天不着家了。辛茹问为什么不给他打个电话。喜伯说他手机坏了，放苏简简手机店修了一个多月了，还是没修好，所以联系不上。

喜伯继续找他的小儿子，辛茹和陈侨英继续往学校走去。正走着，楼上一盆水就倒了下来，刚好将陈侨英淋成个落汤鸡。辛茹因为走在另一侧，只溅了些水花。二人正要追究，抬头一看，身旁的店铺招牌上写着“苏简简手机店”，刚才这盆水就是从苏简简家榴房楼上倒下来的，也不知道是什么水。辛茹看着头发衣服都湿了的陈侨英，陈侨英笑笑说没事，回去洗个澡就干净了。又说辛茹身上也溅到水了，也得回去洗洗。于是两个人加快脚步回学校去。

楼上窗户里探出一张惊魂甫定的脸，约莫十八九岁光景，带着未脱的稚气，他手里还抓着一个塑料盆子。

“高良姜，你不会把我姐的洗脚水往窗户外面倒吧？你是不是泼到人了？”苏从的声音从背后响起，高良姜吓了一跳。

他想否认，但苏从已经冲过来，探出脑袋往楼下一看，立即就惊骇地提高了音调：“高良姜，你要死啊，你知不知道你泼到谁了？”高良姜不管自己泼到谁，反正泼到谁都不能让苏简简知道。苏从已经挥手打他的脑袋：“你说你，让你倒个洗脚水你都不会，你倒浴室里不就完了吗？”高良姜一边拿着塑料盆子躲着苏从的拳头，一边说：“马桶堵了。”“堵了你不会修啊？”苏从说，“你还是不是男人，你连修个马桶都不会？”高良姜就反驳说：“你也是男人，你咋不修？”苏从无语：“干活不行，顶嘴第一，怪不得我姐看不上你。”高良姜不服气：“你姐已经接受我了，我都在你家住这么久了，我现在是你姐夫了。”

“你比我小好几岁呢，还姐夫！”

“那又怎样？你姐同意和我搞对象，我就是你姐夫！”高良姜得意地提高了音调。

“你现在不是了，给我滚回去！”苏简简站在房门口，她的裤腿高高卷起，露出刚刚泡过的白白嫩嫩的脚。她的脸上山雨欲来，和适才高良姜给她泡脚时的春风和煦的样子已经判若两人。高良姜战战兢兢走上去，说：“我，我不是故意的。”“滚！”苏简简粗暴抬起手，一掌就拍掉了他手上的塑料盆子，塑料盆子摔在地上，底部裂开一道缝。高良姜还想说什么，苏简简大声吼道：“你再不滚，我让你成为这个盆子！”苏简简目光血红，胸口急剧起伏着，把高良姜吓得不轻，苏从忙把他劝走了。

听到楼下传来铁门打开又关上的声音，苏简简走到窗口向下看去，空荡荡的大街上，店铺都打烊了，除了高良姜踽踽独行的背影，再没有第二个人。苏简简重重拉上窗户，走到床边坐下，生着闷气。苏从回来了，对她说：“姐，告诉你一件事，你一定要挺住，刚刚高良姜泼到的人是陈侨英。”

34

第二天，大昌在保安室收到了两份鸡蛋，鸡蛋煮熟了，拿红粉染过，用大红塑料袋装着。一份是苏从奉他姐苏简简的命令送来的，一份是喜伯送来的，都是替陈侨英挂红的。

喜伯送来的那袋子红蛋还热乎着。

“都怪我那不争气的小儿子，失踪几天，闯了个祸才跑回家来。”喜伯很抱歉地说，“他想亲自向陈侨英老师道个歉，但又觉得没脸见他。那可是洗脚水，多晦气啊！”喜伯叹息，自责得很，仿佛高楼泼水的人是他。大昌安抚他，侨英老师心胸开阔，不会在意的。时令已经入冬，喜伯站在校门口，被冷风吹得鼻尖红红的，眼睛也红红的，那是为小儿子哭的。大昌把自己的热水壶递给他，让他喝口水暖暖身子。

喜伯喝了水，心里也暖暖的，就拉着大昌说心里话："老婆死得早，留下两个半大小子给我，为了拉扯两个儿子，我也没再找。女人都很现实的，谁会乐意给两个男孩当后妈，又苦又累又没有任何好处呢，于是我就咬咬牙，种地，捕鱼，终于把两个儿子拉扯长大。大儿子不用我操心，打小就有主意，现在娶妻生子，把自己的小家庭顾得挺好的，就是这个小儿子不让人省心，书没读好，初中毕业考不上普高，就读了职高，高考也没考上大专，学习生涯就此结束。在学校里是混日子，出了学校还是混日子，这小半年从市里职高毕业回到岛上之后就赖着不走了，我让他去找工作，他只在家里打些散工……"喜伯不知道高良姜不愿意离岛闯荡是因为岛上有他喜欢的女人，而那女人因为他的年龄太小并不肯接受他炽热的爱。当十八九岁的男青年为自己的爱情痛苦的时候，他的父亲并不了解，就算了解了也不会理解，父子就这么彼此误会，彼此难过。

"要不要让他来学校面试一下保安的工作？"大昌说，"学校不能只配备一名安保人员，陈昭校长最近正和我商量这件事呢，学校打算再招聘一名保安人员。"

喜伯立即摇头："小姜还是个小后生，怎么能干保安这样的工作呢？"大昌笑说："我不也是个后生吗？"喜伯摆手："你不一样，你是有正式编制的，小姜要是来了，就是个临时工，年纪轻轻当保安，工资又低，会被岛上的人笑话的。"大昌也不试图去说服喜伯，刻板印象一旦形成，怎么可能轻易改变？只说，要是高良姜有这个意愿，就和学校联系。

吃午饭的时候，陈侨英拿了两袋子红蛋到食堂分给老师们，大家笑着问他，是不是他喜事近了，请大家吃喜蛋？陈侨英一概笑而不语。陈侨英这学期的改变不是一点点大，他进食堂的次数越来越多，参加集体活动的次数也越来越多，不再是那个只把自己关在宿舍里，不与人来往的画家了。他为什么会有这样的改变，老师们默契地把原因归结到辛茹身上，默认辛茹是那把打开陈侨英心门的钥匙，默认是辛茹把阳光带给这个原本独来独往的画家。

肖挺立到食堂吃饭时，大部分老师都吃完走人了，只有一张桌上还坐着几个年轻人，他们的餐盘都空了，正在剥红蛋吃。联叔联婶也站在餐柜后面吃红蛋。

见他进来，陈侨英就举起一个红蛋问："肖老师，吃红蛋吗？"

"肖老师，吃红蛋吧。"其他人也纷纷招呼。

难得陈侨英这么主动，肖挺立有些意外，但他还是摇了摇头，说他肚子会胀气，不适合吃蛋。他用饭盒打了饭，正要离开食堂，辛茹问："肖老师，我们正在说编校本教材的事情呢。我们打算组织一个校本教材编写小组，你是银山小学的老教师了，你对学校最了解，你也参加呗。"

"好。"肖挺立说着，捧了饭盒离开了。

鲁洁不可思议冲大家说："我没有听错吧，肖老师答应了，这么爽快，没有拒绝啊！"

大家也都觉得不可思议，这次休完假回到学校后，辛茹发现肖挺立改变了很多，不再和她对着干了，虽然态度还是冷冰冰的，但行动上十分支持她的班主任工作。

“肖老师的确变了很多，以前是侨英老师不在食堂吃饭，现在轮到他了，打了饭就回宿舍去，好像食堂有老虎似的。”联婶嘟哝。联叔就看着她嘿嘿地笑：“你就是那只母老虎。”联婶冲联叔捏起拳头，联叔嘴里含着蛋黄，含糊不清说：“说你是母老虎，你还真是母老虎。”

那边，饭桌上，刘星辰对辛茹说：“我以前和你说过，肖老师人挺好的，就是性格比较执拗而已。”

“你人也挺好的。”辛茹笑着和刘星辰打趣，“也谢谢你肯加入校本教材编写小组。”刘星辰谦虚地说：“我就是打个酱油，谢谢你给我学习的机会才对。”鲁洁直言直语：“星辰，以后不要这么虚伪客套，大家既是同事，又是朋友，都率直一点，这样既真诚又能提高办事效率。”结果，大昌说：“要是女孩子都像鲁洁你这样，未免太粗鲁了些。”鲁洁气得要打大昌，大家忍不住大笑。石呈基忙讨好鲁洁说：“鲁洁不是粗鲁，是英姿飒爽，她要是生活在古代，肯定会成为花木兰。”然后就忍不住背起了“唧唧复唧唧，木兰当户织”。大家再一次笑了，辛茹让大昌好好向石呈基学习，看看人家多会说话，大昌嘴巴再这么欠儿，小心这辈子都找不到女朋友。大昌不服气说：“石呈基嘴巴甜不也是单身狗？”石呈基就说：“在座的各位，除了星辰以外，有谁不是单身狗吗？”

辛茹率先举手，王桂香、陈侨英等人也跟着举起手来，最后整桌人都举手了，大家都是单身狗。

所有人都把目光聚焦到刘星辰身上，她也举着手，大家不由都把手放下了，最后只剩她一人还举着手，表情落寞。

“上次谢谢你们的好意，”刘星辰说，“我和林斌没有去领证，这一次我们是真的分手了，再也不可能复合了。”刘星辰说话的时候倒没有什么难受的感觉，就是有一种疲惫感，那种百米冲刺后撞在南墙，摔倒在地，半晌，爬起身，坐在地上傻愣愣的那种疲惫感。很受伤，却也是一种解脱。等她再站起来的时候，就会是新生活的开始了吧。

辛茹拉她站起来，说：“世界上好男人多的是，你看，这里一整桌的单身狗供你挑选呢！”鲁洁也豪气地站起来说：“是，一整桌单身狗供我们挑选呢！”石呈基就仰着脸，热情地说：“鲁洁挑我！挑我！”鲁洁“呸”了一声道：“我们这一桌四男三女，你只会是多余的那一个！”石呈基惶恐，问：“那你挑了哪一个？”不待鲁洁说话，大昌就说：“大家开玩笑的啦，又不是货品，被挑来挑去的。”于是散去。

辛茹从食堂出来，没有回宿舍，而是跟着王桂香去了校医室。

看着两人的背影，石呈基同鲁洁嘟囔说：“我以为辛茹和大昌是一对，他俩可是同学。”“同学就必须谈恋爱结婚吗？那咋没见你娶一个女同学回来？”鲁洁剜了石呈基一眼，走掉。“我不喜欢女同学，我喜欢女同事。”石呈基喃喃自语的时候，鲁洁已经上楼去了，他只好冲鲁洁的背影来一首美声。楼上传来鲁洁不耐烦的声音：“烦死了，石呈基你给我闭嘴！”

校医室里，王桂香找出先前那条去疤药膏，交到辛茹手上。

“我替雷倩倩谢谢你。”辛茹笑着向他道谢。

王桂香想了想，问道：“刚刚在食堂，你说你也是单身狗？”

辛茹点点头，笑说：“你不也是吗？有谁不是吗？”

“你家里人不急吗？”王桂香自己都觉得这个问题有些俗气。

他身后墙上挂着校医的白大褂，纯洁的白色和他本人的气质特别搭。如果他是在城市的大医院，一定是个特别好的医生。辛茹一直这么认为。

“急啊！当然急，可是我觉得我还小，爱情和婚姻都应该随缘。”辛茹认认真真地回答。

“那你觉得在天南海北的两个人，本应该八竿子打不着的两个人，偏偏因为很多阴差阳错聚到一座海岛学校来，这算不算缘分呢？”

辛茹一时有些听不明白，只听王桂香又说道：“刚从省城来到这座小岛的时候，我每天都想不明白，自己为什么会有这样的际遇，从天上到地下，像一只折翼的鸟，从云端跌落，摔得灰头土脸。我现在明白了，所有的安排都是缘分使然。”

看着眼前的姑娘，王桂香内心郁结的一股子委屈得到了纾解，豁然开朗，不再有怨愤了，欣然接受命运的一切安排。

“辛茹，你可以做我的女朋友吗？”王桂香笑着问道。

辛茹手上攥着那条药膏走回宿舍，一路低着头，以至于没有注意到楼梯拐角处一直站着等她的陈侨英，等到回神时，吓了好大一跳。

陈侨英问：“你没事吧？”

辛茹拍着胸口：“没事没事，就是被你吓了一跳。”

陈侨英说：“我是说你身体没事吧？”

辛茹不解，陈侨英拿手指指操场那边医务室的方向说：“你刚刚和王医生去医务室了，怎么了？哪里不舒服吗？”

陈侨英的神情又关切又真诚，辛茹不由想起她第一次到银山中心小学那天，也是在宿舍楼的楼梯上遇见他，她站在下面，他站在上头，她出了状况，他伸手扶她，只是如今的他整个人都变了，不再作茧自缚，像一只破茧而出的蝶。

“我没事，”辛茹将手上的去疤药膏拿给陈侨英看，“我是替雷倩倩去向王医生讨药膏的，你昨天晚上也看到了，倩倩的脸受伤了。”

辛茹嘴上解释着，心里却说，以后大概就有事了吧。就在刚刚，王医生向她表白了，她答应他要考虑考虑的。

35

期末将近，陈昭校长亲自组织了一场校本教材编写小组的会议。他任主编，江胜教导和辛茹任副主编，编委有黄竹、刘星辰、肖挺立、陈侨英、鲁洁和石呈基。鲁洁是自告奋勇，石呈基看鲁洁自告奋勇，便也自告奋勇，陈昭校长便让他负责校歌的部分。

陈昭校长要求校本教材一定要立足海岛，结合本校校情和学生生情进行编写。只有充分分析校情和生情，才能遴选出最合适的校本教材内容，而作为海岛学校，校本教材一定要体现海岛特色。陈昭校长说，校情要着重考虑哪些是对教学有着制约影响的因素，譬如教学设施、设备的情况，是否能满足开展校本课程的教学要求，但也不能因为学校没有教学条件就将本应该纳入校本课程的内容删除掉，而应该创造条件尽可能满足教学的需要。

分析学生生情，则是为了确定使用校本教材教学的主要方式。海岛学校学生们的文化水平、理解能力、专业兴趣、学习欲望等等，都要有充分的研究，正儿八经的研究，过去没有研究，不懂研究，现在都要好好研究，研究好。编写校本教材时不能只考虑优生，对文化底子薄弱，理解能力比较差的后进生更要兼顾，在教材编写难度上要分层考虑，理论知识比重相对少一些，提升学生学习趣味的内容比重要多一些。

还要多学习借鉴其他学校的校本教材，分析人家的长处，看看人家的前沿理论、技术编写，务必使咱们自己的校本教材内容做到与时俱进，同时兼顾科学性和逻辑性，确定好主线，各单元知识的内在联系一定要尊重客观规律。

海岛特色、时代特色，利于教，利于学，这是陈昭校长提出的总的指导要求。具体编写工作由辛茹和江胜教导具体落实。

江胜教导将每个编委的任务进行了分配，这个事先都已经沟通过，文字素材由辛茹全权负责，图片素材则由陈侨英负责，包括教材插图和封面设计等等，而后期的文稿校对、目录编写、前言设计等工作都由黄竹负责，所有人同时要听从辛茹的调配，因为她的任务是最重的，也是编写工作的核心。由于银山小学在教材编写这块的工作属于空白，平时也没有收集什么材料，辛茹需要从零开始，任务十分艰巨。

陈昭校长问辛茹，“有信心吗？”辛茹点点头，笑着说：“干就完事了！”于是散会。辛茹走出会议室，见肖挺立落在众人后头，等她走上前，他便说，需要他干什么，大胆开口便是。习惯了肖挺立处处事事唱反调，他突然如此热心和配合，辛茹有些受宠若惊，笑着冲肖挺立道谢的同时，突然发现肖挺立相比以前瘦削了好多，原本棱角分明的下颌线越发刀削般整齐了，两只眼睛黑眼圈很重，整个人显得很憔悴。

期末，五年级的语文成绩出炉，大部分孩子都考取了较为满意的成绩，小圭、雷倩倩等人获得了优秀，海潮海涛还是良好，若在平常他们拿到良好的成绩也是十分满足的，但是燕子也拿到了良好，这就让他们觉得这个“良好”没啥意思了。

这学期的教学工作告一段落，孩子们已经放假，而老师们还有些收尾工作要做，等挨家挨户发放完素质报告单，老师们的教学工作才算真正结束。

刘星辰捧着一沓素质报告单走进办公室，看到辛茹正给每个孩子的素质报告单手写寄语，刘星辰再看看自己，素质报告单教师寄语的位置用的是打印店的打印文案，心理不禁有些惭愧。辛茹一边写评语，一边同刘星辰说道：“星辰，我想咱们几个编委先别急着放假，留在学校几天，专门做一下校本教材编写的工作，可以吗？”鲁洁这时走了进来，听了辛茹的话，就说道：“我肯定是没问题的，可以留下来，石呈基看我，我留下来他肯定也会留下来的，星辰……”鲁洁看着刘星辰：“星辰要不要准备进城考试啊？平常都争分夺秒的，这放了假，更要利用起来刷题背书了，是下学期五月份考试吧？时间还挺紧的。”辛茹闻言，放下笔，也向刘星辰看过来。刘星辰忙说：“我能留下来，我可以的，可以的。”

于是辛茹笑起来，说：“谢谢你啊，星辰。”

鲁洁又替刘星辰答道：“谢啥，大家都是编委，又不是替你一个人打工，大家都是为了学校。”

“数你最积极！”辛茹继续写她的评语，笑着对鲁洁说，“你的省级体育课题申报得怎么样了？通过了吗？”鲁洁大惊失色，跑过来坐辛茹身边说：“你怎么知道的？”“大昌告诉我的。”辛茹说。鲁洁更加惊异：“大昌怎么知道的？”辛茹说：“只要有心，什么不能知道啊？”这么说来，大昌对她有心咯？想到这里，鲁洁唇边露出不好意思的笑。大昌最近被镇人武部抽调去协助征兵工作，也不知道他百忙之中是如何知道她申报省级课题的事的。她来到海岛学校任教后，可从来没有放弃过专业成长，但因为学校里大部分老师在海岛任教了一辈子，都有了职业倦怠，在专业成长方面不太积极，她一个年轻教师太过主动就显得很不合群很另类，怕同事们笑话她一个技能科老师假积极。鲁洁为此不敢让学校老师知道她私下寻求专业进步的事，申报课题需要学校教导处盖章，她也央求江胜教导替她保密。

鲁洁思绪纷飞间，辛茹已经将笔递了过来，鲁洁问：“干吗？”辛茹笑说：“给我们班孩子写一写体育老师对他们的祝福和期待。”鲁洁瞪大眼睛：“我是体育老师欸！从来没有班主任要求体育老师给孩子写寄语的。”辛茹便说：“那我就当第一个。”刘星辰便也笑着将手上的素质报告单伸过来，说：“那我们二年级的小朋友，也请鲁洁老师写几句寄语吧。”鲁洁咬开笔盖，奋笔疾书，一边写一边抱怨：“有啥好处没有啊？”辛茹笑说：“寒假里请你吃饭。”刘星辰就在一旁说听者有份，辛茹补充说，没听者也有份，大昌她反正是要请的。鲁洁顿时写得更有劲了，笔下生风：“海潮同学，我觉得你太胖了，要注意锻炼，保持健康的体魄……”

海潮海涛已经收到了辛茹老师送来的素质报告单，两个人彼此嘲笑着对方，因为鲁洁老师在寄语中希望他们俩寒假要坚持锻炼，一个需要减减肥，一个需要蹿蹿个儿。

“我觉得鲁老师对你说的话挺对的，”海涛说，“太胖，长大以后当不了兵。”

海潮伸手比了比海涛的个头与自己的差距，说：“鲁老师对你说的话也挺对的，矮个子也当不了兵，身高也是有要求的。”

自从上次，大昌从废弃的战壕里把他们俩和雷倩倩救上来之后，兄弟俩就对大昌崇拜起来，立志长大后要像大昌老师那样去部队当兵，做一名保家卫国的男子汉。

对于兄弟俩的梦想，海大富和江美桃可没当真，觉得孩子就那么一说，当家长的也就那么一听，自己俩儿子每天咋咋呼呼，听风就是雨，今天想当解放军保家卫国，明天又想当医生救死扶伤，见怪不怪。

“这学习成绩，长大也就只能跟着咱俩开开农家乐，煮煮菜，洗洗碗什么的了。”海大富拿着兄弟俩的素质报告单，上看下看，左看右看，无奈摇摇头。见自己生的俩儿子被丈夫小觑，江美桃不高兴了，说：“再不济就去当兵，当兵当得好，留在部队，以后说不定还能当上军官呢！当了军官可就光宗耀祖，比你端盘子强一万倍。”

海大富听了江美桃的话，转念一想，便说：“既然打算让他们哥俩长大后去当兵，那没必要读书了啊，混个初中毕业，等满了十八岁，就送部队去，交给国家，咱们也不用操心了。”

“海老板，现在想参军，学历要求也挺高的。”大昌的声音从外头传了进来，海潮海涛兄弟俩立即扑了上去，一边一个，热情挽住大昌的手喊“大昌老师”。因为上次大昌救过海潮和海涛，他对海家来说是恩人也是贵客，海大富和江美桃立即起身热情招待他。海大富又是茶又是烟的，弄得大昌哭笑不得。

大昌不抽烟，他是来发征兵宣传单的。国家实行了“一年两征”的新征兵政策，眼下正是春季征兵时间。

大昌将宣传单递给海大富，笑着说道：“现在国家征兵对学历要求有所提高，主要征集具有高中（含中专、职高、技校）毕业及以上文化程度（含高校新生、在校生）的青年入伍，优先批准高学历青年入伍，而初中毕业生是有比例、有地域限制地征集。早在几年前，个别省市就已经不再征集初中毕业生入伍了，这两年，咱们市里的征兵工作，高中毕业生都只能作为备选。”

大昌拍拍海潮和海涛的脑袋，鼓励地说：“要想保家卫国，成为一名人民解放军，不但要有强健的体魄，还要好好学习，提升文化素养。”

大昌的话特别有威信，就连海大富都跟着两个儿子把腰杆子给挺了起来。

大昌冲海大富和江美桃说：“目前，银山镇的征兵任务还没有完成，亲戚朋友里如果有合适的男青年，有志于国防事业，都可以报名参军。”

辛茹将全班学生都走访了一遍，素质报告单发放完毕，回到学校。肖挺立过来找她说，“你不是让我帮忙给学生写寄语吗？我起先有点忙，这会儿有空了。”辛茹便说这学期先这样，下学期早点拿给肖老师写。见肖挺立面色苍白，辛茹问他是不是人不舒服，肖挺立摇头说没事。辛茹想起了什么，从包里拿出一个自制的小笔筒来递给肖挺立。肖挺立不解，辛茹告诉他说：“这是我起先去燕子家家访时，燕子托我送给你的。是孩子的一番心意，她亲手制作的，说是感谢你帮她补课，让她这次数学期末考试上了八十分。”肖挺立接过那个小笔筒，小笔筒是一节竹子做成的，表面上用贝壳粘贴了漂亮的图案，还用蹩脚的字写道：“谢谢肖老师”。

肖挺立脸上有了笑容，告诉辛茹：“燕子这孩子是个重感情、很仗义的孩子，之前我和你关系不好，她为了替你出气，还捉了几条毛毛虫放在我书里，有次竟还捉了几条放我坐的椅子上，我那一屁股坐下去……”

辛茹不敢想象那场面，没想到一向爱告状的肖挺立竟然替燕子隐瞒这些恶作剧。肖挺立也不想回忆那辛酸的场面，只是无奈地笑。

“这孩子本质不坏，只是从小到大疏于管教，也是个可怜的孩子，过去是我们这些大人对她少了耐心，世界上没有教不好的孩子，只有不会教的老师。”

辛茹便道：“肖老师千万别这么说，您把咱们班的数学教得那么好，成绩远远超过我的语文成绩，我都感觉很惭愧。有时候我也疑惑，我的那些所谓先进的教学方法真的科学吗？”

肖挺立看着辛茹，郑重地说：“古时候的人要去省城，乘坐马车需要花费两个月时间，现在我们乘坐高铁，两个多小时就到省城了。不能因为都一样能到达目的地，就说高铁没有比马车先进，也不能因为马车是比高铁早两千年抵达省城，就说高铁没有意义，高铁的先进之处显而易见，只不过建高铁需要社会文明和科学技术的发展，这需要一个过程。所以，你一定要坚信你采用的那些经历过很多专家实践检验之后概括成理论的教学方法，一定是科学有效的，只不过需要给孩子们一些时间，因为建高铁需要时间，但是当孩子们的学习习惯和学习能力形成之后，就好比终于建成了一条通畅的高铁，那它的速度和效益将是巨大的。”

听了肖挺立这番话，辛茹豁然开朗，她也想给肖挺立做个笔筒了。肖挺立说：“学习是互相的，这学期我也从辛茹老师身上学到了很多东西，接下来我还要向你学习如何编写校本教材呢。”

辛茹摆手，说自己也是大姑娘上轿头一遭，大家一起学习一起进步。

刘星辰的学生素质报告单还有最后一份，她来到了兰兰家的客栈。小象看着自己的素质报告单，再看看小圭的，嘟哝为什么哥哥的素质报告单上是辛茹老师手写的寄语，而自己的却是打印的字。刘星辰向小象解释，下学期再手写寄语。小象表示理解，因为刘老师要节省时间准备进城考试。这让刘星辰有些尴尬。等刘星辰走了，欧阳兰兰看着两个孩子的素质报告单，难免也要对比一番，说刘老师教书不如辛茹老师用心。

刘星辰走到门外，听着身后欧阳兰兰的话，心里沉沉的，她想转身进去辩解几句，她想说虽然她花了很多时间背书刷题，可那都是业余时间，她有认真上课，有认真改作业，所有本职的工作她都认真做了，可总觉得这样的辩解很苍白，有此地无银三百两之嫌，且还有一份莫名其妙的心虚在。

刘星辰的心情怏怏不振，冬天的冷风在海岛上显得肆虐，吹得人寒飕飕的。刘星辰不由拉紧了自己的棉袄，这么冷的冬天，她竟然还没有一件羽绒服。是不喜欢吗？刘星辰自嘲地笑着，傍晚的夕阳投射在她身上，是一抹虚弱的灿烂。

她漫无目的地走着，让内心化作一片混沌的棉花。这段时间，李砚秋大概是因为解决了刘辉结婚彩礼钱的事，不再一天到晚给她轰炸电话了，甚至连一个电话都没有，这令刘星辰有些不习惯。她像斯德哥尔摩综合征患者，习惯了母亲的强势压迫，反倒不习惯母亲的突然冷淡。

不知道走了多久，走到了月亮湾沙滩，还偶遇了谢小敏。大概是因为刘星辰和林斌已经分手，谢小敏越发地理直气壮。她告诉刘星辰，她是到岛上看望林斌的，就住在阿狸的客栈里。她还说，她和林斌春节后就要订婚了，还可能订婚、结婚一起办，还说她已经和林斌一起选好了拍摄婚纱照的影楼，可能在林斌放春假的时候去拍婚纱照……

两个姑娘面对面的时候，林斌从沙滩那头走来。谢小敏立即笑脸相迎，林斌让她先回避一下，他有些话想对刘星辰说。谢小敏温顺乖巧、善解人意地走开了。

等谢小敏走远了，林斌唤道："星辰。"

刘星辰一脸冷漠，内心里依然有很多愤恨。

林斌问："放寒假了，你怎么还在岛上？"

"这和你有什么关系呢？"刘星辰没有看他，早在那天，她在行政中心大楼前，从日出等他到日落，他都没有出现，他对她来说，就是陌生人了。他和谁订婚，和谁结婚，都不再关她的事，而她为什么放假还在岛上也不关他的事。她的态度是情理之中，她恨他怨他都是情理中事，可是他还是很难过，哪怕这种难过自己都觉得恶心。他爱她，只是这种爱充满懦弱，在母亲的强势里，显得力不从心。过去，他蜗居海岛，逃避着母亲的权威，当母亲追到海岛，他就避无可避了。

"我和谢小敏要结婚了，我也很快就要调进城了。"他说。

"祝福你。"刘星辰说着，转身离去。虽然他们的关系早在那一天就结束了，可是这一刻她还是受到了前所未有的打击。转身的那刻，她整个人是麻木的，就连海面的冷风吹打在脸上身上，也不觉得冷了。

身后，林斌看着冷风中她踽踽而去的背影，忍不住哭了。她的背影从未有过的孤单、孱弱，在黄昏的夕阳里悲情地瑟缩着。他冲着她的背影，大声喊："未来，希望你勇敢向重男轻女的父母说不，希望你独立自强，希望你工作上更加努力，要处理好同事间的人际关系，希望你找到自信，不要做自卑的刘星辰……”身后，林斌的喊声越来越远，远到被冬天的海风吹散，刘星辰早已泪流满面。

前面不远处，有个年轻人正举着照相机，对着海天交界处那轮圆圆的金黄。他仿佛感应到了什么，将眼睛从镜头前移开，扭头看向她走来的方向。

“刘老师，你来得太巧了，做我的模特，好吗？”

“好。”刘星辰微笑着走向他。

于是，他的镜头里再一次拥有了落日与她。

他说：“为了感谢你，我请你吃饭吧。”

她说：“我想喝几杯。”

他带她回到月亮湾客栈，给她开了一坛米酿。这坛米酿，不是和岛上的老乡购买的，而是他亲手酿的。他说：“我第一次和老乡学酿酒，手艺笨拙，刘老师不要嫌弃。”她坐在大堂靠着落地窗的玻璃桌旁，端起白色的小瓷杯抿了一口，皱眉：“胡老板，你的手艺果然笨拙，这酒苦涩得很，就像我此刻的心情。”她说着，苦涩的眼泪当即就流了下来。

大堂另一侧，林斌对谢小敏说：“能帮我向胡老板讨一杯酒来吗？”他也想尝一尝苦涩的味道，因为以后的日子，大概只剩下甜了。此时此刻让他再苦涩一回，便是此生最大的奢侈了。

谢小敏点头，温柔乖巧的，善解人意的。不一会儿，她便替他讨了酒来。一样是胡老板笨拙的手艺，一样是小白瓷杯，一样是苦涩的液体，他仰脖喝下一杯，一样流下了两行苦涩。

从今往后，他和她，去远了。

36

辛茹主持的第一场校本教材编委会议开到一半的时候，肖挺立晕倒在了会议室里。大家先是把肖挺立送去镇卫生院，又给谢丽娟打了电话。

因为没有快艇了，陈昭校长通过金山合作社社长杨阿满联系到了一条机动渔船，将肖挺立护送到了玉晶码头。谢丽娟早已请了车等候在那里。王桂香、陈侨英和石呈基跟着谢丽娟去帮忙了，辛茹看着刘星辰，说："要不，你先去我那儿？"刘星辰点点头，她早已习惯不回家的日子，对于"回家"两个字充满抗拒。

两个人在码头挨了一个小时冷风，江新男终于开车来接她们。车子直奔辛茹的"音乐花园"小区。

辛茹的套房是两室一厅，卧室是一主一客，客厅既是饭厅又是书房。房子虽小但很温馨，主要这是属于辛茹自己的空间。刘星辰不无羡慕地说，如果她也有这么一个属于自己的家就好了。辛茹让她把行李安顿到客房去，并说只要她愿意，这个寒假，这里就是属于她的家。"你别跟我客气，我也不跟你客气哦！"辛茹指着客厅的沙发对刘星辰说，"回头咱们俩得把客厅重新布置成会议室，校本教材编委会的会议这个寒假都放这里开了。"

江新男乐陶陶表示算她一份，学校的事务她不懂，但她可以负责后勤工作，为大家准备吃的喝的。辛茹笑着问她："十指不沾阳春水的大小姐也能为我们洗手做羹汤吗？"江新男说："我可以点外卖啊！”刘星辰去收拾客房了，江新男便把辛茹推进主卧，支支吾吾，欲言又止。辛茹说：“你是不是想打听连书记的事啊？”

什么都逃不过好闺蜜的法眼，江新男不好意思地笑了。

辛茹却一副耍无赖的样，耸耸肩说：“不知道，无可奉告。”江新男不高兴地噘起嘴巴，辛茹就说：“想知道啊？自己去看！”江新男觉得言之有理，于是回家收拾收拾，向银山岛出发。

春节前夕，市级人大代表会议即将召开，连俊生召集陈昭校长和银山镇的几名人大代表一起讨论了关于银山镇中心小学改办九年一贯制学校的议案。代表们通过前一段时间的调研和考察，一致认为这个议案对于银山镇的发展很有价值，于是联名签署了议案。

散会，送走代表们，林斌就进来提醒连俊生该去冬角小学参加清华大学乡村振兴工作站和农大大学生社会实践基地联合挂牌活动的揭牌仪式。连俊生叫上魏如青一起，一行人向着冬角小学而去。

冬角小学项目改造是乡村振兴实践基地的二期工程，大学生们按照新旧融合理念，为冬角小学设计的钢结构楼梯已经顺利完成。

连俊生领着众人察看了改造现场，被大学生们的创意惊艳，揭牌仪式后，他发表讲话，说此次大学生社会实践基地的落地，拓宽了银山岛响应乡村振兴政策的发展渠道，为银山镇乡村振兴工作及海岛建设人才引进政策落实增添了新动力，点亮了新风采，同时也为青年学子提供了宝贵的实践平台。他希望能有更多年轻学子参与到建设美丽海岛，赋能乡村振兴的实践中来。最后，连俊生感谢大学生们利用寒假背井离乡来到海岛为美丽乡村付出的努力，大学生们却表示连太太已经感谢过了。

这让连俊生丈二和尚摸不着头脑。

在众人的哄笑声里，连俊生见到了大学生们口中的连太太。

这几日，江新男一直在冬角小学的改造现场，为大学生们送吃送喝送温暖，和大学生们已经混得很熟了，但连俊生对她却是陌生的。

江新男坐在书吧里等着连俊生，连俊生被几个师弟、师妹推到了书吧门口。

“师哥，我们希望今年春节能够吃到你的喜糖。”师弟马平川乐呵呵说道。

另一位师弟侯刚和小师妹周雅晴也跟着附和说，如果今年春节能吃上连师哥和连太太的喜糖，就不枉他们这个寒假放弃和家人团聚的机会，千里迢迢漂洋过海留在海岛支援乡村振兴的举动了。

江新男坐在书吧里，一只手托腮，满意地听着书吧门口马平川几人替她说媒。连俊生则哭笑不得地看着师弟师妹们，反复解释说这是误会一场，他和那位“连太太”根本不认识。但是这种辩解通常很苍白无力，会被解读为欲盖弥彰、此地无银，尤其还有当事人过来亲自盖章的。

“你们知道的，你们师哥他生性害羞。”江新男从书吧内走出来，对马平川等人说道。她一副甜心模样，与连俊生站在一起，就像一对金童玉女，十分养眼。马平川等人不忍破坏了这份和谐，立即告辞了，让师兄师嫂过二人世界。

众人走了，偌大的书吧里就剩下他们二人，连俊生才发现江新男竟然是依靠在他肩上的，他立即挪开身子避嫌，江新男自然就往前栽去，只听她嘴里喊着：“你谋杀亲妻啊！”发现自己被他的大手拽回来，她又满意而娇羞地说：“我就知道你舍不得让我摔倒。”

等她站稳了，连俊生立即松手，正儿八经地说：“这位小姐，你不要恶作剧，好吗？我和你非亲非故，这样影响不好。”江新男说：“等让工作站里你的师弟师妹们都吃上咱俩的喜糖，我们就是除了父母以外世界上最亲的人了。你未婚我未嫁，我们就是正常的恋爱，哪里影响不好了？”

自说自话到近乎不要脸的地步，连俊生哭笑不得地看着眼前的姑娘：“这位小姐，我们压根都没有见过面，谈的哪门子恋爱啊？”

江新男不乐意了，噘嘴说：“连书记真是贵人多忘事，你忘了渔旅节的时候，我可是亲自在银山镇政府门口向你表白过的。我都已经向你表白了，你这翻脸不认人的样子，可有些不负责任了啊！”

连俊生想起来，那个午夜，在镇政府的大门口的确是有这么一位姑娘跑来胡言乱语，他还以为她当时耍酒疯来着。几个月前的事情，他早就抛诸脑后，哪里能将那位姑娘和眼前的这位小姐对号入座呢？

连俊生说：“就算你向我表白是认真的，可我也没有答应你啊。”江新男就说：“那你也没有拒绝我啊，没有拒绝就是接受。反正，我已经和我爸说好了，今年过年我要留在银山陪他未来女婿一起过年，不回去了。”

王桂香来拜访辛茹，告诉她，肖挺立病了，得的是胃癌，且已经晚期了。这让辛茹震惊不已。想到肖挺立前前后后的变化，从较真到柔软，从刚硬到妥协，的确除了生死大考，没有其他理由可以解释的了。人果然要在生死面前才能豁然开朗，所谓人之将死其言也善，是自己对不可抗力的妥协，是格局，也是懦弱。

王桂香说，肖挺立在是否化疗的问题上，与家人产生了强烈的争执，肖老师很痛苦，也很弱势。

辛茹能够理解肖挺立的处境和心境，那么骄傲的一个人，在病体不足以支撑自己自尊的时候，一向的权威只有被碾压成泥。这种地位上的转变或许比绝症更让他难以接受。

“我抽空去医院看看他。”辛茹说。

王桂香点点头，他要暂时回省城陪家人过年去了。

作为医生，他应该对生死抱着平常心，可是肖挺立的病还是让他对生死有了触电般的改观。他想回家去，好好陪陪自己的父母。他希望下一次，可以带着辛茹一起回家过年，但看着辛茹的笑容不带任何一点杂质，他把这句话吞下去了，总觉得说出来会煞风景。

辛茹和刘星辰一起来到医院，肖挺立不顾谢丽娟反对，执意从病床上坐起身，只是歪着身子，并不敢看二人。他原本就瘦，如今越发瘦如竹竿，肩膀斜着，像一根大型的鱼刺。他让谢丽娟给二人倒水，辛茹和刘星辰都谢绝了，说自己不渴，肖挺立却起身去拿开水瓶，要亲自给她们倒水，但为找不到一次性水杯而生气。

一旁，谢丽娟抱怨说：“你们看，他就是这么执拗。”

肖挺立就冲谢丽娟发脾气，认为她的抱怨折了他的面子。他当着外人的面冲她发火，让谢丽娟同样感到没面子，于是委屈地哭了，边哭边向辛茹和刘星辰诉苦，说肖挺立不肯配合医生化疗。最后，肖挺立摔了开水瓶，谢丽娟跑了出去，刘星辰去追谢丽娟，辛茹留下来安抚肖挺立，并整理病房内的狼藉。

见辛茹拿着扫把将开水瓶内胆的碎片扫进畚斗，肖挺立过来抢她手中的扫把说："放着，我来我来！"辛茹说："肖老师，您还是去床上躺着吧，您现在是病人。"辛茹正准备拿着畚斗去倒垃圾，一抬头就看见肖挺立站在病床前，一脸失魂落魄。辛茹心里一咯噔，知道自己的话犯了病人的忌讳，便笑着说："肖老师，你拿拖把拖地，我把垃圾拿去倒一下。"

辛茹回来时，肖挺立已经把地拖好了，好像瞬间用光了所有力气似的，倒在病床上。辛茹给他倒了水，在病床前坐了下来。

辛茹说："肖老师，丽娟嫂子心里也不好过。"肖挺立点点头，两个人做了半辈子夫妻了，他都明白，只是改不掉和谢丽娟吵架的习惯，也不知道为什么夫妻俩就不能好好相处，总是针尖对麦芒，乌龟看铁锤。但是吵归吵，两人却始终也没有离婚，如今他病了，陪在身边的人也还是谢丽娟。

"我这病是治不好的，何必浪费钱，我只是想给他们娘儿俩多留点钱。"肖挺立这样说的时候，眼眶不由一酸。儿子大学毕业，已经到了成家立业的年纪，可无论家庭还是事业都还没有看到影子，而他原本要成为儿子依靠的人，如今却像腐朽的钢筋，岌岌将倒。他用手掩面，喃喃说："不要到最后，人没了，钱也没了……"

辛茹听着肖挺立的话，心里也止不住地悲伤。相比钱，可能谢丽娟更希望肖挺立给她多留些温柔的回忆。

从医院出来，刘星辰和辛茹都决定回家一趟，亲人之间的相处时光才是这个世界上胜过任何荣华富贵的财富。

辛茹回到辛家别墅时，辛廷伟还在山上的白茶山庄没有回来。

"你变黑了，被海风吹的吧？"许凡女士一边给花园里的几株鹤望兰浇水，一边说道。冬天，百花凋残，鹤望兰却开得正茂。

它是四季常青的植物，却不如蜡梅有名气，许凡女士便也更乐得打理它，认为它有实力还低调。

母亲的话意有所指，让辛茹心下一惊，却听许凡笑道：“瞒着妈妈有何意义呢？在你心目中，妈妈就是那么不通情理的人吗？妈妈年轻的时候也是一名农村教师，做人不能忘本。”

辛茹被母亲一番话说得脸颊热辣辣的，只能挽着母亲胳膊撒娇，好逃过一场批评。辛茹问：“妈妈，你是什么时候发现的？”许凡女士特骄傲地说：“当然是第一时间就发现了，不然你觉得就凭新男那丫头蹩脚的演技，能瞒你爸爸这么久？”辛茹立即给许凡女士戴起了大帽子：“我就说嘛，新男平常根本撒不来谎的人，这次怎么可以在爸爸跟前打这么久的掩护，原来是妈妈替她兜底啊！”

许凡拿着手中的喷水壶作势敲一下辛茹的脑袋，说：“妈是替你兜底。”说着，又换了一副面孔，笑着说：“瞒着你爸是对的，他觉悟差。”辛茹忍不住哈哈大笑起来。

“还笑得出来？快跟妈妈说说，在海岛支教都发生了哪些事。”

于是母女俩去客厅，聊了在海岛支教的点点滴滴，从学生到同事，辛茹都汇报了个遍，当然多是报喜不报忧，许凡听了直感到欣慰。

晚饭时分，辛廷伟回来了。见到辛茹，喜出望外，说自己似乎很久没有见到宝贝女儿的面了。许凡就故意讥讽他，平日里标榜自己是个爱女儿的好父亲，可是忙起工作来，几个月不见女儿面也不带想的。辛廷伟大呼冤枉，说自己每天都和女儿微信往来问候的。许凡说：“原来父爱就是问候几句微信啊？”辛廷伟便问辛茹：“要不，爸爸把你剩下的房贷一次性付了吧，利息给银行赚干吗啊？钱太好挣了吗？”辛茹当然无情拒绝了他，自己赚钱自己供房贷的感觉很独立很自由，她很享受。辛廷伟便得意地向许凡炫耀说：“这性格随我，有志气！”

一家三口说说笑笑，坐下来吃饭。

这似乎是好久都没有过的家庭聚餐了，辛廷伟一口气吃了三大碗白米饭，继而对辛茹说：“年关了，公司要开年会，你去现场支持一下，表演一下茶艺。”辛茹打趣问：“请我表演茶艺有出场费吗？”她可是市里十大“白茶仙子”之一。辛廷伟就说：“想要红包啊，你结婚啊！结婚的时候，你给爸爸磕个头，爸爸就给你包个大大的红包，不但给你包红包，还给我女婿也包个大红包。”

催婚一直是父女之间不太开心的话题。

辛茹讪讪然说：“为了个红包结婚，那我得多贪财？”

辛廷伟不乐意了，问辛茹：“不会是要当什么独立女性，不结婚了吧？”辛茹知道，父亲一直关心她的终身大事，她是独生女，也承担着这种压力。见许凡已经朝她使了个眼色，辛茹便向辛廷伟表态，自己老大不小，婚是肯定会结的，买套房就是为了方便以后谈恋爱有自己的小空间啊。辛廷伟想想觉得说得过去，这才展露笑颜，一颗悬着的心也放下了，旋即问辛茹有对象了没，如果还没有，他就要安排她相亲了。

辛茹忙让父亲不要瞎安排。辛廷伟便问：“那你是已经有男朋友了？既然有男朋友了，就找个时间把他带回来让爸爸把关一下。也别找时间了，你不放假了吗？就这个寒假，带回来。”

辛廷伟是心满意足了，而辛茹却好无奈。

37

陈侨声那间矮矮但宽敞的小平房里，最近难得地呈现温馨的家庭氛围。寒假，陈侨英从银山回来，每日里买菜、做饭，辅导小蚂蚁的功课，陪小蚂蚁玩，小蚂蚁又开始笑了，动不动就高举双手喊口号："二叔在手，天下我有！"

教育局和学校不同，学校放寒暑假，教育局不放，陈侨声照例要上班，但是一下班就有热腾腾的饭菜吃，这对他来说，已经是一件分外幸福的事情。

其实，唐丽这段时间也一改过去对家里的家务当甩手掌柜的个性，也会煮饭、洗碗，也会把洗衣机里的衣服抱去晾晒，但她毕竟是一家五星级酒店的大堂经理，高工资势必匹配高强度的工作，并没能对家人给到太多时间。不上班的时间就回家，给老公孩子做做饭，日子似乎回到了一个家庭的正轨上来。

吃晚饭的时候，一家人整整齐齐坐在了饭桌上，唐丽给兄弟俩开了酒，陈侨声说："开酒干吗？"唐丽说："明天是周末，喝点酒怎么了？"陈侨声朝陈侨英的方向递了个眼色，小蚂蚁快人快语说："二叔不能喝酒，二叔的身体还没恢复好呢。上次在银山，二叔和同事聚餐，喝了点酒，病了好几天。"唐丽连忙将酒换成饮料，陈侨英笑笑说："我和小蚂蚁喝饮料，大哥大嫂可以喝点酒。"

于是，一家人，不管杯子里是酒还是饮料，统统举杯。

陈侨声关心地问陈侨英接下来有什么打算，在海岛代课总不是长久之计，如果还是要回北京发展，他这个当哥哥的一定支持，但陈侨英却表示目前的生活挺好的。

小蚂蚁说：“对，我二婶还在岛上呢，二叔不能离开。”

唐丽和陈侨声都向陈侨英看过来，问：“二弟谈恋爱了？”

小蚂蚁又乐陶陶抢着说：“是的，二叔和辛茹老师谈恋爱了。”

陈侨声知道辛茹，那个实验小学的很优秀的年轻女老师，这学期的确在海岛支教。陈侨英拜托小蚂蚁别开玩笑，小蚂蚁悻悻然说：“我很喜欢辛茹老师，她又漂亮，人又好。”唐丽就笑着哄他：“不是你找女朋友，是你二叔找女朋友，得你二叔喜欢才行。”小蚂蚁就说：“我长大以后一定要找辛茹老师这样的女朋友。”

童言无忌。陈侨声对此喜闻乐见，他说，人总该要朝前看，不管过去如何，总该要去过一份新生活。陈侨英解释说，他和辛茹就是普通同事而已。不知道为什么，这样说的时候，他心底里竟有一份莫名的心虚，饭桌上的气氛也变得异样起来，好在唐丽终结了这份尴尬，她说他们酒店这周末承办一个白茶公司的年会，除了该公司的职工以外，还可以邀请一些嘉宾与客人参与其中，到时候会有很多抽奖和礼品，她作为酒店的大堂经理，也受到了邀请，一家人一起去吧。小蚂蚁立即欢呼起来，一定要去凑这份热闹，他希望能抽到一个变形金刚。

周六晚上，唐丽带着自己的丈夫、儿子还有小叔子一起光临了现场。于是，陈侨英看到了在台上身着“白茶仙子”服饰，在美妙的音乐里行云流水表演茶艺的辛茹。

小蚂蚁兴奋地指着舞台上的“白茶仙子”，对唐丽说：“那是我二婶。”

陈侨英也一眼认出了辛茹，盛装的辛茹比起平日里的形象更美丽了，正应了那句“淡妆浓抹总相宜”。对于内心里泛起的那股子无法自制的波澜，陈侨英很慌乱，他起身从人山人海的会场走了出去。

辛茹结束了表演，去洗手间卸妆。她提着雪白色演出服的裙摆，顶着一头的古装发饰，向洗手间走去。洗手间门口，一个熟悉的身影映入眼帘。

“侨英老师。”辛茹喊道。

陈侨英一凛，慌乱地从洗手台回过身来，他的脸上沾满水滴，表情里的痛苦像仓皇躲进衣柜的猫，还有一根尾巴没有藏好，露出了马脚。

“侨英老师，你怎么会在这儿？你怎么了？”辛茹指着他的脸，关切地问。

“这么巧，我来参加活动。”陈侨英指了指外头，会场的音乐声和主持人宣布抽奖的声响传了出来。

“你也是来参加我爸公司的年会啊？”辛茹笑起来，“的确好巧，那你刚才看到我表演的茶艺了吗？”辛茹放松下来，走去洗手台卸妆。陈侨英往旁边挪了挪身子，将空间腾给她。但见她拿出化妆包里的小毛巾，沾了水擦脸。“陈老师这是第一次看我在舞台上表演吧？我现在不常演出了，但因为是我爸的公司，所以友情助兴一下。”

浓妆在她脸上逐渐洗去，她的笑容就像是埋在雪底的珍宝，待雪拂去，立即耀眼绽放，叫人看着也立即心里亮堂起来。

辛茹已经递过一张纸巾，陈侨英接过来，将脸上的水珠擦去，说道：“辛茹老师真是多才多艺。”辛茹立即摆手，说：“谈不上谈不上，我除了茶艺，就不会其他才艺了，唱歌跳舞那些我都不行。茶艺吧，也是因为我父亲是卖白茶的，和家庭有些关系……”

洗手间外拐角处，那位卖白茶的老头皱起了眉头。他西装革履，风度翩翩，展示了这个年纪最有魅力的模样，但他的脸色此刻不太好看。他的秘书小米过来寻他，说：“辛董，您在这儿呢，里头等您进去抽奖呢。”老头很严肃地看着他的女秘书说：“米秘书，帮我了解个人。”

而洗手台前的两人对外面发生的事还一无所知，辛茹问陈侨英校本教材插画的任务完成到哪里了。陈侨英说，需要根据辛茹遴选的教材内容再做调整。于是二人约定第二天在辛茹“音乐花园”的小套房里见面。

次日，陈侨英如约来到辛茹家里。

门铃响起，辛茹走去给陈侨英开门，陈侨英抱着一沓画稿站在门外。

屋子里，除了辛茹，还有刘星辰和石呈基，肖挺立竟然也来了。

辛茹解释说，黄竹老师和陈昭校长还在岛上，因为他们的儿子放寒假了，他们在岛上一家团聚，而黄竹主要负责后期校勘的工作，没有必要把她从岛上叫进来，又说大昌在岛上，帮助镇人武部一起做征兵方面的工作，所以鲁洁也留在岛上了，未能参加此次会议。

石呈基听了，不乐意地抱怨说：“大昌帮忙征兵，鲁洁也留在岛上干吗？”

肖挺立便说：“人手够了，我也可以帮着做力所能及的工作的。”

于是大家问肖挺立的身体吃得消吗，肖挺立说，编委会的工作能让他参与，他就精神振作，比吃什么灵丹妙药都管用，让大家不用担心，还说一时半会儿死不了的，让大家别拿他当病人，一定要拿他当正常人，他才高兴。

大家也明白一个癌症晚期病人的心理，于是都顺着他。

辛茹让大家坐下来，各自打开各自的笔记本电脑，她把自己这段时间遴选出来的校本教材内容共享到群里，让大家一条条帮着讨论，哪些是值得留下的，哪些是可以去除的，哪些体现了海岛特色，哪些符合了学校校情……

也不知过了多久，到了大家讨论陈侨英教材插图的环节，门铃响了，辛茹跑去开门，门外竟然站着辛廷伟。

对于门内的情形，辛廷伟也没有料到，但他很快看到了陈侨英，那个在前一晚与女儿在洗手台前交谈的年轻人。他没有进门，就站在门外，指着门内的陈侨英说："你，晚上去我家里吃个饭。"

"爸，他真的不是我的男朋友，他就是我的同事而已。"

辛家别墅，辛茹向辛廷伟解释道。

彼时，陈侨英正坐在客厅里，接受许凡女士的"盘问"。比起辛董事长的威严，许凡女士就显得和蔼可亲得多。

从客厅的方向收回视线，辛廷伟看向女儿，不满意地说："他在海岛代课，你在实验小学教书，你们俩算哪门子同事啊？"

一句话让辛茹顿时没了底气，不敢再争辩，否则自己去海岛支教的事只怕瞒不住。要是被辛廷伟知道了，非让她下学期就终止支教不可。虽说她签了两年支教协议，但辛廷伟是市里龙头茶企的董事长，有的是能量破坏这件事。

"我们就是同行而已。"辛茹应付着辛廷伟。

辛廷伟不管陈侨英是同行还是同事，现在他就认定，这个人和女儿在谈恋爱。虽然他对女儿的终身大事很着急，恨不能立马就找到个女婿，但这个人不行。

为什么啊？辛茹成功被辛廷伟带偏了关注点，父亲为什么不喜欢陈侨英呢？他明明和他不熟。就算不熟，也应该给一个了解的机会，而不是一竿子打死，说不行。辛廷伟看着辛茹，脸上写满：承认了吧？还好意思说不是男朋友，不是谈恋爱？

饭桌上，陈侨英向辛廷伟郑重道歉，说自己来得匆忙，没有准备礼物。辛廷伟说，自己只收未来女婿的礼物。这话乍听起来很容易让人误会，而下一句，辛廷伟直接让饭桌上的气氛达到冰点。他说："你叫陈侨英是吧？我不同意你和我家辛茹交往。"

"廷伟！"许凡放下了筷子，不悦地看着丈夫。要是过去，辛廷伟肯定要给许凡面子，但这一次，为了女儿，他当了一名叛逆的父亲。他看着陈侨英，又把刚才的话重申了一遍。

"爸！"辛茹也放下了筷子。

妻子和女儿的抗议全都被辛廷伟忽视了，他就盯着陈侨英，一副老丈人看女婿，越看越来气的架势。陈侨英已经在位置上坐直了身子，腰背显得无比挺拔，面部肌肉紧绷，双手在膝头握紧了，说："作为父母，不应横加干涉儿女的感情生活，否则只会发生悲剧。要不要和我交往，应该由辛茹自己决定才对。"陈侨英说着转头看向辛茹："如果辛茹同意和我交往，那我就和她在一起。"

辛茹一凛。

"辛茹，你愿意和我交往吗？"陈侨英问道。

辛茹却转头怪辛廷伟："爸，看你干的好事，都把侨英老师逼出逆反心理了。"

陈侨英却郑重说："我是认真的！当然，你不用马上回答我，你有足够的时间考虑，我等你。"

辛茹脑袋嗡嗡作响，这些台词好生熟悉，似乎在银山中心小学的校医室里，王桂香也是这么对她说的。

陈侨英已经起身告辞，许凡忙让辛茹去送送，辛茹赶紧起身追出来：“侨英老师，我送送你。”

一边从花园走向大门口，辛茹一边抱歉地说：“对不起啊，侨英老师，我爸好像误会了，我会向他解释清楚的。”

陈侨英还想说什么，辛茹的手机却在这时响起了，电话里是燕子焦急的哭声。

等了半晌也不见辛茹回来，辛廷伟越发生气，坐在饭桌上，向许凡抱怨道：“你看，女大不中留，说是去送客，结果直接跟着跑了。”许凡一副胸有成竹的样子，笑着说：“你不是一直都担心她不肯找男朋友不肯结婚吗？这会儿有了谈恋爱苗头了，你又反对，你这个人可真难伺候。”许凡对陈侨英顶满意的，觉得小伙子外形俊朗，要身高有身高，要颜值有颜值，谦逊温和有礼貌。辛廷伟同妻子说道：“你知道什么，我让米秘书去了解过这个人，他现在在海岛当一名美术老师，就是个代课的，而且之前在北京还有过一段婚史，妻子死于车祸。”

许凡觑着丈夫：“你还背地里调查人家，你这都哪里学来的招数，电视剧里吗？”辛廷伟说：“不是调查，就是让米秘书去了解了解，我这是出于对女儿的保护。”许凡不明白，就算米秘书调查了陈侨英的过去，也看不出有什么必须反对的理由。辛廷伟觉得妻子未免太宽容了，先不说在海岛代课有没有出息的问题，单就有过婚史还丧偶这件事，就够让他这个老父亲膈应的。

“这是命里克妻啊！”辛廷伟激动地拍着桌子。

许凡直接翻了白眼，没想到辛董事长竟然是个老封建迷信。

辛茹接到燕子的求助电话，就和陈侨英一起赶到了市医院。

奶奶在家里晕倒了，还好金山农业合作社理事长杨阿满用机动渔船将奶奶送到了市医院。

辛茹和陈侨英抵达时，奶奶正在手术室里抢救，手术室外却不见燕子的身影，长椅上只坐着杨阿满。他是个五六十岁的男人，无论是衣着打扮，还是言谈举止，都看得出来，他是一位成功人士，虽然出身农村，但已经颇有气度，很是见过世面的样子。

见到辛茹和陈侨英，他就汇报了奶奶的病情，医生说奶奶的病情恶化了，有转变成尿毒症的前兆。辛茹向杨阿满道谢，说幸亏他帮助，不然奶奶在家里晕倒了，燕子一个人求助无门，不能及时将奶奶送来医院，还不知道会有怎样的后果呢。杨阿满却很惭愧，说如果不是自己，或许燕子奶奶就不会晕倒了，而燕子正是因为生他的气，不愿意看到他，这会儿才跑到别处去的。

杨阿满的话让辛茹和陈侨英都很意外，杨阿满便也将来龙去脉和两人说起来。原来因为杨阿满的羊羔踩坏了燕子制作的海漂垃圾工艺品，燕子生气就把羊羔抱回了家，杨阿满上门讨要，奶奶见到杨阿满情绪激动，便晕倒了。杨阿满告诉辛茹，那羊羔是村里一位老人寄合作社代养的山羊羔，所以他才上门讨要，但因为多年前燕子父母的死，燕子奶奶一直记恨着他，这才有了这次意外。

别看如今的月亮湾是青山环抱、碧涛拍岸、令人流连忘返的“网红”度假胜地，每到国庆节都要接待几万游客，能够带动海岛的综合经济收入数百万元，多年以前却是人迹罕至的“垃圾”海湾，海浪带来的塑料、渔网、泡沫等垃圾在沙滩上堆积一两米高，村里的渔民以捕鱼为生，可是过度捕捞，渔业资源日渐枯竭，渔民们不得不另谋出路。村支书老郑就决定带领村民们转变发展理念，靠“生态”赚钱。在老郑的游说下，岛上成立了金山农业专业合作社，全村约700亩土地林地全部流转到合作社，全体村民都成为社员，而杨阿满则当选为合作社理事长，合作社集中力量发展“渔农旅”三结合的生态休闲观光产业。万事开头难，合作社光清理垃圾就花了好几个月，花费数十万元，动用了好几辆挖掘机，不料，燕子的爸爸却在挖掘机修复海滩时出了意外。此后燕子妈妈精神失常也落水死了，燕子奶奶因此恨上了郑书记和杨阿满等人，认为是他们办合作社造成了儿子儿媳的死亡。

燕子对杨阿满充满敌意应该就是受了奶奶的影响。

正说着，手术室的门开了——

杨阿满和陈侨英跟着医生护士将奶奶推去病房，辛茹则去寻找燕子。

燕子在医院门口的小卖部给辛茹挂完电话，想再找回手术室时就迷路了。医院里的大楼有好几幢，好不容易找到急诊室大楼，又找不到奶奶做手术的楼层了，就这么在电梯和楼梯来来回回，辛茹找到她时，她正在两座大楼二层相连的通道里大哭。

冬天的夜风很冷，病人家属们在通道里挂满晾晒的衣服，被涌进窗口的冷风吹得飘飘荡荡。通道里的灯光昏黄，气氛越发被衬托得诡异，燕子走不出去，干脆不走了，就趴在窗口哭。辛茹循声找了过来，燕子立即冲过来抱住辛茹越发大哭起来。

师生俩找了个楼梯坐下来，路灯的灯光打在二人身上，燕子还是把头埋在辛茹怀里，又狠狠哭了一会儿，在辛茹的劝慰下，方才止住了哭声。辛茹告诉她，不管遇到什么困难，她都会和她一起面对，她不是一个人，还有老师。燕子跟着辛茹回到病房，将家里的钥匙交给杨阿满，让他回到岛上就把小羊羔抱回合作社去。

燕子的举动让辛茹感到很欣慰。

除夕将至，燕子和奶奶这个年只好留在医院过了。辛茹和陈侨英每天都会去医院帮着照看一二，奶奶的医药费照例又是陈侨英先给垫付了，这让奶奶心里十分过意不去。辛茹和陈侨英一起安慰了她。

奶奶睡着了，窗外燃放起了礼花，燕子跑到病房外的阳台上，看着夜色里的城市，但见爆竹声里万家灯火，夜空下漫天焰火，流光溢彩。一派喜气洋洋的年的气息。

燕子看着远处的高楼大厦火树银花，眼睛亮晶晶的，喃喃说，她还从来没有逛过城市的街呢。燕子的心愿很快就被满足了。

辛茹和陈侨英将熟睡的奶奶拜托给同病房病人的家属照看一会儿，带着燕子去逛街。这是燕子第一次在城里逛街，夜晚的城市高楼林立，街道上每棵树木都装点着灯光，置身其中就像走入一个童话世界，燕子兴奋极了，在树木与树木之间，灯光与灯光之间奔跑、欢呼。陈侨英又带燕子和辛茹去游戏城玩夹娃娃，非常有商业头脑的燕子立即询问娃娃机一台多少钱，她要买一台回海岛做岛上孩子的生意，辛茹和陈侨英都被燕子逗笑了。

回医院的路上，燕子看到街上一个小孩一边一个牵着父母的手，一家三口其乐融融的景象，不由露出羡慕的神色。辛茹和陈侨英互视一眼，很有默契地一人一边牵起了燕子的手，燕子说这是她最幸福的一天。

38

王大昌家里，大昌妈正向大昌爸抱怨着：“好好的儿子被那个叫辛茹的小学女同学给忽悠去了海岛学校当保安，这下好了，放寒假都不能回来了。”大昌爸便笑着说：“儿子放寒假不回家，是因为协助银山镇政府做征兵工作，和辛茹没关系。”大昌妈便说：“要是不去银山，就不用协助银山镇政府的征兵工作，所以还是要怪辛茹。”大昌爸便批评她：“大门口还挂着‘光荣之家’的牌子呢，作为一名退役军人家属，就是这样的思想觉悟吗？！”大昌妈这才闭了嘴，但依旧郁闷不平的。

两个人正在院子里一边干活一边说着话，大昌的声音就从外头传了进来：“爸，妈，在说我坏话呢？”

儿子回来了，二老又惊又喜，忙从地上站起来。

“你们在干吗呢？”大昌将视线落在地上，地上是几个大芋头，个头有半条胳膊那么长，碗口般粗壮。大昌爸笑呵呵说：“今年的槟榔芋长势喜人，你回来得巧，刚好给你做一顿全芋宴。”挂霜芋是大昌爸的拿手菜，将槟榔芋去头去尾去皮，切成整齐的长条，放入用鸡蛋清和面粉加水调好的稀糊里抓匀，再下到烧至四成热的油锅里炸至浅黄色，捞出沥油；另取一锅，倒入恰当比例的水和白糖，用大火烧开至白糖全部融化，再转小火慢慢熬到糖液由稀变浓稠，离火倒入炸熟的槟榔芋条，用锅铲反复翻炒，等到糖液逐渐凝结成糖霜，外酥里嫩、香甜可口的挂霜芋就可以出锅装盘了。

大昌爸挑了一个粗壮的大芋头进屋去了，大昌妈手上沾着芋头上的泥土，不能去摸儿子的脸，只能冲大昌笑说：“让你爸折腾去，妈给你做个芋头炖筒骨。”大昌便说：“妈，我来帮你，妈熬的骨头汤最好喝了。”大昌妈笑吟吟的，叫儿子先去里头把行李放好，再把身上干净的羽绒服换掉。等大昌换了衣服出来，大昌妈已经拿刀在削芋头皮了。

“你看咱家这槟榔芋像不像你？大老粗，还不听话。”大昌妈话音刚落，芋头就从她手里滑落，掉到地上去，竟像一条油滑的大鱼。

大昌帮忙去把芋头捡起来，拿去墙角的水龙头下冲洗，嘴里说：“谁说我不听话？从小到大，我最听妈的话。”

大昌妈才不认，嗔怪说：“小时候是听妈的话，长大了就听媳妇话了，娶了媳妇忘了娘。哼！”大昌哭笑不得说：“妈，你这是说的哪门子话？我哪来的媳妇？我还没娶媳妇，你这醋就先吃上了？”大昌将洗好的芋头交给大昌妈，大昌妈撇撇嘴说：“你那个小学女同学啊，把我好好的儿子拐去海岛，让我大半年见不上几面，那她打算什么时候和你结婚哪？”大昌立即说：“妈，你误会了，我和辛茹过去是同学，如今是同事，她做不了你儿媳妇的。再说我去海岛学校当保卫干事，这是我自己的选择，和辛茹有什么关系？”

大昌妈不乐意了，说：“你看我还没说什么呢，你这就心疼上媳妇了？”

大昌重申自己和辛茹不是男女朋友的关系，大昌妈两眼一瞪说：“合着她把你忽悠去海岛，然后又把你给甩了啊？不嫁给你了？”

见母亲愤愤不平，大昌只好一再表示不是母亲想的那样，然而大昌妈仍固执认为如果辛茹没有把儿子甩掉，寒假一定会来家里拜访的。正说着，门外就响起一个年轻姑娘的声音：“大昌在吗？”

大昌妈一怔，立即喜出望外去开门。一见到门外的姑娘，大昌妈就热情地招呼：“辛茹，你来了啊？”

鲁洁提着大包小包被大昌妈迎进了家门，大昌妈左一个“辛茹”右一个“辛茹”，叫得鲁洁好生尴尬。大昌见到鲁洁也十分意外，忙洗了手，再来接她手上的礼物，嘴里说：“鲁洁，你这是干吗呢？来就来，带什么礼物啊？等下吃完饭，全都带回去。”鲁洁说：“礼物带来了自然不能带走，不过你可以等下次去我家做客的时候，再把礼物提过去，这样也就省了买礼物的钱。”大昌笑说：“在鲁老师心目中，我竟然是这么小气的人吗？”

见两人有说有笑，大昌妈心下疑惑，拿着芋头去厨房，向大昌爸吐槽说大昌的女朋友来家了，但不是之前的小学女同学辛茹，而是一个叫鲁洁的姑娘。

“怪不得和上次见面长得不一样，上次是长头发，这次是短头发，我还以为辛茹剪头发了呢。”大昌妈嘟哝。

“分手了？”大昌爸正炸着芋条，听了大昌妈的话不由一惊。大昌妈让他小心油，大昌爸这才关注油锅里，但还是分心听大昌妈的八卦。大昌妈说：“我原本以为是辛茹甩了我们大昌，如今看来是大昌到了学校后，把辛茹给甩了，移情别恋了其他女老师。”

“他这样合适吗？”大昌妈问大昌爸，“那辛茹被他甩了，会不会哭？大昌和这个鲁洁好上了，辛茹知道吗？”大昌爸就说：“你问我，我怎么知道？”大昌妈想想也是，她得去问大昌。将骨头汤炖上，大昌妈就去找大昌。

大昌正陪着鲁洁在客厅里吃水果，大昌妈冲他招招手，再朝鲁洁笑笑，继而把大昌拉到院子里。院子里湿漉漉的，又湿又冷，大昌妈跺着脚搓着手，但还是八卦地问大昌：“你和这个鲁老师的事辛茹知道吗？”大昌表示他和鲁洁没啥事啊，还说鲁洁就是放假了来串个门儿，也没有啥具体的事儿。“妈你不用紧张，她吃个便饭就行，她这个人心挺大，但心眼很好，是个大大咧咧的姑娘，随便招待一下就行。”

见儿子对鲁洁赞不绝口，大昌妈内心更加不踏实了，问大昌：“所以辛茹还不知道你和鲁洁的事情？”

大昌盯着他妈，突然悟到了什么。就在大昌愣神的工夫，大昌妈重重打了他一下，说：“儿子，你可是名军人，不许脚踏两只船！”大昌只觉脑门上有一排乌鸦飞过。

等到一家人坐下来吃芋头宴的时候，大昌妈已经和鲁洁好成了一对忘年交，因为她从院子进来时，鲁洁已经在厨房捋起袖子干起来了。这姑娘不矫情，大大方方，干活麻利，性格热情，小半天工夫，大昌妈已经喜欢上这个姑娘了。

饭桌上，鲁洁给大昌妈盛饭，说：“阿姨你看，我说芋头煮饭也很好吃的吧？芋头切丝，加五花肉焖饭，饭熟了，整个屋子里都是芋头饭的香味。”大昌妈舀了一大勺饭送进嘴里，被香到了，满足地同大昌爸说：“比你手艺强多了。”大昌爸说：“鲁洁老师手艺再好，也不能天天做饭给你吃啊！”鲁洁嘴特甜：“只要阿姨喜欢，我以后天天做饭给阿姨吃。”大昌妈立即乐得合不拢嘴。大昌看着鲁洁笑得花枝乱颤的模样，便在桌子底下踢了她一脚，嘴里小声吐出几个字：“演戏不要演这么过！”

鲁洁大声说："谁在演戏啊？"然后冲着大昌妈眯眯笑说："阿姨，我是真心的。"

"这孩子，真好。"大昌妈附在大昌耳边，小声提醒说，"我觉得鲁洁挺好，你还是早点和辛茹说明白才好。"大昌不解，鲁洁好不好，为什么要和辛茹说明白？鲁洁竖起耳朵倒是听明白了，笑吟吟说："阿姨，大昌和辛茹真的没关系，他们就是小学同学而已。"大昌妈先是惊奇，继而惊喜："那我就放心了。"

鲁洁说："阿姨您放心，大昌以后就交给我了。"

大昌一听，皱起眉头："鲁洁，你瞎说什么呢！"

鲁洁并不在意，只看着大昌妈笑："没有瞎说，你看阿姨都同意了。"

大昌妈点点头："对对对，我同意了。"

于是，有位姑娘就被一个铁憨憨连人带礼物从家里赶了出去。

于是，这位姑娘就提着这一堆礼物，来到了"情敌"家里。

音乐花园 7 栋 7 楼 7 号房的客厅里，鲁洁声情并茂地哭诉并痛斥着大昌的不解风情、榆木脑瓜，陪坐一旁的辛茹递过来一样东西，鲁洁以为是纸巾让她擦鼻涕眼泪的，可是接过来一看，竟是一沓校本教材的打印稿。

"要不你用工作来转移一下注意力？"辛茹提议。

"辛茹！"鲁洁叫起来，"你到底是不是我朋友了？"

"你刚才说了啊，我是你情敌。"辛茹一本正经地说。

鲁洁破涕为笑："你才不是，大昌那个铁憨憨才不是你喜欢的类型，侨英老师或者王医生才是你的菜吧。"

"胡说八道，我才不是像你一样的恋爱脑。"辛茹装模作样翻看起校本教材的稿件来，"人家工作忙着呢。"

鲁洁就伸出双手纠缠住辛茹，两人一起摔倒在沙发上，辛茹开玩笑抱怨道："看你这粗鲁的样子，要是石呈基，只有被你欺负的份儿，也就大昌当过兵的，能治住你。"

"所以，辛茹你帮帮我。"鲁洁可怜兮兮看着辛茹。辛茹想了想，说："我建议，先冷落他一段时间。"

除夕，辛茹没有接到江新男的慰问，感到很奇怪。往年，江新男非要赖着和她一起过年不可的，今年怎么无声无息的呢？于是她给江新男打视频电话，却被拒接了。不一会儿就收到江新男的回信：在和连俊生约会，勿扰。

辛茹盯着手机屏幕笑："长出息了啊！"

海上人家农家乐的包间里，江新男也慨叹自己，是啊，长出息了，今天竟然喝了两瓶啤酒都没有醉，她平常也就一瓶啤酒的酒量。而饭桌上的马平川、侯刚、周雅晴等人眼中，江新男早就醉了。因为"乡村振兴"工作站二期工程的项目，他们今年都留在岛上过年，江新男就请大家吃年夜饭。原本银山镇政府给留在岛上的"乡村振兴"社会实践活动寒假班的大学生们安排了年夜饭，但这几位却被江新男拐跑了。

通过这段时间的接触，他们和江新男已经很熟悉了，对于这位"连太太"，无论是外貌还是性格都十分满意。而对于毕业于母校的师哥连俊生，三人亦是十分关心。他们并不是第一次到银山岛的乡村振兴工作站参加实践活动，每次来师哥连俊生都对他们关照有加，自掏腰包给他们加菜，改善他们的伙食，而这个寒假，"连太太"将原本是师哥的那份关心都代劳了。

他们觉得也该为"连太太"做些什么才是。于是三人偷偷给连俊生挂电话，以让师哥对这顿年夜饭掏腰包为由，将连俊生哄到了农家乐。连俊生一到，三人就借口告辞了。见江新男倚在饭桌旁，两腮驼红，醉眼蒙眬，嘟着嘴，连俊生知道她喝醉了。

“你酒量到底好不好啊？晚上喝了多少就醉了？早点回客栈休息吧。”连俊生拔腿走到包间门口，见后头并没有响动，回头一看，江新男仍旧坐在椅子上，倚靠着饭桌，两腮驼红，傻傻看着他。“你住月亮湾客栈是吧？自己能走吗？算了算了，我送你回去吧。”连俊生说着，颇为无奈地过来搀扶江新男。江新男倒是听话，和她平日里闹腾的性子来了一百八十度大转弯，安安静静跟着连俊生走了。

来岛上度假过年的游客不少，所以海上人家农家乐的年夜饭订桌几乎坐满。人来人往，为了避免招摇，连俊生想让江新男自己走，可是她喝了酒，脚踩棉花，跌跌撞撞，连俊生怕她摔倒，又只好扶着她，在众人询问、好奇的眼神里，走出了农家乐。

一到农家乐门口，就听到礼花燃放的声音。只见两束礼花“咻”地升上天空，在空中绽放出两颗心心心相印的图案，原来这是大学生们为他俩准备的礼物。但见农家乐外站着“乡村振兴”工作站的同学们，他们手里拿着礼花，向着江新男和连俊生绽放笑脸。江新男看着天上漂亮的礼花，向连俊生说谢谢。连俊生忙说这不是自己的主意。江新男说：“我知道，这是我的主意，是我为你准备的礼物。”说完，她就醉倒在连俊生怀里。没办法，连俊生只好背着江新男跨越长长的海滩，走向阿狸的客栈。

江新男一觉醒来，已是正月初一，新的一年开始了。

江新男伸了个懒腰，赫然发现连俊生竟睡在自己房间的沙发上，也就是说他昨晚竟然照顾了她一夜，这让江新男觉得追夫路上终于取得了一点点小突破。然而连俊生睡眼惺忪从沙发上坐起来，劈头盖脸就批评了江新男，表示她一个女孩子家喝醉了，就随随便便和一个陌生男人共处一室，要是遇到不正经的人怎么办？江新男便问连俊生："你是不正经的男人吗？"

她睁着天真无邪的大眼，人畜无害地看着连俊生，连俊生气恼地抓了外套就走。他必须走，他要是留下来，说不定就成不正经的男人了。

省城，王家。

王太太一大早就起来给丈夫和儿子做早餐，正月初一早上吃一碗长寿面外加一双荷包蛋是他们老王家的传承。

三碗长寿面端上饭桌，一家三口坐下来整整齐齐地吃饭，这是他们在新的一年里的第一顿团圆饭。

王太太将香喷喷、呈现微微酒红的面汤浇淋在儿子的面碗里，笑着说："桂香，还别说，你从那小岛上带回来的米酒煮面，真香。"

王先生嘴里含着一口面，点头附和说："你妈说得对，这米酒不错，地道醇香。"

王桂香便说："爸妈喜欢，我放暑假的时候，再给你们带几瓶回来，这次回来，只随手买了两小瓶，下次多买点。"

王先生和王太太闻言，互视一眼，继而都放下了手中的筷子。

"下次？什么意思？你还要回到那个小岛上去当校医？"王太太问儿子。

王先生说道："你的事情不是都解决好了吗？那个郭宇已经被医院停职了，医院也了解了你被他拉出来挡枪的事实，爸爸年前去医院找过樊院长，樊院长答应等过了春假，就让你回医院上班的。这可是咱们省城的三甲医院，是托关系都很难进的大医院，你不可以放弃这么好的机会的。"

王太太也说：“是啊，之前同意你去海岛学校当校医，是让你避祸去的，现在误会解开，郭宇以后也不能给你制造麻烦了，凭你的技术，留在省城，爸妈相信，你会有很好的前途的。”

王先生和王太太说的，王桂香都明白。他们口中的郭宇是王桂香原来供职的省城三甲医院的外科学博士，副主任医师，毕业于国内某医学院临床医疗系，后来又去美国某医学院镀了一年金回来，专攻肝脏、胆囊、胰腺结石和肿瘤的微创手术治疗。因为娶了省内另一所大医院院长的千金，在医院里甚是风头无两。王桂香在医院当轮科医生的时候，到了郭宇手下，也就见识了这位医院红人、院长女婿的许多秘密。

王桂香为人正直，从小就立志当一名以“救死扶伤”为己任的好医生，可是现实却狠狠打了他的脸，他看到在医院里，真正有实力的医生并没有得来与实力相匹配的收入和地位，而郭宇这样的关系户，披着医生的外皮，却以敛财为目的，将治病救人当成幌子，将病人当成赚钱的工具，疯狂搜刮钱财。

王桂香给院领导写了举报件，不知为何石沉大海，郭宇反倒被保举为入党候选人，只是投票环节，全组医生都投了反对票。郭宇恁是认定王桂香是那个带头的肇事者，在第一阶段轮科培训结束，由教育处组织专家实施临床技能和理论考核时，郭宇给王桂香打了不及格。此后还在一起医疗事故里，让王桂香当了背锅侠。

王桂香避去海岛这一两年，省城发生了很多大大小小的变故，其中有一桩就是郭宇的院长老丈人因为贪腐落马了，郭宇竟立即与院长千金提出离婚，说什么君子不立危墙之下，与腐败分子划清界限必须快准狠。然而，令郭宇没有想到的是，老丈人东窗事发了，他竟也跟着东窗事发了，不知何时，医院收到了很多对他的举报件，此事还在网络上引起了轩然大波，目前他已被医院停职。

当王先生和王太太将郭宇的消息告诉王桂香时，王桂香已从新闻上看到了对于此事的报道。

如果医院查实了郭宇做下的事，他一定会受到法律的制裁，王先生和王太太劝解王桂香，还说善恶有报，不是不报，时候未到。

“新的一年，你就留在省城留在家里，这样既能继续你的医学事业，又能陪伴爸爸妈妈，多好啊！”王太太说。王先生则说：“学校那边也要提早交代一声，免得他们开学了，还聘请不到校医。”王太太骄傲地看着儿子，对王先生说：“那小破学校以后想请到咱们家桂香这样高学历的医学生当校医，可不容易咯。”

王桂香笑容很勉强，似有心事，他说：“学校很美，小岛也很美，下次有机会爸爸妈妈去一趟，就知道了。”

王先生和王太太表示，如今乡村振兴事业如火如荼，新农村早就和过去的旧农村不一样了，许多城市人都去乡下来一趟说走就走的生态旅游，下次他们夫妻俩也赶个时髦，去银山玩一趟，常看到电视上、新闻里关于银山旅游的推介和报道。不过，还是要等王桂香在省城的工作安定好再说。

39

春节就快结束，新的学期即将开始，陈昭到市教育局参加全市小学校长春季工作会议。会后，董奉杏局长找陈昭校长谈话，表示人大立案委员会已经将他们关于银山小学改办九年一贯制学校的人大议案转给教育局办理了。董奉杏表示，这次议案写得非常好，让他改变了原来的一些固执看法，回头会和局里相关人员再探讨这个议案的可行性，只不过学校改制不是一件小事，不是他一个局长能说了算的事情，还要上市长办公会议研究决定。

陈昭回到海岛，第一时间就将董局长的意见传达给了连俊生。连俊生进城找分管教育的牛副市长汇报这件事，牛副市长表示这不是一朝一夕就能拍板的事情，回头会征求教育局的意见，再把这事向市长汇报，让连俊生回去等消息。

从市政府出来，连俊生遇到了同来市政府拜访领导的辛廷伟。市里为全面贯彻落实中央和省委关于民营经济发展工作的重大决策部署，及时了解民营企业对营商环境的感受度，会定期举办政商茶话会，邀请企业家开展谈心交流。辛廷伟与连俊生在政商茶话会上见过许多次，虽然没有过多交集，但辛廷伟对连俊生印象很好。辛廷伟不止一次在心里设想过理想女婿的人选，总会跳出记忆里连俊生的面孔来，毕业于清华的高才生，在地方党政部门任职，年轻有为，有着大把的前途，完全满足他对女婿人选的要求和条件。

大概是因为陈侨英的出现刺激了辛廷伟的神经，让他对女儿的婚事有了迫切的态度，一年之计在于春，择日不如撞日，今天就把女儿的相亲事宜安排上吧。就这样，连俊生被嫁女心切的辛廷伟热情地不容抗拒地“捉”去了位于五A级风景区山顶的白茶山庄。

辛廷伟原本还担心辛茹会拒绝赴这场相亲宴，没想到辛茹在听说父亲要帮自己介绍的对象是银山镇党委书记连俊生时，欣然同意了。女儿的态度让辛廷伟很是得意，都说买东西要货比三家，选女婿何尝不是？看，这清华学霸连书记不就把那个丧偶的代课男老师给比下去了吗？

被困在白茶山庄的连俊生终于等到了相亲对象，只是，不是辛茹，而是江新男。

白茶山庄宽敞的茶室里摆放着几张茶几，连俊生坐在其中一张旁，百无聊赖喝着山庄服务员送过来的茶水。竹帘卷到一半，只要抬起头就能看到窗外的风景：山川吐绿，春和景明。这山庄的位置极其好，平常都作为接待全国各地旅游团，推广白茶特产的定点酒店，与银山的渔旅业常常形成梦幻联动产业链，但连俊生还是第一次来。上山颇坐了个把小时的车，这会儿，一个人下山，没有交通工具，靠双脚走下山是不现实的。于是也只能听从辛廷伟的安排。

看到走进茶室的江新男，连俊生愣住了。

“辛董事长是你父亲？”连俊生问。

江新男说：“你不是清华毕业的吗？脑子呢？我姓江，我爸姓辛？”

连俊生说：“也许你跟你妈妈姓。”

江新男本来还在为上次的事生气，听了这话忍不住又笑起来：“还是你脑子好使。”

“比你强些。”连俊生说着，给自己泡茶。

江新男没生气，反倒在连俊生对面坐下来，笑嘻嘻说：“我是个学渣，我连普通高中都考不上，只能读个职业中专，你是清华的高才生，你脑子怎么能只比我强一些呢？必须比我强很多很多才对。”

江新男正用手比画着，连俊生忽然抬头看她，心想怎么有人可以把自己的不足用这么理直气壮又骄傲自满的语气说出来呢？江新男凑近他的脸，仔细看他的眼神，然后惊呼起来：“你不会看不起我吧？职业不分贵贱，学历也不可以，你不能仗着自己高学历，就瞧不起我们中职的毕业生。辛茹说，国家现在对职业教育可重视了，我们职业学校毕业的学生也可以成就一番事业的……”

“别看别人，看你自己。”

江新男坐下来，双手托腮，疑惑地看着连俊生：“看我自己什么？”

“别人职业学校毕业也能成就一番事业，那你呢？你的事业是什么？你多大年纪了，早就成年了吧，成年人不用工作的吗？你一天到晚去银山追在我屁股后面跑，就是你的事业？”连俊生的话很不客气，江新男有些伤自尊，但她还是辩解说：“目前阶段，追夫就是我的事业。”“追夫？”连俊生不可思议地看着江新男，“追一张长期饭票啊？我告诉你，就算咱们俩结婚了，我也不可能养你的，你得自力更生。”

“结婚”两个字从连俊生嘴巴里说出来，江新男突然一乐，心底有抑制不住的喜悦涌上来，于是娇羞一笑。

连俊生有些无语：“你还笑？有啥好笑的？我说的是事实。”

江新男说：“我不用你养，我爸爸的公司虽然没有辛伯伯家的公司大，但我是他独生女，他的家当够我吃够我花的了，你看我不用工作，有大把时间追在你屁股后头跑，那是因为我有我爸养我呢。”

连俊生将一杯茶放到江新男面前，说：“喝一杯茶洗洗脑子，你多大人了，未成年啊？还让你爸养你。你有两条腿没？能不能独立行走？成年人应该靠自己的双手，通过自己的勤劳和努力获得好的生活，今天你靠你爸爸，那未来你的孩子依靠谁，能依靠你吗？”

江新男不知道学霸除了脑子好使以外，可能还嘴毒，她几乎要被连俊生骂哭了，连俊生却严肃说道：“不许哭，我和你说事实呢！”江新男扁着嘴，硬是没让眼泪掉下来，只听连俊生说道：“你说你喜欢我，想和我结婚，那将来我们结婚了，不生孩子吗？”江新男摇头，立即又点头，嘴巴扁的弧度更大了。“孩子在未成年之前必须依靠父母，可要是父母还在依靠别人，那孩子如何依靠父母呢？”

见江新男听得特别认真，连俊生又问道：“所以你能听懂我的道理吗？”

江新男重重点头：“所以，你是会跟我结婚，并且生孩子吗？”

连俊生嘴里一口茶当即把自己呛到，这姑娘听话重点怎么跟别人不一样啊？

这一夜，连俊生没有下山去，白天的时候，他和江新男一起参加了山庄安排的去茶园采茶的活动，春茶已经冒芽，而爱情和春茶一样，也在春意盎然的郊野山巅悄悄萌芽。

第二日一早，连俊生去敲江新男的房门，却发现江新男不在房里，去大堂问了服务员，被告知江新男昨天半夜下山去了。

竟然不辞而别，这让连俊生内心有些小不满。

寒假的实践活动结束，学生们要返回大学校园，开始新学期的校园生活，连俊生来到改造后的冬角小学参加了寒假班结业仪式，马平川等人问起“连太太”怎么没来，连俊生不知如何作答。他的目光不自觉就在人群里寻找江新男的身影，可惜没有找到，连俊生不禁若有所失。

开学，辛茹收拾行囊回学校。

陈昭校长主持了开学例会，老师们经过一个寒假的分别再次见面，彼此有聊不完的话题，只是会议室里没有看到肖挺立的身影，让大家心里都很不好受。

“挺立的事，大家都已经知道了，”陈昭校长用沙哑的声音说道，“会前，我刚刚和挺立的爱人谢丽娟通过电话，挺立目前在医院，情形很不乐观，但挺立是个骄傲的人，他不希望他最后的样子被大家看见，给大家留下不好的印象，所以特意交代丽娟转告我们，这段时间就别去医院看望他了。”

听了陈昭校长的话，原本还在窃窃私语的老师们顿时都安静了，整个会场鸦雀无声，每个人脸上都是凝重的神色，这是对死亡的敬畏。辛茹想起寒假里，为了参与校本教材编写，肖挺立还去了她家里一趟，但也就那么一趟了，后来他的身子不允许他再出门，他就再来不了了。如果把死亡看作一个绝对的门槛，任何人在跨越门槛的时候都会被绊一跤，摔下去就再也没有站起来的机会，那在绝症这件事上，不论是当事人还是他的亲朋好友，的确背负着巨大的悲痛，或许只有把死亡看作一扇连接两个世界的门，才能豁达轻松些，门的这边是一个世界，门的另一边也是一个世界，两个世界各有各的风景，只不过站在这个世界里的人们，对另一个世界一无所知，所以才充满恐惧和沉重吧。

或许，肖挺立已经悟到了这些，正放平心态，准备跨过那扇门，迎接另一个世界的崭新与精彩。

会议室里出现一张新面孔，辛茹此前没有见过，是一个女教师，扎着马尾辫，零星几根白头发被很好地隐藏在了发辫中，她刚刚休完二胎的产假，整个人还没有完全褪去因为怀孕、生产导致的肥胖，看起来脸蛋圆圆的，两颊肉嘟嘟的，也就完全看不出她实际上已经四十好几的年纪。

她叫吕碧华，只比黄竹略小几岁，大女儿和黄竹的儿子一样，都上了大学，而她又选择做了一名二胎妈妈。

“这学期，安排吕碧华老师和你配班，吕老师的数学教得很好。”陈昭校长坐在上首，向着辛茹的方向说道。于是，辛茹和吕碧华隔着椭圆形的会议桌，用目光和笑容彼此打了招呼。

会议继续，刘星辰凑在辛茹耳边问：“肖老师没来是因为生病了住院，王桂香怎么也没来？”

一句话提醒了辛茹，全体教师会议上，的确没有看到王桂香的身影。陈昭校长马上就说到了王桂香的话题：“王医生因为一些原因，回省城了，以后不能来咱们学校当校医了，咱们学校这学期得抓紧解决一下校医的问题。”不少老师听到这个消息发出了惋惜的叹息声。“我就说像他这样的高级人才，是不可能在咱们海岛小学长待的。”刘星辰小声发着议论，又问辛茹，“你知道王医生为什么会来咱们海岛学校当校医吗？”辛茹沉默着，她的确不知道。

会议结束，辛茹去宿舍拜访了吕碧华，吕碧华正在给二宝喂奶。看到辛茹，吕碧华觉得很不好意思，抱着孩子，向内歪了歪身子，嘴里热情招呼辛茹坐。“母乳喂养好。”辛茹一边找了把椅子坐下，一边说。吕碧华叹：“没啥好不好的，母乳喂养省钱又方便，就是产假结束了，必须回来上班，只能把小家伙也带到学校来。”小家伙是个男孩儿，七八个月了，圆圆的脸蛋肉嘟嘟的，辛茹见他吃完奶就从吕碧华手里抱了过来。小家伙吃饱了，不论抱他的人是谁，不哭不闹，呼呼大睡，十分惬意。他身上散发一股属于婴儿的奶香，充满新生命的气息，叫人闻着喜悦。但吕碧华担心辛茹会嫌弃这种味道，不敢让她久抱，就接过来放床上睡了。

“真是甜蜜的负担。”辛茹笑。

吕碧华看着床上的小宝宝，脸上露出母亲特有的慈祥的笑容说：“还好我家大姑娘是个懂事的，我怀二宝的时候，刚好赶上大姑娘高三，我还担心她会有情绪，结果她一点儿都不让我操心，不但把自己的学习张罗得井井有条，还很照顾我。这个寒假，大姑娘对二宝亲得不得了，开学了都依依不舍的。”

“你家大姑娘真懂事，二宝又这么可爱，吕老师儿女双全，是个有福气的人。”辛茹说道。

吕碧华始终保持温和又恬淡的神色，她说：“既然做了一家人就是前世修来的缘分，就彼此珍惜呗。”

“我们两个做了配班老师，也是前世修来的缘分，我也会好好珍惜的。”

辛茹的话成功把吕碧华逗笑。

“那我也会好好珍惜的。”吕碧华说。

说话间气氛很融洽，辛茹心里十分喜悦，不由想到上学期初来支教与肖挺立的相处，就没有与吕碧华交流来得顺畅，又想到肖挺立的病，为自己还在介意肖挺立当初的态度而略微自责。想到肖挺立就听吕碧华说，每年学校都组织大家体检，还是要按时去体检的好，肖老师就是一次都没有去体检，这一查出来就是大病，连补救的机会都没有。

有钱也买不来命啊！

辛茹听着吕碧华的慨叹，心下咯噔，她想到了燕子和燕子的奶奶。医生说奶奶的糖尿病已经转为尿毒症了，肾功能已经严重损害，还有许多并发症，就算负担得起治疗费，也没有康复的可能了，何况燕子家也拿不出巨额的治疗费。

如果奶奶走了，燕子以后就是一个人了。

想到这些，辛茹心里堵得慌，从吕碧华的宿舍出来，便看见陈侨英在走廊上等她。两人一起去了燕子家里。这次手术做完，奶奶的眼睛还是看不见，并发症也只是暂时得到遏制，燕子不停哭，乞求两位老师再借钱给奶奶治病，燕子说她一定会好好学习，长大以后努力赚钱还给他们，只要现在还能让奶奶治病，让奶奶活着。

孩子不懂，奶奶的生命，已经不是金钱能与死神抗衡的事情了。但他们不能在孩子面前戳破真相，而奶奶，不必旁人多说，心里清楚知道自己将要面临什么，她只是放心不下自己唯一的孙女。

陈侨英在外头安慰燕子，辛茹一个人守在奶奶的床前。奶奶伸手摸索着，嘴里喊着辛老师，辛茹忙把自己的手伸过去，奶奶一把握住了她的手，颤颤巍巍地开始诉说，脸上早已老泪纵横，像是在交代遗言。直到辛茹向她保证，她以后一定会好好照顾燕子，让奶奶放心，不管发生什么事，她都不会不管燕子，奶奶这才松了口气。

从燕子家回学校的路上，辛茹问陈侨英："你什么时候也会离开银山，像过去一样继续去大城市闯荡自己的天地？"陈侨英不明白她为何突然如此问，辛茹说："王桂香走了，你和他一样，你们都是大鹏，不可能永远留在这个小小的海岛上的。"辛茹的问题，之前哥哥陈侨声也问过。那时陈侨英没有回答，此时，他内心却已经有了答案。"我和桂香不一样，我本来就是银山人，这里是我的家，我也不是什么大鹏，我就是一只曾经飞出去过的鸟，如今飞回自己的故巢而已。"

"这么说，陈老师以后都会留在银山吗？"不知为何，辛茹内心充满了期待。

陈侨英反问她："你在银山支教的年限是两年，对吗？"

辛茹点点头，只听陈侨英说道："那至少在你离开银山前，我们会一直是同事。"

辛茹似乎明白什么，似乎猜到什么，心里忍不住雀跃，有一股子喜悦冲撞得胸口酸酸甜甜的，不由埋头往前走去。陈侨英看着她带着点小激动的背影，嘴角弯出一个好看的弧度。

新学期的第一节课，辛茹走进教室，看到了穿着新衣服，坐得端端正正的孩子们。阔别一月甚是想念，辛茹让大家猜猜她有什么问题要问大家，孩子们叽叽喳喳表示，老师可能会问他们压岁钱怎么花，年夜饭吃啥，寒假都怎么过的等等。辛茹将孩子们的问题一一罗列在黑板上，让大家挑一个题目写一篇作文。竟然要写作文，许多孩子唉声叹气。已经担任这个班一个学期的语文教学工作，竟然还是没能让孩子们爱上写作文，辛茹不由要认认真真反思一下自己。

语文教研组活动时间，教研课题是：如何让学生爱上写作文。

老师们聊起学生作文兴趣的话题，都很感慨，学生对写作文这件事普遍兴趣不高，不过每个班也都有作文写得很好的孩子，但作文课上往往为了兼顾对作文不感兴趣的学生，课堂设计更多侧重在如何提升学生作文兴趣上，对这部分学生给予更多关注后，对于作文能力比较强的那部分孩子就显得有些浪费时间，不能很好地提升他们的作文水平。

辛茹突然有一个想法，如果能在学校里举办一个写作社团，就能把喜欢写作文和作文写得好的孩子都集中起来，进行有针对性的训练，那他们的作文水平一定能得到提升。

辛茹抱着校本教材厚厚一沓初稿来到校长室，校长室内，陈昭校长正和江胜教导商量校医的事情，两个人情绪都不太高。见辛茹来了，两个人就暂且把这个话题搁下，辛茹将校本教材的初稿放到办公桌上，笑着对两位领导说，自己已经完成了前期工作，至于后期这本教材要如何定稿与使用，就交由领导决策了。陈昭表示，等编委会最后通过校级定稿后，他再把稿子送去市里，请洪吉安股长和明小星主任帮忙把把关。

“辛茹，你辛苦了。”陈昭校长看着辛茹，露出一个赞许的笑容。

辛茹摆摆手说自己不辛苦，陈昭校长问她是否还有别的事，辛茹点点头，把自己想办一个作文社团的想法和陈昭校长说了，陈昭校长看向江胜教导，问：“你觉得辛老师这个想法怎么样？”

江胜教导考虑片刻，说：“想法当然是好的，只是举办作文社团的时间、经费、负责教学的老师等等都是问题，特别是社团活动时间无法敲定，如果是正常上课时间肯定不能被占用，只能利用课后时间，既然是课后时间，就不能不考虑安全问题。目前在全市，都没有利用课后时间为学生开展社团活动这样的先例。”

陈昭校长见辛茹挺失落的，便安抚了她几句，说让他再好好考虑一下再说。

知道辛茹想办作文社团的想法在陈昭校长那里碰了壁，同事们都来安慰她，有人认为不办也挺好的，多一事不如少一事，万一利用课后服务时间开展作文社团发生了什么安全事故，那就难办了。辛茹不认同这种观点，她听母亲说过，曾经因为有的学校在组织学生春秋游时发生了事故，造成学生伤亡，就导致大部分学校都不敢开展春秋游活动，孩子们失去了许多乐趣，原本春秋游是孩子们最喜欢最向往的活动。

“担心安全问题，就不开展任何活动，这不是因噎废食吗？”坐在食堂里，辛茹对同桌吃饭的刘星辰和鲁洁说道，“担心坐飞机会发生航班事故，就改坐火车，那火车也可能出轨啊！坐大巴会翻车，走路不也有可能被车撞？”

“即便是不往大马路走，往人家店铺门口过，够小心了吧？可广告牌也可能砸下来啊！”鲁洁补充。

辛茹点点头：“担心安全问题，应该做的是做好安全预案，防范安全事故发生，而不是直接就取消活动。”

“安全预案，可以交给大昌。”鲁洁信心满满。

刘星辰也挺失落，说：“我还想辛茹这个作文社团举办后，我可以帮着上几节课呢。”

辛茹和鲁洁都笑着看向刘星辰，让她安心准备进城考试就好。

辛茹问刘星辰最近进城考试准备得怎么样了？书都背了吗？题都刷了吗？刘星辰欲言又止，和林斌分手后，她似乎没有那么强烈的考进城的愿望了。她看着辛茹和鲁洁，心里感到不舍，她挺想和她们就这样一直做同事下去。刘星辰浑然忘了，辛茹只是来支教的，支教期满还是要回到实验小学去的，而鲁洁，她家里一直都帮她找关系，想把她调进城，只是鲁洁自己并不着急这个事，甚至反感，说她想进城的时候，自己会去参加进城考试，不需要家里帮她找关系。但是每年，市教育局发布的进城考试的小学教育岗位，体育老师却并不在列。城里的小学体育教师人员是饱和的，并不缺乏。无论如何，这些都不能影响鲁洁的心情，鲁洁现在在银山教书、生活，似乎乐不思蜀。

鲁洁是个乐天派，如果她们都是花儿的话，鲁洁就是向日葵，永远热情澎湃，明媚生机。而她永远不可能盛开如此温暖热忱的花朵，她像是一株生长在潮湿阴暗泥土里的植物，找不见多少阳光，也无力进行自我光合作用。

见刘星辰怏怏不乐，辛茹就安慰她说：“别太担心，功夫不负有心人，你平常备考那么认真，这次进城考试一定能考上的，到时候别忘记请客就行。”

刘星辰被说得一笑，这时手机铃声响了，刘星辰接起来，是刘辉打来的。

40

月亮湾客栈。

阿狸将锅里的面条起锅装碗，又将事先准备好的浇头放到面上，淋上热腾腾的面汤，撒上香菜碎末，端出厨房。

大厅，一个老人坐在位置上。他很瘦，头发花白，背影看起来甚是孤单。

阿狸将面端过去，放到老人面前，说："刘叔叔，请用餐。"

老人脸上现出不好意思的神色，说："对不起，给你添麻烦了，胡老板。"

阿狸笑："叔叔叫我阿狸就可以了。"

面太香了，老人肚子里咕咕叫着，他拿起筷子准备大快朵颐，发现碗里撒了厚厚一层香菜，便说："胡老板怎么知道我爱吃香菜？"

阿狸笑说："我还知道你爱吃辣椒。"

老人果然在面碗里发现了切得薄薄一小片一小片的小黄椒，这种辣椒特别辣，辣味不浑不麻，很清澈，是他最爱吃的一种辣椒。

老人讶异地抬头看着阿狸，阿狸解释说："之前刘老师跟我说过刘叔叔喜欢吃这些。"

“星辰还会跟你说这些啊？”

“就是朋友之间的普通聊天，偶然聊起的。”

“你们就是普通朋友吗？”老人看着眼前的年轻人，有疑惑，也有期待。

“爸，你怎么来了？”刘星辰急匆匆跑进了客栈。她一接到刘辉电话就往客栈跑，一路上马不停蹄，气喘吁吁的。“你来银山为什么不去学校找我？”刘星辰向着刘盼盼抱怨。

刘盼盼说：“我去学校找你有饭吃吗？我饿了。”

阿狸便拉刘星辰坐下来，对刘盼盼说：“叔叔，你饿了就赶紧吃，等下凉了不好吃。”刘盼盼此刻的确饿得很，不顾刘星辰质问忙吃起面来，只听刘星辰在他耳边喋喋不休询问：“你为什么会到海岛来？真的如哥哥所说，你和妈吵架了吗？你们怎么突然吵架了呢？你来银山，妈知道吗？你打算什么时候回去？”

刘盼盼吃面的心情全被搅乱了，他放下筷子看着女儿，忍不住哭了起来。他是真的委屈，眼泪越哭越多，声音越哭越大，令刘星辰好不尴尬，忙劝说：“爸，你别这样，你这样多尴尬，都影响胡老板做生意了。”

阿狸说：“不影响不影响。”说着给刘盼盼拿纸巾，刘盼盼一边擦眼泪，一边抱怨说：“我来自己女婿家住几天怎么了？”刘星辰顿时无比尴尬：“爸，你胡说什么呢？”刘盼盼自认不是胡说，如果只是普通朋友，这个年轻人之前为什么会把钱借给他们给儿子办喜事用呢？分明就是喜欢他女儿才会这么做啊。

阿狸借钱给刘盼盼和李砚秋用于刘辉结婚办酒席的事，刘星辰到今天才知道。她一时慌乱起来，为父母怎么可以打着她的名义胡乱借钱而生气，也为自己因为父母借钱的行为失去面子而手足无措。

“我不是都给了你们一张卡了吗？那卡里应该也有好几万吧？你们为什么还要向胡老板借钱？这钱借了最后要谁还？还是要我还吗？”刘星辰委屈愤懑，眼泪哗啦啦往下掉，她这段时间难得过得平和些，没承想这么快又被破坏了心情。

被刘星辰发了一通脾气，刘盼盼也觉得很委屈，眼泪再一次落下来。在家里他从来都是李砚秋的受气包，被李砚秋各种指摘无能，没想到跑到银山来投奔女儿还是被指责、怨怼。他颓废地坐在椅子上，垂着头掉眼泪，他的确是个无能的男人、丈夫、父亲，他深深气馁，可是除了掉一把老泪，他不知道还能怎样。

阿狸将刘星辰拉到客栈院子里，满院的多肉仰着肥嘟嘟的小脸，在春阳底下绽放笑容，与刘星辰的愁眉不展形成鲜明对比。

“我不要你还钱，”阿狸说道，“谁借的钱谁负责还。”

“可是他们拿什么还钱？他们要是有钱还，就用不着死乞白赖向你这个陌生人借了。”相比怨怼父母，刘星辰此刻心里更多的是气馁。

阿狸却笑着说：“有手有脚，有的是劳动的力气，还担心还不了几万块钱的债务吗？这个你就不用操心了，毕竟我不是你的债主，你也不是我的借款人，我们之间不用再讨论这个话题。”

阿狸这样说，刘星辰怎么可能认同？如果不是因为她，他怎么可能把钱借给她的父母？

“所以，你为什么对我这么好？”刘星辰提高了音调，问道。

阿狸看着刘星辰，她的眼睛刚刚哭过，红红的，睫毛湿湿的，此刻定定看着他，眼神里透着洞悉一切的清明，又藏着不可置信的疑惑。阿狸心里铆足了劲，这股劲仿佛专为此刻蓄势了很久很久，以至于化作言语说出口的时候，他的喉咙在痛，舌头在痛，牙齿在痛，嘴唇也在痛：“因为我喜欢你。”

似乎一个埋藏许久的谜终于揭开了谜底，又似乎这个谜底早就不是什么秘密，一直被她鲜明地看见，只是从未道破而已。

刘星辰的心坦然了，豁达了，心里紧绷的弦放松了，甚至那片一直笼罩于她内心深处的阴云此刻也散开了，是被阿狸阳光般的笑容驱散的吧。刘星辰垂下头，忽而不敢直视阿狸的眼睛，疾步走了出去。走到客栈门外才想起，她还没有和父亲打招呼，也没有进一步安顿好父亲，然而此刻，她已顾不得别的，只想逃走，不是逃避什么，只是想逃到一个无人的地方，梳理内心纷繁的情绪。

对于他的喜欢，她是欢喜的，还是欢喜的，还是欢喜的……

学校宿舍楼的走廊上，辛茹站着发呆，操场上鲁洁正在上体育课，红绿塑胶跑道组成醒目的图案，鲁洁带着学生在跑道上跑步，靠近宿舍楼的时候，就冲楼上的辛茹挥手。学生们跟着鲁洁，向辛茹挥手。辛茹也朝他们挥手，忽而看见鲁洁朝她挤眉弄眼示意着什么，辛茹侧头往旁边一看，陈侨英正朝她走过来。

“侨英老师，什么事啊？”辛茹问。

陈侨英将手机递给辛茹，手机上浏览器正打开新闻页面，辛茹一边看一边念道：“2017 年 2 月 24 日，基于孩子放学早、家长下班迟，教育部办公厅提出《关于做好中小学生课后服务工作的指导意见》，指出开展中小学生课后服务，是促进学生健康成长、帮助家长解决按时接送学生困难的重要举措，是进一步增强教育服务能力、使人民群众具有更多获得感和幸福感的民生工程……”

“课后服务是由于家长下班时间与孩子放学时间不匹配的矛盾产生的一种社会活动，家长下班迟而孩子放学早，导致家庭中难以接送孩子、辅导孩子功课并指导孩子参加体育、艺术、娱乐活动，家长缺少时间培养孩子课外阅读、音乐、美术、体育等课后兴趣。以往这种问题都是由家长寻找校外托管或培训机构，让校外机构在课后至家长下班前这段时间提供托管服务或兴趣班服务。教育部在《关于做好中小学生课后服务工作的指导意见》指出，可以让学校在教育部门的指导和监管下，引入符合条件的校外培训机构进校，在校内为中小学生提供课后服务。这项政策虽然还没有全国普及，但是截至目前，全国已有36个大中城市将近七成的小学、六成的初中开展了课后服务，学生自愿参与率达到四成，我觉得你提出的作文社团可以与课后服务这项活动相挂靠，推行起来完全有据可依。”

陈侨英带来的这个消息简直让辛茹豁然开朗，她心头的郁闷因为陈侨英有理有据的分析、建议而得到了纾解。

“侨英老师，太感谢你了，你是怎么知道这些的？”辛茹激动地问。

陈侨英说：“我以前在北京发展，公司里有许多已婚已育的同事，他们的孩子都在学校参加课后服务活动，所以我对课后服务工作有所了解。一直以来，校外培训机构是课后服务最主要的提供方，为家长提供托管、兴趣课程、功课辅导等服务内容，也解决了家长下班时间和孩子放学时间相冲突的矛盾，但是课外服务机构盛行，也产生许多社会问题，会让教育成为一些人逐利的工具，把教育这项民生事业做成敛财的生意，这当然不行，让很多事业偏离了初衷。如果由学校开展课后服务工作，提供场地、设施设备、服务监控，以及利用校内的师资力量，这就很好平衡了家长经济负担、学生学习质量等等问题。”

辛茹重重点头，整个人都神采飞扬的，今年三月份，教育部刚刚颁布了“睡眠令”，对一直以来学生们面临的“校内减负、校外增负”的现象十分重视，一直探讨如何规范校外培训，有效减轻义务教育阶段学生过重作业负担和校外培训负担方面的举措，释放了营造良好教育生态的信号。而课后服务工作是义务教育的延伸，全国目前有许多试点，探索如何让各方都更方便且互惠地参与到课后服务中，在全国实现义务教育学校课后服务活动全覆盖，有需要的学生全覆盖，也是指日可待的事情。

银山作为海岛，并不存在校外培训机构盛行的情况，但不代表岛上的孩子们就不需要托管、兴趣课程、功课辅导等服务，甚至海岛的孩子因为地域、家庭环境等等因素制约，更需要这项服务，他们也需要培养特长，也需要培优补差，也需要在父母工作不能及时接送他们放学的时候，有人能陪伴他们度过有意义的课后时光。

“我们学校虽小，可是人才济济，侨英老师你的画画特长，石呈基老师的音乐特长，鲁洁的足球，黄竹老师的钩针，星辰的毛笔字……如果我们学校能开展课后服务活动，开展各种特长和兴趣社团，对孩子们来说，将是一件特别有意义的事情，上级部门没有将我们海岛小学定为试点，但我们自己可以去争取，毛遂自荐！”

辛茹的思路彻底被打开了，立即拉了陈侨英一起去找陈昭校长汇报此事。

陈昭校长听了两个年轻人的想法，第二天一早就乘坐快艇进城，直奔教育局找洪吉安股长去了。

这事很快就有了眉目，上级教育部门刚好下达了任务，要求F市上报课后服务工作试点学校，洪吉安股长谈话了几位市区校长，都是一个头两个大，感觉这项工作的开展不是一件容易的事，因为课后服务要遵循家长自愿原则，又涉及收费，这就难免变得敏感。虽然政府会提供经费补贴，让教师获取适当劳酬，但“午托”和“晚托”涉及学生餐饮问题，学校需要酌情收费。

义务教育普及了，学杂费全免，但由于各地经济发展不平衡，部分教材费、作业本费、校服费用仍需个人承担。涉及收费问题，家长多多少少都有意见，城市学校的家长，文化水平普遍较高，法治意识较高，对于学校办学更有参与意识，对于学校办学是否规范问题也有更强的监督责任感，而收费问题是他们最关注的办学行为之一。涉及收费，家校关系就难免变得复杂起来，尤其课后服务工作对于F市来说还是新鲜事物，家长接受需要一个过程。

因为和城区校长们谈话不太顺利，几名校长都表达了推进试点工作的困难性，而F市又必须完成上级教育部门的任务，开展试点工作，最后，洪吉安股长只能把这个任务强压给了实验小学。作为F市的龙头小学，你不往前冲，你不勇扛大旗，你就愧对全市老百姓给予你的高度评价。社会赞誉越多，也意味着你的社会责任感要越高，承担的责任也越多。

洪吉安股长没有想到，他刚向实验小学校长布置好了课后服务试点工作，陈昭校长就到教育局来主动请缨担任F市课后服务工作试点学校。洪吉安股长原来也有顾虑，认为银山小学规模小，又地处海岛，有诸多不便，但架不住陈昭校长摆出一二三四五的理由，态度殷切，毛遂自荐，最终便答应了下来。

课后服务试点工作就这么在银山中心小学铺展开来。

学校原本就有食堂，也早就有学生寄午餐的惯例，所以这方面竟比实验小学来得便利，因为餐饮公司必须经过招投标环节方可最后确定，所以实验小学暂时无法开展“午托”“晚托”，只能先开展不需要提供餐饮的“四点半托”服务，而银山中心小学不但开展了“午托”“四点半托”，连“晚托”也开展起来了，原因是岛上的家长认为只有坐在教室里的孩子才算是正经孩子，一放学就在岛上疯跑的孩子都是不务正业的学生，再加上岛上的大人每天都要干各种辛苦活计，向山向海讨生活，陪同孩子学习、培优补差、培养兴趣特长等任务，交给老师是最好的。有了这层认识，支付为数不多的一笔服务费用，便也心甘情愿，觉得物超所值了。

随着课后服务试点工作的开展，老师们都忙碌了起来，辛茹亦是。

忙忙碌碌里，辛茹也牵挂城里的江新男，只是因为工作缘故，她无法赶回城区陪伴江新男，只能每天通过视频电话和江新男保持联系，安慰情感受挫的好姐妹。

连俊生已经走到银山中心小学大门口，透过电动门看到一个身穿保安制服的小伙子在保安室里来回走动。

小伙子已经发现了他，于是从保安室里走出来，冲连俊生打招呼。他竟然认得他，热情地喊他“连书记”，并按了手里的遥控，电动门便徐徐打开了。

“你是……”连俊生发现眼前的年轻保安并不是王大昌。

年轻保安听闻连书记询问，便自我介绍：“我爸就是银山中心小学的前保安。”颇自豪的语气。原来是喜伯的儿子，连俊生一边走进校门，一边和高良姜打趣说：“你这也算子承父业。”高良姜一边引导连俊生填写访客登记，一边诉苦，他必须在岛上找一份工作堵住亲爹的嘴，不工作不赚工资，每日听喜伯在耳根子边唠叨，恁谁也受不了。说着又问连俊生：“校长知道您到访吗？怎么没看到校长和江胜教导来迎接？”高良姜说着就要给陈昭校长打电话，却被连俊生阻止了。

连俊生表示自己此次来学校是私人事务，不叨扰校长了，继而向高良姜打听了辛茹的任教班级，便向五年级教室走去。

正在五年级教室里上课的是吕碧华。

得了吕碧华的指路，连俊生在操场旗台旁找到了辛茹，她怀里正抱着一个七八个月大的男婴。那是吕碧华的小儿子。辛茹没课，便帮吕碧华将小宝从宿舍抱到操场上晒太阳。

连俊生的突然造访让辛茹很是意外，但心下又猜到了什么，上次辛廷伟安排相亲，她有意给连俊生和江新男制造独处机会，就是为了帮江新男一把，至于两个人能不能成，真的得看缘分，而如今连俊生竟然主动到学校来找她打听江新男的近况，辛茹知道，功夫不负有心人，江新男的缘分到了，只是这缘分到得不合时宜。

医院。

江新男打了一盆水走进病房，她看着病床上昏迷的父亲，眼泪又止不住涌上眼眶，医生说父亲是因为受了重大刺激导致心脏病复发，而她却一直不知道父亲有心脏病，可见她是个多么不孝的女儿。

想到这些，江新男的眼泪就哗啦啦掉下来。

父亲，什么时候会醒，父亲是不是永远都不醒了？

想到这些，江新男心里很慌，她像茫茫大海中的溺水者，唯一能抓的浮木就是辛茹。江新男摸出手机，想和辛茹说点什么，点开辛茹的微信对话框，才看到辛茹之前给她发来的私信。辛茹说，连俊生去学校找她打听她的近况。

如果是之前，在白茶山庄的那天夜半，她接到关于父亲病重的电话之前，她听到这样的消息一定会很激动很激动，一定会很幸福很幸福，一定会忘乎所以，找不着北，但是现在，心头泛起的半点涟漪，竟是酸楚。

江新男放下手机，拿来毛巾放到脸盆里打湿，拧干了给父亲擦拭身子，做了父亲二十多年的女儿，她竟然只有最近一段日子才开始尽一个子女照顾父母的义务。一直以来，父亲都是她的天，是她的山，是她最坚实的依靠，她在父亲撑起的天地里过着风和日丽、无忧无虑的生活，浑然未觉是父亲撑起的伞替她遮风挡雨，她只知道自己是个幸福的女孩，却不知道自己的幸福是那般来之不易。

江新男擦了泪，想帮父亲翻个身，可是父亲太重了，她无论如何都翻不动他的身子，她想帮他擦一下背，可是她的力气太小了……

她吃力的，懊恼的，最后只能无助地哭泣。

这时，病房外大步走进来一个人，他的大手从她背后伸过来，很好地帮衬了一把，父亲的背终于露了出来。

江新男回过头去，愣住了……

江新男和连俊生终于说上了话，不过是在江耀华的葬礼上。算不得什么葬礼了，就是布置了一个简单的象征性的灵堂。她实在不知道这些礼俗，还是表姐唐丽来帮了她。

相比唐丽的运筹帷幄，她实在笨拙得像个白痴。她突然想起那日在辛伯伯的白茶山庄他斥责她的话：如果失去了父亲这座靠山，她还可以依靠谁？有朝一日为人父母，她又能让谁依靠？如果辛茹听到，一定会评价一句：话糙理不糙！他的话是对的，同样是富家女，她是什么样，辛茹又是什么样？不能怪父亲太宠溺她，导致她像个啥也不会的废物，是她自己也放纵了自己的不成长。

她看着灵堂上父亲的遗照，嘴角一扁，又落下泪来。

“再哭，你的眼睛就剩一条缝了。”他站在父亲的遗照前，对她说。依旧是严肃的模样，和那日在白茶山庄里的架势一模一样，像一个老师在教训一个不懂事的小孩子。他拉住她的手，转头对遗照上的人说道：“叔叔，你安息吧，新男以后由我照顾。”

她哭了几日，人早就哭蒙了，以至于听到他这句话时脑子一时转不过弯来。她的哭肿到只剩一条缝的眼睛里，他的面孔被压扁到变形，却依旧闪光耀眼，是那个叫她一眼万年的人。

只见他从遗照前转过身来，看着她说：“明天和我去领证，这样，我就可以名正言顺地送他最后一程了。”

听到钥匙开门的声音，陈侨声愣了愣，他刚把小蚂蚁哄睡着，从儿子的卧室出来，到客厅桌上，给自己倒了一杯水，水还没来得及喝，唐丽就从门外走了进来。她披星戴月的，身上还沾着月光和院子里花草的香气。她的神色看起来很疲惫，整个人精神不振。

陈侨声把水递给她，说：“你舅舅不是还没出殡吗，你怎么就能回来了？”“有人接了我的班。”唐丽说。表情并不轻松，看起来心事重重的，陈侨声只以为她是因为亲舅舅过世，悲伤过度，并不以为意，让她洗个澡早点休息。

他们夫妻之间很难再回到过去的亲密关系里，唐丽对于陈侨声的冷淡已经习以为常，她曾经想要挽回，为了小蚂蚁，但是唐丽知道她和陈侨声可能是真的缘分尽了吧，一个人可以为另一个人忍让一次两次，但不会忍让一辈子，夫妻而已，本就是大难临头各自飞的鸟，同一个林子，并不是什么能够捆绑一辈子的牢不可破的关系。

“你真的已经打消和我离婚的念头了吗？”

陈侨声本来走到卧室门口，听到唐丽的问话，他的手从门把手上放了下来，回身看着唐丽，唐丽整个人红愁绿惨的。陈侨声也是愁云惨淡，他说：“给我一点时间，我需要时间和自己和解。”

没有男人可以忍受这种头顶绿油油的事，他也只是个普通男人，但是他愿意去做一个比普通男人脱俗一些的男人，只是这不是今夕明朝的事情，他需要时间。他听了陈侨英的劝，为了小蚂蚁能有一个完整的家，他一定能和自己和解的。

“你放心，以后我都不会和你提离婚了。”陈侨声向着唐丽挤出一个笑容来。

唐丽却说：“那么现在，由我来向你提离婚。”

“为什么？”陈侨声不解。

看着陈侨声的表情，唐丽自嘲地笑了笑。是的了，不离婚，在以后的婚姻关系里，他们永远都不可能平等相待，她永远低他一等，她永远是那个犯了错被别人原谅过的过错方，就好像一个进过监狱的人，重新走上社会，若想不被异样的眼光看待，只能寄希望于别人的宽容、恩赐和施舍，心里要不得半点自尊的东西，否则就会产生无休止的矮人一截的羞耻感。他选择原谅她，既往不咎，她凭什么还要提离婚呢？明摆的给脸不要脸。

“我把我们那个套房拿去做了抵押贷款，现在钱要不回来了，只能卖房子抵债。”唐丽将这个埋藏心底多时的秘密说出来时，整个人都虚脱地瘫跪在地上。陈侨声只觉脑袋瓜子嗡嗡的，那个房子虽然只写唐丽一个人的名字，却是夫妻共同财产，他积攒的工资都用于支付这个房子的首付，每个月工资的大头也都用于支付这个房子的月供。好不容易将房贷还完，为了每个月多点家庭收入，他舍不得去住那房子，一直将房子出租，一家人挤在这破旧的小平房里，美其名曰：小蚂蚁上学方便。

“你把钱拿去干吗了？”陈侨声听见自己的声音异常冷静，没有丝毫怒气。

唐丽说：“舅舅说他的厂子需要资金周转，但银行又贷不出钱来了，让我帮他一把。舅舅开出很高的利息，我想着你一直都是个保守的人，你肯定不会因为那点利息就将房子抵押出去，何况舅舅只是我的舅舅，不是你的舅舅，所以我只能瞒着你。不管是我贪图高息，还是顾念他是我的舅舅，总之我把房子拿去抵押了，一百多万都借给舅舅了。我也不知道舅舅会出事，一开始舅舅是每个月都会把利息准时打到我的卡上的，但是后来就……”

唐丽还没说完，就听见房门“砰”的一声关上的声音。陈侨声去了小蚂蚁的卧室，没有回他们夫妻的房间。这样也好，唐丽从地上爬起来，失魂落魄进了房间，看着房间里的一切，双人大床，床头的大幅婚纱，一切幸福的影子新鲜得仿佛就在昨天，只是现在，这张大床再也不是他们幸福的小船。多少个夜晚，他们同床异梦，以背相向，任何一点肢体的碰触都会条件反射地躲开，他们彼此厌恶，却还要虚伪地以孩子的名义，睡在同一张床上。

够了。

着实够了。

他对她的厌恶已经到了这般境地吗？哪怕她闯了这天大的祸事，他连一句苛责都懒得奉献给她。

唐丽不知道该庆幸，还是该悲哀，她整个人躺倒在床上，仿佛跌入万丈深渊，又仿佛是彻底解脱。

再次踏上银山岛，江新男已是法律认可的连太太。众人在阿狸的客栈为两人办了简约而不失喜庆的婚礼。

陈昭校长当了证婚人，辛茹是唯一的伴娘，伴郎则是银山镇政府的一名工作人员。如果林斌还在，伴郎的位置肯定是他的，他年轻帅气，一度是银山镇政府的颜值担当，只是新的年度伊始，他就调进城去了。听说去了市里的统战部。刘星辰看着台上和辛茹一起拿婚戒的伴郎，心里还是不自觉会想到林斌，脸上满是失落。

“吃颗喜糖，开心的，”鲁洁知道刘星辰心里在想什么，她递过来一颗喜糖，拍拍刘星辰的肩说，“什么时候轮到吃你和胡老板的喜糖？”

她们都是辛茹请来帮江新男的婚礼撑场子的。

“别胡说。”刘星辰将糖果剥了糖纸放到嘴巴里，责怪地看了鲁洁一眼。鲁洁却朝着在婚礼现场来回端盘子的一位服务员努了努嘴，冲刘星辰说：“我是说真的，胡老板真的是可靠的实在人，你看你爸爸在他这里都老老实实、安安分分的，自食其力，多好。”

刘盼盼自从来银山投奔刘星辰，就被阿狸收留，成了月亮湾客栈的一名打工人，刘星辰劝了他几次，想把他劝回家去，奈何他就喜欢在阿狸的客栈工作，说不用回家看李砚秋脸色，也不用每日里被李砚秋斥责，客栈里的活都是他能胜任的，每个月不但有工资，还包伙食，他乐意，不想回家去。再说在岛上工作，离女儿近，他放心些。刘星辰知道从小到大父亲是疼她的，只是在家里父亲没有权威，母亲全权做主，在母亲的淫威下父亲像是一个傀儡，更不敢表露自己真实的内心。

刘星辰思绪纷飞间，刘盼盼就朝她这边走过来，盘子上端了两杯饮料，一杯给鲁洁一杯给刘星辰，兴奋地向她们摆手。鲁洁也向着刘盼盼挥手，嘴里热情地喊："叔叔好！"又打趣地问："叔叔，你啥时候作主把星辰嫁给胡老板？"刘盼盼乐呵呵地说："胡老板一直等星辰点头呢，可星辰就是不肯点头。"

刘盼盼说这话时语气颇为着急，鲁洁就伸手按住刘星辰的脑袋，做了个"点头"的动作，刘盼盼看得哈哈大笑，刘星辰急了，作势要打鲁洁，鲁洁却是吐着舌头，一副"你能奈我何"的架势。刘星辰只好拿出撒手锏，附在鲁洁耳边说："你喜欢大昌别以为我们不知道。"

刘星辰虽然做出说悄悄话的模样，但是声音大得满屋子的人都能听见，鲁洁紧张地捂住她的嘴，刘星辰挣脱了说："有什么关系，大昌又不在。"

正在学校排查消防安全隐患的大昌冷不丁打了个喷嚏，吓了跟在身边的高良姜一大跳。大昌从地上站起身，扭头看着高良姜，打趣道："就你这么小的胆子，你还喊着要去当兵呢？演习时的枪炮声都能把你吓尿。"高良姜撇了撇嘴，一脸意兴阑珊："反正我学历不够，也没机会去当兵。"

今年是"一年两征"工作正式实施的第一年，春季征兵时间已经截止，高良姜虽然报了名，却只能是候补人员，问题就出在学历上。现在看着本科毕业的苏从作为候选新兵已经被优先批准入伍，高良姜不知道心里有多羡慕。大昌劝他，征兵就是"优中选优"，早知如此，当初就应该好好读书。不过高良姜也不是一点儿机会都没有，候补人员还是有机会的，只能等机缘。在机缘到来之前，先要干好本职工作，站好自己的岗位，那就是把银山中心小学保卫工作做好。

银山镇人武部通知大昌，过两天去担任新兵入伍前集训的教官，为期一周，届时银山中心小学的学校大门只能交由高良姜来守护了。

两个人正说着话，就看到有人在校门口想要进校，那人是老熟人了，大昌率先去校门口给那人开门。王桂香提着行囊走进校门，大昌不由惊呼："王医生，你回来了！"王桂香点了点头，脸上是笃定的笑容："是的，回来了！"

41

在食堂吃晚饭的时候，辛茹见到了王桂香。他端着餐盘在辛茹那张桌子前坐了下来。辛茹高兴地说："真没想到你还会回来，校长他们肯定高兴死了，这段日子为招聘不到校医，校长和教导都愁死了。"

"是啊，王医生，你怎么突然又回来了呢？"鲁洁凑过来问。

同桌的刘星辰也竖起了耳朵，只有辛茹莫名有些心虚，不敢看王桂香，垂下头自顾自吃饭。王桂香也埋头吃饭，没有给鲁洁和刘星辰答案。他要把答案说给辛茹一个人听。于是，午休时间，他专程来到五年级教室外。"午托"的孩子们正在教室内午休，辛茹坐在讲台桌前批改作业。

听见海潮海涛偷偷喊她，辛茹抬起头，向兄弟俩的方向投过目光来，一边皱眉，一边示意他们不要影响其他同学午休，却见兄弟俩朝着门外的方向指了指，辛茹顺着他们手指的方向朝门口看去，赫然看到了王桂香的身影。于是她起身走了出来。

王桂香穿着白大褂，手里捧了个药箱，他说二年级有个小朋友身体不舒服，他到班上给那个孩子做检查，现在孩子吃了药，正在休息，已经通知家长来接人了。辛茹点点头说："谢谢你，王医生，学校没个校医真的不行，还好你回来了。"王桂香说："我是为了你才回来的。""我知道。"辛茹轻声答道。王桂香没想到辛茹比他还要坦诚。于是他问："你能给我一个机会吗？"不待辛茹回答，他又说道："你目前单身对不对？"

答案是肯定的，于是辛茹点了头。王桂香就眉开眼笑起来："你是单身，那所有人都有机会，我也有。你放心，我会好好把握机会的。"王桂香说着，捧着医药箱，雀跃地走了。他一米八几的大高个，此时竟走出了轻盈的步伐。

辛茹回身正准备走进教室，一时愣住了，不知何时，孩子们都醒了，正坐在位置上，个个都瞪着一双好奇的眼睛滴溜溜看着她，也不知是谁先起哄了一声，全班同学都哄笑起来："辛茹老师和王医生谈恋爱了。"

"你们别胡说！"辛茹哭笑不得，此刻浑然没了师者的威严，像个出糗羞赧的小姐姐。

婚后，跟着连俊生住进了银山镇政府的家属宿舍楼，近距离看着连俊生每日忙碌地工作，江新男愈发觉得自己无所事事。连俊生希望江新男能通过自学，弥补没有上过大学的遗憾，于是给江新男找来一套成人高考教材，并帮她制定了学习计划，一到下班时间就帮江新男补课。

趁着连俊生去上班的工夫，江新男将作业拍照发给了辛茹，辛茹点开照片，看着满纸的红“×”，一口水喷了出来。她一边用纸巾擦拭水渍，一边给江新男回了个哭笑不得的表情过去，江新男的视频电话立即就打了进来。辛茹一接通电话，手机屏幕上立马就出现江新男咬着笔头苦大仇深的模样。一看到辛茹，江新男立马大吐苦水，哭诉自己的苦逼自学日子。辛茹安慰她不要身在福中不知福，有一个学霸老师免费为她补课，她该偷着乐才对。

为了鞭策江新男，辛茹找了很多夫妻没有共同成长，差距越来越大，最后闹掰的案例供江新男参考，听得江新男头皮发麻，咬咬牙表态自己一定会发愤学习，提升素养，绝不做那个原地踏步，被嫌弃、被抛弃的人。不想被连俊生甩，只能发愤考上大学。江新男万丈雄心用力过猛，没做几道题就困意袭来，等连俊生加班到深夜回来时，看到她正趴在作业本上呼呼大睡，那小猪一样的睡相让连俊生忍俊不禁。

连俊生蹑手蹑脚走过去，正准备抱她去睡觉，她却突然说起了梦话：“我不想被甩！我不想被甩！我要好好学习！我要好好学习！”

犹如一顿电闪雷鸣，好不激烈，唬了连俊生一跳。

再看江新男时，她又睡着了，还吧唧着嘴，活脱脱一只好吃贪睡的小猪了。

连俊生浑然未觉自己弯身在妻子面前时的样子，涌现了难得的温柔。他突然意识到这段日子自己对江新男太严厉了，以致她都魔怔了。

周末，连俊生不用上班，通常是江新男狠狠刷题的时光。闹钟依旧定到早上六点，一听到闹钟声响，江新男一个鲤鱼打挺就从床上坐了起来。等她从浴室洗漱完毕出来时，连俊生已经换好了外出的衣服。

江新男不解地问：“你周末还有公干吗？穿得这么笔挺是要去干吗？”

“陪老婆散心。”连俊生说着就进了浴室。

江新男还以为自己听错了，想向连俊生进一步确认时，浴室门已经关上，浴室里传来水龙头流水哗哗的声音。

这个周末，连俊生竟然放了江新男的假，不用刷题，不用背书，还带她去天湖泛舟，喂鸟。奔跑在春天的万亩草场上，不用做功课的江新男快乐得像一只出笼的小鸟。连俊生看着那么快乐的妻子，脸上再也掩藏不住笑容。

夫妻俩从天湖山下来时，太阳已经爬得高高的，经过一个渔村，看到一个村民正在做直播带货，小伙子的皮肤黝黑发亮，一看就是海里来浪里去的渔民。他卖的是岛上特产的虾米，可是喊破了嗓子也没有人下单。小伙子累了，喊他的妻子来救场，他的妻子接替了他的位置，手里抓着两袋虾米，扯着嗓子喊：“走过路过不要错过，银山特产的虾米，今天在直播间下单运费全免……”

依然无人下单。

江新男依偎在连俊生怀里，两人站在路边看了那对夫妻许久，连俊生想说什么，江新男突然离开他怀里，径自走过去。连俊生见她向着那对夫妻说着什么，边说边比画，最后干脆抓过他们手里的虾米，对着镜头手舞足蹈地直播起来。那么活灵活现、熠熠生辉的江新男是连俊生不曾见过的，与刷题时的苦逼学渣判若两人。

连俊生带着宠溺的笑，远远注释着妻子，没想到她贪玩成这样。但他也没有出手阻止，只静静看她表演。江新男眉飞色舞渐入佳境，用一种清脆高亢的声音吆喝着，很快，连俊生便听见那对夫妻和江新男一起惊叫的声音。

是有人下单了。

江新男离开镜头，走回连俊生面前时，整个人神采飞扬，像花儿盛开到最浓烈时如火如荼的模样。她的眼睛亮晶晶地看着他，像一个考了满分等待大人表扬的孩子，不过连俊生没有说话，只是牵起她的手，准备离开。刚走了几步，就听身后有人叫他，是之前那对卖虾米的渔民夫妇。夫妻俩一人抱着两包虾米赶上来，他们认识连俊生，所以嘴里激动喊着“连书记”。他们说，没有想到刚才这位小姐就是连书记的夫人，太感谢她的帮助了，因为她，直播间今天才能成功开张。连俊生自然不会收渔民的虾米，渔民夫妇就解释说，这不是给连书记的，这是给连太太的，感谢她今天来直播间帮忙。渔民夫妇说着，把虾米硬塞进江新男怀里，江新男连忙塞回去，诚惶诚恐说，自己是镇委书记的家属，绝对不能拿群众一针一线，还请他们不要让他们犯错误。

走在回家的路上，连俊生突然侧头意味深长地看着江新男，目光里满含赞许，还伸手摸了摸江新男的脑袋，江新男知道丈夫是为她帮渔民卖虾米的事而肯定她。就这么一个眼神，一个动作，就让江新男开心得找不着北了，觉得自己聪明得不得了，但到了晚上，连俊生开始辅导她的功课，江新男又一脑袋糨糊了，她觉得自己笨死了。

连俊生安慰她说：“术业有专攻，别气馁。”

江新男就问：“术业有专攻是什么意思？”

正说着，就听到宿舍外有人拍门，竟是白天遇到的那对渔民夫妇。他们问江新男明天是否还能去直播间帮他们卖虾米。在虾米面前，江新男找到了自信，但她还是要征求连俊生的意见，连俊生说不能收取村民的费用，免费去帮忙带货，就支持她去。江新男一口答应了。

连俊生便正儿八经告诉她："刷题不行，但带货可以，这就叫术业有专攻。"

刘星辰走进书法功能室。这是银山中心小学成为F市课后服务试点之后的"四点半托"时间。功能室里摆了几排桌子，桌子上书画毡、笔墨纸砚等文具一应俱全。书法班的孩子们正端端正正坐在位置上看着她。刘星辰刚想说话，手机又响了，是李砚秋。

因为刘盼盼不肯回家去，也不肯接李砚秋电话，李砚秋最近只能每天电话轰炸刘星辰，不是命令她把刘盼盼带回家，就是对她破口大骂，把刘盼盼不接电话不回家的窝火都撒向刘星辰。上课在即，刘星辰原本不想接李砚秋电话，但是一个不留神竟然滑错了按钮，登时李砚秋咄咄逼人的声音就从手机里传了出来。刘星辰没有开免提，但李砚秋的骂声还是在安静的教室里显得格外清晰。

功能室内二十来双眼睛齐刷刷看着刘星辰，刘星辰的脸颊热辣辣灼烧起来，母亲的骂声将她的自尊在学生们面前击碎，她慌里慌张去拿毛笔，又慌里慌张去研墨，想要掩饰那份心虚和不自在，可是双手却不听使唤地发抖。只听一个小女孩"哎呀"一声惊叫起来，刘星辰猛地回神愣住了：她竟失手打翻了墨水瓶，整瓶墨水倾倒在第一桌的小女孩身上。

小女孩不是别人，正是欧阳兰兰家的小象。

第二天上午上班时间，陈侨声像往常一样来到教育局办公室上班。一在位置上坐下来，办公桌上的电话就响起来了。

陈侨声拿起电话，公事公办地问道："你好，请问找谁？"

“这是教育局吗？我要投诉！”电话那头是个女人的声音，气鼓鼓的，隔着电话线，陈侨声都能感觉到她的怒气。这是欧阳兰兰和陈侨声彼此第一次听到对方的声音，也是生平第一次交集。陈侨声认真听完欧阳兰兰的投诉，详细做了记录，按照流程反馈到银山中心小学校长陈昭那里。

陈昭校长很快把江胜教导喊到了校长室。

从陈昭校长手里接过那份关于刘星辰的投诉件，江胜教导看完，面色凝重起来。

“是你的徒弟，你找她了解一下情况吧，我直接和她谈，怕她心里有压力。”陈昭校长善解人意地说。

江胜点点头。

刘星辰正在班上上课，心不在焉的，目光时不时飘到座位第一排的小象身上，小象今天换了一套衣服，不是昨天那套被墨水泼脏的衣服了。不管是昨天那套，还是今天这套，都是专卖店的童装，看得出来价格都不便宜，一套至少也得好几百块。欧阳兰兰如今是海岛民宿业的领军人，早不是曾经那个苦哈哈的离异单亲妈妈，或许因为曾经让孩子吃了不少苦头，如今的她在吃穿上尤其优待孩子，小象和小圭也是岛上打扮得最光鲜的孩子。

正是因为小象的衣服都很贵，所以被墨水弄脏，刘星辰才会那么慌，她第一时间就带小象去水龙头冲洗衣服上的墨渍，可是莫说那么一大片墨水，就是零星一点墨水沾在衣服上，要洗干净也是不容易的。

刘星辰忧虑重重地看着小象。若是在往常，老师注视她的时候，小象一定会很开心地冲刘老师笑，可是这次，小象也心事重重的，因为昨晚放学回家后，欧阳兰兰看着她那条沾满墨水的裙子大发雷霆，还动手揍了她。

妈妈已经很久没有打过她了，所以小象不开心。但是即便妈妈揍了她，她也没有把刘老师供出来，所以妈妈以为是她自己不小心打翻墨水弄脏衣服的。

教室门被敲了几下，刘星辰抬头向教室门口看去，江胜教导正站在门口。他说："星辰，下课后来教导室找我一趟。"

江胜教导表情严肃，似乎发生了什么大事。

下课，刘星辰怀着沉重的心情来到了教导室，江胜教导请她坐，并给她倒茶，看着她端着一次性茶杯坐在椅子上整个人无精打采的样子，江胜教导心里挺不是滋味的。刘星辰改变了很多，不再是过去那个得理不饶人，伶牙俐齿，甚至带了点尖酸刻薄的年轻人了，她已经很少和他唱反调，甚至现在可以用"乖巧"来形容她，他还为他这个徒弟终于开窍而欣慰，没想到他没有高兴多久，她就又闯祸了。

"你被人投诉到了教育局，你知道是因为什么事吧？"江胜教导开门见山。

这着实有把刘星辰吓到，她以为欧阳兰兰顶多找陈昭校长或者江胜教导反映情况，没想到她那么决绝，将她投诉去了教育局。

这是第一次被家长投诉到教育局，刘星辰不知道事情会有多严重，她胸腔里的心脏"扑通、扑通"狂跳起来，双手也紧张得发了抖。江胜教导发现了她的不对劲，便放缓了音调安抚她："你也别紧张，就是一次投诉而已，你把事情前因后果都和我说说，我和你一起想办法，咱们有问题就面对问题，解决问题，有错就改，无则加勉。"

刘星辰于是在江胜教导的开解下讲了昨天课后服务时间段，在功能室里发生的事情，江胜教导听了一声叹息，问她："出了这样的事情为什么不第一时间告诉家长呢？咱们虽然不是故意的，但的确有错，有错就应该道歉，弄脏了孩子的衣服，洗不干净就赔一件，这有什么可逃避的呢？要让家长投诉到教育局？”

刘星辰垂下了头，羞耻得难以启齿，但是江胜教导是她的师傅，是学校里她最可信赖的人，她必须坦陈心迹。“师傅，”刘星辰说，“我不敢，我害怕和小象妈妈坦白后，对方会要我赔一件衣服，一件衣服要好几百块，师傅，我舍不得钱。”

是因为缺钱，所以才会舍不得钱。自从刘辉结婚后，母亲又屡次三番打电话给她，说嫂子怀孕了，让她这个当小姑子的攒点钱，将来给嫂子坐月子用，小侄子生出来后，奶粉、尿布样样要钱。她拗不过母亲的死缠烂打、电话轰炸，又像过去那样，每个月领了工资就往李砚秋的卡里打了大头去。

“你真是个糊涂的孩子，一念之差，结果闯了更大的祸，更不可收拾。”

听着江胜教导责备的声音，刘星辰心里很不好受，她当一只缩头乌龟，以为自己逃避就能躲过赔偿，不过是赌一把，赌小象不会向欧阳兰兰说出实情，那孩子平日里“刘老师”长“刘老师”短，对她这个老师爱戴有加，昨天事情发生后，她也暗示了小象，不要把她供出来，但孩子毕竟是孩子……

刘星辰并没有责怪小象，只是为欧阳兰兰投诉到教育局这件事而懊恼。实际上，刘星辰误会了小象，小象并没有出卖她，欧阳兰兰是直到今天上午送小象上学的时候，才偶然听其他孩子和家长说起的。毕竟昨天的书法课，众目睽睽，可不只有小象一个人，还有二十多双眼睛看着，二十多张嘴巴可以发表议论。

不管是谁说的，总之现在欧阳兰兰已经知道了事情真相，还投诉到了教育局，篓子已经捅了，刘星辰要做的是面对和解决。

江胜教导让刘星辰先写一份检查材料，好让学校按流程答复给教育局。此外，江胜教导让刘星辰去欧阳兰兰家里一趟，和欧阳兰兰当面认个错。“衣服的钱你拿不出来，师傅先借给你。”江胜教导无奈，对刘星辰有些恨铁不成钢。

刘星辰的事也不知怎的，很快就在学校传开了。刘星辰觉得脸上挂不住，一个人猫在宿舍里，午饭也没去吃，辛茹来宿舍看她。刘星辰问辛茹：“如果昨天是你遇到这样的事，你会怎么处理？”辛茹说，第一时间联系家长，在电话里向家长道歉，放学了，再和学生一起回家，当面向家长认错，主动赔偿衣服的钱，取得家长的谅解，如果没钱就借。辛茹的思路和江胜教导一模一样，刘星辰越发感到惭愧，觉得自己不成熟，遇事缺乏清醒的头脑，甚至还有畏难和逃避的劣根性。

“人非圣贤孰能无过，老师也是普通人，我陪你一起去兰兰家的客栈吧。”辛茹说。

刘星辰点点头，于是和辛茹一起到了兰兰家的客栈。客栈里此刻没有新的住客办理入住，难得的清闲，但欧阳兰兰正在接待访客。辛茹和刘星辰走进来时，欧阳兰兰愣了愣，失声惊呼起来。那访客原本背对着门口，听到欧阳兰兰的声音，也扭头向门口的方向看过来。顿时，几个人面面相觑，全都愣住了。

那访客不是别人，正是阿狸。

阿狸是从刘盼盼那里知道刘星辰被家长投诉到教育局的事，他向辛茹了解了前因后果，便自行来到兰兰家的客栈，找欧阳兰兰说情。

不等刘星辰说话，欧阳兰兰倒是先道起歉来，说自己一时冲动了，刘老师也不是故意的，她不该向教育局投诉，还说她生气也不是因为小象的衣服被墨水弄脏，而是因为小象说谎。刘星辰此时才知道，小象并没有向欧阳兰兰告状，甚至小象都没有告诉欧阳兰兰是刘老师打翻墨水瓶弄脏她衣服的。

“小象一直都很喜欢刘老师您，她今天放学回来听说我投诉刘老师的事，很生气，把自己关房间里，连饭都不吃呢！”

欧阳兰兰看着刘星辰，一时感到很难为情，反复说：“对不起啊，刘老师，等教育局上班，我会再打电话过去，和他们澄清一下，这是误会。”

刘星辰突然眼眶发酸，她不知道自己是感动，还是怎么的，总之很想哭，阿狸也好，小象也好，辛茹也好，都让她感受到了一份人与人之间一种叫“温暖”的情谊。

小象躺在床上，听着咕咕叫的肚子，扁着嘴角。她饿了，但是为了刘老师，她必须和妈妈抗争到底。敲门声响起，小象拉过被子，将自己头脸都包了起来。有人走进了房间，伸手来拉她的被子，小象使劲拽住被子，但孩子的力量终究抵不过大人的。被子被拉开了。小象闭上眼睛，不愿意看来人，嘴里嚷着：“我不吃饭！我不吃饭！除非你跟刘老师道歉！”刘星辰站在床边，鼻子越发酸了。她的可爱的学生！

她以一种从未有过的温柔的声音说：“小象，谢谢你。”

竟然是刘老师！小象猛地睁开了眼睛，一骨碌从床上坐起身来：“刘老师，我没有告诉妈妈你打翻墨水的事，我没有！不是我！不是我！”孩子连声抱歉，眼泪汪汪的。

刘星辰的眼睛湿润了，她抱住小象，在她耳边说：“对不起，小象，是老师的错，老师不好，所以老师向你和你妈妈道歉来了。”

刘星辰从小象房间出来时，阿狸已经离开兰兰家的客栈了，客厅里只有辛茹坐着等她。

“我先回学校吧，我觉得你应该去月亮湾客栈看看你父亲。”

辛茹善解人意地笑笑，刘星辰知道辛茹是什么意思，于是和辛茹分别，不过并没有去月亮湾客栈，而是径自去了月亮湾的海边。刘星辰的预感没错，阿狸就在那里，面朝大海，远眺夕阳。刘星辰走向他，说道：“夕阳无限好，只是近黄昏。”阿狸却给这两句诗改了一个字：“夕阳无限好，只因近黄昏。”

他扭头看刘星辰，微微一笑。他的笑容和他的性格一样，腼腆的，含蓄的，内敛的，内秀的，若含苞待放的花骨朵，在薄薄的白雾里岁月静好，独自馨香。他带着这样的笑容看着她，夕阳和黄昏，与这尘世的风景，本无不同，朝霞与清晨有多美好，它们就有多美好，但只因那个黄昏，他来到海岛，她与晚霞一起撞入他的镜头，从此，这岛，这山，这海，这夕阳，这黄昏，与这尘世的风景便有了不同，在他的心头有了非凡的意义。

“你要拍夕阳吗？”刘星辰问。

阿狸点头。

这一次，刘星辰主动说：“我来当你的模特，可好？”

阿狸微笑着，并没有拿出照相机，而是张开双臂，将她拥入怀里。刘星辰伸出手也抱住了他。此时此刻，她的内心是宁静的，像一只小舟终于驶入那片属于她的港湾，从未有过的祥和、安适的感觉。这种感觉，是在与林斌的恋爱关系里，从未有过的体验。

42

教育局办公室里，陈侨声的咳嗽声显得很刺耳，这段时间，他身体一直不太好，自从和唐丽签署了离婚协议，他的身体就出现了状况，咳嗽越发厉害，头也时不时疼痛欲裂。董奉杏让他去医院体检一下，但办公室实在太忙碌，他又有拖延症，便一再耽搁下来。

办公室的座机响起，负责接听电话和处理其他办公室琐碎事务的小梁这会儿不在位置上，大概是去上洗手间了吧，陈侨声接起了电话。这通电话是银山岛那个女人打来的，女人说，她要撤回对刘星辰老师的投诉，陈侨声以为是学校给了家长压力，劝她别怕，如果确有其事，一定会让学校和老师给孩子和家长一个交代的。女人却说，这真的只是误会，她和刘老师已经沟通过，彼此消除了误会，还为自己一时冲动给教育局工作增添了麻烦而道歉。

话说及此，陈侨声也舒了一口气，他毕竟是教育局办公室主任，还是要尽量平衡学生、教师和学校的利益，既然家长和老师间已经解除误会，这桩官司算是结束了。陈侨声正要挂断女人的电话，却该死地咳嗽起来。电话那头，女人关心地说："这位领导，你咳嗽这么厉害，要去看医生啊！"陈侨声一边回答她，一边更加猛烈咳嗽："我不是领导，你叫我陈老师就可以。""陈老师，我给你推荐一款咳嗽药吧，很有效果。"女人于是热情地在电话里说。

下了班，陈侨声骑着小电驴经过一家大药房，他鬼使神差就把小电驴靠到路边，进店买了那女人在电话里向他推荐的药。实验小学是 F 市课后服务工作的试点学校，中午，小蚂蚁在学校寄"午托"，不用回家吃饭，陈侨声只需安排自己一个人的伙食即可。吃了饭，吃了药，躺下昏昏沉沉午睡到下午上班时间。起来上班，依旧是忙忙碌碌的一个下午。晚上临下班前，办公室小梁提醒了他一句："主任，你咳嗽好了？下午都没听你咳嗽。"

有的时候就是这么神奇，治病吃药，药要对症，才能治好病症，否则吃再多的药、花再多的钱也是枉然。婚姻何尝不是？对于陈侨声来说，唐丽就是那个不合适、不对症的人。离婚，将房子给唐丽卖了还债，把儿子的抚养权要过来。陈侨声的做法符合他为人师表的身份，于道德层面无半寸可以为人诟病的地方。可到底内心还是憋屈的吧？这份憋屈只能压在心底，等待着有朝一日身体不堪负荷之后的一场大爆发。

此时的陈侨声只是在想，生命里那个合适、对症的女人到底是谁，他还能遇到那个合适、对症、命中注定的女人吗？反正无论如何都不可能是这个打电话到教育局来投诉的女家长。

陈侨声没有想到这么快就和这位女家长见面。

市教育局举办“写好字、读好书、做好人”活动，刘星辰带着几个书法班的学生进城参加书法比赛，小象参加的是低年级毛笔字的组别。爱女心切的欧阳兰兰自然陪同小象一起进城。在市实验小学操场的比赛现场，千人写字大赛十分壮观，欧阳兰兰紧张地看着赛场上的女儿，忽听到旁边一个男人说话的声音很耳熟，她扭头和男人攀谈起来，男人也是陪儿子来比赛的，和小象参加的竟是同一个组别。欧阳兰兰问男人是不是在市教育局工作，男人惊讶地问她怎么知道，欧阳兰兰说，她前几天曾打电话到市教育局投诉过自己女儿的老师。

原来欧阳兰兰就是之前打电话投诉的银山家长。

没想到两个人会在线下见面，也没有想到会以这种方式见面。

“谢谢你啊，小象妈妈。”陈侨声说。

“谢我什么？”欧阳兰兰不明白。

陈侨声说：“上次，你为我推荐了治咳嗽的药，很有效。”

“药要对症才能治好病。”欧阳兰兰的感慨竟和自己之前的感慨一模一样，果然是英雄所见略同。陈侨声为自己突然冒出这样略显幼稚的想法而自嘲地笑了笑。

比赛很快结束，小蚂蚁和小象一起冲向父母，小象告诉欧阳兰兰刚刚在赛场上自己的笔坏了，幸好小蚂蚁借给她一支。小象告诉欧阳兰兰，小蚂蚁就是学校里美术老师陈侨英的侄子，之前两个人就在岛上认识过，这次小蚂蚁又帮了自己，可不可以邀请小蚂蚁一起吃披萨。欧阳兰兰让陈侨声把自己妻子也喊上，这样孩子们既可以一起玩，大人又可以避嫌。小蚂蚁说自己爸爸妈妈离婚了，小象也说自己爸爸妈妈也离婚了。两个小孩子说到父母离婚的事情，竟莫名其妙兴奋得很，这让欧阳兰兰和陈侨声有些尴尬。吃披萨时，应两个孩子要求，欧阳兰兰和陈侨声互加了微信。

回到海岛上，小象和小蚂蚁每天都通过父母的手机聊微信，两人的毛笔字都获了奖，小象邀请小蚂蚁改天到海岛上游玩，可以免费住在兰兰家的客栈。小蚂蚁却说爸爸生病了，去不了。小象把陈侨声生病的消息告诉欧阳兰兰，欧阳兰兰第一次通过微信关心陈侨声，陈侨声只说自己是小毛病，不碍事。

一年一度的进城考试报名时间又到了，江胜教导将报名简章发给了刘星辰。辛茹问刘星辰准备得怎么样了。刘星辰说，就那样。辛茹便打趣她，这次要是考不上可对不起日日陪读的阿狸老板。刘星辰不好意思地笑。

为了让刘星辰安心备考，阿狸专门在客栈里布置了一间备考室，让刘星辰课余时间就在备考室里专心背书、刷题。刘星辰背书、刷题累了，阿狸就给她做美味的夜宵，所以别的老师备考瘦了，刘星辰备考却胖了。

“胖了好，胖了显得有福气。”刘盼盼看着女儿的样子，心满意足地说。自从知道女儿和林斌分手，并和客栈老板阿狸在一起后，李砚秋就甚是不满，又是嫌弃阿狸不是公务员，没有正式编制，又是嫌弃阿狸的父母不是当官的，如果不是因为要照顾怀孕的儿媳妇，李砚秋早就赶到银山来大闹天宫了。和李砚秋不同，刘盼盼觉得阿狸这个女婿更合适，他开客栈也能赚钱，还能给他开工资，对自己女儿很好，看起来是个厚道人，将来多半也能给自己养老。对比阿狸和林斌后，刘盼盼觉得像他这样的家庭嫁女儿，高攀未必好，会让女儿受委屈，还不如让女儿嫁一个真心疼她爱她的，阿狸老板就顶好。

只是女儿要是参加进城考试考进城了，以后在城里教书，而阿狸老板在海岛上开客栈，两地分居就不太好了。

刘盼盼担心的，阿狸似乎并不担心这些，他一心一意做着刘星辰的陪读，做好后勤工作，替刘星辰加油鼓劲。

江新男开始帮着岛上的村民直播带货，而阿狸因为一直售卖海漂垃圾工艺品，所以对直播带货比较熟门熟路了，连俊生便让江新男来向阿狸取经。从月亮湾客栈回去，江新男就忍不住告诉辛茹，阿狸对刘星辰是如何如何的好，语气中颇为羡慕。辛茹就吐槽她："吃着碗里，看着锅里，已经有了连书记这么好的丈夫了，怎么还羡慕刘星辰和阿狸呢？"江新男就解释说："我只是替你惋惜而已，你和阿狸认识更早，关系也更亲密，没想到在恋爱这件事上却让刘星辰捷足先登了。"

原来如此，辛茹不由哈哈大笑起来。

辛茹告诉江新男："男女之间贵在缘字，月老不替我和阿狸牵红绳，牵的只是友谊之绳，有什么好惋惜的？"

江新男于是又问："学校里这么多年轻男老师，就没有一个能入你贵眼的吗？"辛茹不解："学校是教书育人的地方，为什么一定要在学校里谈恋爱呢？"江新男想到辛茹支教期满就要回城里去，届时只留她一人在岛上，不由危机感满满。辛茹便问她：

“我和连俊生一同掉水里，只能救一个，你救谁？”

江新男一时语塞，只好抱着辛茹撒娇。

辛茹说：“我只是你的朋友，朋友再好，总不及家人亲密，你如今已经有自己的家人了，总不能还要捆绑我一辈子吧？再说，连书记也不可能一辈子都留在岛上工作，他还可能去别的地方任职啊，届时，你这个家属还不是嫁鸡随鸡嫁狗随狗？”

江新男这才解开心结，不过她是真的替辛茹操心，关于王桂香追求辛茹的事，她也略有耳闻，于是问辛茹与王桂香是否有进展。辛茹说，等有实际进展的时候，她会向她汇报的。

见石呈基来找自己，辛茹就把江新男打发走，江新男疑惑，难道辛茹和王桂香没有进展是因为石呈基？辛茹忍不住翻个白眼，连书记都辅导了她这么久的功课了，怎么还一点长进都没有，满脑子除了男欢就是女爱。江新男悻悻然走了，辛茹便和石呈基一起向码头走去。

“陈昭校长和江胜教导去镇政府开会去了，让咱们俩去码头接一下小白老师。”石呈基说。辛茹领会地点点头。两个人经过校门口，高良姜就小跑着从保安室出来，按了手里遥控器，给他们打开了电动门。大昌最近几天不在学校，去镇人武部给新兵们做入伍前集训去了。因为学历问题，今年没有被批准入伍，高良姜这几天情绪都很低落。辛茹给了他一个鼓励的笑容说：“春季没选上，秋季再报名，说不定就选上了呢？”高良姜点点头，做了个“加油”的动作。

辛茹和石呈基终于在长福码头接到了小白老师。

小白是省舞协的青年舞蹈家，一个十分美丽时尚的女孩子。

早先，辛茹组织老师们开展课后服务社团工作，书法、声乐、美术、钩针、作文等等社团都顺利开班，因为学校就有现成的师资力量，但有许多孩子想要报名参加舞蹈社团，学校里却没有这方面的舞蹈老师，唯一的音乐老师石呈基只会教唱歌，不会教跳舞。于是，辛茹便向陈昭校长反映了这个问题。因为银山是F市课后服务工作的试点学校，市教育局十分重视这个问题，在多方联络下，由省文联、省教育厅、省舞协共建的“新农村少儿美育工程舞蹈教育基地”便在银山中心小学落户，来自省城的舞蹈志愿者每月一次来海岛为孩子们开展舞蹈教学。

在孩子们的企盼中，第一位莅临海岛开展舞蹈教学的志愿者便是青年舞蹈家小白老师。

见到辛茹和石呈基，小白脸上闪过一丝失落，辛茹是个机敏的，将这丝稍纵即逝的失落也收归眼底，但不明白这丝失落所为何事。她热情地接过小白的行李，和石呈基一起陪着小白先去阿狸的客栈下榻。将小白的行李安顿好，又陪小白吃了饭，两人才将小白带回学校。

小白的风采和舞姿很快风靡了校园，到了晚上，孩子们放学后回到家里，小白的风采和舞姿又风靡了整座海岛。夜风里都是关于小白老师的传说。小白老师也十分大方，特意到阿狸的直播间秀了一段舞蹈，海岛上会玩手机刷短视频的男女老少都涌进阿狸的直播间一睹为快。

就算没有特意进入直播间的海岛人，只要拿起手机点开短视频软件，也被推送了阿狸的直播间。

王桂香盯着手机屏幕，并没有点进阿狸的直播间，只在直播间门口瞄了几眼正在秀着曼妙舞姿的小白，便关掉了短视频，将手机放入口袋，起身离开宿舍去找辛茹。

辛茹的宿舍里没有亮灯，而教学楼教师办公室的窗口却灯火通明，王桂香便下了宿舍楼，向教学楼走去。

辛茹正在办公室里批改作文社团学生们的作文，小圭的作文看得她心花怒放，她激动地在作文本上写下了一段褒奖的评语。刚写到最后一个字，办公室门就被敲响，辛茹抬头向门口看去，王桂香就站在那里。辛茹笑着问："王医生你怎么来了？"

王桂香说："辛茹，我们可以去海边走走吗？"

辛茹想了想，答应了王桂香的邀约，她觉得她和王桂香之间有些话还是要说开的好。她不是一个喜欢吊人胃口的女生，从小到大，无论待人接物，她一直信奉做最真实的自己，对任何人都是以诚相待，这是她的处事风格。而自从王桂香向她表白后，这段日子以来，她眼看着学校里、海岛上很多人对他们关系的猜测与误会越来越跑偏，她觉得自己是有责任的。

男女之间，可以是轰轰烈烈的恋人，可以是坦诚相待的朋友，可以是与人为善的同事，但不能暧昧。一旦陷入暧昧，就像纯净的宝石掺进了杂质，美好就被破坏了。

在月亮湾的海滩边，沐浴着溶溶月光，吹着海风，听着涛声，辛茹向王桂香剖析心迹，希望得到王桂香的谅解。王桂香听罢，似有心理准备地说："其实不然，你和陈侨英也曾被人这样误解议论过，你却从未澄清，而是放任这种暧昧，所以还是有所区别的，什么你在F市，我在省城，地域不便都是借口，只不过我不是那个可以被你区别对待的人罢了。"

辛茹想反驳王桂香，却发现他说的竟也是客观事实，一时便没了辩解的底气。

见辛茹一时之间有些无措，王桂香笑起来，说："你也别往心里去了，总归是要谢谢你愿意向我坦白你的内心，而不是吊着我的胃口，所以你是个好女孩。"

“你也是好男孩，”辛茹笑着说，“你会找到属于你的好女孩，或许那个好女孩已经来找你了。”

王桂香看着辛茹，她的表情在月光下有着洞悉了什么的清明，而辛茹其实只是猜测，那个小白老师之所以来海岛学校当志愿者，或许醉翁之意不在酒。她和王桂香一样都来自省城，她在去学校的路上向她打听过学校里的校医，第六感告诉辛茹，小白老师和王医生之间应该是有过什么故事，或者将发生什么故事。

这些，都不是辛茹可以干预的了，她除了祝福以外，没有什么能奉上的。

在海边，辛茹和王桂香分道扬镳，王桂香去了月亮湾客栈找那个为他而来的女孩，而辛茹回学校，或许将要翻开属于她个人的爱情篇章。在辛茹回到学校躺到床上准备睡觉的时候，她拿起手机习惯性刷了下朋友圈，发现几乎不发朋友圈的陈侨英竟然发了一条动态，他在卖画。

43

肖挺立走了，从他患病的那天起就预示了这个结局，但陈昭校长在微信群里告诉大家这个消息的时候，每个人依然很伤感。按照学校的老惯例，无论是哪位老师家里老人过世，身为同事，都会随个份子，送一程。但这是老师们第一次遇到一个在职同事去世的情况，都是年纪相当的中壮年，大家难免心有戚戚。

肖挺立是银山本地人，谢丽娟没有在城里给他办丧礼，只带着他的骨灰回到岛上，在老家村子里给他布置了个灵堂。陈昭校长带着老师们来到肖挺立的灵堂，看到小小的骨灰盒后方墙上悬挂着肖挺立的遗照，黑白色调也藏不住他执拗的笑容，一如他下颌的棱角，分明又古板。

在支教的日子里，肖挺立对于辛茹来说，意味着什么呢？他们在人生旅途上短暂相遇，有过不开心，有过摩擦，也有过妥协和小感动，彼此是生命里的过客。或许他教会辛茹的是两个字：无常。

生命无常，人生无常，学会面对，学会接受，随遇而安，笑对无常。

肖挺立的灵堂里，老师们都在，但没有看到陈侨英的身影。

辛茹想到陈侨英的朋友圈动态，心头有些牵挂，便向陈昭校长打听陈侨英的去向，才得知陈侨英这几日请假了。

医院里，陈侨英拖着疲惫的身体走出病房，一时支撑不住整个人靠在了门背上。约莫缓和些体力，才回身透过门上正方形的玻璃窗看向病房内，里头陈侨声正睡着，小蚂蚁也躺在另一张陪护床上睡着。这几天太忙太乱，浑然未觉已是周末，护士站里两个值班护士正在记录着什么，午休时间，通廊上没有人迹，只有护士站的灯光映照出来，整层楼显得冷冷清清。

在幽静的通廊那头，一个年轻女子提着一个果篮走了过来。

陈侨英不由愣住。

将门推开一条缝，将果篮悄悄放到墙角，再把门轻轻带上，陈侨英带着辛茹走到医院空旷的天台上说话。

辛茹是通过小圭得知陈侨声生病的事，小圭则是通过小象，因为小象和小蚂蚁时常互通微信。

“画卖掉了吗？”辛茹问，她已经联想到陈侨英卖画是为了筹集陈侨声的医药费，恶性淋巴肿瘤。陈侨英从前在北京的一个同事就患过这病，好在家境殷实，花了几十万，采用了自体干细胞移植，才救回一条命。如果是一般家境的人得了这病，拿不出巨额医药费，也就只有等死的份儿。虽然治愈了，也不能保证就一定不会复发，但至少钱能保证有个多活几年的机会。

用钱可以买命买希望，可是钱在哪里呢？

房子给了唐丽还债，陈侨声没有积蓄，单位同事都捐了款，但对于巨额医药费来说就是杯水车薪。这一次也没有那么幸运，陈侨英的画还没有卖出去。

“你别急，我也帮忙想想办法。”辛茹安慰陈侨英说。

陈侨英知道辛茹的家境，几十万对于普通人家来说或许是一笔巨款，但对于辛家来说，是能立马拿出来的。为了哥哥，陈侨英无法拒绝辛茹伸出的援助之手。“我一定尽快把画卖掉，或者通过其他方式，把钱还你。”陈侨英保证。

辛茹微笑着说：“不急，我先去把钱筹到再说。”

女儿突然回来，许凡女士很意外。

她正在花园里摆弄花花草草，就听到大铁门“哐当”一声打开，辛茹从外面走了进来。许凡女士停下来，看着女儿沿着大理石小路从门口一直走到她身边来。

“怎么突然回来了？”许凡女士搂着女儿，宠溺地上下打量着，“有我替你打掩护，你爸爸一点儿都不知道你去海岛支教的事。”许凡女士说这些的时候颇有些小得意，像个爱炫耀的小孩子：“我的演技可比新男好多了，姜还是老的辣。”

提到江新男，许凡女士又问：“新男嫁了人，在海岛上过得怎么样？她是个从小没吃过苦的娇小姐，到海岛生活可还习惯？”

“现在的农村，除了地点是农村以外，饮食起居和城里有什么区别？新男她能吃什么苦？连书记对她可好了，你就不用替她操心了。”辛茹说。

许凡女士笑：“我操心什么？她毕竟是别人家的女儿，我要操心也是替自己女儿操心。你看看你，去了海岛，都被海风吹黑了。从小到大，你都是白白净净的，叫多少和我共事的女老师羡慕我有一个白雪公主般的女儿，但是你这一去海岛啊……”

许凡女士絮絮叨叨，辛茹就傲娇地说：“我天生丽质，不管黑皮肤白皮肤都是美人，我骨相好！”

许凡女士哈哈大笑，骂一句：“你这不要脸的样子随你爸。”

辛茹便问：“我爸呢？”

“在山庄呢，”许凡女士说，“头水的春茶都收上来了，正是茶庄最忙的时候。”

辛茹便揽着许凡女士的肩，向屋内走，嘴里说：“没事，他在不在家都无所谓，反正我又不是回来找他的。”

女儿是专门回来看自己的，许凡女士心满意足，笑逐颜开。

但是十分钟后，她的笑容就从脸上消失了。

“所以，你是真的和陈侨英在谈恋爱吗？”许凡女士正儿八经地问。

“妈，我在和你谈正事呢，你怎么扯那些有的没的去了？”辛茹嗔怪。

许凡女士正襟端坐，说：“我就是在和你谈正事，你们两个要是没有谈恋爱，你怎么会替他回来借钱？”

“陈侨声主任生病了，我只是想帮他渡过难关。妈，救人一命胜造七级浮屠。”

“话虽如此，可是天下病人那么多，你为什么独独要救这一个？”

“陈主任是陈侨英老师的哥哥啊，我和陈老师现在是同事。”

“你有那么多同事，那你是不是每个同事都要借给他们三十万？”

辛茹被母亲问住了，她以为她回家这一遭是因为热心，原来是因为私心。辛茹看着母亲，腰杆子一挺，说：“是不是只有我和侨英老师谈恋爱，妈才肯借这三十万？只要妈点头，那我就和侨英老师谈恋爱好了。”

辛茹话音刚落，许凡女士就点了头。

陈侨英请假期间，美术课就由同事们分担着代了课，而课后服务时间的美术社团也改为了大昌的军训课。

大昌为孩子们设计了有趣的训练，有时还把孩子们带到镇人武部的实训基地，让孩子们体验射击之类的训练项目，孩子们喜欢极了。海潮海涛因为大昌的影响，早就立志长大后要当一名军人，军训课对他们来说就是久旱逢甘霖。这天，俩人结束了军训课，穿着迷彩服回家，恰好遇到穿着足球队训练服的燕子。

课后服务报社团的时候，燕子没有报辛茹老师的作文社团，而是报了鲁洁老师的足球社团，她对足球很感兴趣，但要进足球社团不容易，需要考核。恰好那天，燕子去参加考核时，海潮海涛惹她生气了，她就把足球当成海潮海涛，一脚干过去，足球竟然就被踢进了球门。鲁洁觉得燕子爆发力极强，便选她进了足球队。

海潮海涛热情地和燕子打招呼，燕子却不理会他们，抱着足球跑了。

那足球是鲁洁老师特意借给燕子，让她回家训练颠球的，鲁洁老师说燕子是踢足球的好苗子，要好好培养她。

见燕子抱着足球，背着书包飞快跑远，海潮海涛面面相觑，一个说燕子脸上湿漉漉的，是不是哭过了。另一个说，燕子刚踢完球，一定是出汗了。

海潮不同意海涛的说法，出汗了，眼睛怎么会红红的呢？

兄弟俩不放心，还是跑去燕子家瞅瞅。

两人来到燕子家门外，果然听到燕子在家里呜呜的哭声。

他们拍了许久的门，燕子终于来开门了，兄弟俩跟着燕子进了屋，才发现奶奶病得奄奄一息。两人问燕子为什么不把奶奶病重的事告诉辛茹老师？燕子说，辛茹老师没有钱，侨英老师之前已经帮她和奶奶垫了很多钱，现在侨英老师哥哥也生病了，她不能再拖累两位老师了。

没有钱，简单，他们家有钱啊！

海潮海涛就跑回家找海大富和江美桃要钱，海大富和江美桃跟着兄弟俩来到燕子家一探究竟时，奶奶已经走了。

辛茹很自责，觉得是自己的疏忽才致使奶奶走得这么快，帮着燕子一起料理完奶奶的后事，她的心情许久都没有缓过劲来。大家陪着辛茹坐在旗台的台阶上谈心。夕阳西下，风景无边。众人目光所及之处，高良姜正从保安室内跑出来，跑向校门口的苏简简。苏从入伍了，留下苏简简一个人，高良姜承担起替苏从照顾姐姐的责任。人是感性的动物，人心都是肉长的，高良姜的热情似火到底是打动了苏简简。她把对陈侨英的那份心终于收了回来，朝夕相处的弟弟去当兵了，还好有像弟弟一样的高良姜陪伴，才让苏简简不至于太过悲伤和失落。

世界上，永远是有人欢喜有人愁，人间百态才是常态。

面对愁眉不展的辛茹，刘星辰安慰说：“作为一名老师，你已经尽力了，毕竟不是奶奶的子女，无法承担赡养老人的重责。”

鲁洁说："生老病死谁也逃不过，即便是子女，在生死面前也有无能为力的时候。"

死者已矣，活着的人还要继续活着，好好活着。燕子成了彻底的孤儿，她还是个孩子，未来的路那么长，没有了父母，又没有了相依为命的奶奶，她的人生该怎么办呢？

辛茹是不可能不管燕子的，就算支教期满，回了城，她也会继续照顾燕子。辛茹已经在心里打定了主意。燕子却让辛茹不用担心，她有自己的打算和目标。辛茹来家里给她补课的时候，她就告诉辛茹，她一定会好好踢球，争取比赛拿到好成绩。只要她踢出成绩，就有可能被省队选中。这些是鲁洁鼓励燕子时说的。F市的确有乡镇中心小学以足球运动为办学特色，也有成绩优异的女学生因为足球踢得好，被选去省队，走上专业足球运动员的道路。

"到时候，我就可以去省城踢足球，每个月可以领取固定的工资，一个月有四千呢。"

燕子信心满满，满眼都是亮晶晶的星星。

辛茹摸摸燕子的头，回以鼓励的笑。真好，一个人只要有了梦想，就像火箭有了助推的燃料，人生从此有了动力和盼头。

教师进城考试的结果出来了，考上的人员名单里，仍然没有刘星辰的名字。刘星辰到办公室的时候，发现每个老师看到她都变得小心翼翼的，还有人在她办公桌上放了糖果，因为据说吃甜食能让心情变得好些。刘星辰没有吃糖，嘴角却已经有了笑意。

辛茹在她对面问，今天要不要陪她喝点小酒之类的。刘星辰笑笑说："不用啦，我没事的，等下我要去月亮湾客栈一趟。"辛茹想想也是，刘星辰今天就算心情不好，也轮不到她来安慰，人家有男朋友的。于是辛茹就说："那好，不打扰你和阿狸的二人世界。”

晚饭时分，刘星辰到了阿狸的客栈，刘盼盼来迎接她，说话小心翼翼的，一直看刘星辰的脸色。刘星辰觉得，从小到大，父亲有多忌惮母亲，现在就有多忌惮她。刘星辰明白父亲是认为她没能考进城心情不好，他不想触她霉头，不过父亲脸上又带着一丝兴奋，父亲曾经说过，如果她考进城了，阿狸该怎么办呢？父亲不想他们成为异地恋的情侣，异地恋通常会导致分手，父亲不想她失去这么好的男朋友，也不想自己失去一个会体贴老丈人的女婿。

在刘盼盼复杂的眼神目送下，刘星辰进了里间，阿狸已在那里准备了一桌美食，还有一坛他自酿的米酒。他看她的眼神竟和刘盼盼有几分相似。刘星辰在阿狸对面坐下来，他连忙给她倒了一杯酒，宽慰说：“没关系，我们明年再考，明年考不上就后年再考，总有一年能考上的，你还年轻，有的是机会。”

刘星辰一仰脖喝下阿狸倒的那杯酒，然后微笑看着他，郑重地一字一顿地说：“其实，我根本就没有报名！”

阿狸愣住了。

是的，年轻有的是机会，比如遇到爱情，遇到婚姻，遇到了，就不要再错过了。人生在世，有些人和事是可以放弃的，有些不可以。对于刘星辰来说，眼前人，她不能放弃。

44

陈侨英不是一个人回到银山的，还带着哥哥和侄子。

老家的房子已经被打扫得干干净净焕然一新，欧阳兰兰带着客栈的两个服务员等在他们房子门口。

陈侨英向欧阳兰兰道谢，欧阳兰兰说，做卫生是他们开客栈的拿手活，再说了，辛茹老师他们也来帮忙的，人多力量大，没花多少工夫，就把卫生都做好了。因为房子太久没人居住，家具都发霉了，床垫也旧了，她自作主张都给换了。

陈家兄弟很感激，问更换家具花了多少钱，他们把钱给她，欧阳兰兰就说，都是邻居，本来就应该互相关照，不用客气。欧阳兰兰说话的时候，只看着陈侨英和小蚂蚁，目光不敢在陈侨声身上逗留，陈侨声也是如此。就连陈侨英这么木讷的人，也感觉到了哥哥与欧阳兰兰之间异样的气氛。

大人之间总有些说不清道不明的暧昧，小孩子就不同了，小蚂蚁兴高采烈地奔去客栈找小象，得知小象还没放学，他就往学校的方向跑，说是要去接小象放学。小蚂蚁很快就在路上遇到了放学回家的小象，两个小伙伴激动得不知所以，小蚂蚁说："我爸爸休病假，我的家搬到银山来了。"小象问："那你上学怎么办？"小蚂蚁说："我爸让我回银山读书，以后和你就是同学了。"

他们都是二年级的学生，如果小蚂蚁转学到银山，他们以后就是同班同学了。这对于两个好朋友来说，简直是一件开心到冒泡的事情，所以此时此刻，他们成了一对吐泡的金鱼，手拉手，脑袋凑着脑袋，有说不完的话。

陈侨英怀着激动又忐忑的心情回到学校，他有许多话想对辛茹说。此前，许凡女士约见了他一次，和他讲了辛茹回家借钱的经过，并告诉他人生在世，如果遇见爱，就珍惜爱，勇敢爱，不要有太多顾虑。她作为辛茹的母亲，只希望女儿喜欢的那个人品行端正，能珍惜女儿，爱护女儿即可，至于其他，没有什么过分的强求，让他不要有心理压力。陈侨英突然明白，为什么辛茹是那样好的一个女孩子，因为她有一个善良、正直的好母亲，不论是基因还是家教，都决定了辛茹会成长为一个善良正直的人。

而自己，在人生遭遇许多打击之后，还能遇到这样好的一个姑娘，除了幸运，还是幸运。

然而，陈侨英见到辛茹的时候，还没来得及感性，辛茹就递给他一份学校即将迎接义务教育管理标准化学校省级评估组的方案。辛茹说："这段时间为了迎评，从校长到老师都紧绷了神经，你回来可就太好了，校园文化宣传廊有人布置了，还有许多事务也有人给我打下手了。"省义务教育管理标准化学校评估组来到银山小学那天，陪同来的除了市教育局的洪吉安股长等人，还有设区市教育主管部门的领导。整个评估过程出奇顺利，档案特别翔实，无论是学校管理层面，还是教师专业成长层面，还是学生的素质教育层面，都让评估组看到了一个不一样的海岛小学。

短短一年，小小的海岛学校竟有如此翻天覆地的改变，洪吉安股长也很意外。因为是F市课后服务工作的试点学校，孩子们向评估组展示了社团活动的成果，黄竹带领的钩针班、大昌的军训班、刘星辰的书法班、陈侨英的美术班……都向专家组展现了海岛孩子不一样的精神风貌。辛茹的作文社团成果也不小，几个孩子参加市委宣传部、市教育局和省新华发行（集团）有限责任公司F市分公司联合举办的爱国主义读书征文大赛，获得了市级一等奖，而小圭拿到了市级特等奖及地市级、省级一等奖的好成绩，还获得去北京参加暑期夏令营的活动资格。

省教育厅的李副厅长是跟随评估组来到海岛小学调研的，原本是想来调研一下海岛办学的疑难杂症，不料却被银山小学狠狠惊艳。他翻阅着那一套集银山小学全体教师智慧的校本教材，激动地对大家说，希望能有机会邀请陈昭校长在全省农村学校工作会议上作典型发言。

银山中心小学高分通过了评估验收。这是个振奋人心的好消息。

不但全校老师为之高兴，连孩子们都跟着高兴，学校里讨论不够，放学路上还在讨论这件事，每个人脸上都洋溢着一种叫“集体荣誉感”的笑容。

小象和小蚂蚁一路上都在激动讨论这件事，虽然他们也不知道义务教育管理标准化是什么意思，但觉得学校通过了这个评估，就像小圭作文大赛拿奖了一样，反正是喜事一桩。一旁，小圭看着弟弟妹妹兴高采烈说着这件事，唇角也有了笑意。

因为陈家就在兰兰家的客栈隔壁，三个人在客栈门口分了手，小蚂蚁回了自家，小圭和小象兄妹俩进了客栈。

兄妹俩一进客栈就发现家里来了一位不速之客，还与母亲欧阳兰兰发生了争吵。那位不速之客，小圭和小象已经很久没有见过他了，但看一眼还是马上就认出他是谁，只不过这个人给兄妹俩带来的却是满满的恶感。他们站在客栈大堂门口看着那个人正同母亲张牙舞爪地吵着什么。

那人质问欧阳兰兰：“你为什么不同意和我复婚，你是不是已经找了男人，对我变心了？”

欧阳兰兰用一种可笑的眼神看着那人，用不可思议的语气叫他的名字：“文茂，你觉得你问这样的问题，自己不恶心吗？我们已经离婚了，两个孩子由我抚养，你不但从来没有付过抚养费，还欠了一屁股的债拖累我们母子，这些年我有多艰难才终于还清你扔给我们的债务？我对你已经仁至义尽，就算我再婚，你也管不着！”

欧阳兰兰的话成功激怒了文茂，如果不是发现两个孩子放学回来了，文茂已经要冲上去打欧阳兰兰了，像过去每一次那样，一言不合就动手。文茂看到两个孩子回来，忙觍着笑脸示好，但小圭冷冷看着他，而小象已经躲到了哥哥背后。

孩子们的举动再一次刺伤了文茂的心，他又扭头气愤地怒斥欧阳兰兰，如果不是她离间他们父子感情，两个孩子为什么对他是这个态度。小圭回头看了妹妹一眼，小象会意点点头，跑了出去。她知道哥哥的眼神是示意她去搬救兵。虽然爸爸不常来岛上找他们，但每次来都不可避免要和妈妈吵架，要么动手打人，要么乱砸东西。只要爸爸不出现，他们在岛上的日子就像神仙一样快活，但爸爸来了，就像晴天陡然变成了狂风暴雨。如果爸爸永远都不要出现在他们的生活里该有多好啊！

小蚂蚁在自家的小院子里喂鸡，小鸡仔是叔叔陈侨英向岛上的村民买来的，黄澄澄、毛茸茸的，可爱极了。小蚂蚁正逗弄着小鸡仔，就看到小象慌里慌张从客栈内跑了出来，于是他将陈侨声从屋子里喊了出来，父子俩跟着小象跑回了客栈。客栈内，文茂、欧阳兰兰和小象正扭打成一团，因为文茂要打欧阳兰兰，小圭上前护母，被文茂误伤。欧阳兰兰看到儿子被文茂打了，护子心切的她和文茂大打出手，可是文茂是个野蛮的人，欧阳兰兰向来不是他的对手。

陈侨声来了，打电话报了警。

文茂指着陈侨声质问欧阳兰兰，这是不是就是她的相好，欧阳兰兰负气承认，还说陈侨声比文茂强一百倍。恼羞成怒的文茂再次殴打欧阳兰兰，陈侨声忙过去阻止，替欧阳兰兰挨了很多文茂的拳头，好在警察终于来了，将文茂带走。

没有了文茂，客栈终于恢复了安静。

欧阳兰兰见陈侨声脸上肿起大包，还有几处乌青，想到他还是个病人，不由揪紧了心，要送陈侨声去镇卫生院检查，陈侨声笑着说："不碍事，一点皮肉伤，哪有那么脆弱，你给我上点药就行。"

坐在客栈的小休息室里，欧阳兰兰捧来医药箱，细心地替陈侨声上药。陈侨声见她脸上也有几处乌青，便接过药瓶，用棉签蘸了药水替她涂抹。两个人就这么默默给彼此上药，直到目光不小心交汇——

在他生病住院的这段日子，她每天都会给他发微信打气，她就像一株仙人掌，向困在沙漠中的他释放生命的能量，让萎靡不振的他看到了光看到了希望。而他对于她来说，意味着什么呢？是一个可以靠近的灵魂，不用害怕靠近了会受伤。她与文茂是兔子与恶虎的关系，她与他，则是两只兔子。现在，两只兔子要互相倾吐心事，她向他说起自己的婚姻往事，丈夫家暴、出轨、生意失败，还要不停逼迫她去帮他借贷投资，她的婚姻惨不忍睹，她的丈夫简直集天下渣男之大成，叫她和她的孩子不得安生。她去法院起诉，准备了厚厚的证据材料，法官和书记员都为之动容。书记员同情地说："你是我见过的，打离婚官司准备了最多证据材料的人。"她为了赢得两个孩子的抚养权，别无他法。

离婚后，他们母子三人从城里搬回岛上生活，她依靠自己的能干在岛上第一个开起了民宿，不但还清了被前夫拖累的债务，还成了海岛民宿业的领军人物，可是不堪的婚姻，始终让她在亲朋好友面前抬不起头来。

他听了她的遭遇，柔声安慰她说："你别这样想，世界上不是每个人都那么幸运，遇人不淑的也不是只有你一个人。"

他自认是个好丈夫，认真上班，勤勉为人，可是同样遭遇妻子的背叛，生活一地鸡毛。同是天涯沦落人。陈侨声轻轻握住了欧阳兰兰的手，告诉她，以后再发生危险时，她不是一个人，他会一直陪在她身边的。房门打开的缝隙里，两颗小脑袋心满意足地缩了回去。"要是我爸爸和你妈妈结了婚，我们会住到一起吗？"小蚂蚁问小象。"当然，如果我妈妈和你爸爸结了婚，我们以后就是一家人了。我是哥哥，你是妹妹。"小蚂蚁先下手为强。小象摇头说："我是姐姐，你是弟弟。"两个孩子为谁比较大争执起来，因为他们说，以后他们要住上下铺，大的一个睡上铺，小的一个睡小铺。小蚂蚁说："你是女孩子，你睡上铺，会摔下来，还是我睡上铺，所以我得当哥哥。""可是你是男孩子，你睡觉不老实，睡上铺容易摔下来，你得睡下铺，所以我得当姐姐。"

听了小象的话，小蚂蚁不服气问："你怎么知道男孩子睡觉不老实？"小象说："我哥哥就是男孩子啊，他睡觉就不老实。"

"我不信，我得听小圭哥哥亲口说，我才信。"

但是小圭此刻不在客栈里，就在小蚂蚁和小象两个人为谁睡上铺谁睡下铺兴奋讨论得不可开交的时候，小圭神情落寞地从客栈走出去，来到海边，一个人黯然神伤。

海边，燕子、海潮、海涛和雷倩倩正在捡海漂垃圾，看到小圭，便热情跑过来。小圭却表现得很冷淡，心事重重的样子，不管其他人怎么逗他他都不笑，问他他也不答。小圭有心事，但是不肯将心事告诉大家。孩子们将小圭的事告诉了辛茹。下午上学的时候，辛茹找小圭谈心，小圭不愿意敞开心扉，辛茹也不勉强，只是送给小圭一本漂亮的笔记本，让他把不方便说出口的话都写成日记，可以给她看，也可以不给她看。

晚上，小圭坐在台灯下开始写日记，童年往事历历在目，少年泪流满面。第二天上课的时候，小圭悄悄把日记交给了辛茹。少年用特别细腻的笔触，记录了自己敏感的内心。辛茹被小圭的日记深深打动，哭了许多眼泪。她告诉小圭，日记写得特别好，他未来一定会成为出色的作家，还告诉小圭所有生活的苦难都会成为写作者最好的素材。少年明白了，他经历的苦难不是因为不公平，而是因为写作的使命。雨过天晴，所有的委屈和愤懑都消失不见，少年擦干眼泪，眼神变得坚定。

45

今年的台风来得这样早。往年，台风一般发生在暑假里，可是今年，学期还没结束，台风就来了。那是一个傍晚时分，炎热的阳光洒在黑色的沥青大马路上，人走在上面，仿佛都能腾起一股热浪，丝毫没有狂风暴雨和惊涛骇浪就要来临的前兆。陈昭校长和江胜教导提着水桶往山坡的方向走去，那里有一块水洼，他们常常在那里捕捉黄鳝。今天是小白老师这学期最后一次来当舞蹈志愿者的日子，他们打算去捉几条黄鳝，等小白老师上完课，做一碗黄鳝炖黄酒犒劳她，也犒劳一下校医王桂香。

这学期马上就要结束了，王医生下学期是肯定要回省城去的了，学校不知道还能不能聘请到资质这么好的校医了。

虽然王桂香下学期不会再来当校医，但他们还是感到庆幸，庆幸他这学期留下来支持学校的工作。

如果不是小白老师，或许王桂香下学期还会继续留下来。江胜教导给了陈昭校长一个心照不宣的眼神，陈昭校长笑着说，不能因为学校耽误年轻人的大好前程，他毕竟是医生，他的舞台在手术台上，不是小小的校医室。两个人正说着话，就遇到了几个村民，也是学校的学生家长，他们的孩子这学期结束就小学毕业了。看到陈昭校长和江胜教导，家长们围了上来，询问银山岛下学期能不能办初中的事情，他们不想让孩子离岛上学。

银山中心小学是否能改办九年一贯制学校，也是陈昭校长一直悬心的问题。安抚了家长们，陈昭校长便再次联系连俊生询问此事，连俊生告诉陈昭校长，市里领导还在商议此事，尚没有最后定夺，而台风即将来袭，镇政府正在准备抗击台风事宜。

为抗击台风，万涛副市长下沉到银山岛。因为台风天气，银山中心小学的老师们没能在放假第一时间离岛，全部滞留在学校里。陈昭让女老师们留在宿舍，自己则和大昌、高良姜以及学校的男教师们一起检查学校的安防设施，确保学校集体财产在台风来时不受损。

大昌检查完教学楼的门窗打算回宿舍时，天空转眼乌云密布风雨大作，他只能透过硕大的雨帘遥望操场那边的教师宿舍楼，风雨中鲁洁撑着一把伞奋力朝他走了过来，但是雨伞很快就在操场上被大风吹折。大昌焦急地骂了一句“傻女人”就朝鲁洁奔去，两个人跑回宿舍时已经浑身湿透。大昌拿来了一条浴巾帮鲁洁擦拭头发，鲁洁趁势钻进大昌怀里，嘴里喃喃说着什么，大昌没有吭声，唇角却有了笑意。半晌得不到大昌的回应，鲁洁忍不住捏起拳头捶了他胸口几下，骂道：“大昌，你到底有没有听到我在跟你说话？”大昌说：“听到了。”鲁洁愣住，继而负气地问：“那你没有听出来我是在向你表白吗？”大昌说：“听出来了。”鲁洁更气了，两只拳头使劲捶大昌的胸口，说：“那你为什么不说话？”

大昌问：“说什么？说拒绝你的话吗？我不想拒绝啊！”说着，任由鲁洁在怀里耍小脾气，手上动作不停，将她湿漉漉的头发擦干。

连俊生和万涛副市长冒雨来到冬角小学，很多渔民被暂时安置在此处。见万涛副市长和连俊生来了，大家纷纷拉着两位领导说话，从生产说到生活，万涛安抚大家不要担心，虽然台风此次正面影响了银山，但政府一定会引领大家做好灾后重建的。村民们并不担心这些，这些年，不论遇到天灾人祸，政府对老百姓如何，大家都看在眼里，再大的困难，最后大家也能齐心协力渡过难关，大家对政府、对灾后重建都充满信心。万涛副市长见岛上的老百姓都这么深明大义，内心十分欣慰和感慨。这时，竟有村民开始聊到自家孩子想在岛上读中学的事，一个人起了头，大家便纷纷响应这个话题。而连俊生也再次向万涛副市长汇报在银山办初中的重要性，如果不具备办一所独立初中的条件，那么，把银山中心小学改办为九年一贯制学校是最合适的办法无疑了。万涛副市长一一记下了大家的诉求，表示等台风结束，回到市里，他会去找市长和书记，再好好请示这件事。

辛茹穿着雨衣跑出学校，陈侨英放心不下追上来，问她台风天去哪里。辛茹说燕子一个人在家，她不放心。陈侨英于是陪着辛茹冒着风雨赶往燕子家。家里的窗户被台风刮破，燕子正在慌手慌脚补救，还好这时陈侨英和辛茹及时赶到，两人合力将窗户堵住。屋外狂风怒吼，屋内归于平静，当陈侨英和辛茹再回头看那个狼狈不堪的孩子时，燕子泪流满面冲过来，抱住辛茹久久不肯松手。

她终究是个孩子，认识这个孩子一年了，她还是第一次在她面前展露如此脆弱的一面。辛茹伸出手拍拍燕子的小脑袋，说："别怕，老师在呢，老师会永远在你需要的时候出现在你身边的，我永远都是你的亲人。"辛茹的话仿佛给燕子吃了颗定心丸，她在她怀里渐渐收起号啕的哭声，只剩隐隐的啜泣。

三个人一起生火做饭，在风疾雨骤中竟吃了一顿团圆饭。

就在三人吃饭的时候，辛廷伟给辛茹打来了电话，担心地问她台风天为什么不在自己的小套房。就这样，辛茹来海岛支教的事终于被辛廷伟发现了。爱女心切的辛廷伟担心辛茹的安全，给连俊生打电话，奈何连俊生正和万涛副市长、魏如青等镇政府的干部在抗台一线，辛廷伟只好挂了电话。辛廷伟恨不得插翅飞到海岛去，奈何台风天，海上的快艇都停运了。

辛廷伟如热锅上的蚂蚁，坐立不安，许凡只好安抚他。

见妻子对女儿去海岛支教的事没有丝毫忧虑，辛廷伟突然想起了什么，紧盯着许凡问："你是不是早就知道辛茹去银山支教的事了？"

许凡老老实实坦白："我不但早就知道，我还帮着辛茹一起瞒你呢！"

辛廷伟的心情比台风天还要动荡和郁闷，只在心里祈祷台风能快快过去，他好马上赶去银山把自己的傻女儿接回来。

同样在市里的张莹，此刻也悬心着岛上的丈夫。虽然夫妻俩平日里吵吵闹闹不断，但真到了危险关头，还是会彼此牵挂的。她给魏如青挂了电话，可是魏如青没有接，魏如青此刻正冒着风雨去找人。所有的养殖户都被镇政府的工作人员劝离了鱼排，上岸避灾，却有一户养殖户趁着大家不注意又偷偷返回了养殖基地，魏如青穿着雨衣，打着手电筒，冒着风雨前去寻人，果然在鱼排附近找到了那个养殖户。魏如青好说歹说将人劝了回来，却在回来的途中出了意外——

张莹在家里密切关注着前方的新闻报道，电视也调到本地频道，新闻上的画面虽说是第一时间的，却也不是现场直播。从新闻里，张莹了解到这次台风没有像往年那样偏离轨道，而是正面袭击银山，整个银山受灾严重。

“妈妈，爸爸在岛上安全吗？”女儿问张莹。

张莹再也坐不住，走到窗户前看向窗外，市区里台风的影响仅仅表现为风大雨大，这种天气对于一直被高温笼罩的城市来说，是难得的解除暑热的好机会，可是想到魏如青，张莹无论如何都睡不着。每逢这种天气，身为政府基层工作人员的丈夫是最辛苦的，要时刻与民众在一起，别说睡一个安稳觉了，能不能吃饱，能不能穿身干爽衣裳都说不准。

就在张莹准备再次拨打魏如青电话的时候，手机响了，魏如青的手机号出现在手机屏幕上，张莹喜出望外地接听了电话。“如青，银山怎么样了？”她这样问的时候，鼻子发酸，眼睛也发酸。女儿跑过来，在手机旁边喊：“爸爸，你什么时候可以回来？我好想你，妈妈也想你。”

手机那头，一棵大树被台风刮倒，树干下压着一个人。他的头脸贴在泥泞的地面上，手里手机亮着光，妻女的声音从手机那头传过来。他已经很久没有听到妻子唤他的名字了，每次打电话，他们总是在电话里吵吵吵，没完没了地吵，这一次，妻子的语气是深情的，满含着对他的担忧，女儿的声音那么甜美。可是很快的，那些声音就被风雨盖过，在他耳边模糊了，连带着他的视线也模糊了。

不管张莹怎么喊，都没有得到魏如青的回应，电话一直通着，可是电话那头除了风声雨声，始终没有魏如青的声音，张莹急得大哭。她不得已挂断魏如青的电话，向辛茹求助。魏如青终于被大家找到，连同受伤的养殖户一起被送去了银山卫生院。

教师宿舍里，王桂香与小白正依偎在床上刷剧。在一座海岛上遇到台风侵袭，这对于在城市长大的小白来说十分新鲜，如果不是王桂香说太危险，她大概会偷偷溜出去，亲历台风天的威力。不过，和心爱的人一起猫在被窝里刷剧，也是不错的体验。可是手机上突然跳出来的来电显示，让小白的好心情立即大打折扣。

随着来银山当舞蹈志愿者的次数多了，小白也就知道了王桂香对辛茹的心路历程，虽然王桂香和辛茹最终没有发展成情侣，但女孩子的敏感和爱情里的排他性，还是让小白将辛茹视为自己的情敌。理智告诉小白，辛茹是个优秀又和善的女孩子，自己要欣赏她，喜爱她，不要陷入雌竞的俗套剧情里，但是情感上，小白还是忍不住会对辛茹带点敌意。

对于小白的这份情不自禁，王桂香是理解的。

女孩子嘛，敏感多疑很正常，何况自己的的确确喜欢过辛茹，如果不是辛茹拒绝自己，他现在早和辛茹恋爱，也没有小白什么事了。

小白问过王桂香，如果辛茹答应做他的女朋友，他会不会和她复合。王桂香不想骗小白，实话实说后自然换来小白一顿花拳绣腿。对于王桂香来说，辛茹的确是他的一场意难平。而此刻，台风夜，“意难平”给他打来了电话。他第一时间就接听了辛茹的电话，等他挂了电话再看小白时，小白已经从床上下去，趿着拖鞋，站在地上，不满地看着他。

“你是不是要出去？”小白问。

王桂香点点头，已经起床穿衣服。

小白越发不满了：“台风都不能阻止你吗？”

王桂香笑了，走过来握住她的手说：“台风不能阻止我，因为我是一名医生，现在有紧急的病人等着我去救治。”

王桂香把小白留在宿舍里，穿上雨衣，冒着风雨赶往镇卫生院，辛茹在镇卫生院楼下等他。

台风过后，张莹第一时间就奔赴银山岛。彼时，魏如青已经在镇卫生院做完了手术。一想到丈夫因脾脏破裂差点生命垂危，张莹坐在快艇上就两脚发软，双手冰冷，她只当自己是因为看到大海导致晕船。如果不是那个省城的医生恰好在海岛学校当校医，丈夫在台风夜的海岛上受了重伤，只怕后果不堪设想。

丈夫劫后余生，张莹想着，她到了岛上，见到他之后，该说些什么，做些什么。她要去好好感谢那位素未谋面的王医生，感谢他救了她丈夫一命，让她的女儿没有失去父亲。张莹不知道，她千恩万谢的人此刻也正在心里默默感谢着她的丈夫。王桂香出走海岛，除了郭宇医生的排挤和陷害之外，确有自己的因素，他在一台外科手术里出了事故，导致他对手术台有了心理障碍。如果不是台风夜的逼上梁山，彼时的小岛上，除了他，再无人有可能从死神手里抢回一条生命，他或许都没有重新拿起手术刀的勇气。是魏如青给了他一个机会。他重续了魏如青的生命，而魏如青重续了他作为医生的事业生命。

所以，什么重返海岛当校医是为了辛茹啊，不过是为了逃避现实，当了懦夫，却偏偏还要拿爱情当遮羞布。

从前，在面对郭宇医生的时候，王桂香总是想不通，常常抱怨命运的不公，觉得自己倒霉透了，竟遇到如此卑鄙的顶头上司，有穿不完的小鞋，看不到光明和前途，他一个大好青年却天天活在自怨自艾里。

现在，王桂香觉得自己是幸运的，低谷与幸运都来得刚刚好，小白的去而复返，让他的爱情柳暗花明，而魏如青的受伤也让他原本黯淡的事业再次燃起希望。

台风过后，王桂香携小白去好好地重新认识这座叫银山的小岛，这一次他对这座小岛充满了依依不舍。还记得两年前来到这座小岛的时候，他以为他年轻的生命从此沉寂，没有想到，却在这个小岛重新焕发了生机。受伤的青春需要疗愈，紧绷的弹簧也需要舒张，而这座镶嵌于海水中央的小岛很好地提供了这样的场所，令他喘息之后满血复活。

而张莹，却是被这场台风吹灭了她往昔的怒火。如果魏如青这次没能幸运地活下来，张莹一定会陷入无休止的悔恨里，悔恨当初把那么多美好的时光用来和魏如青吵架。当魏如青在病房里见到风尘仆仆的妻子和女儿时，忍不住掉了眼泪。在受伤的那一刻，在手术后醒来的那一刻，他都无比思念妻子和女儿，她们是他在这个世界上最最亲爱的人，而他过去，从来没有好好爱过她们。

他安慰妻女说："你们怎么来了？我马上就转回市区医院了，你们在市里就可以见到我。"张莹心痛地说："我们等不及要先见到你，只有确认了你的安全才能放心。"是的，女儿已经等不及跑到病床边，紧紧抱住了爸爸。而张莹，在来岛的快艇上，就已经打定了主意，如果丈夫伤好后没有打算把工作调进城，她就向学校申请，新学年接替辛茹来海岛支教。

台风过后，辛廷伟也携着许凡第一时间来到银山。他去了学校，去了镇政府，全程都十分得体，没有生气，没有发火，从头到尾都做了一个场面上的人，给足了女儿面子。甚至，他还通过银山镇教育发展基金会向银山中心小学捐赠了二十台空调，因为魏如青还在住院，连俊生直接出席捐赠仪式，感谢辛廷伟的爱心助教，进一步改善了驻岛老师们的工作生活条件。

作为辛廷伟的女儿，辛茹没有出席捐赠仪式，她正在欧阳兰兰家的客栈里。按照征文比赛规定，小圭取得了特等奖的好成绩，要由指导老师陪同，一起赴北京领奖，并参加研学活动。出发在即，欧阳兰兰在客栈里举办饯别宴，为小圭庆祝，没想到文茂竟也来了。正当文茂又要和欧阳兰兰起冲突的时候，小圭走过去，告诉父亲，他拿到了作文比赛特等奖，马上就要去北京领奖，未来他要当一个优秀的作家，他希望有一天记者采访他，他向记者谈起自己父亲时，能带着骄傲的心情和美好的回忆。小圭还告诉父亲，自己从小就想得到一个父亲的拥抱，可是一直没有得到。

文茂突然发现，不知何时儿子已经长得很高了，不再是那个他和欧阳兰兰吵架时，拦在他们中间的小屁孩，而是长成一个高挑的少年。这个少年，是他轻易抱不动的小孩了，可是少年说，他想得到一个来自父亲的拥抱。他一直以为，儿子讨厌他，恨他，可是儿子却说，想得到一个来自父亲的拥抱。

文茂感到很惭愧，上前想给小圭一个拥抱，小圭却后退了，他说希望把这个拥抱留到未来他出第一本书的新书发布会上，希望那时候有一个让他骄傲的好父亲过来拥抱他。文茂含泪收回了自己的手，告诉小圭，等他出第一本书的时候，他一定会如约前往给他一个拥抱的。

辛茹领着小圭告别亲人和海岛，踏上了赴京的动车。两人刚在位置上坐好，就看到了陈侨英，陈侨英竟然买了和他们同一班次的动车。

46

陈侨英此行，并不单是为做辛茹的护花使者，他之前在京郊购置过一套房子，为了能还上向辛茹暂借的三十万医药费，他把这套房子挂出去卖了。这次，就是特地赴京处理房产过户手续。

北京之行对于小圭来说，是一趟愉快的旅程，开拓了海岛男孩的视野，他随着组委会的安排去参观了人民大会堂，还参加了其他研学活动。等师生俩参加完研学活动，陈侨英又带着他们游览了北京最有名的景区，男孩心中的作家梦渐渐萌芽了。

离京前夕，陈侨英带着辛茹和小圭去玩了世贸天阶，又请他们在附近的西餐厅吃饭。在西餐厅，小圭指着不远处落地窗旁一位西装革履的老人，对陈侨英和辛茹说："老师你们看，那位老爷爷一直看着咱们。"听罢，辛茹和陈侨英都顺着小圭手指的方向看去——

那是一位衣着体面、举止不凡的老人，一看就是颇有身份、地位的成功人士。见辛茹和陈侨英看过来，他朝着他们微微一笑。辛茹也回给老人一个礼貌的笑容，再把目光折到陈侨英脸上时，愣住了。此刻的陈侨英像被什么击中了似的，整个人都不好了。这顿饭提前结束，陈侨英携着辛茹和小圭准备起身离开的时候，被那位老人叫住了。

晚上，在篁街的民宿里，陈侨英敲开了辛茹的房门。辛茹问："小圭睡着了？"陈侨英点点头，说："我们谈谈。"于是二人走到民宿二楼的小阳台上说话。

月光如洗，小阳台上植物芬芳，不但有盆栽的小番茄，还种了大株的月季，一架秋千摆放在栏杆与围墙的拐角。看得出来，民宿的主人是个富有生活情趣的人。陈侨英与辛茹走到秋千架上坐下，那秋千架刚好容纳两人的位置。

"我还从来没有向你讲起我的前尘往事。"陈侨英对辛茹说，目光却是看着天上的月亮。他不敢看她，一个人向另一个人将自己的秘密和盘托出，需要勇气，而辛茹早已做好倾听的准备。

"美院毕业后，我留在了大北京，因为爱情……"陈侨英说。原来，陈侨英女朋友桑卓是"敏特"公司董事长周玉璋的独生女，周董看不上陈侨英小地方的出身，并不同意两人在一起，但为了女儿，还是将陈侨英留在自己公司考察。为了爱情，陈侨英放弃了自己热爱的绘画专业，做了一名朝九晚五的北漂。原本以为，精诚所至，金石为开，陈侨英的隐忍与勤勉能换来周玉璋的刮目相看，继而同意两人的婚事，可惜，商人的精明与盘算让周玉璋始终下不定决心将女儿的终身幸福托付陈侨英。不仅如此，他还像富家女与穷小子的都市爱情狗血剧里女主角的富翁老爹那样，给女儿安排相亲，希望给一笔钱让陈侨英主动离开桑卓。郁闷的桑卓与父亲大吵了一架后，去借酒消愁。陈侨英担心桑卓，满城寻找，当桑卓开着车来找他，陈侨英并不知道她是醉驾，于是上了车。

车祸就这样发生了。

救护车来到现场的时候，桑卓已经在血泊中没了气息，陈侨英被送到医院抢救，捡回了一条命。痛失恋人，身心受到重创的陈侨英被哥哥陈侨声带离了北京这个伤心地，回到家乡。住在哥哥陈侨声家里的很长一段时间，陈侨英根本走不出心理的创伤。为了让弟弟走出阴霾，恰好老家银山小学缺美术专职老师，陈侨声就安排陈侨英到银山小学代课，这才与前来支教的辛茹成了同事。

陈侨英说完了他生命里迄今为止最刻骨铭心的故事，也把一道选择题交到了辛茹手上。

辛茹想起去年过年的时候，父亲把陈侨英请到家里做客，却是以为他和辛茹正在谈恋爱，从而安排了一场棒打鸳鸯的鸿门宴。而父亲之所以不喜欢陈侨英，便是因为迷信的观念，认为陈侨英命里克妻。彼时，母亲忙着与她吐槽父亲的幼稚和迂腐，而她并不好意思从母亲那里对陈侨英的往事一探究竟。或者，母亲并不知道得如此翔实。而此时此刻，她从当事人口中得到了最真实的故事版本，心里不禁很是唏嘘。

“人总是要向前看的。”辛茹对陈侨英说。人活一世，哪能没点过去呢？如果只沉湎过去，刘星辰能与阿狸迎接更好的未来吗？如果只沉湎过去，欧阳兰兰如何为小圭和小象撑起一个家？如果陈侨英也必须沉湎于过去，是不是在桑卓死去的那一刻，就得跟着为他们的爱情殉葬？所以陈侨英也不必只沉湎在过去里，不管是生离还是死别，他都有重新开始好好生活的权利。

“我真的有这样的权利吗？”陈侨英侧头看着辛茹，声音沙哑，眼含泪花。他像卷入漩涡里的小船，亟须一个坚定的目光给予他信仰的强势力量，好牵引他未来的人生朝着正确的方向行进。

辛茹给了他这份力量，她向他肯定地点点头，说：“不只是权利，还是替死去的人好好生活的义务。”

一句话，让陈侨英豁然开朗。或许是因为爱，或许是因为感激，或许是因为心动，总之，他终于勇敢地伸出双手拥抱了命运让他神奇邂逅的女孩。从此，他放下了自己不安的心，勇敢地走向未来，可是过去却不是就此和他干脆利落地一刀两断。

在阿狸的教授下，江新男的直播带货慢慢轻车熟路，她每天沉醉于如何拍摄短视频，努力想要成为一个网红，而对于连俊生给她安排的自学道路也越发排斥了。有一次，江新男得意地向连俊生吹嘘，说自己有个铁粉，这个铁粉是她直播间的榜一大哥，逢播必到，逢到必赏。江新男沾沾自喜的样子特别可爱，连俊生笑而不语，眼里是满满的宠溺。这个傻女人竟然不知道，她的榜一大哥正是和她拍结婚证的男人，远在天边，近在眼前。可是当江新男说出那位榜一大哥的名字时，连俊生心里咯噔了一下，竟然不是他的网名。

这位榜一大哥的网名叫“小周周”。

“小周周”此刻正在阿狸的客栈里，品尝着江新男直播间卖的几款海产加工品，无论是虾米，还是海带和紫菜，经由阿狸的厨艺，都让这位从京城远道而来的富豪吃得津津有味，吃出了乡土的亲切，吃出了海岛渔村的别样滋味。

这位“小周周”不是别人，正是“敏特”公司的老总周玉璋董事长。当陈侨英和辛茹带着小圭前脚离开北京，他后脚就跟着追到了海岛上。

他在阿狸的客栈已经住了月余。

正值暑假，中共中央办公厅、国务院办公厅印发了关于“双减”的文件，进一步减轻义务教育阶段学生作业负担和校外培训负担，持续规范线上和线下的校外培训，岛外的孩子们终于不用被困于培训机构，过着暑假比上学还要繁忙的日子，有机会跟着家长们来到岛上旅游。而岛上的孩子没有上课，更是漫山遍野地浪着，自由自在如山花野蛮生长。整座海岛充溢着游人的足迹，而孩子，是所有足迹里最蓬勃、最有趣的影子。

周玉璋每天从客栈里醒来，吃过阿狸送来的早餐，就背着手在岛上晃悠。灿烂的阳光，湛蓝的海水，起伏的青山，葱茏的绿植，娇艳的花朵，调皮的海鸥和飞鸟，还有可爱的孩子们……周玉璋流连其间，沉醉不可自拔。女儿去世已经三年，他浓郁的悲伤也渐渐被时间治愈。失去了唯一的女儿，他也失去享受天伦之乐的可能。

每当悲伤时，他总是陷入俗套的沉思：如果时间可以从头来过。

如果时间可以从头来过，他一定不会做一个固执又专制的父亲，他一定会同意女儿的恋情，赞成女儿的婚事，那么现在，女儿已经做了幸福的妻子、母亲，而他，也已经抱上可爱的外孙了吧？

是未曾拥有和再也无法拥有，让他从霸道的家长成为一个卑微的老人，一个失独老人。他在这个世界上努力挽留那缕和女儿之间尚存的联系。所以，当他在那家西餐厅与陈侨英重逢，他就卑微地走上前，向他抛出了橄榄枝，他希望他留在北京，继承他的企业。那些年，他考察过他，他是个踏实可靠的青年人，是自己身为长辈的傲慢与偏见破坏了属于女儿和他的美好，也断送了自己原本可以很幸福的晚年。

余生，女儿活在他的梦中，活在他的回忆里，而他，活在现实无尽的痛苦与追悔里。所以，他要弥补，弥补自己的过错，弥补女儿的缺憾。女儿生前多么希望父亲能好好对待她心爱的人，可他没能做到，女儿死后，他希望自己还有弥补的机会。

周玉璋沿着月亮湾的沙滩走着，希望可以偶遇陈侨英，年轻人得知他来了岛上，去码头接应他，将他安置在了月亮湾客栈。身为晚辈的礼数，并没有因为过往的恩恩怨怨欠缺分毫。只是年轻人迟迟未能给他答复，但他坚信他会等到满意的答案，大城市对于年轻的人们来说有着十足的魅力，何况是集政治、经济、文化中心于一体的首都？但是在岛上住了一月有余，他起初的自信开始动摇了。

这里的山，这里的海，这里的岛，这里的风景，有着一股迷人的魔力。住在这里，世界的脚步仿佛放慢了，纷扰与喧嚣仿佛就离得远了，心灵得到了从未有过的涤荡与净化，让人获得从未有过的安宁与祥和。

周玉璋告诉自己，或许这便是老了吧。

这里未尝不是一个养老的好地方。

因为是网红打卡点，清晨的沙滩已经聚集了不少游人，人们汇集到这里观赏日出，拍摄朝霞，别有一番热闹景象。人群中，一个姑娘迈着轻快的步子从沙滩上走了过来。姑娘一袭白裙，长发被清晨海边的风吹乱，在海天的衬托下，显得那么好看。好看的姑娘有几分眼熟，周玉璋很快将她认了出来，她就是那天在西餐厅里与陈侨英共进晚餐的女孩子。

她的身边围着一群孩子，其中就有那天同在西餐厅里共进晚餐的小男孩。孩子们人手一个麻袋和钳子，正从海水里捡拾起一些海漂物。

孩子们脸上带着笑容，姑娘的脸上也带着笑容，他们穿梭在人群里，像一群可爱的天使。

周玉璋突然明白了，陈侨英迟迟无法给他答复的原因，或许是因为这里已经有了他牵挂的人。当初他为了女儿留在了大北京，如今他为了另一个姑娘放弃了大北京，自己终于成功亲手拆散了女儿和她的恋人，这一回是彻彻底底拆散了。

海风突然变猛烈了，吹得周玉璋眼睛发疼发酸，止不住的液体从他眼睛里溢出来。

一张雪白的餐巾纸，经由一只白皙的手，递到他的面前。周玉璋抬头，是那位穿白裙的姑娘。

“你是老师？”周玉璋意识到自己的失态，忙擦干眼泪，将餐巾纸在手心里攥成一个小球。

辛茹点点头说：“是的。”

周玉璋又问：“放暑假了，你没有回去吗？还是你的家就在岛上？”

辛茹答：“学校里有点事，回来一趟，同时也来岛上看看朋友。”

就在上个月，“双减”政策颁布之前，教育部召开新闻通气会说，将在今年秋季开学后实现义务教育学校课后服务全覆盖，努力实现有需要的学生全覆盖。而上半年，银山中心小学和实验小学一起被确定为F市课后服务试点校，随着下学期课后服务活动在全国铺开，F市势必会执行教育部的文件，落实这项任务，先行一步的试点校就要承担经验辐射的作用。洪吉安股长已经联系了陈昭校长，表示下学期会把联动片区的教研活动安排在银山小学开展，同时要求银山小学在教研活动时向与会各校作课后服务的工作汇报。

还有不到一个月时间就要开学了，辛茹一直是这项活动的组织者，需要整理出银山小学在开展课后服务工作的亮点和举措，再与陈昭校长对接些工作，便回岛一趟，顺便看看孩子们，还有闺蜜江新男。没想到，倒先遇到了周玉璋。

周玉璋说："孩子，你能出面帮我约一下侨英吗？"

这是个不情之请，但辛茹答应了。

江新男又结束了一场直播带货，销量还不错，帮着岛上的村民卖了一百多单海产品。结束直播，江新男对着手机，喃喃自语："这个'小周周'好奇怪啊，光刷礼物，不买产品。"江新男抬头看向连俊生的方向，他正窝在沙发里看手机，似乎没听到她说话。这时，江新男手机上收到了榜一大哥的私信，提醒江新男不要被粉丝的疯狂行为迷惑，江新男笑着回复：榜一大哥才是她最疯狂的粉丝。

江新男沾沾自喜走到连俊生跟前，说自己除了原来的榜一大哥，还多了"小周周"这个铁粉，连俊生没有了原来的淡定，大肆抨击刷礼物的行为不理智，不懂捂紧自己的口袋。江新男说自己的榜一大哥最不理智，今天又给她刷了很多礼物，连俊生说那不一样，榜一大哥刷礼物是肥水不流外人田，懂得讨自己老婆欢心是一个男人最明智的举动。连俊生意识到自己说漏嘴了，而江新男已经夺走他的手机，点开短视频软件，发现自己的榜一大哥竟然是连俊生。

连俊生担心江新男会生气，江新男却担心连俊生会不会把打赏她的钱要回去。连俊生说他的钱都是她的，但是她的人是他的。在二人世界里，这种小夫妻的情趣屡演不衰，但今天江新男不能和连俊生腻歪，因为辛茹来了岛上。

连俊生便陪着江新男去学校找辛茹，说有个好消息刚好要告诉校方，这个好消息也是万涛副市长刚刚告诉连俊生的——市长办公会议已经通过银山中心小学改办九年一贯制学校的决议，银山中心小学不日就要正式更名为银山学校，从今往后，银山的孩子们在家门口就可以上中学了。一件多方努力了多年的事情，终于尘埃落定。

辛茹此刻不在学校，她在阿狸的客栈。

托辛茹的福，周玉璋果然见到了陈侨英。

周玉璋需要一个和陈侨英单独谈谈的机会，于是辛茹给他们二人制造了独处的空间，当她走出阿狸的客栈，便见到了辛廷伟。父亲一直反对她和陈侨英交往，不管辛茹如何做辛廷伟的思想工作，还有许凡女士帮腔，辛廷伟就像个顽固不化的老迂腐，始终不肯松口。

此刻，站在辛茹面前，辛廷伟满脸都是“被我抓住了吧”的表情。当辛茹向他解释自己回岛真的只是因为工作的时候，他却也没有与女儿争辩，而是默默走进客栈，让阿狸给他安排一个面朝大海的房间，好让他春暖花开地住下来。

在客栈内，辛廷伟遇到了周玉璋，无法说服陈侨英的周玉璋正伤心地抹着老泪。虽然不知道周玉璋与陈侨英的关系，但辛廷伟好打抱不平，外加原本就看陈侨英不顺眼，借机狠狠批斗了陈侨英一番。任由辛廷伟唾沫横飞，义愤填膺，陈侨英始终没有解释半句，默默承受他的一切指摘。

辛廷伟想不明白，自己明明替周玉璋出头，这个老头怎么反倒不依了呢？只见周玉璋一抹老泪，叉腰问辛廷伟：“我和我女婿说话，关你什么事？用得着你来当维和警察？狗拿耗子多管闲事！”

辛廷伟愣住了，他看看陈侨英，又看看周玉璋，忙掉头去找辛茹，辛茹此时就站在他身后，辛廷伟拉住女儿的手，指着周玉璋问："你不是和陈侨英正在谈恋爱吗？那这个人为什么说陈侨英是他的女婿？"

看着孩子气的父亲，辛茹有些无奈，没好气地奚落他："他不是别人的女婿，难道是你的女婿？你又不同意我和他交往。"

一句话噎得辛廷伟哑口无言。

紧接着，辛廷伟和周玉璋在客栈里吵了一架。周玉璋表示，陈侨英为了自己女儿做了十年北漂，他不是他女婿，还能是谁？辛廷伟这才知道，原来周玉璋就是陈侨英在北京的老丈人，便说没人要和他抢女婿，让他赶紧把命里克妻的女婿带走，别来祸害他的女儿。

辛廷伟哪壶不开提哪壶，他的话深深刺痛了周玉璋，想到自己女儿已经走了，陈侨英又不肯跟他去北京，周玉璋再次老泪纵横。

一个痛失爱女的老人，悲痛孤单，默默流泪的样子让人心疼。陈侨英就算心再坚硬，也要生出不忍之情来，他没想到他走上前的时候，辛茹也走上前来，两个人同时扶住了周玉璋，四目相对，心照不宣一笑。辛茹对周玉璋说："周董事长，我扶您回房休息吧！"

脆弱的老人面对关心，生不出半点拒绝。

看着陈侨英和辛茹搀扶周玉璋向客栈楼上走去的背影，辛廷伟不是滋味，冲着他们背影喊："喂，辛茹，谁是你爸？陈侨英，你是谁女婿啊？"

"这俩孩子真孝顺，对他们爸爸真好！"

一旁，有人发出真心的慨叹，辛廷伟循声望去，是客栈的服务生，只不过年龄比自己大。这银山的客栈怎么招岁数这么大的服务生？辛廷伟皱起眉头，说："年纪大了，眼神也不好，那哪是他们爸爸啊？"

“你就是看人家女儿女婿孝顺，羡慕妒忌恨。”刘盼盼笑着对辛廷伟说。

辛廷伟生气了：“谁羡慕妒忌恨？”

刘盼盼说：“反正不是我，我就不会羡慕妒忌恨，我自己也有女儿女婿的，我女婿对我可好了。”

刘盼盼眉飞色舞，正打算吹牛呢，就听见阿狸在客栈里间喊他：“爸，你过来帮我一下，厨房这个开关坏了。”

“我女婿喊我了。”刘盼盼得意扬扬地去了。

辛廷伟很郁闷，心里不服气，有女儿还怕没女婿吗？可是他女儿呢？看着已经空荡荡的楼梯，回想刚刚辛茹和陈侨英一起扶周玉璋上楼的情景，辛廷伟觉得心里堵得慌，他觉得这北京老头不是来和他抢女婿的，而是来和他抢女儿的。

于是，阿狸的客栈里多了一对冤家，俩老头，浑然没了平常运营自己企业的运筹帷幄，也没了在生意场上的叱咤风云，都不再是场面上的人，每日在客栈里，抬头不见低头见，吹胡子瞪眼睛，各种互看不顺眼，一日三餐，只要碰到，都要斗嘴互踩一番，偏偏还有个刘盼盼在一旁煽风点火。年轻人们不禁为此苦恼，商量着该如何化解两个老人的恩怨。

而彼时，连俊生已经得知周玉璋的身份，他十分希望能为银山的旅游产业留住这个来自北京的投资人。

江新男正在阿狸的客栈兴奋地给连俊生发来微信，告诉连俊生，周玉璋就是常常在她直播间支持她的“小周周”，连俊生遂前往客栈拜访这位企业家。

连俊生抵达客栈时，只听客栈里欢声笑语，空气里飘荡着袅袅茶香。辛茹正坐在茶几旁，为大家泡白茶，她的一举一动都彰显含蓄、高雅的茶之道，她周围，男女老少的目光专注地汇聚在她手上，每个人都屏息凝神，生怕一眨眼就错过这精彩的茶艺。

“请诸位品尝第一泡茶。”辛茹给每个人的茶盏里斟了茶汤，做了个“请”的动作。

一杯茶下肚，周玉璋心旷神怡，赞叹道：“好茶，好孩子。”

辛廷伟立即“宣誓主权”说：“我的茶，我的女儿！”

周玉璋不慌不忙说：“从今往后，也是我的女儿，你已经答应让辛茹做我的干女儿，不可以反悔哦！”

“君子一言，驷马难追。”辛廷伟豪气地伸出手同周玉璋勾了手指头。

“还有我，还有我，从今往后，我也是您的女儿。”江新男喜滋滋地附和。

周玉璋开心极了，没想到海岛行，自己一下子多了两个女儿，还多了莫逆之交，这一切都要感谢缘分。

辛廷伟捧起一杯白茶敬周玉璋，自从发现周玉璋也是爱茶之人，尤其对白茶情有独钟后，他对周玉璋的态度就发生了转变。

辛廷伟一直信奉“人无癖不可交”，但怪癖之人也不可交，爱茶，这委实是一个极佳的癖好。见两位老人化干戈为玉帛，辛茹和陈侨英交换了一个欣慰的眼神。毕竟做了十年周玉璋没有名分的女婿，对这位老丈人的饮食起居、兴趣爱好，陈侨英是了如指掌的。

“如果有一天，你也能对我这么了解了，我就认你这个女婿。”辛廷伟看向陈侨英，端起了高冷的架子。

周玉璋就讨巧地说：“辛茹是我女儿，你就是我女婿，辛董事长不认，我认！”

周玉璋的话立即得到江新男的附和，她拍掌欢呼着，便看到不远处站着的连俊生，忙起身去拉他过来，对周玉璋介绍说：

“周爸爸，这是我爱人——连俊生。”

“女婿，”周玉璋指着连俊生向辛廷伟炫耀地挑了挑眉，“我另一个女婿也来了，我现在有两个女婿。”

周玉璋在众人的笑声里起身走向连俊生，握着连俊生的手说：“连女婿啊，我知道你来找我的目的，新男都和我说了，银山是个好地方，你不来找我，我也要去找你商量投资的事情。”

连俊生惊喜地向江新男投过目光来，江新男正坐在茶几旁，向连俊生做着“加油”的动作，她的笑容天真烂漫，焕发别样的光彩，与她身旁黑脸的辛廷伟形成鲜明的对比。

陈侨英往辛廷伟的茶盏里续了茶汤，恭敬端起，奉上前，说：“辛董事长，我一定会通过自己的努力，得到你的认可，未来请你严格考验我，检查我是不是一个值得辛茹托付终身的人。”

陈侨英不善言辞，说了这番话，脸上竟微微泛起了红，辛茹给了他一个鼓励的眼神，继而两人双双期待地看着辛廷伟。辛廷伟接过陈侨英手中的茶，喝了，但还是矫情地说：“你做好准备，我的考验只会比周玉璋更严格。”

陈侨英和辛茹都笑了。

当九月的阳光再次撒向东海中的小岛，在一阵喜气洋洋的鞭炮声里，银山学校举行了校名揭牌仪式，市、镇两级党政领导都出席了揭牌仪式。揭牌仪式上，董奉杏局长宣读了一份任命文件：辛茹被任命为银山学校副校长。这是陈昭校长向市教育局大力推荐的。

汽笛鸣响，快艇靠岸，一个二十出头的年轻人拉着行李箱踏上长福码头，映入他眼帘的是新时代的海岛风情，令他精神为之一振。

身旁有人“哎哟”了一声，年轻人转头看见一个年轻姑娘双手提着行李，正不知所措看着地上，地上是一堆散乱的红色蛋糕券。年轻人忙放下自己的行李过去帮忙捡起蛋糕券交到姑娘手上，姑娘抽出两张蛋糕券递给年轻人，喜庆的红色十分扎眼。

姑娘说：“谢谢你，我要结婚了，你沾沾我的喜气。”

年轻人一边接过蛋糕券，一边不解地问：“为什么是两份？”

姑娘解释：“还有一份是我老公的。我老公和我都是银山学校的老师，所以我们蛋糕券发两份。”

年轻人露出惊喜的笑容：“我也是银山学校的老师，这学期刚刚考来的，我教美术。”年轻人说着伸出手。

鲁洁也赶忙伸出手和年轻人握手，说：“你是新考来的美术老师？太好了，我们学校原来的美术老师——侨英老师这学期去他老丈人公司打工去了，我还担心我们学校没有老师可以教美术了呢。”

“老师，您和您爱人在学校教什么啊？”年轻人拉起自己的行李箱，又帮着鲁洁拉了行李箱，两人并肩向学校走去。

“我教体育，我爱人他原来是学校的保卫人员，上学期通过了教师资格考试，这学期，咱们学校不是从一所小学变成九年一贯制学校了吗？他以后就担任学校的英语教学工作，不过他的特长可不只有英语一项，他还是军训教官，暑假里，团市委举办的学生军训夏令营还邀请他去当教官呢！”

两个人正说着话，就看见一群孩子从面前跑过，为首的女孩抱着足球，风风火火的样子，另外一对双胞胎男孩朝她喊：“燕子，别跑那么快，等等我们。”

“等不了，我约了小圭和雷倩倩一起踢球呢。”燕子头也不回。

他们前面，小圭和雷倩倩却是一个拎着麻袋，一个拿着火钳，朝他们跑过来。孩子们汇合了，燕子问："不是约好一起踢足球吗？"

小圭和雷倩倩气喘吁吁的，雷倩倩说："钟美丽明天就要回特教校上学去了，她说她想去海边捡垃圾。"

海潮海涛异口同声问："她确定不是要去海边编手链吗？"

话音落，就听见钟美丽的声音从远处传过来："我……喜欢……你们……"孩子们扭头看去，钟美丽的手里高高举着几串手链，正欢快地向他们跑来。孩子们不由爆发出一阵笑声，笑声飘荡到海岛上空，将九月的阳光一道一道撞开，令整个银山岛都熠熠生辉起来。